もっと、海を

——想起のパサージュ

イルマ・ラクーザ 著

新本史斉 訳

鳥影社

Ilma Rakusa
Mehr Meer

First published under the original title Mehr Meer, Erinnerungspassagen
by Literaturverlag Droschl, Graz-Wien

Published by arrangement with Liepmann AG through
Meike Marx Literary Agency, Japan.

もっと、海を　目次

もっと、海を——想起のパサージュ

人間学的地理学

人は海と境を接している
人はいまだ知られざる陸地
そこには河川が、山々があり
もろもろの民族が蜂起する
そこには鉱石が、獣がまどろみ
もろもろの都市が仄光る
だが、一点を凝視するようになるや——
人は無残にも沈んでいく
人は海と境を接している
だが、いつもではないし、完全にでもない——
その精神が震えだすや、大洪水が始まる
黒々とした水はとめどなく水嵩を増していく

エレーナ・シュヴァルツ

生は唯一無二である、しかし、生についての語りは、
記憶以前の言葉によって為される。

ジャック・ルーボー『自伝』

第一章
父は何者？

　死んだとき、父は何一つ個人的なものを遺さなかった。手紙も、手書きメモも、何もなかった。机の中にあったのはマリア・テレジア銀貨のホルダーがついた車のキー、引き出しには銀行の残高証明と保険証、きちんとファイルされて。未払いの請求書は一枚もなく。すべてが明瞭で、わかりやすく、間違いがなく。小さな数字、大きな数字。抽象的な宇宙。薔薇色の、檸檬色の、鼠色の厚紙、染みも、折目も、匂いもなく。あらかじめわたしたちのために準備していたのだ、ずっと以前から。

　これが父の無私というものだった。

　わたしは父の服の匂いを嗅いでみた。それは静かに棚の中にぶらさがっていた。数字の隊列のように並ぶ、服の隊列。わずかな救いは、セーターの袖の毛羽立ちだった、そして床に転がる履きつぶされた革のスリッパ。ほとんど同情を覚えてしまうほどの姿だった。これほどに悪意のない事物はないだろう。そして忠実な。押し黙ったままのネクタイの群れに、わたしは背を向けた。

父にはそのつもりがあった。いくらかなりとわが人生を書き記すつもりが。そうしてくれるよう頼んでいたのだ。わたしは言った、後世のために。そして言った、わたしたちのために。父はずっとその考えを抱いていた、それがついに手遅れになってしまった。父は椅子から転げ落ち、そのまま動かなかった。ほんの一行も書かないままに。

外はすっかり十二月、裸になった木々から湿った雪が滴っている。枝の一本一本がくっきり浮き上がり、庭はぐっと明るさが増した。過去も光を透過するようになった。骸骨のように記憶を差し出してくる。小枝の束、そこに何枚か、鮮やかに燃え上がる葉が混じっている。

音楽を聞くとき、父は鳥のように頭を傾げた。父は青の、わたしはベージュの安楽椅子だった。わたしたちは話さなかった、ブルックナーの交響曲第七番に沈潜した。父はそんなとき頭を支えることがよくあった。まるで重すぎるものになったみたいに、考えることが多すぎて。その思考の流れを知っているのは父だけだった。それは遠くからやって来ては、どこ知れぬ場所に向かっていった。それが源を明らかにしないままに結びついていられるのが、ほかならぬ音楽だった。

父は物言わぬ、語る人だった。開けっぴろげな、見通しがたい人だった。心が広くて、どこまでも勇気があって、樹木のようにうぬぼれがなく、毅然としていた。小柄で手足の華奢な人で、眼からは悪戯っぽいユーモアがのぞいていた。激情にはとんと縁がなかった。カトリック教会の過度な装飾に縁がなかったように。父は自分を解放してくれるものを、音楽と自然の中に見出していた。

父と空間を分かち合ったこともあった。わたしたちはともに黙りこみ、呼吸はついに溶け合った。ブルックナーの第七番を聴きながら、栗林を歩んでゆきながら。ほかにいっしょに黙っていられる人はいなかった、そこには不調和が訪れ、気づまりな空気が漂ってしまうのだった。父といっしょならば広やかだった、それは物言う、静けさだった。

わたしたちは歩いていった。ボンドからカスタゼーニャまで、ローマ人の道を。靴底の下で砂利が軋み、梢からは鳥の声が降った。溢れかえる緑、ありうるかぎりの濃淡で。その合間にのぞく岩塊の灰色、それを苔が覆っている。わたしたちはきびきびと歩き続けた、一言もしゃべらなかった。森の牧草地に来たところで足を止めた。山々が迫り出し、射るような眩しい光を受け、ぎざぎざの稜線が浮かぶ。それからまた森に飲みこまれた。聳え立つ丈高い樅、ときに栗、それから道は上りになった。わたしたちはなおきびきびと歩き続けた、涼しいトンネルを抜けてゆくように。樹脂の匂いがした。不意にわたしは話しかけた。ねえお父さん、話して、あの頃のことを。そんなふうに森の真ん中で、何の前触れもなく。父に驚いた様子はなかった。日常では時間がなかったし、人前では質問したくなかった。今ならよかった、たとえ二人とも息が上がっていても。

学校新聞でもう左翼系の論説を書いていたの？

それが義務だと考えていた。

一九三三年のセルビア人・クロアチア人・スロヴェニア人王国で、それが非難されることはなかったの？

私を支持していながら、マリボルで高校教師をしている人間として、極端な意見が許されなかった父を見れば、いかに危険な行為であるのかは分かった。私はそのリスクを買ったのだ。

放校になる危惧はなかったの？

もっと活発に活動していたら、されたかもしれない。

結局、大学入学資格を得てからリュブリャーナに行ったの？

リュブリャーナで化学を専攻して、一九四〇年ザメッツ教授の指導で研究を終えると、教授は卒業研究をベルリンのデ・グロイター社から出版させてくれた。すぐにザグレブ工科大学から助手のオファーが来た、それも、ウラジミール・プレローグ教授の助手にというオファーだった、後にノーベル賞を取った人物だ。話を受けていたら、プレローグはスイスに移ってしまい、私はほどなくウスタシャの手に落ちていただろう。ともかくも、私はブダペシュトに行く方を選んだ。

ブダペシュトで何をしたの？

ドレーアー・ハーゲナウアー社で、酵母からビタミンを作りだす工程を開発した。

面白そうね。

会社は軍事生産体制になった。それからエミル・ヴォルフと知り合いになった。彼が研究を委託してくれて、なんとか凌ぐことができたのだ。セルビア人のヨヴァノヴィチと知り合いになったのもあの時期だ。

その名前は一度聞いたことがあるわ。

ヨヴァノヴィチは影響力を持つモルドヴァーニにコネがあり、スイス公使館にあってユーゴスラヴィア国民の利益を代表する立場にあった。私はスイス発行の自由通行証を手に入れた。ヨヴァノヴィチのところには何人かユダヤ系同国人をつれて行った。彼はドナウ河汽船で彼らをユーゴスラヴィアに密航させて救ったのだ。

　お父さんは危なくなかったの？

危なくなかったとは言えない。ホルティ主義者たちに逮捕され、一週間チャクトルニャに拘留された頃には、もう母さんとつき合っていた。奴らは、私が武器を持っていて、ムラソンバトに拠点を置く親チトー、パルチザン・グループとつながっていると思いこんだのだ。釈放されたのは、ヨヴァノヴィチか、モルドヴァーニのお陰だろう。

　お母さんのいたリマソンバトに行ったのはいつ？

一九四三年のことだった。スイスの自由通行証はまだ手元にあった。ドイツ人たちはそれを有効と認めたのだ。一度、ブダペシュトに戻ったとき、矢十字党が私を探していたという話が耳に入った。書き上げた博士論文は、それ以前にファルカシュという名の男に渡して保管を頼んであった。その男はのちに、その論文を自分の名前で公刊した。私の持ち物が詰めこまれていた建物は、そのすぐあとに空爆にあってしまった。廃墟から救い出せたのは、数冊の本と何枚かの写真だけ。それが全部だった。

　大事なことは、お父さんが生き残ったこと。

たしかに生き残った、博士号は取り損なったがね。

　それで、リマソンバトはどうだったの？

街の真ん中を前線が走っていた。ドイツ人はすでに水道管を破壊していた。私は砲弾の降り注ぐ中を、水汲みに歩いた。ロシア人がやってきたとき、最初に欲しがったのは、時計――「時計《ダヴァイ・チ》をくれ！」――そしてアルコールだった。奴らは、奇形の胎児が入っていた薬瓶のエチルアルコールまで飲んでいた。

それからどうなったの？

それから戦争が終わった。おまえが生まれた。その一年後、私たちはブダペシュトに越したのだ。

後悔してない？

していない。私はミシと知り合いになった。きわめて知的な、けれども難しい男だった。イギリスの秘密機関の将校としてエジプトでロンメル将軍とわたりあい、肩に重傷を負って苦しんでいた。チトーを支持するよう私を説得したのは彼だ。その後、私たちはトリエステで「インターエクスポート」という名の会社を立ち上げた。それを一九五一年にチューリヒに移したのだ。

ミシのことは覚えてるわ。ひどくふさぎこんだ人。ロンドンで命を絶った人では？

その通り。奥さんの方は、二〇年も長く生きた。彼女の方が精神的にタフだった。

どうしてチューリヒに来たの？

スイスに来たかったのだ。しかし、スイスの方がなかなか私たちを受け入れようとしなかった。もうロンドン行きのトランクに腰かけていた、その最後の瞬間に事態が好転したのだ。

ついていたのね。

ついていなかったとは言えないだろう。

で、チトーのことはどうなったの？

しばらくの間、私はユーゴスラヴィア領事館で働いていた。それから、チトーの政治が胡散臭いものに思えてきた。私はあの体制を支持できなかったし、するつもりもなかった。それで体制と縁を切ったのだ。無国籍パスがその証明書というわけだ。

妥協しないのは知ってるわ。

していたら殺されていただろう。

話しているうちに、父の両眼は果敢な輝きを帯び、声の響きは若やいだ。

何度も死をかいくぐってきたのね、わたしはいった。

大変な時代だった、物思いつつも誇り高く、父は言った。

わたしは父を見やった。というより、仰ぎ見ていた。そうするだけの理由がわたしにはあった。

いつも繰り返される言葉――「人生どうなっていただろう、もしもあの時」。分かれ道を左に行ったら魔女にさらわれる。右に行ったら海に出る、そこでは船が待っている。

わたしは愚痴はこぼさない。かつて一度も愚痴ったことのない父は、一言も発することなく、これをわが家から駆逐した。わたしは問いを立てるだけだ、自分で答えうる以上のせわしさで。生の半ばを鉄のカーテンの向こうで過ごしていたら、わたしはどうなっていただろう？　コートのフードを目深にかぶり、そして。ロンドンの長屋住宅の一つで、サモワールの代わりにレミントン製タイプライターの前に座る、これも一つのありえた形だ。しかしそういうことにはならなかった。ではいったい、何が現実となるのが必然だったのか？

道は森を抜け、小径になり、長い長い蛇のように、うねり下っていた。急勾配の草地にはちっぽけな小屋がへばりつき、その前で山羊が草を食んでいた。はるか下方には片麻岩で葺いた一群の石屋根が鈍く光っている、カスタゼーニャの村だ。鐘の響きらしき音が聞こえ、小川のせせらぎが彼方に聞こえた。あそこを国境が走っている。

わたしたちはいまは前後《まえうしろ》になって歩いていた。父は縁なし帽をかぶり、時おり、動物や植物を指さしたり、眼を丸くして立ち止まったりした。いつまでも驚くことのできる人だった。八十歳にしてこうして山道を歩いているということ自体についても。

父の学友のうち、四人はマウトハウゼン収容所で殺害された。二人はゴリ・オトク島に収容された。どんな運命をたどったのかわからぬままの者もいた。ミシは自らに手を下した。そして、生き延びた者たちは、ブダペシュトで、あるいはリュブリャーナで、記憶の重みに耐えていた。

父もまた自分のそれに耐えていた。周期的に回帰する夢の中で、不安が彼に襲いかかった。母はこう言っていた、真夜中にお父さんは急に起き上がるの、ひどく喘いで、汗びっしょりになって。私が手を握ると落ち着くのよと。

イタリア目指し飛沫をあげるマイラ川を見下ろす、平坦な牧草地では、牝牛が草を食んでいた。わたしたちは黙りこくったまま来た道を引き返した、さまざまな想いを背後に引きずりながら。

三年半後、父は死んだ。統計的に稀な、ほぼ日本だけで見られると言っていい、ロサイ＝ドルフマン病だった。

いろんな場面が、光景が、眼前に浮かぶ。決まって日に二時間、新聞の背後に姿を消してしまった父——話しかけることはできず、顔もこちらに向けられておらず、でも父なりのやり方でそれは世界に向けられていた。心臓の痛みを訴えている父——子どものわたしは心臓がおちんちんのところにあると思っていた。子どもを抱っこしている父——家から車へ、車から家へ、ジプシーのサーカスの間じゅう。ピアノを練習していると、厳しく間違いを指摘する父——「違う」。部屋の向こうから飛んでくるその声は、わたしの指の髄にまで沁み通った。専門家のようにボルドーをデカンタに注ぎ揺らしている父。電話ではすぐに要件に切りこんだ、おしゃべりは一切しなかった。おまえは誰よりも美しく私のことを愛してくれる、こんなことを言ったことがあった。誰よりもではなく、誰よりも美しく。わたしの胸の裡にしまっておいた言葉だ。

実務的な人だった、と言うべきだろうか？　問題には解があると信じ、探す人だった。合理的な対処では手に負えぬ感情の綾となると、敬してこれを遠ざけていた。あれやこれや政治についてもよく話したけれど、感情のことではほとんど話さなかった。この話題になると父ははにかみ、少々不得手、お手上げといった様子だった。関わるのを拒んでいた。といっても、人に起こっていることを感じとっていないわけではなかった。それを感じとる自身の感覚に、みずからの傷つきやすさに、不安を抱いていたのではないかと思う。

優柔不断な人、決断できない人ではまったくなかった。村で一台のスロヴェニア・ナンバーの車を目にし、それが五日経ってひどく天候が変わっても駐車したままであるのを見た父は、登山者に何か起こったことを悟った。父は捜索隊に救援を要請した。ヘリコプターがピッツ・バディルを捜索し、悪名高い北壁に赤い生存の印を見つけた。旗かハンカチかなにかを振っていたのだ。救援は複雑なものだったがうまくいった。雪と寒さに不意をつかれたスロヴェニアの登山者夫婦は、三日間、ビヴァークしてしのぎ、凍傷にこそなったものの、窮地を脱することができたのだった。新聞では英雄として扱われたけれど、そんなことには父は関心がなかった。若いスロヴェニア人たちとその後友情で結ばれたこと、これは価値あることだった。そして彼らがふたたび戻ってきて、この険難な、神々しい山の頂を極めたことも。

雪は降り、溶け、そしてまた降る、あらゆるものの上に、何ら分け隔てなく。垣根も白、牧草地も白。そして世界は弱音器をかけたように静まりかえる。

あの時はどうだったのだろう。用事もないのに電話がかかってきた。父はこう言っただけだった。私たちは誹謗された。あのクルツマイヤーが、私たちの中に混じりこんだあの元ナチが、私たちは怪しいと警察に届け出たのだ。誰かユーゴスラヴィア人を家に引き入れたと。共産主義の浸透を目論んでいるのだと。父があれほど怒っている姿を見たのは初めてだった。苦労してやっと民主主義の国スイスの片隅に居場所を見つけ、チューリヒベルクに腰を落ち着けようとした、その矢先に起こったことだった。一九六〇年、集合住宅の中で起こったことだった。怒りのあまり、分不相応な出費であるにもかかわらず、父は即決で小さな一戸建てを買った。中傷をこととする隣人たちに煩わされぬために。尊厳を傷つけられないで生きてゆくことができるように。

そもそも隠し事など一つとして無かった。わたしたちは東を引きずり続けていた。出自、幼年時代、もろもろの匂い、実の大きなプラム。褐炭、数々の不安、蒸気機関車、終わりの見えない逃走。わたしたちは「あちら」からやってきて、「あちら」とのつながりを決して断ち切らなかった。ポドゴリツァからイェルザレムにかけての葡萄畑とのつながりも、ドラーヴァ川そしてムール川沿いに住む友人たちとのつながりも、今では正式にはリマフスカー・ソボタという名になっているリマソンバトの丘陵地とのつながりも。政治体制と地形は別の顔を持っている。さまざまな言語、食事、身ぶり。感情のアルファベットだ。父は生涯、スロヴェニア語で数を数えていた。ひとりごともおそらくはスロヴェニア語でつぶやいていたのだろう。

わたしは父のことをあまりに知らない。

父は、若い頃にはチェロを弾いていた。

ターフェルシュピッツが、カッテージチーズのパラチンケンが、タンポポの葉にパンプキンシードオイルとポテトのサラダが、アドリア海産の新鮮な鯛が好きだった。ワイン抜きというわけにはどうしてもいかなかった。そして食後にはいつも、つまようじ。

原則は？——あった。絶対的信条は？——無縁だった。聖書よりもセネカが好きだった。一番好きなのは、もろもろの芸術の中でももっとも軽やかな芸術、音楽だった。

魚座生まれの男。繊細で、捕えることはできない。

第二章
ヴィルナまで

母方の先祖の系譜はさらに母方に遡っていくとポーランドとリトアニアに至る。コントラトヴィチ家はかつてはコンドラトヴィチ家と呼ばれていた。先祖の一人は、ウーワ川の戦いでの活躍により貴族の称号を贈られている。(家に伝わる文書では、紋章に以下のポーランド語のコメントが添えられている――「コンドラトヴィチ＝スィロコムラ家の紋章《コンドラトヴィチ・ヘルブ・スィロコムラ》、セベスティアン《セベスティアン》、ウーワ川の戦いでの勇猛で名高い《フスワヴィウ・シェン・ズ・オドヴァギ・ヴ・ビトフィエ・ポド・ウウィン》。」) 家系図には、一八二三年にスモルホフに生まれ、一八六二年にヴィルナで亡くなった、詩人のヴワディスワフ・コンドラトヴィチ＝スィロコムラの名が記されている。ポーランドのより良き運命をその詩に謳い上げた後期ロマン派の愛国詩人だ。彼を記念する銘板を、わたしはヴィルナの聖ヨハネ教会で発見した。彼は当地のラソス墓地に埋葬されている。

　ヴィルナ、リトアニア語ではヴィリニュスは、たくさんの小路と丘と九九の教会のある、リトアニア、ポーランド、ロシア、ユダヤを内包する多様な都市だ。オストラブラマの奇跡の聖母《マトカ・ボスカ・オストラブラムスカ》からほんの数歩いったところで角を並木道の方へ曲がると、ロシア女子修道院にたどりつく。修道女たちはごしごし洗い、ぶつぶつ祈り、またごしごし洗う。ここでは時間は止まっている。鳥たちがさえずり、皺女たちがベンチで微睡んでいる間に、時も裏庭に引っこんでしまった具合だ。そして旧市街の雑踏の中で、ふたたび今日の世界に戻ったと思う間もなく、次なる時の穴が口を開けている。門を一つくぐり、通路を一つ抜けると、中庭めいた広場に着く、板きれや粗大ゴミに半ば占拠され、左手には教会が見えている、東方典礼カトリック教会だ。慎重な足取りで中へ入る。足場と古道具の間に聖画壁《イコノスタシス》の微光がほの見える、むっとこもった空気、人影は皆無。まるで舞台装置置場、不潔な劇場倉庫。修復費用がないことは明らかだ。一握りほどしかいない東方典礼カトリック教会の信徒たちの暮らしは貧しい。

ゲットーの中にヘブライ語の表示はわずかしか見られない。一方、銘板の記述には失われたものがあふれかえっている――破壊された建物とシナゴーグ、移送された人びと、射殺された人びと。なお残っているものには、垢抜けた、陳列品めいた外観が施されている。この街で最も高価なホテルの一軒はゲットー地区にそびえているのだ。わたしが報告しているのは二〇〇四年の現状だ。唯一の「実際に使われている」シナゴーグでの安息日の礼拝では、ほぼロシア語ばかりが聞こえてくる。強い英語訛りで話しているのはアメリカ出身のラビ。かつての東側のエルサレムは、ユダヤ人共同体の長をブルックリンからリクルートしてきた、かほどにも主の回り道は大きく、謎めいている。

わたしは丘に向かう道のひとつをたどる。急な上り坂で、低い木造住宅が並んでいる。ヴワディスワフ・コンドラトヴィチの時代も違った姿ではなかっただろう。こちらには前庭、あちらには一本の木。凸凹の敷石の上をオンボロ自動車がガタゴト走るところだけが違う。それからカーブを一つ曲がると、街は不意に終わり、森がはじまる。密生した混合林が、連なる丘を越えて広がっている。その最も暗い真ん中のパネレイの森に、一九四一年七月から一九四四年七月の間に七万人のユダヤ人が射殺された跡地がある。

最初にヴィリニュスを訪れたのは一九六〇年代の終わりで、当時はリトアニア社会主義共和国の首都だった。レニングラードからの夜行列車だった。着いたのは早朝で、ホテルはなかった。部屋探しの試みはことごとく失敗に終わった。最後に親切な受付の女性がわたしの手を取り、屋根裏部屋を一つ貸してくれた。これは吉兆だった。その後も人びとは好意的に接してくれた。一人の学生が街の中心に連れていってくれ、そこではこれ以上ないほどに細い、曲がりくねった路地が川の流れさながらに網目模様をなしていた。そしてわたしはある目立たない薄灰色の建物に、わたしの詩人を記念する銘板を見つけたのである。

それから三五年経って、駅はほとんど見違えるようだった。大きなホールは改築され、窓口も移され、モダンなスタイルに変わっていた。当時、行列に並んでリガ行きの夜行切符を手に入れた場所がどこなのかは、今でも正確にわかる。その列車への乗車は、軍事地域と立入禁止区域を通過するために、外国人には禁止されていたのだ。その場所に窓口はもはやなかった、建物の外の線路だけがなお以前のままの姿に見える。

ウーワ川が見たい。

曾祖父が経理将校として勤務していた場所が見たい。まだトランシルヴァニア、スロヴァキアの一部、トランスカルパチアの一部を内包し、オーストリア＝ハンガリー帝国に属していた、当時のハンガリーの、辺境の各地。もろもろの河川の流れ、国境線。新たな名前と複雑なアイデンティティをもつ諸都市。数々の政権交代、戦争、荒廃、排除。歴史の風。

曾祖父はモラヴィアの女性と結婚し、四人の子ども——二人の息子、二人の娘——を授かった。上の息子は大学で医学の勉強を始め、入隊してロシアの捕虜になると、そのままソヴィエトに残った。彼はロシア人女性と結婚した。医学部卒業証書の偽造を頼んできたが、両親はそれを拒絶した。その後の消息は途絶えている。下の息子のエレメーアは、二十歳そこそこでガリツィアの東部戦線で戦死した。「僕はまだ生きてます」というのが、最後の手紙での言葉だった。それを追うように訃報が届いた。二人の娘は三歳違いで、固い姉妹の絆で結ばれていた。ウンクヴァール（今日のウクライナの都市ウージュホロド）でギムナジウムに通い、その後も離れることなくともに暮らした。姉のヨラーンは女教師となり、妹、つまりわたしの祖母は、孤児に生まれながらリマソンバトの缶詰工場の社長にまでたたきあげた男、カーロイ・シヒェルトと結婚した。彼女はヨラーンを引き取った。ヨラーンは独り身で、信心深く、夜鳥のように怖がりだった。その情愛のことごとくを姪（母）とその娘（わたし）に注いだ。いつも生真面目な顔で乳母車を押し、暴君じみた振る舞い、無体な要求に耐えていた。献身への意志が顔に刻みこまれていた。六十代初めに昏倒し、亡くなるその日に至るまで。死因は急性の心停止だった。

祖母は娘のいるスイスへ越してきた、しかし姉とのおしゃべりは続いていた。聞こえるか聞こえないかの声で、古い手紙を、アルバムをめくりながら。そう、これはヨラーンが好きなものだわ、祖母の唇からわたしは読み取った。祖母は内気でしとやかでエレガントな女性で、美しい生地や素材へのとびきり繊細な感覚がある人だった。この感覚は、ありとある逸品を蒐集していた経理将校の父親から受け継いだものだった。シガレットケース、シガレットホルダー、宝石箱、手鋏、柄付き片眼鏡《ロルニヨン》、螺鈿製、銀製、琥珀製の品々。それらを身につけるためのバンドや靴を、祖母は極上の皮革で作らせていた。むろん、老齢になってからは、持ち歩くことは稀になった。コレクションは生気を失い、かつての蒐集熱を証すばかりとなった。保存された過去。(「保存する」ことは彼女の生来の天分であって、それは例えば、富裕市民の工場主の妻としての生活の中では、来客のないときに、客間の安楽椅子に真っ白なカバーをかけるような行為に現れていた。)

高い鼻筋に寄り気味の、メランコリックな、ネズミを思わせる、あの茶色の両眼が思い出される。

裁縫仕事の上に、小さな祈禱本の上に屈められた、あの頭が思い出される。

まるでそれらが彼女の存在を保証してくれるかのように、手紙を、紙切れを、かつての時代のガラクタを、繰り返し確かめては整理すべく、根気強く引き出しの中を動いていた、あのほっそりした両手が思い出される。

彼女のゆっくりとした、落ち着いた足取り、母に言い返すことは絶えてなかった、あのかすれた、ほとんど泣きそうな声が思い出される。

鶏の手羽の、首の最後の肉片をかじりとる、あのすばしこく動く歯が思い出される。

ヘラー硬貨、ラッペン硬貨一枚一枚をためつすがめつ眺めては父を怒らせていた、あの感動的な節約家ぶりが思い出される。あんたたちのお荷物にはなりたくないのよ、という彼女の口癖。父は太っ腹だっただけに、なおのこと腹を立てたのだった。

あの留め金のついた、オレンジと茶の縞のウールの室内履き（チェコスロヴァキア製）が思い出される。亡くなる前にも、すっかり弱りきって生気を失った彼女は、それを引きずるようにして家の中を歩いていた。

おなかにガスが溜まる、胸やけがする、と嘆いていたのが思い出される。それは彼女の病の徴候だった。

小さな塊にまとめられていた、細い、銀白の髪が思い出される。仏陀のような耳たぶ、そこに滴ほどの大きさのイヤリング。

娘の発作的な怒りと著しく対照をなしていた、あの穏やかさが思い出される。祖母はよく泣いていたと思う。ある時は後悔から、またある時はわが身の寄る辺なさゆえに。

コントラトヴィチ家は大きな一族だ。祖母の従兄弟のイレネウスは、ウージュホロドの東方典礼カトリック教会の司教だった。彼がどのようにして抑圧的なソヴィエト時代を生き延びたかは知らない。わたしにわかっているのは、かつてより自分が聖画壁《イコノスタシス》に、そしてまたギリシャの、ロシアの、ゆっくりと抑揚なく朗誦される典礼の儀式に、魔術的なまでに惹きつけられてきたということだけだ。

ウージュホロドには今日もなお、風景画家であり、幾重にも「功績高いウクライナの芸術家」とされている、エルネスト・コントラトヴィチが生きている。トランスカルパチアの丘、野、森は、彼の作品では眩いばかりの色彩に輝き、村の情景はゴーギャンのタヒチのようにおとぎ話めいた牧歌的画風で描かれている。九三歳になってもなお、彼は引き寄せられるように自然の中に入りこんでいる。ひょっとすると彼は「もっとも近しき故郷《エンクステ・ハイマート》」とはなんであるかを、わたしに教えてくれているのかもしれない。

わたしたちの生が交差することはなかった。かつて、ずっと以前に、夜行列車でキエフからブダペシュトへ向かったことがある。夜明けの薄明の中、窓越しに、わたしは丘という丘すべてに木造の教会が建っているのを目にした。ウージュホロドで下車することはなかった。国境の町のチョプで長い車両交換があり、それからどこまでも続く平地を抜けて南西へ、ハンガリーの首都へ向かった。

親族の歴史の網が広がっている東方のヨーロッパを、わたしは縦横無尽に旅してまわった、とりわけ、列車に乗って。いろいろな駅での恐怖と魅力。マリア・テレジア・イエローの、薄汚れた灰色の、塗装の剥げた、今にも崩れそうな駅、柱のある駅と無い駅、悪臭漂う居酒屋のある駅と立ち飲みだけの駅、パリパリになったゼラニウムのある駅、見張り小屋のある駅、廃線のある寂しげな田舎駅。どこかしらで警笛が鳴り、合図の手が振られ、ガクンと列車が動き出す。窓ガラスは薄汚れ、冷たい煙が車室内にこもる。薄暗い灯りが、気まぐれ次第に、消えてはまた点く。窓外では野原が、ガリガリの白雌牛が草を食む牧草地が飛び去っていく。犬が一匹、足を引きずりつつ村の外へ向かう。列車が不意に停車すると、築堤に一群のジプシーの子どもたちが姿を見せ、何やら大声で身振りをしては、地面と同じ茶色の顔で笑う。わたしが返事をかえす前に、別れはもう訪れている。先へ、どんどん先へ、枕木の刻むリズムにのって。この「先へ」というやつはどうも変てこで、満ち足りているわけでもなく、到着を目指しているわけでもなく、むしろ別離の連続となってわたしの前に立ち現れる。膝丈の野菜畑に立つバケツを持った農婦、はもう過ぎ去っている。たてがみを踊らせる子馬、も過ぎ去る。巨大な屋根をいただいた鐘楼も過ぎ去る。傾いだ木造農家の煙突から昇るはしこい煙の柱も過ぎ去る。遮断機の後ろに手をつないで立ち、一心に待っている若いカップルが過ぎ去る。白樺林のただ中できらめく湖が過ぎ去る。わたしは眼をあげて、ハンガリー語の、スロヴァキア語の、リトアニア語の看板を読む、車掌も次々に言葉を替えてゆく。たっぷり眺め、たっぷり聞いた後は、眠りに身をゆだねる。眠りは確実に時空を抜けてわたしを運んでゆく、温もりをもった梱となったわたしは、手足を広げ大きく伸びをする。カウナスで、コシツェで、ペーチで、笛の音が鋭く響くと、わたしは眠たい現在へ発射される。

わたしは何を探しているのか？

第三章

もう一つの記憶

　内なるコンパスの針は東を指している。それにしてもこの胸の昂まりはどこから？　アカシア並木を見たときの、平原の一景を見たときの、平屋に囲まれた布を広げたような広場を見たときの？　そんなとき何かが呼びかけてくる——ここだ。そのイメージに見合う名前は無い。それはあらゆる意識的経験の背後に座している。コントロールすることも、真に知ることもない記憶の貯蔵庫からやってくる。そしてわたしを支配する力を持っている。（Mが言う、既視感《デジャ・ヴュ》とはわたしたちがすでに幾度か、いや幾度となく、この地上を彷徨ってきた証しではないか？）

　雪をかぶって柵がたわんでいる。もちろんそう、たわんだ柵。村で見るような。影、黒丸烏、すべてがそろっている。そしてわたしは何番目かの過去へ落ちてゆく。過去以前の過去へ。七つの山と小人たちの彼方へ。

　それから羊の群れ、緑の山腹に大草原に、むくむくと。急斜面の牧草地にも。草を食んでいる顎、群れが動くや波のうねり。まるで始原の記憶のよう。

響きと匂いは寄り集まって〈何処からともしれぬ〉イメージとなる。五音音階《ペンタトーン》で歌われ、吹かれる（はっきりとした半音進行を伴って）。煙の匂いがする。香辛料の匂い、香煙の匂い。

カップからは紅茶の湯気が立ち昇る。

もう一つの記憶の土地は、紅茶《テー》の領域《テリトリー》。

その柵と境界の間で、わたしは触れられたのだ。わたしは呼びかけに従おう、それが信頼できる羊飼いの呼び声であるかのように。東へいくぞ《イーストワード》！　ほーぅ！

時は円錐形をしている、生は容赦なき先端へ向けて流れてゆく。わたしはそれを始まりと呼ぼう。なぜなら群れはすでに待っているのだから。煙は流れる方へ流れるのだから。わたしは理由など問わない。ホームシックという言葉は語彙から外す。

第四章
欠けている記憶《ノー・メモリー》

偶然の生誕地。偶然とは言い切れぬ生誕地、だって母もここで生まれたのだから。リマソンバトの街で。トリアノン条約でハンガリー領からチェコスロヴァキア領に変わり、その後、ホルティ提督によって奪還され、第二次世界大戦後にはチェコスロヴァキア社会主義共和国の一部となり、その四五年後にはスロヴァキア共和国南東部ゲメルの郡都となる。現在名リマフスカー・ソボタ、人口二万五千人、そのほぼ三分の一はハンガリー系マイノリティに属している。ギムナジウム、基幹学校《ハウプトシューレ》、美術館、図書館、市庁舎、ホテル二軒、カトリック教会、ルター派教会、カルヴァン派教会、バロック様式の中央広場。

シナゴーグ(旧市街路地にある)は荒れ果てるにまかされた。その後、社会主義建築のラッシュが巻き起こった。一九六〇年代には中心の歴史地区の端に、コンクリートプレハブ集合住宅、巷では「万里の長城」と呼ばれる建物が建てられた。

一九〇二年設立の、祖父が工場長をしていた保存食品工場は今日も残っている。ジャムや果物や野菜の瓶詰を生産している。母が育ち、わたしが生まれたかつての工場長の家は、階段部分も館内配置も変わらないまま、現在は事務棟として使われている。生まれた部屋（二階、北東向きの窓）はすぐに見つかり、人びとはわたしを一人にしてくれる。隣室は修繕中とのこと（金槌を打つ音）、ただ一つ付いているバルコニーに出て、隣接するビール工場からなる侘しい光景を眺める。母はいろんな話をしてくれた、乗り物のこと、倉庫群、学校に送ってくれた御者のカーロイのこと、隣家の平屋根で飼われ、ついには最期を迎えた子豚のピチのこと。別の時代の話である。

蘇ろうとしない記憶の暗闇を手さぐりで進み、冬の一月の最中にちびのミイラさながらの格好で乳母車に乗せられ、すぐ隣にある市立公園を抜けていったときのことを思い描こうとしてみる。今回の訪問では、公園は殺風景で、黴の匂いがしている。樹木はぼうっと佇んでいる、苔がつくのを待っているかのようだ。公園の背後にはリマ川がちょろちょろ流れる、橋、東屋。これが母の牧歌的な子ども時代だった。

ある写真では、おむつをしたわたしが公園をよちよち歩いている。一歳半くらいだろうか。別の写真では、バルコニーに立っている、一階に母の薬局が入っている建物だ。夏で、白のワンピースを着ていて、髪に大きなリボンをつけている。光が眩しいのか、早くから顔に表れていた懐疑だろうか。両眼を軽く細め、重すぎるみたいに頭をわずかに傾げている。腕にはテディベアを抱いている。この写真からほどなく、わたしたちはブダペシュトに引っ越した。

ああ神様、この子は風邪をひいてしまうわ、とヨラーンおばさんはいつも言っていたそうだ。

おにんぎょうさんは遊びたいの、そんな具合に自分のすることを言っていたそうだ、そして人形の細銀の髪束を右人差し指にぎゅっと巻きつけた、呻き声をあげそうなくらいに。それを曳いて、そこらじゅうを引きずり回した、けたけた笑いながら。当時を覚えている人はそんなふうに語る。

小さな暴君。

こつぶちゃん（愛称）は力強く成長していく。

わたしをうまく御したろう祖父は、生後三週間の頃に亡くなっている。

母（癇癪持ちでエネルギッシュ）は、クレチン病胎児の大壜が並んだ薬局でせっせと働いている。

（進駐ロシア兵たちはあらゆるアルコールを飲み干したわけではなかった。）

父は？——ちっちゃな娘に鼻高々だった。

わたしは伯母に守られて大きくなっていく、工場併設の住まいと薬局と公園を行き来しながら。

食べる物も、母乳からパプリカソーセージに急変し、これには皆も大いに肝を冷やす。乳歯は四本きり、でも意志はとびきり。わたしには関してはそんな状況だった。

凍てつくように寒い二〇〇四年十一月のある日のこと、わたしは、未知の人に対するように、この街に挨拶をする。とはいえ、薬局は写真と同じ姿。中央広場もまるでアルバムを見ているよう。缶詰工場も右に同じ。母が幸せな八年を送ったカカーニエン帝国のギムナジウムもそう。わたしは通りを歩いてゆく、想像力で道を切り開きながら。すべてがすぐそばにある。路地の一つに曲がったと思うと、道はそこで尽きている。市場町ならではの愛くるしい建物、つつましく飾られた平屋建ての家々、それを縁取る梢の円やかな低木。見渡しがきくということの魅力をわたしは知る。この方形の広場では誰一人迷わない。世界はミニチュアサイズにつづめられ、それなりにうまくいっているように見える。（母が大都市を嫌う、大都市で途方に暮れる由縁だ。）わたしはすらすらと暗唱できるくらいだ、トンパ記念碑から市立公園＝〇・八キロ、カフェ・カルパチアから墓地＝〇・九キロ、ギムナジウムからヨラーンが教えていた国民学校＝〇・六キロ。その建物は厳粛で、漆喰が剝げて灰色だ。正面はアカシアの木が植えられた、木陰の多い通りに面しているものの、側面はこれでもかというほどに運動場が広がり、寒々しく塀で囲まれている。ヨラーンはとうに、御影石でできた一族の墓に、バラの花輪を手首に巻いて眠っている。わたしはコントラトヴィチ家の墓所の前に立っている、一羽の鳥がガリガリ砂を引っ掻いている。墓地は斜面にしがみつくようで、その上方には青白い空が広がっている。一族の痕跡をたどる必要はなかった。R・Sにはもう親族はいない。母の遠い知人がいるだけだ。けれども、街はわたしを特別に迎えてくれた、まるで失われた娘を迎えるように。女性市長からの挨拶の言葉、オルガン伴奏付きの歌、詩の朗唱、花束、そしてプレゼント。ささやかな午後の式典は、市庁舎の婚礼の間で執り行われた。わたしは花嫁のような気持ちになり、感動しつつお礼の言葉をハンガリー語で述べた。

教会の尖塔の間から、陽光が低く市庁舎に差しこんでいる。母の薬局から数軒しか離れていない場所での、こんなにも晴れやかな瞬間。ラビ・ナハマンは言う、喜びによって心は住処を与えられる、しかし憂鬱によって心は流謫の憂き目にあう。またこうも言う、世界は回転する骰子のようなもの。すべては反対にひっくり返る。

わたしは、自分では思い出すことなしに、かつていた場所にたどりついた。中央広場北側の市庁舎から東側の図書館に向かって足を急がせる。改築された屋根裏階で七〇名のギムナジウムの生徒の前で朗読し、続いて生徒たちが芸術の諸法則について微に入り細に入り質問する。どの言語の中にあるとき、わが家にいると感じますか。生まれた町の感じはどうですか。ホームシックにはならないのですか。書くときにどんな感じがするのですか。わたしは言葉を家のように感じるということを話す、けれども書くこと《シュライベン》と叫ぶこと《シュライエン》が似ていることについては触れないでおく。生徒たちの顔は紅潮し、(エレガントな帽子をかぶった)ドイツ語の先生も期待に満ちた眼差しを送ってくる。わたしは遠方からやって来た、自分がここに属しているのかどうかを試すために。

快活な女性館長、パーニ・Kが生垣の茂みをすり抜けていくように図書館を案内してくれる。瓶や丸パンがところ狭しと並んだ紙製クロスの上には赤の小葉をつけた花が飾ってある。ここではすべてが花咲いている、あふれんばかりに。そこでわたしはゲストブックにフランス菊のスケッチを描き入れる。献辞、謝辞などを書きこむ。彼女は顔を輝かせる。

外は星降るような夜空。人びとが足早に広場を横切っていく姿が見える。ボリスが言う、村に帰る終バスに乗ろうとしているんです。生徒の多くは田舎に住んでいるもので。

店はとうに閉まっている。リマフスカー・ソボタは静かだ。母があれほど夢中になっていた舞踏会は、かつてどこで開かれていたのだろう、わたしは自問する。ボリスは、飲み屋もない、ディスコもない、犬の鳴き声もしない、静まりかえった通りを案内してくれる。ひとっ子ひとりいない場所を舞台に、わたしは想像を繰り広げる。わたしは一人つぶやく、向こうの奥のところに、母の一番の親友の、ラビの娘のオルガ・シンガーが住んでいる。前方の光が点いているところは、遊び仲間のギュシ・ヴィエトリスの家だ。大人たちがトランプ遊びをしているとき、彼はピアノの練習をしているかもしれない。そのずっと前のところにはイリ、縮れっ毛で、機嫌のいいイリ、スケートがすごく速いイリが住んでいる。

けれども不意に、わたしはある家に歩み入り、そこには今日のカティンカが座っていて、話し、問い、お肉や焼菓子を勧めてくれる。そしてわたしは、〈いま〉の中に沈んでいく。

ホテルの建物は、先端が平らになったピラミッドのようだ。バルコニーからはほぼ街全体が一望できる、その向こうには緑の丘が連なる。珍しい現代建築、ポスト共産主義、いや、ポストモダンと言ってもいい。「万里の長城」の後はエジプトが流行ったのだった。

わたしは幸福な疲れの中で深い眠りに落ちる。翌朝は博物館に急ぐ、八時には所蔵品を見せてくれることになっているのだ。（特別許可、特別随行、カメラマンがわたしの訪問を記録している。）

立派な展示室を備えた郷土博物館、そこでは古生物学と戦争画が難なく結びつけられている。わたしは発掘された骨、考古学的出土品、水晶、黒貂の毛皮、地栗鼠、稀少沼沢植物、サーベル、装束、史料、地図などが展示されたガラスケースを早足で見て回る。最後に訪れた広間では、肖像画に描かれた当地の名士たちが、醒めた顔で朝の世界を見つめている。一瞬、ここに泊まって、この地域の歴史の声なき対話に与るのはどうだろう、という考えが頭をよぎる。しかし、時間は押している、故郷を偲ばせる事物の見学は、急ぎ足で覗きこむだけにして終わりにする。

隣に接したトンパ広場では、ハンガリーの国民詩人、シャンドール・ペテーフィの彫像が台座から挨拶を送ってくる。荘重なポーズはいつものことだが、等身大よりも小さいせいか、像全体としては、つづめられたような、滑稽な印象を与える。資金不足のためだろうか？　それともハンガリー人マイノリティは次善の解決策に甘んじなければならなかったということか？　いずれにせよ、このこさえものは真新しく、心がこもっているとは言いがたいものだ。英雄ペテーフィは高い樹木の陰に侏儒じみた姿で立っている。葉を落とした枝を透かして、精神病院の黄色の正面壁が光っているのが見える。

街の上空にはベールのような雲。さらに先へ進まなくては、到着したばかりだけれど。自身の記憶を紡ぎ始めたばかりだけれど。その自身の記憶が、他者の記憶に声をかける。「こんにちは、お母さん」。

母の薬局は「一角獣」という名前だった。母はいつも動物と親しんでいた。泳ぎは豚の膀胱で学んだ。子どもの頃は蟻の群れを何時間も眺め、甘い缶詰工場に群がる蜂を恐れる風もなく手摑みした。低い隣家の平屋根では鶏、鵞鳥、そして子豚のピチが飼われていた。ピチは臆面もなく、三度にわたって屋根から落っこちた。一度目は幸運にも無傷だった、二度目は脚を一本折った。三度目はひどく怪我したので屠殺しなければならなかった。人びとは動物を慈しみ、そして思い悩むでもなく平らげた。ソーセージ、ベーコン、鵞鳥のレバー、ラードは午後のおやつのパンに欠かせなかった。

ベッドの上に欠かせないのは、市立公園で引っ張る小さなはしご車の上にもなくてはならないのは、ぬいぐるみの動物だった。

母はとにかく遊び好きだった。（十歳になるまで）まっとうな門を使うことなく、工場を囲む鉄格子模様を這って抜けていた。リマ川のほとりに自分の小さな野菜庭園をこしらえ、馬車の御者をせき立てた。古い箱型のカメラで写真を撮り、詩を書き、スケッチし、傴僂女のジュジョー・ロートの家の、暗い「錬金術風」の小部屋にバターとカッテージチーズを取りにいく仕事は人にさせなかった。ジュール・ヴェルヌを読み、インディアンの格好をし、もうダメと言われるまでブランコを揺らし続けた。慢性の扁桃炎で、胃の調子が悪いといつもヒマシ油を飲まされた。でもそんなことでこの小都市での子ども時代の幸せは減りはしなかった。

朗らか？　彼女が？　わたしが？

ヴェールのような雲、地面からは寒さが這い上がる。いつもその先へ、いつもここにさようなら、そして、どこでもない場所へ。

ラビ・メンデルは嘆いた、今日では人びとは昼となく夜となく国道に馬車を走らせる、もはや安らぎが訪れることはない。

パーニ・Kはわたしを強く抱きしめた、甘い焼菓子の香りがした。

ボリスは日なたで眼をしばたたかせながら、手を振っていた。

第五章
今日、在るもの（とぎれとぎれの静物画）

七つの林檎が陶器の皿にのっている、触れ合っている、けれど狭そうではない。コロコロ転がってきたという感じ。一つがわずかに沈んでいる、でも上にのっているものはない。赤黄色の斑点のあるのが前に一つ、ほかは緑がかった赤の波模様。綺麗に梯形になって、全体は皿盛りに広がり、静かなる存在へ熟れている。

鮮やかなオレンジ色は、碧青のモロッコ皿の上のクレメンティーノ。葉っぱのついた蔕をつんと宙に突き出し、小さな掻き傷がある。観ると、観られたものは像へ固まる。それが色と配列とともにゆっくり内へ浸透する、そして静寂を残していく。

部屋の外には霜の降りた自然。木々、茂み、枝、トウヒの針葉の一本一本までが凍りついて白く光っている。どの部分もありのままの姿にむきだされている。茂ったものはさらに茂り、たおやかなものはさらにたおやかに。ほんの時おり、太枝からちょろちょろ零れ落ちてくる。結晶の粒のような霧雨。

今日、この日。兎は下生えに身を潜める。母ツグミは注意深く様子をうかがう。凍りつくような《フリージング・》寒さ《コールド》。そして温もりを生み出すべく、線影をつけた思考。イワーノフの魂は明日という日を恐れて震える、なぜなら今日という日に吐き気がするから。彼は木々を見ず、ジレンマばかりを見つめている。ユダヤ人の妻のことをもう愛してはおらず、別の女を愛することもできないでいる。チェーホフが、彼の代わりに状況を解決する、みずからを裁く迅速な弾丸によって。イワーノフは道のない暗い森。そして自身の森を手探りでさまよう愚者。前へ、後ろへ、ぐるぐると。どんな鳥の鳴き声も彼を魅了することはできない。狂気への誘いとなるときを除けば。そして確信がやってくると、そこにとどまり、おしのけられぬまでになると、わたしは囚われの身となり、銃声が炸裂する。これで十分だ。

ふたたび太った母ツグミ、茂みの中で羽を広げている。敏捷なコマドリは白樺の枝間を飛び回り囀っている。霧を透かして幽かに太陽が差し、わずかに透明度が増す。寒さがざわめきを呑みこむ。あるいは、ざわめきは動物たちのように身をかがめる。垣根の静けさ。皿の林檎たちの静けさ。

第六章
トランクとはいったい何なのか?

リヒャルトが言う、トランクに対するこの病的な反応。僕はトランクを見ることにもう耐えられない。リヒャルトはこれまで引越を繰り返し、今なお引越し続けていて、この回転木馬をどう終わらせればよいやらわからなくなっている。そして彼がわたしを見つめるや、わたし自身のトランク映像が回り始める。

そもそものところ、わたしたちはいつも荷造りしていた。トランクがベッドの下に、棚の上に、狭い玄関ホールに置いてあった。布製の、焦茶の厚紙製の、豚革製の擦り切れたトランク、それを縛るための革紐、だってこいつは膨らんで重くなっても、持ちこたえてもらわねばならなかったのだから。母が大きく開いた深いトランクに屈みこむと、いよいよその時だった。母が一枚一枚、服を沈め、機械的に撫でつけるたびに、現在はどこかしらへ滑り落ちていった、〈ここ〉はもはやここではなくなろうとした。そしてわたしはその傍に立っていた、わたし自身の傍に立つようにして。奇妙だったのは、トランクのまわりのものすべてが、みるみるうちに現実感を失っていったことだった。トランクが載せられたベッド、周囲の壁、ついさっきまで慣れ親しんでいたはずの部屋。トランクがつぎつぎと物を呑みこみ始めるや、時間と時間のあいだにはあるはずのない隙間が生まれ、そこにわたしはなすすべもなく、不安に満たされて立ちつくした。このメランコリックな気分は、文字通りあらゆるものに対して生じた隔たりの感情に由来していた。わたしたちはまだそこを後にしてはいなかった、でももはやそこにはいなかった、荷造りが続くほどにわたしの感覚は麻痺していった。

それにわたしは訊かれてはいなかった。出発を決めるのはほかの人たちだった。両親、そしてもろもろの状況。さあついて来なさい。わたしはついて行った。見知らぬ世界へ。次なる仮の宿りへ。子どもの間じゅう、ずっと。

大慌ての出発は一度もなかった。やみくもに駆け出して靴が片っぽだけぽつんと、なんてことにはならなかった。わたしたちは逃げたのではない、トランクを荷造りしたのだ。持てる財産はトランクに、そういうことだ。もちろん荷物は軽くないといけない。わたしたちに引っ越しトラックは必要なかった。運ぶに重いものは置いていくのだ。わたしたちはたいてい馴染みのない家具の間で暮らし、それが馴染んだかと思うとおさらばした。そしてわたしはまたトランクの深淵を覗きこむことになった。トランクたちの忠実さは疑いようがなかった。

旅行用膝掛けという言葉、毛皮手袋という言葉、柔らかな、ふわふわした、ほっこりしたもの。ほとんど重みのないもの。というのもトランクを引きずっていくのは大仕事なのだ。車輪で転がらぬものはすべてお荷物、たとえ全財産がその中に詰められていようとも。

僕はトランクを見ることに耐えられない、リヒャルトが言う。

誰に言っているの？

自分が何処の人間なのか、わからなくなってしまう。

場処ってそんなに重要？

僕はそう思うけれど。

一九七二年にレニングラードで、ブロツキーの一部屋半の住居を訪ねたとき、わたしの視線はまず大きな戸棚にとまった、その上には黒い海外旅行用トランクとちっちゃなアメリカの国旗が置かれていたのだ。その数か月後、彼は亡命した。

トランクは一つのシンボルなのだ。実用品というのはその次の話。

非定住民の烙印？

やめてくれ。その言葉を僕は耐えられない。

誰もが口にしていること。わたしたちが生きているのは、つまるところは移民社会。世界旅行者たちのモバイル社会と言ってもいい。

ともかく駅だけは、空港だけはごめんだ。怒りの発作にとらわれてしまう。

トランクには、待つ喜びもあるんじゃない？

探検を？　再会を？

まあ、そんなところ。

僕の好奇心はトランク無しでも大丈夫。少しでも早く夏のスウェーデンの森に潜りこめれば、それでいいんだ。

おひさまを浴びたくてしかたないんだと思ってた。

まあ、そうだね。

あなたの祖先のことを聞いとくべきだったかも。

それはいいよ。

わたしのは、東ヨーロッパ半分に散らばっている。

で、きみは、その親戚たちがたどった行路すべてを旅して回りたいと。まるで自分自身の行路だけでは足りないみたいに。

そう思う。

僕の中欧地図はここ何十年の商用旅行でボロボロだ。

それでトランクがトラウマ？

年を取ってくると自分は誰なのか、自問するようになった。

トランクは、色とりどりの楽しげなステッカーが貼られていても、それには答えてくれない。

トランクを見ると苦しいんだ。

わたしのバッグを補助カバンに貸してあげる。カバンはカバンよ。

僕がそれ持って雲隠れしちゃったら？

森の中に？

わからない。ともかくも、いい加減、身軽になろうとして。
先へ進みなさい《ゴー・アヘッド》。

軽やかさ、そう。わたしは（航空業界の用語で言うなら）手荷物ひとつで旅をする、七つ道具を狭いスペースに詰めこんで。コートがわたしのテント、書物がわたしの旅行中の糧食。水筒、歯ブラシ、鉛筆、紙。早くから体で覚えたジプシー暮らしはわたしに絞るということを教えてくれた。そして、少ないものでどうやりくりするかを。なくさないように注意すること。飾りにそして日よけにスカーフを使うこと。扱いやすいもの、むろん折り目のつかない、融通がきくものを。ついでに言っておけば、あなたこそがあなたの家。旅の途上であろうとなかろうと、あなた自身があなたを守ってくれる屋根。

こうしたことをわたしは知ろうとする以前から知っていた。度重なる引っ越しはわたしを自立に追いたて、それは不安と背中合わせだった。父、母、トランクたち、そしてわたし——それが世界だった。でも父も、母も、トランクもしがみついていられるものではなかったことで、わたしは理解したのだった、何がたった一つのわが家になってくれるのかを。

そんなふうに、わたしたちは風の中に立っていた。豚革のやつはとうにボロボロ。辛苦を乗り切ってきたショールは擦り切れてテカテカ。次世代のショールたちが成長することとなった。そして今ではどこでもキャスター付きカートが走り回っている。でも時おりわたしは、ある感情に襲われる、突然襲われる、わたしは小さくて、寄る辺ない存在になる。助けを求めて手をのばす、取っ手を、トランクの革紐を摑もうとして。時をくぐり抜けていくための水先案内を。

第七章
ブダペシュト（リミックス版）

わたしたちはバラの丘のふもとのテレクヴェース通りに住んでいた。通りは急な上り坂で、その上からはペシュトの街に向けて眺望が広々とひらけていた。戦後二年半、建物にはまだ戦争の傷跡が残っていて、わたしたちの住む中二階の住居では南京虫が猛威を振るっていた。母が語るところでは、害虫を駆除するためにベッド格子を屋外に運び、ガソリンをかけて火をつけたそうだ。わたしの記憶は沈黙している、まだ二歳にもなっていなかったのだ。日々はどんな風に過ぎていったのだろう。たくさん散歩をしたわよ、と母が言う。街へ行くときには、いつもギュル・ババのお墓のそばを通った、いわゆるトルコ礼拝堂というやつで、一五四三年から四八年にかけてこの聖なる修道僧のために建てられた建物だ。ギュル・ババとはバラの父という意味だ。トルコ礼拝堂の近くにはルカーチ温泉があり、その隣には皇帝温泉があった、九つの硫黄泉とトルコ統治時代に作られた蒸し風呂がある。あったかいお湯、ぷっくりしたドーム、可愛らしいトルコの半月の紋章が、わたしの記憶貯蔵庫のどこかしら奥深くにしまいこまれている。

ブダペシュト地中で鉱泉が湧き出し続ける間に、地上ではローマ人、マジャール人、モンゴル人、オスマン人が次々に交替した。ブダは、一八世紀にふたたびハンガリーの首都となるまでは、パシャの居所だった。

パシャのことは子守娘のピリが教えてくれた、パシャの絵を描いてみましょう。彼女は、親指と人差し指に鉛筆を挟んだわたしの手をとって書かせてくれた。みじかいにほんせんがおめめ、いっぽんせんがおはな、おくちはよこせんで、まるかいてあたま。たてせんのくびに、おおきなわっかのおなか、うでふたつにあしふたつつけて、あっというまにパシャさんができあがり。ハンガリー語でこの文句は韻を踏んでいて、わたしはすぐに覚えることができた。

せんかいて、せんかいて、ちびせんかいて《ヴェセー・ヴェセー・ヴェセーチュケ》
はいできあがり、ちびあたま《ケーセン・ヴァン・ア・フェイエチュケ》
ほそながいくび、ばかでかいはら《ホッスー・ニャカ・ナジ・ア・ハシャ》
はいできあがり、トルコのパシャ《ケーセン・ヴァン・ア・テレク・パシャ》

回顧の中で、わたしのブダペシュトはどんどんオスマンの色を帯びていく。わたしがいかに暴君さながらに母と父の夜のお出かけを妨害したか、可哀想な代役のピリを苦しめたか、母の語りを聞いていると、わたしの振舞いは反抗的なだけでなく、パシャ的なものに思えてくる。

子どもたちの泣き声があちこちから聞こえる。社会主義の戦後再建ではそうすぐには撤去できなかった廃墟にもわたしは反応しただろうか。母とわたしはたくさんお出かけをした、丘の間を歩いただけではない。真っ暗な通りの数々、中にはなお焦土状態のものもあった。裂け目の開いた歩道、ごつごつした円頭石舗装にボコボコ空いた穴。歩くことがもう障害物走だった。ドナウの栈橋はどうだったろう？　川の流れは記憶に刻まれていない。あののったりした、ぎらりと光る水塊は何よりもまず鏡だった。建物も橋もわが鏡像をのぞきこむかのごとく、二重の姿を呈していた。そうだ、緑のマルガレーテ島もあった。それに船も。船のことなら覚えている。流れにのってゆっくりと、小舟が、貨物船が、蒸気船が滑ってゆき、消えてゆく。音もなく、それか、長い警笛を引きつつ。

きみは岸辺に立ち、遠方に焦がれる。きみは子どもで、この流れがどれほど巨大なものかを知らない。それがどんどんどん広くなり、広大なデルタ地帯に枝分かれし、黒海に流れこむことを。そこにはかつてさまざまな人たちがいた、ローマ人、そしてダキア人、そしてオスマン人、そして。

黒い海。黒い太陽。それは今日もなお、憧れの象徴であり続けている。

しかし、ブダペシュトは？　大げさになるかもしれないけれど、デセー・タンドリの言葉を借りて言うなら、「わたしの子ども時代の箱舟」――ドナウ河の上下する水位がそれをゆらゆらと揺すってくれた。このたゆたいをもたらしてくれたのはトリエステ湾の波、でもそれは何にも乗っていないときの話で、乳母車やら列車やら車やらに乗るとわたしは即座に眠りこんでしまい、起こすとなると一仕事だった。乗り物では箱詰めされた商品のように運ばれるままになった。歩くときには好奇心に溢れ、意思を譲らず、自分を持っていた。いったいどのくらいまで母と手をつないでいられたのだろう。わたしが不意に駆け出して、母は何度ぎょっとしたことだろう。変転してゆく空の下、どれほどの不安がわたしたちを結びつけていたのだろう？

思うに、母は自分自身を鎮めるためにも、お話をしてくれていたのだ。もろもろのせわしない変化に、このもう一つの流れを、言葉の流れを対峙させるために。雄鶏は駆けまわり、火は燃えあがり、それでもわたしたちには何一つ起こらなかった。それにお話にはいつも一件落着が用意されていた、朗らかな愚者と賢い子豚にはハッピーエンドが待っていた。

お話ししてちょうだい。雨が窓ガラスを打ち、雪がギュル・ババのお墓を覆い、わたしたちはぬくぬくした場所にうずくまり、雄鶏はダイヤのお宝のために闘う――昔むかし、一人のおばあさんがいました、おばあさんは一羽の雄鶏を飼っていました。雄鶏は泥の中を引っ掻き探しまわって、ついにある日のこと、ダイヤでできた半クロイツァー硬貨を見つけました。そこへトルコの王さまが道をやってきて、ダイヤの半クロイツァーを見て、雄鶏に言いました。「雄鶏よ、そのダイヤの半クロイツァーをよこすのだ。」「おまえに渡すわけにいくものか、これはわたしのご主人さまのものだ。」しかし王さまはダイヤを奪い取ると、雄鶏を宝物室に閉じこめてしまいました。雄鶏は腹を立てて、一番高い垣根の杭に飛んでいくと、叫び始めました。「コケコッコー、トルコの王さま、ダイヤの半クロイツァー返せ！」トルコの王様は叫び声を聞かないですむように急いで建物の中に入りました。すると雄鶏は窓板に飛んでいって叫びました、「コケコッコー、トルコの王さま、ダイヤの半クロイツァー返せ！」トルコの王様は激怒して、召使をやって雄鶏を捕え、深い井戸に投ずるよう命じました。召使は雄鶏を捕まえると、井戸の中にほうりこみました。すると雄鶏はこう始めました、「餌袋よ、餌袋よ、水をいっぱいに吸いこめ！」すると雄鶏の餌袋は井戸の水をすべて吸いこみました。それで雄鶏はまたトルコの王さまの窓板に飛んでいきました。「コケコッコー、トルコの王さま、わたしのダイヤの半クロイツァー返せ！」するとトルコの王さまは召使をやって雄鶏を捕まえ、燃えさかる竈に投ずるよう命じました。召使は雄鶏を捕まえると、燃えさかる竈にほうりこみました。そこで雄鶏はこう始めました、「餌袋よ、餌袋よ、水を吐き出して、火を消してしまえ！」すると餌袋は水を吐き出して、火を消してしまいました。すると雄鶏はまた窓板に飛んでいきました。「コケコッコー、トルコの王さま、わたしのダイヤの半クロイツァー返せ！」するとトルコの王様はこれまでにも増して激怒し、召使をやって雄鶏を捕らえ、ミツバチの巣箱へ投じ、蜂に刺し殺させるよう命じました。召使は雄鶏を捕まえ、巣箱の中へほうりこみました。すると雄鶏はこう始めました、「餌袋よ、餌袋よ、蜂をいっぱいに吸いこめ！」すると餌袋は蜂を一匹残らず吸いこんでしまいました。するとと雄鶏はトルコの王さまの窓板に飛んでいきました。「コケコッコー、トルコの王さま、わたしのダイヤの半クロイツァー返せ！」王さまはもうどうしてよいやらわかりませんでした。王さまは召使をやって、雄鶏を捕らえ、自分のゆるゆるの半ズボンの中につっこむよう命じました。すると雄鶏はこう始めました、「餌袋よ、餌袋よ、蜂を吐き出して、王さまのお尻を刺しまくらせろ！」すると餌袋は蜂を一匹残らず吐き出して、蜂は王さまのお尻をぷすぷす刺しまくりました。王さまは飛び上がりました。「この雄鶏め！　こいつを宝物室に連れていけ、自分のダイヤの半クロイツァーをさがすがよい。」雄鶏は宝物室の中にはいると、あのいつもの歌を始めました、「餌袋よ、餌袋よ、王さまのお金を吸いこんでしまえ！」すると餌袋はお金を長持ちに三杯分も吸いこんでしまいました。雄鶏はすべてを家に持ち帰り、ご主人様に差し出しました。いまやご主人さまは大金持ちの奥さまでした。もし死んでいなければ、今でもまだ生きていますよ。

ほかにも、半分皮を剝がれた雄やぎのお話、小人のパンチマンチのお話、豆粒ほどの大きさのヤンコーのお話、あるいは、ジュシュカと悪魔のお話があった。お話はどれもおまじないとくりかえしでいっぱいで、それがわたしの幼年時代のリズムとなった。「子やぎさん、子やぎさん、おなかはいっぱいかい？」「もういっぱいです、葉っぱ一枚だって食べられません。」あるいは、偽物の雄やぎが嘘を並べ立てるところはこんな具合だ、「いっぱいかいだって？　とんでもねえ／檻に押しこめられた犬みてえにペコペコさ。」世界は二行詩へ、四行詩へ、簡潔で響き豊かな呪文へ凝固していき、それはお話が進むとさらに高貴な正義となった。今でもわたしの耳にはあの愚かそうな悪魔の、うつろな低い声が聞こえている。「蹄と前足《ターニエールタルパム》、尻尾と顰面《ロンポシュ・ファルカム》、美しい召使娘よ《セーブ・ラーニ・マートカーム》、寝床を用意《ボンチュ・アー》しろ《ジャト》」そして打ちひしがれた娘が、自分の猫に助言を求めるときには「ああ《ヤイ》、子猫のこーツちゃん《ツイツスシュカーム・ミツシュカーム》、どうしたらいいの《ミト・チナーッヤク》？」優しい娘には良くなるように優しくない娘には悪くなるように事は運んでゆく、悪魔もまた区別するのだ。私心無さは報われ、欲深さは罰せられる。そして絶対の美徳は恐れない心。

笑いが喉元で引っかかってしまうようなことはなかった、ハンガリーのお話は正直で明るい。それは想像力から、豊かな着想から生い育つユーモアなのだ。身を守るすべのない、けれども賢い子豚は、恐ろしい狼を出し抜いてその頭に熱湯を浴びせる。はげになった狼は復讐をたくらむ。その狼をこれを限りと追っ払ってしまうのに子豚に必要なのは、たった一つの文章だ——「熱湯よ、はげあたまへ！」雄鶏も、頭を使って体に持てる力を引き出すことによって、強大なトルコの王さまから首尾よく身を守ることに成功する。一番好きだったのは動物のお話、そして鎖のようにどこまでも繋がってゆくお話だった。鎖話はその不可思議な吸引力ゆえに、動物話の方はその知恵ゆえに。たとえ狼さん、狐さん、兎さん、雄鶏さんが世界の終わりが怖くて「たいへんだ、たいへんだ」と逃げ出したあげくに食らい合うようなことになっても、つまるところ、みずからの愚行は償わされることになる。頭の上に石がゴツン、で始まったヒステリーの歯車はとどまるところを知らない。道理に外れた行為と韻をふむのは、時として、残忍さなのである。

ギュル・ババに雪が降っていた。おひさまが顔をのぞかせた。お話は日々を経て語られ続ける。わたしは子ども用の韻文と短い子どもの歌（デブレッツェンの街の七面鳥の歌）を学んだ。そしてブダペシュトを後にするときには、バラが何か、哀しいメロディーがどのようなものかを知っていた。あのメロディー、歌われ、ジプシーのヴァイオリンで弾かれ、クラリネットで吹かれるメロディーは、以来、一度たりとも、わたしの心から離れたことはない。

わたしの耳はハンガリー平原の耳。草原《ステップ》のペンタトーンの耳。チャールダーシュとあの一筋縄ではいかぬリズムの耳、そのリズムはあやまつことなくきみの足どりを狂わせる。きみは少しばかりよろめいて、そして到着を踏みはずす。（それが、ハンガリー的性格と呼ばれるのかもしれない。）

第八章
庭、列車たち

昼の間はものすごく大きかった。こじんまりした影を落とす洋梨、林檎、桜桃の樹があり、いつも誰かが鍬やシャベルをふるっている野菜畑があった。トマト畑は別の場所で、小さな四角い芝地の端に、「妖精たちの国」にあった。そんなふうにマリエータは語り、すぐに証拠を言い添えた。あちこちの蔓にかかっていたあのボンボン、あれはエルフたちからの贈物じゃない？　庭の真ん中には、石に囲まれた華やかな円形花壇があり、そこに向かって二本の砂利道が続いていた。左の道をとると、四角い噴水に視線を投げて、水面に映る自分の姿を見ることができた。円形花壇（薔薇、薔薇）の向こうには縁取り花壇とラズベリーの蔓が生えていて、その先のどこかで庭は養樹園に、そして養樹園は操車場の線路に接していた。果実をみのらせた生垣に囲まれた、家の壁際のベンチから見ると、目の届く限りが緑だった、あるものは繁茂し、あるものは管理され、刈り揃えられて。はるか遠くの地平線上で、シュッシュッと煙を吐く黒い機関車は、別の世界の存在だった。それは楽園の彼方の世界だった。

ゼニアオイ、コスモス、ユリ、コールラビ、マハレブ、レタス、セイヨウスグリ、イエコオロギ、わがもの顔のツグミ、トマト、カブ（根っこからこぼれる砂）、アサツキ、マルメロ、酸っぱい夏、大根、イヌサフラン、タマネギ、垣根、アプリコット、スイカズラ、ヒマワリ、キュウリ、ツバメ、グラジオラス、ワタスゲ、クロベ、ムギワラギク、シュッと飛んでくる水、風、熊手、荷車、籠、ツルバラ、芥子と三月雪、真白い月、ニオイアラセイトウ、煤の匂いとカラス、冬の鳥、スミレ、エルフ、スイバ、ナッツ、マルハナバチ、クローバー、ニワトコ

夜になると、暗く、縮んだ。わたしはベッドに寝ころびながら、あの色彩の充溢に思いを馳せた、しかしそれも列車たちのけたたましい叫びには太刀打ちできなかった。庭が黙りこくり色褪せた後では、物を言うのは列車たちだった。それはすぐ近くで、部屋を貫いて唸り声をあげた。呻き、軋み、金切声をあげた。何が交換され、何が連結されているのかもわからず、そもそも「操車」とは何なのかもわからないままに、わたしはただただ、夜陰に響くこの不気味な不安ばかりを聞いていた。闇をどよもす蒸気機関車。永遠にガタゴト続くかのような貨車の行列。いったいどこに向かっているのだろう？　彼方への憧れが家の中に入りこんできた。暗い、引き寄せる力。一九四九年のリュブリャーナ。階下ではおじさん、おばさん、従兄弟たちが眠っていた。わたしは大きな毛皮の手袋にしがみついた、こいつが人形やぬいぐるみの代わりだった。こいつと一緒にいるときにだけ、大切に庇護されている気持ちになれたのだった。小さくて、ふわふわの、わたしのお家。

庭の、寒い屋根裏住まいの滞在権。夜の列車たちは旅が続くことを思わせ、実際それはいつも先へ続いていく。この暗い家具はわたしたちの家具ではなかった、ベッドもそうだった。わたしたちはよそよそしい事物の間を動いていた、よそよそしい言語に囲まれて。事物はそのままで変わることはなかったけれど、言語には少しずつ近づいていった。毛皮の手袋を顔に押しつけながらもわたしは耳をそばだてた。ヴルトは庭。スムルトは死。わたしはノーチェ《夜》、ヴラク《列車》、ダン《昼》、クルフ《パン》を覚えた。無言のまま学んだ、世界を集めた。片言ではなく、文章で話したかった。だから黙っていたのだ、うまくいくまでは。

　夜を抜けて、列車といっしょに、言葉の列なりが進んでいた、韻を踏むものもあれば、ぶつかるものもあった。衝突だ。庭と死に何の関係があるのだろう？　だって花壇と線路の間には垣根がある、それにそもそもが。雑草ばかりがあちこちで繁い茂っていた。わたしは眼を開けたまま横になっていた、彼方のサーチライトのせいで穴だらけになった暗闇の中で。後ろから前から文字をつづって、しばし静けさが訪れると耳をすませた。静けさは固まっていた。物音に挟まれてぺちゃんこになったみたいだった。息をしていなかった。わたしも息が苦しかった。マリエータの顔を思い浮かべようとした、笑っている、悪戯っぽい眼を。さくらんぼの眼を。明るい、歌うような声を。ねえ、お話してよマリエータ、いますぐに。けれど、マリエータは話そうとしなかった。眠らせてちょうだい、妖精のことを考えるのよ。ヴィレ《妖精》——それは宥めてくれるような、鎮めてくれるような響きだった。ヴラキ《列車たち》がガタゴト働いているあいだも、ヴィレの存在は密かにこの世を統べていた。鋭い音がカンカン押し入り、キーキー軋み、ピーピーとけたたましく鳴った。そしてシューシューと悲しそうに喘いだ。

家具たちがわたしを見つめた。カーテンは花模様も見えぬままぐったりぶら下がっていた。絨毯も押し黙っていた。わたしは不安だった。もし、やつらがわたしを連れて行ったら？　それに、もし。わたしは身をこわばらせる、外で物音が響いている。眼をつむることができない、だって耳の中でどよめいているのだから。わたしは一人で、でもやつらはそうっとしておいてくれない。わたしのベッド、わたしの枕、わたしの毛布は無関心なままだった。ドアの同情など期待していなかった。ただ窓だけが、時おりカタカタ、かすかに震えてくれた。窓だけが。

そうこうするうちにわたしは微睡んでいた。上昇したかと思うと下降した。何度も、何度も。ついには落っこちたままになるまで。睡魔が不信感を圧倒したのだ。不安は夢の中へ忍び入り、朝まだきまでそこに棲みついていた。


鉛、線路。廃墟。金属的なものがなおも摑みかかってくる。そんな具合に緩衝機がガシッと爪を食いこませる。機関車をつかむ。本体の機械を。煙を吐いている。降りるのだ、時計が価値を失ってしまう前に、長い列車のかすれた火影が散り散りになる前に。列車には石が積みこまれた。プラチナブロンドの眼の子どもたちが積みこまれた。押されるとはつまり、がまんすること。鉛で扉が封印され、それから封が外され。喘ぎながらの北東へ向かっての移送、そして雪。それは砂糖ではない。軌道から外れてしまった旅。すきま風が吹きこむ。

兎の毛皮の手袋は薄茶でかさぶただらけだった。擦り切れていた。無理させすぎていた。夢もいっしょに見た。べっとりになって、ボサボサになって、わたしの頬に貼りついていた。寒いときには寝間着の下に突っこんだ。朝食のときにはチェックの蠟引き布の上のミルクボウルの隣に置いた。トイレではドアノブに引っ掛けた。わたしは手袋と話していた。それはスロヴェニア語での最初のよちよち歩きにもじっと付きあってくれた、慣れ親しんでいたのはハンガリー語だったにもかかわらず。それは「ケスチェ」と名前を呼ばれると耳をすませた。ケスチェとわたしを引き離すことはできなかった。年かさの従姉妹にはそれが理解できなかった。インディアンに扮した顔で、怪訝そうに、責めるように見つめた。この暑さにこんな手袋で走り回るなんて！　暑いことなんてめったになかった、せいぜい庭で、焼けつく太陽に照らされているときくらいだった。円形花壇の周りを走り回っているときには（薔薇、薔薇）、ケスチェは洋梨の樹陰の草の上に置かれた。トマト畑では趣向をかえて蔓にかぶせられ、案山子の役を演じさせられた。ともかくも傍にいなくてはならなかったのだ。この匂いわかる？　見てごらん！　ケスチェはいろんな経験をしながら、少しずつ毛を失っていった。小さく縮んでしまったことで、毛皮らしくなくなってしまったことで、わたしは彼を叱りつけた。そしてほとんどつるつるになってしまってからも、わたしは彼のことが大好きだった。

わたしたちはここで、この庭のある家でいっしょに暮らしていた。もちろんここも出ていくことになるだろう、だってわたしたちはいつだって、次に、その次に越してきたのではなかったか？　でもまずはそれも一休み、食事もおやつも決まった時間。庭は一つの王国だった、あらゆるものに恵まれた王国。これ以上、何が必要だろう。わたしはどこにも行きたくなかった。お店にも、教会にも、騒々しい街なかにも。ほうっておいてちょうだい。夜の列車の不気味な活気は昼の間もわたしを畏縮させた。ほっといて。それでも伯母はわたしを連れ出した、わたしはケスチェといっしょに買物かごにしがみつくと、ものも言わずに砂利道をよろよろついていき、おひさまの黄色をした正面壁に勇気づけられると、ようやく顔を上げた。マリェータの学校がこの色だったのだ。わたしは彼女が好きだった。樹がたくさん植えられていて、子どもたちが駆け回っている校庭も好きだった。

友だちはいなかった、いや、そんなことはない。わたしにはケスチェが、そして従姉妹たちがいた。でもみんなではしゃぎ回ることはなかった。従姉妹たちはわたしをからかい、だましては楽しんでいた。マリェータはメルヒェンの、妖精の魔法をいつも持ち出した。彼女たちにしてみれば、わたしは真面目にとるには幼すぎる存在だった。わたしにはそれがわかっていた。それに腹を立てていた。だからケスチェと二人きりが楽しかったのだ。一番好きなのは庭だった。

伯母さんがどこかの苗床を掘り返し、わたしは木の実を拾って、ケスチェのお腹に詰めこんだこともあった。如雨露でお手伝いして、熱くなったケスチェにも水をかけてやったこともあった。退屈だったことなんて、一度もなかった。あちらこちらに危険が潜んでいれば、なおさらだった。落ちた果実に群がる物騒なスズメバチ、黒々と口をあけた井戸（どれくらい深かったのだろう?）、そして庭の一番端にあった、膝丈ほどもあるトゲトゲした灌木と刺草。わたしはへばりついてくる蟻をケスチェで叩いた。彼はわたしの守護者だった。

三色スミレ《シュティーフ・ミュッターヒェン》《継母ちゃん》、忘れな草《フェアギスマインニヒト》を見ると、その名前のことをずいぶん考えた。悲しい気持ちにさせる名前だった。わたしの中のなにかがすうっと暗くなり、きゅっと縮こまって、こんがらがった。そんなときはケスチェといっしょに、じっとしゃがんで待った。こんがらがりが解けるまで待ち続けた。「別れ」というのもそんな言葉の一つだった。「列車」、「線路」、「雪」、「スムルト」、つまり「死」も。「旅」は半分、いや正確には四分の三ほど悲しくさせる言葉だった。だって、いなくなってばかりは嫌だったし、誰かがいなくなってしまうのも嫌だった。好奇心がわたしたちを駆り立てていたのだろうか？　新しいものはいつも別の場所にあったのだろうか？　あそこのところで庭は終わり、その向こうには列車の、途上の、誰もいない土地が広がっていた。花をつけた雑草は列車の車輪に届くくらいにまで伸び育った。根こそぎ引っこ抜かれた。ちぎれてスポークにひっかかった、そしていなくなった。風に吹かれて、散り散りになって。

ケスチェの温もりに突っこむのでなければ、地中に指を食いこませた。小石や陶片やミミズや根っこの塊がないかまさぐった。なかでも探したのは根っこだった、それは成長を意味していたからだ。そして手の大きさほどの穴を掘りあげると、なにか新しいものが育つように、さくらんぼの種、それか桃の種を中においた。植えつけたいという欲求は激しいものではなく、穏やかなものだった。それは留まること、育てること、世話すること、芽吹くことへの愛着に発するものだった。

三輪車は無い。でも休暇のときの、ギザギザのスコップ、カリカリベーコンのスナック。牧

草地、蝿。きっと六月。垣根はがっちりしてなくて、いつもどこかがガタガタ。あそこにいるのはモグラ？　ブーンという大きな唸り。どしゃぶりあとは伸び放題の緑も折れている。誰も可哀想なんて思わない。そして頭を垂れる花たち。不機嫌そうな灰色。ついさっきまで浮かれていたものが、ひんやり沈んでいる。むこうの庭師は長靴に胸当ズボン。樹皮が雲母のように光る。よそから来た者たちはいつもいる。ブラブラブラとほらを吹いてみせる。吊るし干果みたいにぶらぶら揺れる。肝心なのはがまんすること。夏を信じてもいい？　流浪の雑草も日が経てば茂る。今年はたぶんアスターが生える。あの脂の染みこんだ赤の味。吹きこむすきま風は煤の味。従姉妹たちは裏切らない。尖ったものから守ってくれる。パンみたいに。

わたしの庭は三つの季節を経験した。四つ目はもはや知ることはなかった。アスターが散ってしまった頃に、わたしたちも移りゆくことになった。家と、従姉妹たちと、庭とお別れした。わたしは泣かなかった。ケスチェを右手に握りしめ、スロヴェニア語の文章を口ずさんだ。完全な、理解できる文章だった。マリエータはますます優しくなる。いまやわたしにはわかっている、列車《ヴラキ》たちはうらぎる、庭《ヴルト》は世界への切符になりうると。

第九章
海辺で

リュブリャーナ、それは霧と褐炭の匂いでもあった、そう、褐炭の匂いと霧。霧の下では菌が繁殖し、風邪が流行った。カフェ・エヴローパには少なからず不機嫌が居座っていた。

それから、わたしたちは海に向かった《ゼン・ウィー・ウァー・ヘディング・トゥワード・ザ・スィー》。

カルスト地方では天候が急激に変わる。霧のもやが白く残り、松の黒い輪郭が石灰地の上方に浮かぶ。樫、杜松、針金雀枝《ハリエニシダ》。赤土。玉石《たまいし》。遠くに点在する集落の教会塔は尖塔ではなく鐘楼。地中海が近い証拠だ。

カルスト台地が尽き、トリエステ湾に向けて急降下するところまで来ると、すぐそこだ。巨大な半円を描いて海がひろがっている。薄青色にきらめく、唯一無二の約束。

わたしは息を呑んだにちがいない、このはじめての海を目の前にして。今、暮らしている北方の地でも、眼を閉じるやあの明るみが広がる。潮の香りがする。岸を打つ波が聞こえる。これでいいのだと思えてくる。唇はおのずから円やかにO《オー》の形をとっている。

水、風、熱、石、白、青、貝、海藻、木蔦、月桂樹《ローリエ》、迷迭香《ローズマリー》、葡萄、西洋夾竹桃《オレアンダー》。それから子どもブランコ、灯台《ファロ》とミラマーレ城、魚《フィッシェ》と船《シッフェ》。あるいはこうだ。

子ども時代の場所
灯台と入り江があって
お城とツゲの木があって
ヴェランダとキツネさんの
ものがたりがあって浜辺と
イストリアの砂があって父さんと
母さんと波しぶきがあって
ぺろぺろアイスと空っ風を吹き降ろす
カルストがあって　でも不安《アンクスト》はなくて

速記された幸福、それは現実にはいくつもの顔を持っていた。海のように、空のように、分割された街のように。Ａゾーンは連合国、Ｂゾーンはユーゴスラビアの管轄だった。わたしたちはＡゾーン、ミラマーレ城への途上にあるバルコラの街に住んでいた。かつてのオーストリア南部鉄道の陸橋の上方の、急峻なサン・ボルトーロ通りに建つ、雄牛の血の色をした家で、庭があり、東屋があり、雄鶏が鳴いていた。上階からは海が見えた。浴室は隣室に住むアメリカ占領軍将校一家との共用。新しい二つの言語がわたしの耳朶を打った――英語とイタリア語。英語はわたしにとってよそよそしいものにとどまった、イタリア語は隣家の背の曲がった娘ヴィオレッタから、浜の子どもたちから、市場のおばさんたちから学んだ。

わたしは学びに学んだ。コルクの浮輪で泳ぐことを、ヴィオレッタと話すことを、路面電車に乗ることを、向かい風に逆らうことを。わたしはくたくたになるまで学んで、それからお父さんとお母さんの間で心安らかにぐっすり眠った。

列車に――それはちょうど眼の高さにある陸橋を走っていった――不安を覚えることはなかった。昼中もなかったし、夜中もなかった。それはオモチャのように水平線の前を走り、消えていった。

庭に魔法はなかった。狭くて、手入れされていない庭は、緑色の物置部屋のようだった。柘植の木、無花果の木が生え、野菜が少し植えられていて、不満気な雄鶏がひとり疎らな草むらを掘り返していた。

わたしは庭に出たいとは思わなかった、藤棚のあるヴェランダまでがせいぜいだった。それよりも行きたかったのは海、いつも海だった。写真の中のわたしは、踝までとどくハンガリーの子羊のコートに毛糸の帽子をかぶって、バルコラの防波堤に立っている。きっと寒くて風が強かったのだろう、額にしわを寄せている。でも、どんな天気もわたしを海から遠ざけることはできなかった、例外はものすごいボーラくらいだった。わたしのトリエステの子ども時代は、バルコラの岸を縁どる、そして半円を描いてミラマーレ城の岬を縁どる、白い石灰海岸の岩の上で繰り広げられた。大きな、さまざまな形の岩塊、それに挟まれて海はごぼごぼ唸り、しゅっと波しぶきをあげ、ちゃぽちゃぽつぶやいて眠気を誘った。その間にも眼差しは水平線上に船を追い、海の青に溶けていった。

夏の日課はこうだった、ビーチバックに荷物をつめて、十時には岩場へ下りていく。母とわたしは一番平らな岩を探し、白雪姫と七人の小人のタオルを広げ、のんびり横になったり、座ったり。母はわたしの背に、わたしは母の背にクリームを塗り、それから母は本を取り出して読んでくれた。お話の悪魔がいまや波間に見え隠れし、母の声がおのずから波の声と一つになると、わたしはきまって眠りこんだ。そのうちに太陽が、そして周囲の生がわたしを揺り起こした。岩場はすでに人びとの活気にあふれ、遊歩道では年金生活者たちが小さなピクニックテーブルを立て、チェスをしたり、持ってきた軽食を食べたりしていた。水の中では子どもたちが、ときには犬もはしゃぎ回っていた。暑さと眩しい陽光にぼうっとなったわたしはすぐにも海に飛びこみたかった。母はわたしにコルクの浮輪を巻きつけ、うなじに水をかけると、そうっと海の方へ押しやった。それから母もついてきた。

これは風のない日、海にうねりはなく、ほとんど鏡のように平らな日の話。それか、ほんのわずかに波立っている日の話。ぷつぷつ泡立ったり、ゆらゆら揺れたり、ところどころに冷たい潮が流れていたり。ちっちゃな魚たちがきらめく。わたしは幸福のあまり歓声をあげる。

これで十分ということは決してなかった。

水から上がるときは、岩場の間の砂地からが一番だった。不意に足が底に触れ、両手は貝殻をつかむ。濡れた砂から拾い集めると、キラキラ光るまで洗う。壊れた貝殻は問題外、どんなギザギザにも意味があった、それから吟味検分、そして輝き具合、それに形の均整。

これで十分ということは決してなかった。

一日はきれいに分けられていた。おひさまが天頂にくると、雄牛の血の色の家に、ひんやりしたタイル張りの空間に戻った。軽いものを食べると、おひるねの時間になった。切り離された時間、ゆるやかに、おだやかになるための時間、シーっと指を立てる、すると音もなく動くはしこい蜥蜴すら、隠れ家に逃げこんだ。ただ光のウサギだけが震えていた、床の上で震えていた。

西瓜のおやつが済むと、母はビーチバックを肩にかけ、生気を取り戻したわたしたちは、もう赤らんだ微光を放っている海へ急いだ。大賑わいだ、泳がない者は岩の上で日光浴したり、岸を遊歩したりしていた。子どもも大人も、また兵士たちも、遊歩者に入り混じっていた。母の麦わら帽が午後のそよ風に震えた。わたしは息弾ませるイルカのように何周となく泳いだ。それかゴムボートでゆらゆら揺られた。それから岩に腹ばいになって水中を見つめた。水はほとんど黒く石に打ちつけた。上がって、下がった。息、という言葉が脳裏を走った。海は息をしている。息をして海藻を揺らしているのだ。わたしは岩間の暗闇を覗きこみ、どよもす波音に聞き耳をたてた。それは時にものすごい音で轟いた。まるで一匹の獣がわたしの下で動いているよう。そしてしまいには目が眩み、岩が揺れ始めた。そうなるとわたしは目を瞑った。再び開けた、低い太陽が目を打った。それは火球のように水平線の上に浮かび、赤い帯を海に投げていた。そこをいくつものボートが横切っては、また暗がりに呑みこまれた。湾は淡紫色に染まり、岸辺の喧騒はしだいに引いていった。年金生活者たちのピクニックテーブルもパチンとたたまれた。岩場に人影はなくなった。母とわたしは黙りこんだ。急ぐ理由はわたしたちにはなかった。そよ風がひんやりした夕風に変わったころになってやっと、母がわたしの肩に手をかけ、わたしたちは腰を上げた。もう三日月が空にかかっていたこともあった。

帰り路では潮の香りが木蔦の渋味と入り混じった。匂いだけでも時間はわかっただろう。植物は深く息をついていた。

疲れたかって？　長い浜辺での一日のあと、母とわたしはよく街へ向かった、父のお迎えに、そしていっしょに夕食をとるために。わたしはおなかがぺこぺこだった。でもそれにもまして、プラタナス並木の九月二十日通りのアイスを楽しみにしていた。「コルネット」、それか「ベルリーナ」を――コーヒーを注いだバニラアイスの上に極薄ワッフルの帆が差してあるやつだ。

夜十時、樹々の上ではスズメたちがまだ騒いでいるけれど、下の大通りは人でいっぱいだ。老いも若きも南国特有の、ふらふらのろのろのそぞろ歩き。それはたいてい映画館で終わりになった、そこから父は眠りこんだわたしを抱っこで連れて帰ってくれた。

第一〇章
アメリア

アメリア、わたしのシッターさん、わたしたちのお手伝いさん、せっせとてきぱきと働くトリエステ生まれのスロヴェニア人、アメリア。坂をずっと登ったところにある、すばらしく見晴らしの良い、蔓棚のある小さな家に娘のドラギツァと住んでいた。雨の日も風の日も何段もの階段を降りてやってきた、わたしたちのうちへ、それか直接、ポンテロッソ広場の魚市場、野菜市場へ。必要なものを買い入れると、さっさと掃除を済ませ、ささっとお昼ごはんを用意してくれることもあった。カリカリサーディンを添えたミックス・フライ《フリット・ミスト》、アーティショークか赤チコリを添えたパスタ、ナスの肉詰め、鶏胸肉の料理。声にも気性にも深みのある女性だった。わたしの子どもっぽい強情はスロヴェニア語の歌でうまくいなした。わたしは彼女のことが好きで尊敬もしていた。

畏敬の念は、彼女がわたしの救い主となることで、ほとんど無限大にまで高まった。一匹の蠍がわたしの枕の下にはいこんだのだ。彼女は即座に意を決し、右足の靴を脱いで、床に払い落とし、靴底で叩き潰した。一、二、三で脅威は除去されたのだった。わずかに残ったものは疑心だった、以降わたしは十二分に検分してからでなければ、決してベッドには入らなかった。靴を履くときにはいつも、怪物が中に潜んでいないか探るように覗きこんだ。危険は蠍も温もりを求める寒い季節に特に高まった。湿って荒れ果てた庭から家の中へ逃げこんでくるのだった。

アメリアとわたしは、いくつものこそこそ話でするような小さな秘密を共有していた、そして一つの現実に起きた大きな体験を。それは晩秋の曇天の日、悪名高いボーラが記録更新の激しさに達した日のことだった。突風は氷のように冷たく、容赦なく、街に吹き下ろしていた。午前十時頃だったろうか。巨大な爆発音がしてわたしたちは窓際に駆け寄った。陸橋の上で一本の列車が客車の屋根が剝がれた状態で停車していた。颪で引っ剝がされた屋根は不格好な金属製の凧さながらに、斜めに送電塔に引っかかっていた。悲鳴、警察、消防隊。

アメリアとわたしは金縛りにあったようにこの凶事を凝視していた。わたしの頭の中で機関車のシューシュー音と金属的不安の昏いイメージが蠢いている間に、わたしたち目撃者は同盟者となった。列車が無垢の存在であることをわたしに証明できる者はいなかった。あらゆる要望に応える術を持っているアメリアにもそれはできなかった。事故が片づくと列車はまたおもちゃのように橋の上を進んでいった、しかしわたしは、列車の見たところの邪気の無さの裏面をしかと看破したのだった。

トリエステもまた油断ならなかった。ボーラの突風は容赦がなかった、家の屋根も列車の屋根も、樹々も人間も許してはおかなかった。それは街中心部の、泡沫会社乱立時代の名残を残す通りに吹きこむと、邪魔するものすべてを吹き飛ばした。椅子が宙を舞い、子どもたちが気球みたいに浮き上がった。体重の軽い通行人が横断するのを助けるために、風の強い街角にはがっしりした警官たちが配置された。もっといいのは、彼らの助けを借りないでも済むよう、家にとどまっていることだった。風が鎧戸をガタガタと鳴らすともうそれは、運命を挑発しないようにというサインなのだった。なんといっても風は風、ボーラはボーラなのだ。

ボーラが吹荒れると海も逆巻いた。漲り溢れる灰色の水塊の、白黄色に泡立つ波頭が、抜きつ抜かれつ追いかけあった。巨大な波が海岸の岩に砕け、どーん、めりめりと轟音を立てた。バルコラの小さな港ではボートがクルミ殻のように揺れていた。ヨットのマストが割り箸さながらの頼りなさで、四方八方に傾いだ。そんなときアメリアは悪魔の晩餐ねと言って眉根を寄せたものだ。じっと待ち、辛抱するほかにできることはなかった。

海辺の町の豹変した姿にわたしは驚愕した。なんと一夜にして爪を剝き、不気味になったことか。なんと人びとは退却を強いられたことか。四大が荒れ狂うとき、対話は途切れる。家は要塞となり、他のすべてはよそものとなる。

わたしのうちの何かがこの急激な変化に、この突風の独裁に、この為すすべの無さに抗っていた。わたしはきかん気の強い子どもだった。

アメリアはわたしに指図するようなことはなかった。けれども必要なときには境界を定めた、彼女ならではの力強い朗らかなやり方で。わたしたちは、彼女とわたしは良い仲間だった。たがいにからかい合い、いっしょに歌った。彼女は時おり、海の幸がずらりと並べられている屋内大市場《メルカート・コペルト》での買い物に連れて行ってくれた。イカ、カニ、イセエビ、さまざまな大きさと色合いの魚たち、それらを売らんとする威勢のいい魚売りたち。屋内市場へは路面電車に乗って行った。電車はバルコラ公園からオベルダン広場まで走っていた。木蔦の茂った公園には秘密めいたものが潜んでいた。レープクーヘンの茶色をした小さな丸太小屋で、そこには人っこひとり近づこうとしなかった。アメリアは魔女の家と呼んでいた。その言葉を聞くやわたしは正しい名であることを確信した。ここには魔女のバーバ・ヤガーが住んでいるのだ。日が高いうちは姿を見せないが、日が暮れると悪さを働くのだった。不安にかられてわたしは閉ざされた鎧戸を見つめた、もしやほんのわずかでもすき間があいているのではないかと。静まり返った掘建て小屋は不気味だった。時が経つほどに、魔女小屋をめぐるお話が頭の中で紡がれるほどに、いっそう不気味さを増していった。バーバ・ヤガーが狙っているのは子どもたちだった。お調子に乗って小屋に近づきすぎるや不意に扉が開き、バーバ・ヤガーの箒がサッと伸びてくるのだった。そういうわけでわたしは丁重に距離をおいていた、ごく慎重に茂みの間から、物言わぬ小屋に視線を走らせるにとどめた。

それは儀式のようにいつも繰り返された、路面電車はもう待っていた、でもわたしは盗み見しないではいられなかった。不安に包まれた秘密以上に、惹きつけられるものはないといわんばかりに。

アメリアはわたしが、空想を逞しくするにまかせた。

まだ少女の年頃の、アメリアの娘ドラギツァがうちに来ることもあった。彼女は金髪でふっくらしていて、農婦らしい顔つきをしていた。いっしょに遊んだ記憶はなくて、たいていは母親と手をつないでいた。けれどもある日のことお祭りがあって、わたしたちは二人ともスロヴェニアの民族衣装を着ることになった。床につく長さの膨らんだ白いスカートに、白いブラウスに、白いショールという出で立ちだった。頭にはターバンのように額全体を覆う白布を巻いていた。布の山に圧倒されて、わたしたちはいかにも頼りなげな様子だった。まるで彫像のように、尼僧のように見えた。一枚の写真がそんなわたしたちの姿をとどめている。

スロヴェニア人たちは陽気だった。彼らの村はトリエステの背後の高地にあって、Bゾーンに属していた。わたしたちはよくあちらにドライブして、田舎の食堂で食事をとった。特に週末の夕べ、暑い一日を過ごしたあとに。カルスト地方の村は涼しく、そよ風が吹くこともよくあった。わたしたちは屋外で、木の長テーブルで食事をした。キャベツのスープ、ポークソテー、衣をつけて揚げた鶏肉、猟の獲物が出た。地中海の魚料理とは異なる、こってりした滋養のある食べ物だ。スロヴェニア料理はオーストリア二重帝国のそれに比肩するものなのだ。パラチンケン、プラムの団子、クルミのケーキ、ケシの実入りケーキ。それに合わせて、酸味と苦味の強いカルスト地方産のワインを飲んで、上機嫌になった。

わたしたちだけで食事をすることは滅多になかった。父が同僚を招くこともあれば、作ってばかりの毎日から解放されるよう、アメリアを連れて行くこともあった。彼女はとても旺盛に食べた、陽気にワインを楽しみ、屈託なく笑った。夜更けにテーブルの一つで歌が歌われたりすると、すぐにいっしょになって歌った。彼女にとっては歌うことが生命の水なのだった。

長い、温い夕べ、その終わりをわたしが知ることはほとんどなかった。いつしかわたしは眠気に襲われ、母か父の膝に頭をのせて、眠りこんでしまった。父はわたしを車の中に運び入れ、車から運び出し、家へ運び入れた。目が醒めるとわたしは泣き出した。それはいつもの慣わしだった。

第一一章
おひるね部屋

静けさの中ですべてが同時に起こった。部屋にはもろもろのイメージがかかっていた。それは永遠の時に至るまで持続することができた。

アンジェイ・スタシュク

子ども時代の中心はここだった。ブラインドが下ろされた部屋でのおひるねの時間。わたしは一人きりで、眠っていない。ベッドに寝ころび、五感を澄ませている、でも何かすることは許されていない。静かにしていること。ゆっくりやすむこと。この中断は好きではなかった、この明るい日中の薄闇は好きではなかった。でも、きまりはきまり、反論は許されなかった。わたしはいい子に静かにしている。静かに。すると起こるのだ。静けさは続くほどに饒舌になっていく。声のかけらが、幽かな葉ずれが聞こえてくる。どこかしらで犬がクンクン鳴いている。（動物だって眠るのだ。）ギシッと音がする。上でトイレを流す音がする。耳は物音を沈ませ、吸いこんでゆく。さらに張りつめて傾けられる。「旅《ヴィアージョ》」。それとも、ハンガリー語の「気をつけて《ヴィジャーズ》」だろうか。誰が、どこで、誰と、何のために話しているのだろう。聞こえる声が漠然としているほどに、わたしは貪欲に先を織り続ける。文を、対話をつぶやいている。「行くよ」―「旅に?」―「そうも言える。」―「どこへ?」―「南米へ」―「船で?」―「船で」―「長い?」―「まあね」―沈黙―「勇気があるね。気をつけてね。」またたく間に別離が訪れる。別れのことなら少しは分かっている。でもこれはそらごとだ。少しばかり虚構を紡いだのだ、馴染みの世界に入っていこうとして。

むろん未知な世界に惹きつけられることもある。わたしは少しばかり妄想をふくらませる。黒い帆を三列三段にはった黒船で海賊たちがステラを誘拐する。驚くべきことに何も危害は加えない。彼女は魚を焼き、下着を繕い、その報酬に日に一度、沈む夕日を眺めることが許される。海賊たちが彼女を故郷の町に戻したとき、その肌は船乗りのように小麦色に、赤みがかった金髪は黄金のように輝いている。わたしたちの星、ステラは両親に挨拶をする。そして海賊たちは輝く歯をむき出して手を振り、大海へ乗り出してゆく。

白昼夢を見ながらわたしは一つの世界を生みだした。そうやってその時その時を忘れ去った。いったいもうどのくらい、暗くした部屋に横たわっていたのだろう。ちなみにそこは真っ暗でもなければ、静まりかえってもいなかった。眼はすぐに薄闇に慣れ、天井のひびの描く網の目を辿り、タイルの床を掠める光のウサギを追っていた。ブラインドの隙間からはいつも、いくらか明るみが漏れていて、震える帯、揺らめく斑紋をつくっていた。この戯れはいくら見ても見飽きることはなかった。あれは山羊の頭？　驢馬の横顔？　観ることは次々に解釈を呼びよせ、部屋の中は不意に活気づいた。動物たちで、その他さまざまなものたちで。もうかさこそささやくのが聴こえていた。その度にあらたに、わたしは暗箱《カメラ・オブスクラ》が不思議の部屋《ヴンダーカマー》に変容するのを、ひとりでいることの幸せを体験した。ワイン色のタイルまでもが語り始めた。もう十分に語った頃合いを見て、わたしは足裏でそっとタイルに触れた。その冷たい表面に足を滑らせ、光の斑点の輪郭をなぞった。床は遊戯盤だった、時々刻々と模様を変えてゆく。

　おひるね部屋はわたしの帝国だった。その中に現実は、わたしの幻想が浮遊できるほどに濾されて、和らげられて入りこんできた。一方が他方を規定していた。ブラインドなしには想像上の旅もありえなかったのだ。その透過性に守られて、わたしはいわばわたし自身になった。高みに羽ばたく勇気、迷宮に迷いこむ勇気を見つけた。そう、思考が同じところをぐるぐる回り続けることもあった。そんな時は閉じこめられたような気分になって、部屋そのものも縮み始めた。わたしは自分自身を解き放たねばならず、頑なな考えを出し抜かなければならなかった。そんな時にはよく歌の一節が助けになって、思考は帆を膨らませ先へ進んでいった。頭の中の大海を、さあ前へ進め。二時から四時の時間はわたしだけの秘密だった。母はわたしが眠っているものと思っていた。ともかくもどう時間を過ごしたかは訊いてこなかった。母が呼ぶとわたしは伸びをして、白昼夢を払い落とした。母には何一つ言わなかった。

　外の光は眩しかった。すべてがどぎつくて、うるさかった。暗闇の濃淡に、光と影の陰影にかくも親しんでいたわたしには、昼の光は攻撃的に感じられた。世界は痛かった。

時が経つにつれ、おひるね部屋は避難所となっていった。シェルターになっていった。多孔性の薄膜に包まれて、わたしは安全でありながら自由であると感じていた。ここでわたしは虚構をつづった、突然の顕現を体験した。

わたしはブラインドの子どもだった。

第一二章
街の情景さまざま

左には家の角に置かれた白い縁石、数メートル先にバロック様式の壁龕（十字架）。その間の舗装された小路を一人の男が横切る。帽子にショールに黒いコートの装束で、左手には杖を持っている。コートを背景に親指を伸ばした右手が鮮やかに浮き上がる。右の靴先が光る。小路の上方には電話線が張られている。カピテッリ通り、かつてゲットーがあった場所だ。

市立公園《ジャルダーノ・プブリコ》。巨大なプラタナスがこぶこぶした枝を腕のように伸ばしている。トチノキ、密林のような緑、柘植の灌木も見える。掃き清められた砂道を一人の男が歩いている、背中の後ろで両手を組んでいる。くつろいだ様子で歩み、好奇の眼差しを年金生活者や母親たちが日なたぼっこするベンチに投げる。その男は父ではない。

もっとありそうなのは、証券取引所の白い列柱の間から出てくることだ。明色の夏のスーツで、書類鞄を腕の下に抱えて。たくさんの人びとがその建物から流れ出し、出てくるとサングラスをかける。そしてすぐに思い思いの方向に散っていく。あそこだ！　わたしたちは通りをわたり、ペーピ広場の長テーブルに座る。騒がしくてザワークラウトの匂いがする。ソーセージが紙皿にのっている。茹でたハムにホースラディッシュを添えた茹で肉の盛り合わせ《ボリート・ミスト》もある。食堂は料理の湯気と人いきれでむっとしている。父が何度も額をぬぐう。急いでいるのだ。母とわたしはそんなことはない。カウンターの向こうで笑いながら包丁をふるう男が別れ際に、良い一日を、と挨拶をよこす。メロディアスなスロヴェニア語で。

　水色の丸屋根をいただくセルビア教会。内部は広く、視線は高みにある全能者《パントクラトール》ハリストスへ向かう。一人の老婦人が聖画壁《イコノスタシス》の前で立ち働いている――鉛皿から蠟燭の燃えさしを取り、消えかかった蠟燭を吹き消す。聖母の前で三度、十字を切り、聖画に接吻する。長絨毯は赤く、堂内は香煙の匂いがこもっている。そして静けさは響き渡るようだ。

　窓口の向こうには、背に瘤のある、眼鏡をかけた男が座っている。顎を胸に埋め、蜘蛛のように手を動かして働いている。折り曲げた腕でどっしりしたスタンプを封筒に押す。金額を読み上げる声は甲高い。母が財布からせわしげに硬貨を拾い出す。待つ人の短い行列ができている。大きな、装飾豊かな、ほとんど厳かにも感じられる窓口ホールに無言で立っている。郵便局の建物は黄色、リュブリャーナのマリエータの学校の黄色だ。そして建物前の広場では、噴水がぴちゃぴちゃ水を跳ねている。

階段はどこまでも続くかのようだ。段はでこぼこで、登りは急だ。ぱんぱんの買い物袋を二つぶら下げた女性が立ち止まり、数歩進み、また立ち止まる。信じられないといった様子で上を見上げる。何やら叫びながら彼女の方へ走ってくる二人の子どもに視線を投げる。それからまた歩く。階段の左手そして右手は植樹されて並木になっている。それが上まで続いている。その影が敷石に大理石めいた模様を描く。アカシアだろうか？　邸宅の門格子の向こうに見える列柱の台座は？　高台に着かないうちに、不意に女性の姿が消える。サン・ジュスト教会。広場ははるか遠く、街の喧騒は彼方の潮騒のようだ。教会内では後陣のモザイク画が金色に輝いている。もう一つの太陽。

彼女たちはココア、それかモカコーヒーを飲んでいる。カフェ・サン・マルコの大理石のテーブル席にすわる、頭に白いものが混じったご婦人方だ。ハンドバックや手袋は脇の赤ビロードのクッションの上に。眼鏡は銀のお盆のとなりに。活気のあるおしゃべりが続く、わずかばかりの中休みもなしに。両手が一緒にしゃべっている。その間にも飲み物を舐めたり、鼻にお白粉をはたいたり。ウェイターは視線を捉えるや、もうテーブル脇に立っている。何にいたしましょう、シニョーラ。ご婦人方には時間がある。奥には緑のフェルトで内張りされたビリヤード台がある。こちらでは男たちが何やらやっている。カーンという球を打つ音が喧騒の絨毯を貫き、ご婦人方のおしゃべりをかき消す。カーン、カーン。スティックが長い。そしてカフェの壁を飾るいくつもの仮面は、お祭り騒ぎへ誘惑する。

わたしたちはシナゴーグの、丈高い、オリエンタル風の正面壁の前に立っている。早い時間でも遅い時間でもない。黒いかっちりした帽子をかぶった髭面の男が角を曲がって消えてゆく。わたしたちは少しの間、立ちどまっている。それから母が門に近寄り開けようとする。門は施錠されている。母は呼び鈴のついたドアを見つける。ベルが鳴る。かなりしてから若者がひとり姿を見せ、用向きを尋ねる。シナゴーグを見学したいのですが。彼は首を振る。説明の言葉はない。拒絶的ではないが、決然とした返事だ。母も食い下がりはしない。若者はゆっくりと扉を閉め、ほとんど音もなく鍵がおろされる。わたしたちは来た道を引き返す。方形の公園は低い塀に囲まれている。日が陰って冷え冷えとしている。プラタナスの下、掃き清められた砂道の脇にベンチが並んでいる。座っている者は頭部《ケプフェ》（砂袋《クレプフェ》）を揺らして餌を探す鳩を眺めている。それか、大きく広げた新聞の背後に顔を隠している。わたしはじっと座っているのはごめんだ。塀の上を歩きたい、足の前にもう一方の足を置いて進んでいくのだ。自分ひとりで。母は繰り返し手を差しのべる。でもわたしは摑まない。左手には月桂樹の茂み、ホルティス広場の野生の緑。どこかで花売りの叫ぶ声がする。わたしは冷静に歩みを進めていく、心ひそかに凱歌をあげながら。

市街電車は歯軌条式鉄道で、オピチーナに向かってほとんど垂直に登っていく。最初にちょっとガクンと揺れたと思うと、お腹にむずむず振動がのぼってくる。巨大な建物の間を抜けてどんどん昇っていく、正面壁が、騒音が、街の営みが、すべてが背後に遠ざかる。電車から深みを眺めているうちに、わたしは眩暈に襲われる。目をぎゅっと閉じて、また開く。上の駅に着くと、わたしは電車からまろび出る。湾全体が足元にある、笑おうとして開けた口みたいに。そして海がキラキラと白くきらめく。

第一三章
ミシおじさん

ミシおじさんは親戚ではない、父の同僚で、友人だった。でもわたしはおじさんと呼んでいた。おじさんのことが大好きだった。ハンガリー生まれでイギリス国籍を持つミシは、第二次世界大戦時のエジプトで枢軸国軍と戦って、肩に重傷を負っていた。痛みに苦しんでいることは見れば分かった。繊細な表情、蒼ざめた顔色、物憂げな茶色の眼。ミシは控えめで、そう、無口で、鋭敏な観察者だった。けれどもいったん話し始めるや、機知、皮肉、辛辣さがさえわたった。今日は誰の命日かわかるかい？　彼の絶望は、突然、姿を見せた、それはあらゆるものの背後に潜んでいた。（ずっとそうだった、五十歳のときにロンドンで自死するまで。）

わたしを膝に乗せるや、おじさんは優しくなった、自分自身が子どもになった。懐疑は消え去り、微笑み、戯れた。思うにわたしはおじさんのなかの子どもが好きだったのだ。それは裕福なユダヤ人家庭の、幼くして喘息を病んだ、引っこみ思案な一人っ子ではなかった、たんなる子どもだった。ちょっと他愛なくて、ちょっと軽はずみで、悪いところといえばおじさんぽいところくらい。

よく頭から帽子を脱がして（おじさんは夏も冬も帽子をかぶっていた）、顔をじっと見つめたものだ。ははぁーん、とおじさんは言った、またお話しだね。わたしはうなずいた。

　昔むかし、一人の若者がいた、足の裏がぺったんこで、世界探検家になることを夢見ていた。若者はさまざまな大陸を、鉄道を、道を、川を素描した。ある日、とびきりのズボンをはくと、旅に出た。山を登り、山を下り、暗闇の中を歩いていった。疲れて草の上に寝転ぶと、不意に光り輝く舌が目に映った、それは彼を舐め始めた。夢でも見ているのだろうか？　そんなことはなかった、彼の頬は濡れていた。温めておくれ、若者が言うと、獣は鼻息を荒げた。翌朝、目覚めると一人きりだった。お腹がすいてグーグー鳴った。若者はスケッチの入った鞄を手に取ると、太陽に向かって歩いて行った。ぬかるみを飛び越え、コオロギの音に耳をすませた。鉄道堤にぶつかると、線路沿いに進むことにした、それはまっすぐに広い世界に続いていたのだ。汽車は猛スピードで近づいてきたりはしなかった、ハアハア、フウフウあえぎながら、ガッタン、ゴットンやってきた。若者は汽車の真っ黒な鼻先を見つめ、挨拶しようと手を挙げた。すると幸福が、運転席の窓から身を乗り出した、いなくなったものと諦めていた父親だ！　洒落た鉄道帽子を頭にのせている！　若者は汽車に乗りこんだ、どこ行きなのかはどうでもよかった。若者の眼差しは父の顔に注がれた、つかのま逸れるときには、川を、平野を、山を、湖をとらえた、それから夜の帳が下りてきた。いまや何千という星々が輝き、草原の匂いがした。車輪のリズムに揺られていると、若者は睡魔に襲われた。馬が嘶き、猫が鳴いていた。どこかで舌がキラリと光った。そして消えた。しかし若者は眠った、その間にも父の機関車は彼を広い世界へ連れていった。

ミシはわたしの頭に優しく手をおいた。おじさんはお話を語ってくれた、お話も神さまも信じていなかったにもかかわらず。その没頭ぶりはよく伝わってきた、そして、あらゆることにもかかわらず自分自身を出し抜こうとしていることも。おじさんはわたしを幸せにしてくれた、でも自分自身は、というと見せかけだった。そしてこの見せかけを演じるのが、おじさんは好きだったし上手だった。

今ではわかる、彼を救うすべはなかったということが。それが子ども時代にかかる暗い影のせいなのか、エジプトの灼熱の砂漠での凄惨な戦いのせいなのは分からない。ミシは生への信頼を失ったのだった、身体は重荷となっていた。動きを違えるや右肩は脱臼し、痛みに呻きつつはめ直してもらわねばならなかった。体は虚弱質、魂は不安定。溢れ出す才気はもつれつからみつ、みずからのうちに沈んでいった。ミシにとって世界は狂っていた、それは最後まで、価値あるものとならなかった。そんな世界には、イワン・カラマーゾフの言葉を借りるなら、「背を向ける」しかなかった。そのときに至るまで、ミシは筋金入りの反ファシズム戦士、左翼のサーシェとして闘い続けた。この信条をいわば子どもの純粋さで守り続けた。それも、共産党も含め、いかなる政党に属することもなく。(おそらく例外は、一時期、イギリス諜報機関に協力したことだろう。)ミシは一匹狼だった、道徳的に一点の曇りもなく、孤独にとどまり堕落することがなかった。静かな佇まいは敬意を呼ぶものだった。友人は数えるほどで、その一人が父だった。子どもだったわたしをごく自然に、心から愛してくれた。わたしは少しばかり彼の子どもでもあったのだ。自分の子を持つなど彼にはありえない話だった。

奥さんのクラーラは落ち着いていて、バランスが取れていて、さばさばしたユーモアの持ち主で、現実を御していく能力に長けていた。過去についてはほとんど語らない人だった。アウシュヴィッツと労働収容所を生き延びた人で、ラビだった最初の夫はガス室で殺されていた。賢明な本能が、生活上の些事に目を向けよと、彼女に言って聞かせたのだ。具体的なものに、手で摑めるものに、見通しの効くものに関わること。彼女がどんなに細かに身なりに気を遣っていたか、どんなに慎重に買い物していたかが思い出される。弟が生まれたとき、わたしは数日をミシの家でクラーラとともに過ごした。ミシが仕事をしている間、クラーラはわたしを屋内大市場《メルカート・コペルト》に連れて行き、そこで青果商人、魚商人たちと、品質について、値段について交渉したものだ。それは永遠に終わらないかに思われた。死んだ魚たちは虚ろな眼でわたしを見つめた。わたしは魚たちの鱗文様を、開いた口を観察した、ついには匂いで気持ち悪くなってしまうまで。クラーラはまだ交渉を続けていた、赤いザリガニの上に、黒い貝の上に屈みこんで、ひどく几帳面に、ほとんど些事拘泥といえよう態度で。

クラーラとミシがわたしの眼前で言い争ったことは一度もなかった。にもかかわらずわたしは二人に不一致を感じ取っていた。ミシは幻滅した理想主義者、クラーラは現実主義者。ミシには想像力と詩心があり、クラーラはこれに微笑むくらいがせいぜいだった。ミシは心の中で子どもであることに憧れていて、クラーラは理性的な大人だった。そんな具合に二人は補い合っていたけれど、一つの全体を成すことはなかった。運命によって結びつけられた二人の生存者は、ともに煙草に慰めと温もりを見出していた。二人は間をおかず吸い続けていた。人差指と中指は黄色く、爪も黄色くなっていた。ミシの口は煙草を咥えすぎて斜めになり、その斜めの口で相変わらずちびりちびりと舐めていた。

たがいに似ていない夫婦は死にざまも似ていなかった。ミシは――苦渋と疲労ゆえに――薬物で生に終止符を打ち、クラーラはその二〇年後に癌で死んだ。最期まで彼女はクロスワードパズルを解き、イギリスの推理小説を読んでいた。彼女は自分自身から目を逸らす、生来の才能を持っていた。BBCのアナウンサーとして声だけを世のために使った。感情の点では、自分自身も含め、あらゆるものから一歩距離を置いていた。一生かけて取り分けてきたもの、口を使って貯えてきたものを、彼女はユダヤ人組織に遺贈したのだった。

第一四章
色さまざま

藤の花は薄紫、ほのかな淡紫、ほとんど青に移りゆこうとするかのような。ごつごつした幹から散形花序で溢れ出し、葡萄房のように垂れる、零れ落ちそうな小さなハートの群れ。ヴェランダそのものがヴァイオレット。

母の服は明色。白い袖なしのビーチウェアには船が描かれていた、海にぴったりのヨット柄。羽織るボレロも同じモチーフだった。その船を数えるのがわたしは好きだった。半分ほどは端折って数えた。

わたしたちの家は雄牛の血の色、もう遠くからそれとわかった。錆びの赤ではなく、もっと濃くて、もっと鮮やかで、まさに雄牛の血の色としか言いようがなかった。けれども壁がこの色を拒んでいるかのように、漆喰はポロポロと剝げ落ちた。白いまだら模様が奇妙な地図を描いていた。

壁読み人《ムーロマンテン》が見たなら喜んで、これを解読したところだろう。
今日では血の赤はすっかり剝げ落ちてなくなっている。まるで皮を剝がれたような、褪せた灰色の姿で、その家は崖のそばに立っている。

海は青で緑で碧青で、鼠色で灰色で黒で、白くもあり薔薇色でもあり、赤でもオレンジでも金でも銀でもあった。それは天空を映す鏡で、どの日もどこかしら違っていた。凪ぐことも縮れることも、波立つことも逆巻くこともあった。それはいかなる定義をも拒んでいた。その変容する力を、捉えがたさを愛することを、わたしは学んだ。

サン・ニコロ教会の聖画壁《イコノスタシス》は聖堂内の暗闇の中に浮かび上がっていた。温もりのある金、明るみのある赤の色調、竜退治のゲオルギウスは赤装束に身を包み、剣を怪物の喉に突き刺していた。赤の力強さのように、力感に満ちた行為。聖人たちはさも重々しげで微動だにせず、金を背に、オリーブ色の顔で立っていた。神妙な顔でいかにも浮世離れしていた。金色は降誕祭であり香煙であり、鼻にかかった節回しで響きわたるギリシャ語朗唱の不可思議さだった。聖なる金色は、幼子イエスと聖母を包みこみ、有無を言わせずわたしを黙らせた。

石灰の白色でそびえ立つ一本の巨大な指、船に帰るべき方向を教える光、灯台。それは庭に向いた窓からも、海辺の散歩道からも、至るところから眺めることができた。わたしたちの街の目印と母は言った。わたしたちの衛兵さんとわたしは言い足した。それは船乗りだけでなく、故郷にとどまっているものも守っていた、街全体を守っていた。わたしたちの明るい灯台、わたしたちの平和の塔。

虎皮模様で、ネズミを追い回し、雄鶏には毛を逆立てた、野良猫のミッジィのことだ。時おり餌をほうっていたアメリアは、ともかくもそう呼んでいた。ミッジィはうちの飼猫ではなかった、わたしたちの庭の主でもなかった、でも姿が見えると嬉しかった。そんな時にはハンガリー語で優しく言葉をかけ呼び寄せた、ツィツシュカ、ミツシュカ！　そしてその柔らかな毛皮にすかさず手を滑りこませた。線と斑点が美しい毛皮だった。彼女の眼は黄色にキラリと輝いた。輝いたかと思うともういなくなっていた。そう、ミッジィは自由を愛していたのだ。

浴室の絨毯はツリウキソウの赤。アメリカ人が買いこんだものだったのだろうか。毛足の長いウール地で、ボサボサの房がついていた。わたしの濡れた足は足跡を残した。それは時とともに大きくなっていった。わたしは成長していたのだ。それからその絨毯は取り去られた。二度とは姿を現さなかった。薄いベージュ色のやつは好きにはなれなかった。わたしの足はいまやわたし抜きで成長していった。

第一五章
国境

それが無いところなどありはしなかった。トリエステの郊外へ行こうとすると、Aゾーンから Bゾーンへ移らねばならなかった。その先のリュブリャーナまで行こうとすると、もう一つ国境が待っていた。どこに行くにも身分証が求められ、検問があった。後部座席でたいていは毛布にくるまって微睡みながら、わたしは国境警備官を、敬礼する兵士たちをながめていた。遮断棒が下ろされてはまた上げられた。トランクが無礼千万に掻き回されることもあった。わたしは毛布の奥深くにもぐりこんだ。でもそんな異様な行為がおしまいになるや、わたしはあたりを見回した——国境を越えて変わったことは何？　木々はもっと大きく育っていた？　人びとはもっと優しい顔をしていた？　そして彼らの話す言葉を、わたしは理解できただろうか？

この国境というやつは、なんとも矛盾をはらんだ代物だった。よそよそしく無気味で、怖気づかせるかと思えば不思議な魅力にも満ちていた。緊張を強いる、好奇心をそそる場所として、わたしはそれを経験した。一方でそれは、馴染みの世界と馴染みのない世界を分かつ隔壁であり、垂幕を捲ってみるよう、垣穴を覗いてみるよう、遮断棒の向こうを窺ってみるよう誘ってきた。もう一方で、通過点であり、摩擦と接触が起こるポイントだった。わたしはその秘密に思いをめぐらせつつも、それが絶対的なものでないことも本能的に察知していた。国境というものは、そう、越えられるためにこそあるのだ。

父の姉を訪ねるために、私たちはよくリュブリャーナへドライブした。カーブの多い悪路を一二〇キロ。旅は二度の国境通過で始まった。終りも同じで、たいていは夜だった。おそらくはそのせいで、わたしはひどく遠くへ旅した気分になった。わたしたちは障害を乗り越えたのだ。国境は波頭のようなもので、すべてはそこで堰き止められ、強まり、逆巻いた。時間についてもそうだった。頂点を越えるや時は緩んだ、やはり何かが変わったのだ。

人の住まない土地があった。岩だらけで痩せたカルスト地帯。ガソリンスタンドは思い出すことができない。荒涼とした、人の手をはねつけてきた自然ばかりが記憶に広がる。一度、夜中に野兎を轢いたことがあった、父はそれをトランクにほうりこむと、農夫への手みやげにしたのだった。

いくつもの旅がわたしの中で入り混じる、あまりに旅することが多かったのだ。

今でも見えるのは、闇を嘗めるように這うサーチライトの光。白い路肩線があるわけでもなく、中央分離帯があるわけでもなく。あるのは暗闇と穴ボコばかり。わたしたちは何度かそこに落ちこんだ。

タイヤ交換をしたこともあった。誰もいない土地での落ち着かない停止。どうすれば先へ進むことができるのか、そもそも出発できるのかどうかもわからない状態で。（わたしたち三人の誰が神を信じていただろう？）「移動することは停止に優る」――この合言葉をわたしは瞬時に理解したのだった。

　ある晩、ザグレブへ向かう途中だっただろうか、道路脇で一人の男が合図をして、無理やりわたしたちを停車させた。逃亡者たちを見かけなかったか。逃亡者たち？　泥棒どもが葡萄畑を荒らしたのだ。まだ遠くへは行っていないはずだ。いや、誰にも行き合いはしませんでした。男は一歩後ずさると、諦めたように両手を下ろした。

「泥棒」という言葉をめぐって、わたしは何日も想像をふくらませた。物寂しい道を走ってゆくとき、それは夜闇の中から躍りかかって、わたしを眠りから引き剝がした。それはまさに脅威そのもので、あそこの、次のカーブの向こうから、不意打ちするかもしれないのだった。

　今でもわたしは夜のドライブはしない。異質なものが、夜とつるんで膨れあがって、わたしを怯えさせる。わたしの内なる子どもには、危険という文字がいまやしっかり刻みこまれている。

　わたしは移動を生きる子どもだった。

　移動する車に吹きこむ風の中で世界を発見した、そしてその世界が過ぎ去ってゆくさまを。

「いま」を発見した、そしてその「いま」が溶けてゆくさまを。

　わたしは到着するために出発し、出発するために到着した。

　わたしには毛皮の手袋があった。それはあった。

　わたしには父と母があった。

　わたしには子ども部屋はなかった。

でも三つの言葉、三つの言語があった。
向こう側へ越えてゆくために、こちら側からあちら側へ。
国境警備兵が意地悪く見つめると、わたしは指を髪の中に隠した。
その髪を制服はじっと見つめた。
制服は光線を浴びてぎらついていた。
そんなふうに先へ進んでゆくことができた。先へ先へと進んでいった。
国境と国境の間には遊ぶほどの空間はほとんどなかった。
一度はしゃぐのがやっと、くらいの空間しかなかった。
ほんの一度だけ。
川原で子豚を焼いてみるくらいの。
乾いた轍を辿って天空に向かうくらいの。
するとまたあいつが立ちはだかった。
そして時は慣れの中で溶けていった。
左には別離、右には到着。
そして今度は、逆向きに。

第一六章
明るい挿話

ねえ、今度は別の話をお願い。子豚の丸焼きの話を。だって遠出は楽しかったでしょう。

その通り。親族のお祝いがあるときは。あれは大おじさんのハンゼクの誕生日だったと思う。おじさんは煙突掃除婦をしている母親のマリアと、オルモジュに暮らしていた、独身男で釣りキチだった。手にしているのは釣り糸か、そうでなければ白ワインのグラス。剽軽な眼に赤らんだ鼻で、何かと言えば冗談をとばす皮肉屋。そんなおじさんのことがわたしは気に入っていた。暖かい初夏の日だった。わたしたちはゆったり流れるドラーヴァ川のほとりに立ち、ハンゼクは釣り糸を垂れ、父もまた運だめしをしていた。男たちがじっと黙りこくっているあいだ、わたしは水面を見つめていた。おひさまを浴びて、流れは白に、銀に、水色にきらめいた。その下に魚がうようよしていることはわかっていた。と不意に、ハンゼクの糸で一匹跳ねた、名高いカワカマスではないものの、美しいブリームだ。釣り上げた獲物はバケツの中に。その日は、四、五匹も釣れただろうか。前菜にするには十分な成果だ。

前菜？

メイン料理は子豚だった。ハンゼクがとある農家で手に入れてきたのだ。川のすぐそばで焚火をして、回転式の焼き串で炙った。何時間も。おじいさんとおばあさんがマリボウからやってきた、おばさんも、大おばさんもやってきた。太陽が低くなった頃、食事になった。それは夜まで続いた。

何が特別だったのか？

浮かれた雰囲気。香ばしい煙の匂い。パリパリになった子豚の皮。わたしは初めてワインを飲み、スロヴェニア語でみんなと乾杯した。ナ・ズドラヴィエ。もっともそれはどちらかというと、ナ・ズダーヴェと響いた、たくさんある子音は正確に発音することができなかったのだ。

幸福感？

大切に扱われているという幸せな気持ち。わたしは一座の中で一番年下だった。人びとは大仰になることなく、何かとわたしに気を使ってくれた。わたしは食べ、飲み、笑い、おじいちゃんの禿頭をくすぐった、ついには悲鳴をあげるまで。わたしたちは大人数だった。大家族だった。

庇護されているという感覚？

庇護、そして連帯感。彼らがわたしにとって何を意味していたのかに気づくのは、いつも後になってからのことだった。わたしたちが小家族に縮んでしまった後で。一人でおひるね部屋に寝ている時に。

ドラーヴァ川は明るかった？

明るかった、夜までずっと。もしかすると月明かりを宿していたのかもしれない。それについては思い出せない、覚えているのは幽かなせせらぎ。わたしたちがしばし黙りこむと、せせらぎが、カエルの声が、虫の音が聞こえてきた。それからハンゼクが歌い始めた。するとほかのみんなもいっしょに歌った。

家族の合唱？

そうも言えるかもしれない。

不協和音はなかった？

幸福の話にとどめておきましょう。それか当時わたしがそう思っていたものの話に。子豚のピクニックの話に。

ほかの方角に行ったことは？

グラド方面にもドライブした。あの走っても走っても尽きない砂浜、子どもたちにとっては海水浴天国としか言いようがなかった。わたしは砂のお城を建て、砂ケーキを焼きあげ、首まで砂に埋めてもらった。温くて浅い水に走って飛びこんだ。何度も何度も、飽きることなく。日差しがじりじりと焼けるようになるまで。それからわたしたちは旧市街の料理屋《トラットリア》に行った。魚を食べた。涼をとった。それよりも涼しかったのは、聖エウフェミア教会の中だった。初期キリスト教のバジリカ式聖堂で、モザイクの床、明るい大理石の後陣、列柱、簡素な聖餐台を備えていた。そこは深い印象を与える場所だった。わたしはその場を離れたくなかった。

その年齢にしては稀有な話。

奇異に響くかもしれないけれど、わたしは慈しまれていると感じていた。陰影に富んだ白につつまれて。ブーンと響くような静けさにつつまれて。梁のどこかで鳩がクルクル鳴いていた。それは特別な場所だった。

それから浜に戻った？

わたしたちは遅くまで水浴を楽しんだ。ビーチチェアはまばらになっていった。家族が幾組も砂をのろのろわたっていった、またもや毛皮を濡らした子犬を連れて。そしていつしかこんな瞬間が訪れた、ビアッジオ・マリンが言葉にしているような。「港もなく岸辺もなく／ひとり打ち捨てられ／大海が広がる／その円環は荒々しく飾りなく」。

それもまた魅惑した？

あれ以上にうまく表現することはわたしにはできないと思う。

で、ヴェネツィアは？

ヴェネツィアには終わりがなかった。次の橋に行くたびに新たに始まった。歩いて歩いて足の裏はぺったんこになった。水路、水面に揺れる影、船、ゴンドラ、路地、絵画に夢中だった。母はわたしをフラーリ聖堂とアカデミア美術館に連れていった、わたしは母をお気に入りの絵のところに引っぱっていった。わたしはとても興奮していた。ヴェネツィアはトリエステよりずっと活気があって、ずっと劇場的だった。それはわたしのうちに演じる喜び、変身する喜びを呼び覚ました。それにお調子の気持ちも。武器庫のライオンに並んでわたしは写真を撮ってもらった。一番のお気に入りは眼差しに憂愁をたたえたエジプトのライオンだった。

ヴェネツィアを一日で？

ヴェネツィアは何度も繰り返し訪れた。スキアヴォーニ河岸沿いにペンションがあり、一度、二度と、泊まった。眼前には潟が広がり、淡い青色で、カタカタと船のエンジン音が聞こえた。ほど遠くないところに庭園があり、風に揺れるブランコがあった。それに、ふっくらした楕円形の笑いが。

仮面のこと？

わたしは頬に赤い斑点のあるコロンビーナの仮面をもらった、沢山ある手工芸品店の一つで見つけたお面だった。ちょうど息子が後年、大きな帽子をかぶってヴェネツィア中を歩き回ったように。同じ昂揚感を息子も感じていたのだ。わたしにはできなかったことだけれど、息子は八歳で詩を書いた。「ヴェネツィアは美しい。／ヴェネツィアはグレーで／ブルーではない。／冬には。／ヴェネツィアには渋滞はない／メストレ地区を除けば。／ああ、ヴェネツィアよ。／汝、水と／海の都市。ここには／重苦しいものはない。／思考は飛翔し／アルルカンは身をよじり／笑い転げる。／ここには存在しない／悲しみも争いも／ここでは口という口が／ニッと大きく開かれる。／ヴェネツィアは楽園／そうそう、ここには砂利も……」

第一七章
影

兵士たち、道路の穴、拒絶的な二重帝国時代の建築、港湾休閑地、廃墟、物乞い、戦傷者。すでに当時、トリエステに影の部分があることはどこかで感じていた。この海浜都市の笑いには少々けたたましい響きがあった。

でも子どもには、笑っているだけで十分だった。

年を経るにつれて、知識が増すにつれて、もう一つのトリエステが浮かび上がった。矛盾を抱え、不協和音に満ち、解きがたいまでに絡み縺れたトリエステ。街のいたるところでファシズム建築に出くわした。ムッソリーニの記念碑嗜好が大手を振ってまかり通っていた。それは政治においても犠牲を要求してきた。サン・サッバの米工場《リジエラ》には、一九四三年秋――「ラインハルト出動部隊」のポーランドからアドリア海沿岸への移設の直後――強制収容所が設立された。最初は刑務所、それから「警察拘禁収容所」、そして強制収容所およびアウシュヴィッツ＝ビルケナウへのさらなる移送のための通過収容所、併せて、ユダヤ人押収財産の保管倉庫。

煉瓦作りの多層建築数棟からなる建物群は「転用」され、かつての乾燥装置は焼却装置に機能を変えた。リジエラはこの点で、ドイツ占領支配下のイタリアに設立された他の集結収容所、通過収容所と異なっていて、そこにはこの施設を絶滅収容所として使おうとする確固たる意思が示されていた。一九四四年にはここでスロヴェニア、クロアチア、イタリアのパルチザン兵士、反ファシスト、人質が焼き殺された。大多数はさらに移送されたとはいえ、ユダヤ人が抹殺されたことも明らかになっている。一九四四年秋以前だけでも、トリエステからアウシュヴィッツに向けて二〇回におよぶ移送が行われた。その中には、トリエステのユダヤ人老人ホーム「ピア・カーサ・ジェンティローモ・エ・オスピツィオ・イスラエリティコ」、レジーナ・エレーナ病院、精神病院の収容者が含まれている。さらにはヴェネツィア、パドゥア、ウディーネ、フィウメの病院、療養所の収容者も。トリエステのユダヤ人共同体の五分の一以上がドイツの強制収容所内で殺害された。

米工場《リジエラ》だけでも、一九四五年四月までに二千人から五千人の拘留者が殺害、焼却された。とりわけ対象となったのは、スロヴェニアとクロアチアのパルチザン、「解放戦線」の活動家である。彼らは七千人から二万人と見積もられている移送者中、最大の割合を占めていた。

米工場《リジエラ》はかなり以前より追悼施設となっている。一九四五年に爆破、除去された焼却施設と煙突の代わりに、地面に据えられた鋼鉄の銘板、出来事を象徴するピエタ像が残虐行為を記憶している。

わたしがトリエステにやってきたのは、こうした出来事から五年しか経っていない頃だった。父はそれを知っていたし、スロヴェニアの友人たちを亡くしてもいた。けれどもわたしは幼かった、真実を知るにはあまりに幼すぎて、事情は後になってから自分で看破しなければならなかった。歩みはわたしをトリエステの本屋、古本屋に導いた。そこで出会ったのは、ボリス・パホル。スロヴェニアの民族解放軍兵士として逮捕され、ダッハウ、ベルゲン＝ベルゼン、ネッツヴァイラーへ移送され、のちにトリエステ郊外の高台にあるカルスト台地の村コントヴェロに戻り、書いている作家、自分で見たこと、体験したことについて書いている作家だ。

　年老いたジョルジョ・ヴォゲーラ（『死《ノストラ・セニョーラ・モルテ》』、『秘密《セグレート》』）は、一度、カフェ・サン・マルコの一番奥の隅っこに、優雅な女性二人と座っているのを見かけたことがある。戦争を生き延びたのだ。同じくユダヤ人作家のフェルッチオ・フェルケルも、ロンドンに亡命し、戦争を生き延びた。一九四九年にトリエステに戻り、数年後にはミラノに転居した。リジエラ・ディ・サン・サッバについて一冊本を書き、詩を書き、ユダヤの民話を書き、『五七四四年の物語』を書いた。その中で、一人のホームシックにかかったトリエステの男は、わが街をかなり手厳しく非難してこう言っている。「トリエステは決して鏡を覗きこもうとしなかった、みずからの全体像を見ようとしなかった、決して率直に口を開こうとしなかった、真偽がごたまぜになった、にもかかわらず説明されないままの魔法を、半ば大声でみずからに信じこませようとするとき以外は。」歴史的概観はマリア・テレジアから第二次世界大戦に及び、トリエステを哀悼《カッディシュ》する祈禱といえようその書物の中でフェルケルは絶えず歴史の傷口を指さす。「スキアーヴィ――一九四五年まで、政治的経済的支配階級によってスロヴェニア人はこう呼ばれていた――を軽蔑する権利を、わがもの顔に振り回す、気違いじみたトリエステ俗物市民の悪意はよく知られるところである。しかし、一九世紀のトリエステはどうなっていただろう、どうやって発展できただろう、もし港湾人夫、車大工、アウリシーナ採石場の石工の力がなかったら、セロヴォラの鋳物工場、軍需品倉庫の労働者そしてザウレとサン・ジョバンニの農民の力がなかったら、あの古代貨物集散場を思わせる、急激に集積された富ゆえに神経症に陥った貿易商会の建物で、身を粉にして働いた家事手伝いの女たちの力がなかったならば。」

トリエステではほんの数年前にもスロヴェニア人の学校が放火された。スロヴェニア人を根絶やしにしたがる、民族主義的、ファシスト的外国人憎悪がいまだに猛威をふるっているかのように。けれども、そう、ほかの人たちもいた——ジョイス、ズヴェーヴォ、ウンベルト・サーバ、フロイトの弟子のエドアルド・ヴァイス、精神医学の改革者であるフランコ・バザーリア。ボビ・バズレン、ジァーニ・ストゥーパリチ。にもかかわらず、トリエステにはなお暗い影が落ちている、相矛盾する価値に巻きこまれている、そこからはいかなるアイデンティティも形成されえない。アイデンティティを持たぬことをこの都市の印とするのなら話は別だ。周縁、境界、中間領域、パサージュ。

トリエステをめぐるわたしの歴史も、そうなのかもしれない。

時の終わりへさかのぼろうと　素潜りで　差し伸ばす手
とびきり哀しい雨　洗礼へ　アイデンティティは捨てて
とっぷり深い錆赤の　千の夢の眠る　至福の家に住んで
遠い夢を測り直し　かつてのわれへ　それは仮死の姿で

留め具　巨船　入り江　ツーリストの姿はいつもなくて
とろりとしたタール液　島の匂い　土着の眠りを吸って
遠い緩い日々　桶底の残り　描け　為された行為は全て
とどめよ　リジエラに住む者らは来た　特別移送されて
とどのつまり　永遠に統べるは死　銘板は慰め（思い出）？
時　来たりなば　江を満たす甘藻の海は荒ぶり響《どよ》もして
とどまりえぬ亀裂を抱えつつ　進め　布一切れを食べて

第一八章 ブラインドへの郷愁

ブラインドと言ってみる、ともう、わたしはここにはいない。あの、真昼のけだるい路上にいる。太陽は天頂から照りつけ、うねるように吹く風まで竈のように暑い。徒歩で行くものは日陰を探すか、建物に庇護を求める。家々は内に向けて体をすくめ、ブラインドの隙間越しにかろうじて息をしている。わたしは薄鼠の（あるいは別のパステルカラーの）可動部をもつ薄板を見つめる。左半分は閉じられ、右半分は跳ね上げられている。どの窓も自分なりのやり方で合図を送ってくる、違う顔を見せている。見せる？　隠されているものは見えるもののうちにある。ブラインドの下りた窓の表情は、秘密めいてもいれば、官能的でもある。その人目に立たぬ気品が想像力をくすぐる。

それにしてもなんという沈黙《エ・ケ・スィレンツィオ》！

北方が決して知ることのない、正午の重い眠りの静けさ。不意に凍りついた静謐。手からフォークが滑り落ち、口からは嚙んでいたものが毀れ落ちる、四肢が脱力する。牧羊神《パーン》の時間。

ミラマーレの海岸の岩が恋しい。アカシア並木が恋しい。白い巨大なスクリーンの夜の野外映画館が恋しい。わたしたちはオープンカーに座って星空の下でアメリカのコメディーやアニメを見た。ウォルト・ディズニーの『ピノキオ』や『ファンタジア』があった。マルクス兄弟の『デパート騒動』や『オペラは踊る』、それにスペンサー・トレイシーとキャサリン・ヘップバーンの『女性No1』もあったかもしれない。憶えているのは、スクリーン、空、香ばしい温い大気、ここちよい、こそばゆい雰囲気。いつもいつしか寝入っていた。眼が覚めたのは、家に抱いて運んでくれた父の腕の中だった。

大人たちの生活を送り、同じ年頃の友だちがいなくとも、わたしは南国の空気に包まれていた。海辺の共同体、大通りの共同体、映画館の共同体の中で、見たところ屈託のない社交づきあいのたゆたいの中で。野菜売りが長話を語り、アイス売りが冗談を飛ばし、通りのおまわりさんまでが微笑みをおしまなかった。どこかしら大気が揺らめいていた《ゼア・ウァズ・サムシング・スウィンギング・イン・ジ・エア》、たとえ街自体は非常事態にあったとしても。

北方はわたしに自分一人の足で立つことを教えた。突然、わたしは個であるとはどういうことなのかを理解した。

そして、寒さとは何かも。

第一九章
雪を抜けて

一九五一年一月、わたしたちはチューリヒに向けて旅立った。父、母、生後三ヶ月の弟、わたし、そして全財産を積みこんで。ポンコツ車に夏タイヤでの出発だった。北で何が待ち受けているのかはわからなかった。

最初の不意打ちは雪だった、ゴットハルト峠の左右の雪壁。カーブでスリップしたわたしたちはその片側に突っこんだ。雪壁は温情を示してくれた。立ち往生こそしたものの、鼻先すらへこみはしなかったのだ。何度かハンドルを切り返し、わたしたちはなんとか先へ進んでいった。先へ、もっと先へ、もうお馴染みのメロディーだった。ただ、どうして「先へ」行くのかは、わかっていなかった。誰からも訊かれたことがなかったのだ。後になって聞いたことだが、父は民主主義の国に行こうとしていた。自分と家族に、安定した環境を求めていたのだ。そんなふうにわたしたちは、雪を抜けていった。

思うに、わたしは愛想のない冬景色にただただ眼を瞠っていたわけではなかった、心底吃驚していたのだ。なんとといっても壁は壁である。わたしたちはついていていたのだ。これは吉兆なのだろうか？　父は決断の正しさを信じていた、しかし何ひとつ保証はなかった。わたしたちは政治的難民とは見なされず、滞在許可が下りるかどうかは、スイスのお役所の温情次第だった。父には仕事上の知己があり、信念があった。それだけだった。もろもろの危険をぬって小舟を操舵する父にあったのは、それだけだった。

子どものわたしの内では、相矛盾する感情が渦巻いていた。海は、あの明るい世界は、はるか背後になっていた。こんな山また山は見たことがなかった。こんなにたくさん雪も見たことがなかった。こんなにカーブを曲がったことだってなかった、昇って下って、また昇って下って、ついには吐いて、もどしてしまうくらいに。間で一泊、どこかしらで夜を過ごした。おちびちゃんの弟のために。理由はしかし、それだけではなかった。

それは障害だらけの、果てなきドライブだった。そしてわたしにはわかっていた、すべてが変わってしまうということが。

チューリヒで入ったのは家具付きの貸し住居、つい先だってまで、中国の作家、林語堂が住んでいたアパートだった。黒い本棚には、彼の英語の著作が数冊、歓迎の挨拶のように置かれていた。三つの部屋、玄関ホール、台所、浴室、バルコニー。しかし、留まれるかどうかははっきりしなかった。いつなりと出発できるよう、トランクはそこらじゅうに置かれたままだった。父は押し黙り、待ち続けた。数週間じっと待ち続けた。それから父はロンドンの話をするようになった。ということは、荷物を詰め直してまた引っ越しだ。事態はしかし違ったようになった。突然――どうやら最後の最後というところで――扉は開かれ、わたしたちは留まれることになった。ある外国人警察のお役人がわたしたちのために尽力してくれたのだ。
知らせは春とともにやってきた、家はすっかりレンギョウの花に包まれていた。

それでは、ここなのだ。トランクは片づけて外の世界に向かおう。芝生の上では子どもたちが遊んでいた。家の裏手にはブランコがあって、わたしのお気に入りの場所となった。その高台からは左手に森が見えた。森は斜面にそって窪地へくだってゆき、そこに防災堰が流れ、向こうはまた昇り斜面になっていた。ブナの木、樅の木、木洩れ陽のおちる暗がり。しばらくの間、わたしは敬意を表して距離を保っていた。それから意を決して、樹脂と黴の匂う野生の地に足を踏みいれた。何かしらがカサコソと鳴り続け、彼方からはサラサラせせらぎの音が聞こえてきた。密やかなる行為を敢行しているのだという気がしてならなかった。これが、そう、自分の足で立つための、始まりの一歩だった。
わたしは森の中で、あるいは森のはずれで、〈いま〉ごっこをした。〈いま〉と叫ぶと、谺に耳を澄ませ、〈いま〉がすでに過ぎ去ってしまったことを知った。口にするや、現在は過去に崩れ落ちていく、まるで背中から海に落っこちていくみたいに。けれども海ははるか遠く、頼りにできるのは谺だった。谺は時を分かち、わたしはその裏をかいてやろうとした。未来のことは考えなかった。〈いま〉。そしてまた〈いま〉。わたしは秒を数えた、そうでなければ、鼓動を数えた。ついにはくらくら眩暈がしてくるまで。それからとにかく確かさを手にしようと、茂みをつかみ、葉っぱを引きちぎった。わたしはこの遊びの虜になった。本当に自由になったのは、眠りによって忘却へ押し流されたときだけだった。眠りの中では、時の仕切り、境界の仕切りは消えた。「先へ」を思わせるトランクもなかった。わたしは柔らかいものの中に沈みこみ、運び去られるままとなった。そう、眠りは庇護だった、空間からも時間からも解き放たれて。

子どもは眠りに眠った、小さな弟に繰り返し起こされたにもかかわらず。眠りの中で成長してゆき、眠りの中で日中に差し出されたものを消化した。毎日が新しいことだらけだった。何百もの聞き慣れぬ言葉が子どもの耳朶を打ち、覚えなさい、理解しなさいと要求してきた。子どもは標準ドイツ語を学び、同時に土地では誰もが話す方言を学んだ。それは二重の苦行だった。一方が「見る《シャオエン》」と言うと、もう一方は「覗く《ルエゲ》」と言った、すべてがそんなふうだった。頭の中はむずむず落ち着かなかった。子どもは努力の限りを尽くしたけれど、返ってきたのは笑いばかりだった。近所の子どもたちは変な子だと思った。つっかえつっかえ話すのが変だと思った、寒い日に長い羊皮のコートを着ているのが変だと思った、いつも少し離れて立っているのが変だと思った。ある時などはこう叫んだ、「おまえの母ちゃん、爪真っ赤、へっ！」またある時などはこう叫んだ、「おまえのおうち、カトリック、へっ！」子どもは侮辱を感じたけれど、表には出さなかった。なんといっても他の子たちは大勢で、勝手知ったる大地を踏みしめている、新参者には待つしか手はなかった。子どもたちは、女の子がヴロネリ、マイエリ、ウルゼリ。男の子はリュエディ、ポイリ、エミールという名前だった。時々けんかはするものの、いずれもクローバーの葉のようにくっついていた。その遊びの輪の中に、茂みの小屋に、インディアンのテントに子どもが入りこむと、新しい星座が形成された。

女の子たちは四つ葉のクローバーになるか、相手を取り換えては、二人組を作るようになった。

マイエリは穏やかで、大抵は青の服で、危ないことは決してしない子だった。そばかすだらけで、長い金のお下げに、短い赤のコートのウルゼリは威張りん坊で、何かといえば仕切ろうとした。ヴロネリは想像力豊かで、髪が灰金色で、彼女とならいつまでだってブランコに揺られ夢心地でいることができた。一番大好きな遊びはこれだった。もちろん、男の子も女の子も一緒のインディアンごっこを別にすればだ。

そんなときは、シーツのテントにみんなでもぐりこみ、顔をどぎつく塗りたくって、男の子は鳥の羽飾りに手作りの弓矢、女の子は色とりどりのスカートで身を飾った。和平の煙管の代わりには、薄荷のシガレットを口に咥えた。男の子は折りを見て狩りに出かけ、女の子は留守のテントで草のジュースをこしらえた。広げたテーブルクロスの上を甲虫がのそのそと渡っていった。怪我をした雄猫を男の子たちが引きずってきたこともあったし、死んだ蜥蜴《とかげ》をテントに投げこんでいったこともあった。やめてよと、インディアンの娘たちは抗議した。男の子たちはもう大得意だった。

薄暗いテントに長く坐ったあと、立ち上って外に出ると、世界は変わってしまったように見えた。建物は傾いでくすんでしまったようで、その前の草地は刈りこまれてしまったようだった。冒険の天分に恵まれていたのは森だけだった。緑滴る樹々が列を成し、上空にはもくもく雲が湧いていた。

まあ、何て恰好なの、母が言った。子どもは吃驚して額に手をやった。それはこれから北で習慣となろう反射的なしぐさだった。子どもは確かめようとしているかのようだった、自分はいったい誰なのか、そしてどこにいるのかを。

第二〇章
橇、斜面

　あれは夏のことだったろうか？　トリエステの水着はタンスの中、ここの緯度にはそぐわなかった。少しの間、暖かくなったかと思うと、嵐がやってきて暖気をはらった。大気には湿気がこもり、森からは蒸気が昇り、雲をなし、雨粒をまいた。恥知らずなほどに雨が降った。これでもかというほどに雨が降った。

　幼い弟は黒い短髪で、ちっちゃな脚は曲がっていて、優雅に内気に微笑んでいた。腹ばいになると、物珍しそうに頭を上げて、はじめての這い這いをしてみせた。

　それからゲルダがやってきた、ベビーシッター兼家事手伝い。ドイツ生まれの女性だった。彼女と二人で、森が色づき、葉むらの装いを落とすのを観察した。毎日、赤の、黄の、斑らの葉っぱを集めてきては、標本として並べた。葉っぱはそこに置かれていた、すっかり萎びて灰色になるまで。カサコソするくらいに軽くなるまで。わたしはそれを机からふうっと吹き飛ばした。

　一夜にして雪がやってきた。白い積みもの。それはすべてを変容させた。光、物音、とりまく世界。そこにはキラキラ光るものがあり、静けさに満ちていた。雪は降り続いた。雪ひらが空から降ってきて、バルコニーの手すり、茂み、樹々の上に音もなく舞い降りるさまにわたしは目を瞠った。ずっと雪ひらの渦に見入っていると、自分自身が落ちていくようで眩暈がしてきた。雪！　ハンガリー語の「雪《ホー》」は、「湖《トー》」、「馬《ロー》」、「塩《ショー》」、「言葉《ソー》」と韻を踏んでいた、しかしこうしたものすべてと軽くて柔かい雪とは何の関わりもなかった。わたしはどんな味がするか食べてみようと思った。思いつくや、舌を突き出して家の周りを駆け回った。その上で雪ひらが溶けるにまかせた、手のひらいっぱいの雪を口に押しこんだ。それは冷たかったけれど、まったく味気ないものだった。トリエステのバニラアイスはなんて美味しかったことだろう。これなら雪玉を握ったほうがいい。

　ゲルダにはもっと別のアイデアがあった。橇遊びだった。わたしは一度もやったことがなかった。橇がどんなものなのかすら知らなかった。トリエステでは冬に雪が降ったことはなかったのだ。よし、いいだろう。彼女がどこかで手に入れてきたこの木の道具を持って、本格的な丘へいざ出発だ。時はお昼過ぎ、わたしは裾の長い羊皮のコートに、房飾りのついた毛糸帽の出で立ちで、ゲルダの横をずんずん歩いていった。今日ではわかるが、それはブルクヘルツリ精神病院の近くの丘だった。わからないのは、わたしを一人で橇に乗せる前に、ゲルダが何度いっしょに丘を滑り降りたかだ。すべてはあっという間で、歓喜の叫びを絞り出すいとまさえなかった。冷気、突風、煌《きらめ》き、眩暈――そして丘をよじ登っては、最初からもう一度。ささやかな陶酔。

　しかし、それから一人で。わたしは独りでやってみなければならなかった。彼女は何も教えてくれなかった。ともかくも、わたしは何も覚えていない。さあ滑ってごらん。とにかくやってごらん。

わたしは丘を全速力で滑り降りた。足を高くあげて、速く、もっと速く。立木にぶつかってやっと橇は止まった。でもそのときにはもう、わたしは意識を失っていた。

　暗闇からわたしを呼び覚ましたのは医師だった。頭蓋骨亀裂、脳震盪。出血はあまりにひどく、母はわたしを見分けられないほどだった。数週間、わたしの両眼のまわりには黒痣が残っていた。

　それから頭痛がやってきた。偏頭痛による意識喪失。痛みはあまりに激しく、反射的に死を模するしかすべはない。絶対安静、さもないと、わたしは千ものかけらに砕けてしまう。攻撃は不意を襲い、野獣が中で荒れ狂う。わたしの内部で。振り落とすことはできない。できるだけ従順にふるまって宥めようとする。ただただ横たわり、浅く呼吸する。まったくなすがままで、ひとりぼっちで。痛みと吐き気。吐き気と痛み。それからゲルダが無理強いする苦いもの、サリドンか何かを呑みこむ。良くなるからと言われて。しばらくすると眠気が襲ってくる、安らぐことも、夢みることもない眠り。そしていつしか目が覚めると、軽く眩暈はするものの、痛みは消え去っている。子どもは身震いし、ふらつく膝で廊下に出て言う。わたしよ。そして出てきた人の首にかじりつく、かほどに苦しみが去ったことはありがたい。この感情の横溢に皆は驚いている。でもあの暗闇の経験は、彼女以外、誰も知らない。今欲しいのは、ひとかけらのパン、それに、優しくしてもらうこと。それだけ。

　発作は繰り返された、予想もつかない間隔で。天気が良いときにも、悪いときにも。重いものが頭にのしかかってきて眼の前がぼんやりしてくる、疲れがずるずるひろがっていって身体を起こしていられなくなる。すべては瞬時の、あっという間の成り行きで、同じくすぐに沸き上がるのが、真っ暗な部屋の中で、光からも、物音からも、匂いからも遮断されていたいという願いだった。刺激は痛く、すべては刺激で、それ故すべてが痛かった。健康な人たちにはわからないかもしれない。自分が邪魔になっていることが、子どもには辛いのだ。他のあらゆる存在に対して、子どもはなおも負い目を感じている。

　退却、拒否、そして、今ここでわかって欲しいという欲求の悪循環。身振りは、体の言葉は嫌だと言い、心は百パーセントの支えを要求する。あまりに過度な要求だ。母は弟の方を向いてしまう。子どもには部屋と、痛みと、孤独が残される。

　耳を聾するほどの静寂がおとずれると、おのずと言葉が形をなす。雪《シュネー》、橇《シュリッテン》、痛み《シュメルツ》。長い歯擦音を発する言葉の数々。リュブリャーナの機関車のシュッシュッのように薄気味悪く。このシュッシュッという音からは何一つ良いものは出てこなかった。神様の吐き出す唾《シュプッケ》みたいだった。泡《シャオム》、破片《シェルベン》、発作《シュレーゲ》、さぎ師《シャルラタン》にはご用心。ただ眠り《シュラーフ》、眠り《シュラーフ》だけがそっと優しく守ってくれる。

第二一章
お人形のシャーリ、お人形のリシ

彼女は赤ん坊だった、大きな青い目をしていて、パタンとつむったりあいたりする目蓋《まぶた》がついていた。ただ、左の方がどうも引っかかり気味で、ついには閉じるも開けるも動かなくなった。そういうわけで、右目は起きたり寝たりするのに、左眼は半眼のままじっと世界を凝視していた。およそシャーリにはふさわしくない瑕瑾だった。というのも、彼女は非の打ちどころのない人形だったからだ。均整のとれた顔、ぷっくりした唇、長いまつ毛、赤ん坊のからだに理想的なプロポーションと丸み。問題は子どものわたしには手が出せないからくりの部分にあった。

にもかかわらず、わたしはシャーリが大好きだった、まるで自分の小さな分身のように愛していた。一枚、一枚、服を着せては脱がせた。着せるのは白ばかりだった。ちっちゃなズボンにちっちゃなシャツに、ちっちゃな編み靴下にちっちゃな上着とフード、全部着せ終わると編んだベビークッションに寝かせた。その美しさに加え、彼女が我が手にゆだねられているという事実もわたしを陶然とさせた。ぐずられることも逆らわれることもなく、わたしは思い通りに世話することができた。それはめちゃくちゃ愉快なことだった。シャーリによってわたしは裸体を発見した。自分自身の裸体を発見した。そして裸に惚れこんでしまった。誰もそのことは知らなかった。シャーリの世話をするときは誰もそばにいてはならなかった。わたしの密かなる興奮に目撃者はいなかった。性の生誕の時はわたしだけのものだった。それはわたしの中では今日に至るまで、秘密の薄闇と、シャーリの衣装の無垢なる白と結びついている。(捻じ曲げられた白い泡立ち。)

わたしはそっと彼女の腰をつかむと、軽くゆすってみた。指先で彼女の首を、肩を、腹を、足をなぞり、関節を動かしてみた。生後四週間の赤ちゃんの大きさだった。額、口、胸を押してみた。わたしの小さな神聖なる機械。桃色の陶磁器、カタンと開閉する目蓋。衣服は床の上に広げられていた。性別はなし。軽く開いた口から洩れる音もなし。人形の無言にかまわずわたしは話しかける。最初は小さな声で、それからだんだん大きな声で。わたしは彼女の代わりに話す。彼女自身になりかわって。寒いとか暑いとか、おむつしてとか包帯してとか、ハー、ハー、ハーとか、チュ、チュ、チュとか、氷河のおめめとか、ビー玉のおめめとか。わたしのしているのはままごとならぬ、秘めごと。わたしは彼女でありながら同時にわたし。朱色の舌をちろちろさせて。シーッ、シャーリちゃん、しずかにおねんね! でも半分くらいしかうまくいかない、だってシャーリの左眼は眠ることがないから。わたしは部屋の隅にいき、上下に左右に彼女を揺する。羊さんのところへ行きましょう、動物さんのところへ行きましょう、お花畑を通って行きましょう(ねんころろん、ねんころろん)。危険はもうない、壁が揺れさえしなければ。お母さんが入ってきさえしなければ。それから彼女は重くなる。そうなると彼女をベッドに寝かせる、わたしの影が彼女にかかる。

さしあたっては。

あの願いがわたしから消えることはない、彼女のベビー布団にもぐりこみたい。わたしはするりと入っていって、もう二度と出てこない。ぴったり肌をくっつけて。双子のようにくっついて。わたしは意味もなく舌先をあちらへこちらへ動かす。いつのまにか彼女の隣に横になっている。ぴったり並んで。

かくもすばらしく、わたしたちはいっしょに眠ったのだった。


リシは除虫粉の匂いがした。それか塩素の匂い。そう、匂いがした。体が布でできていて、肌は桃色のフェルト製。ツンと短いお鼻に金色のおさげだった。いつも毛糸で編んだワンピースを着ていた、白の縁飾りがついた赤いやつ。わたしはリシに魅了されることはなく、脱がせることもだからなかった。彼女の描かれた眼に人を驚かせるものはなく、フェルトの肌にはあちこちに穴が空いていた。せいぜいがクッションにもたせかけられて、装飾の役目を演じるくらい。その程度には十分に可愛らしかった。彼女はわたしの魔法の林檎ではなかった。そのあたりさわりの無さにわたしは鼻白んだ。リシは愛《リーベ》ではなく、情熱《ライデンシャフト》ではなく、快感《ルスト》でもなく、たんなるいい子だった。牝牛の番だってするだろうとわたしは思った、そして黙殺することで彼女を罰した。それか、動きやすい足をおもいきり開脚させた。リシは表情ひとつ変えなかった。

わたしはリシを不当に扱っただろうか？　彼女は優雅な赤いほっぺをしていて、些事にこだわらずおっとりとしていた。シャーリへの偏愛の言葉にもじっと耳を傾けていた。偏頭痛との敗北戦《ワーテルロー》もじっとそばで耐えていた。弱みにつけこんだりしない、慎ましやかな性質《たち》だった。容易にはくじけることのない、堪忍不抜の人形だった。

日の当たらない屋根裏部屋の隅っこで、いまなお彼女たちは二人一対でいる。シャーリとリシ、リシとシャーリ。子ども時代の「樹々が切り倒された森」を後にしてからは、すっかり現役を退いて。

第二二章
弟が病気だ

足を引きずっているのだろうか？　弟は腰を痛がっていた、そしてある日、ほんの五歩すらも歩こうとしなくなった。泣き虫でも、ヒステリーでもなかったので、みんなは深刻に受けとった。マルティンは三歳で、オリーブ色の肌をしたおとなしい子どもで、とても静かで、とても内気で、とても穏やかな子どもだった。何時間でも積み木をつみ、本をめくり、ぬいぐるみと遊び、お絵描きをしていた。叫んだり、おねだりしたりすることはなく、満ち足りている様子だった。申し分なく幸せなのだろうとわたしは思いこんでいた。

それから急に病気がやってきた。弟はお医者さんに連れていかれた、知り合いの、休みの日には音楽家の肖像画を描いている小児科医だった。ドライフス博士の診断は、腰部関節症であるペルテス病の初期段階というものだった。不幸中の幸いだった、初期発見により治癒の可能性は高まるのだから。じっと寝ているというのが治療法で、障害を抱えた脚は副木があてられ、錘のついた器具で牽引された。発達障害のためにそちらの脚が短くなってしまうことは、何としても避けなければならなかった。長期間にわたるプロセスである。両親は忍耐をもって臨む覚悟を決めた。長い時間というものを理解するには幼すぎたマルティンは、抗うこともなく状況を受け入れた。

一年間を、弟はベッドの中で過ごした。文句を言ったり、泣いたりしたのを聞いた覚えはない。生来のものであるらしい自足への傾きが助けとなった。友だちのぬいぐるみたちとずいぶん長く話をしていた、彼にしかわからない秘密の言葉で。それはドイツ語やハンガリー語というより、日本語のように聞こえた。「オッシキ」とは飲み物のことだった。弟はこの単語を母やわたしに対しても使ったが、他の言葉はどんどん数を増していく動物たちだけに向けられた。サイ、ゾウ、ラマ、リス……新しい仲間は加わり続けた。シュタイフ社のぬいぐるみの動物園は、枕、毛布、机の上を占拠していき、ニヤニヤ笑いが場を和ませる小人のプッキがそれを監督していた。プッキは、ジャガイモのような鼻に、悪戯っぽい茶色の目で、顔中に銀色の髭が生えていた。頭には赤の三角帽をかぶり、お腹には青いエプロンをつけ、足にはフェルトのスリッパを履いていた。あまりに長い間、誰よりも近しい友として、マルティンの寵愛を受け続けたせいで、ゴムでできたプッキの顔はついにはひびだらけでベトベトになった。この見栄えの落ちた人形は二人目のプッキに、そしてプッキ二号はついにはプッキ三号に取って代わられた。三人は髪の毛一本に至るまでそっくりで、帽子とエプロンだけが色が違っていた。

プッキと動物たちのほかには本があった。アロイス・カリジェの『フルリーナと山の鳥』と『ウルスリのすず』、ブレームの『動物の暮らし』、ヴィルヘルム・ブッシュの『マックスとモーリッツ』。マルティンは挿絵を見つめ、お母さんが読み聞かせた。お母さんは倦むことなく、全身全霊をこめて読んだ。まるで背負った罪を償わねばならないかのように。あたかも読み聞かせが治癒を早めるかのように。マルティンはこれを楽しんで、すべての本をそらで覚えた。にっこり笑うと、ブッシュの四つの揚音をもつ長短格詩《トロカイオス》を唱えて見せた。「マックスとモーリッツはのろまとは大違い／こっそりギコギコ、ノコギリをひく／なんてひどい、悪だくみ！／橋の真ん中に、切れ目を入れた／さて一仕事終えると、出し抜けにはやし声／〈出てこうぃ！　雄ヤギ野郎！／仕立屋めぇ、仕立屋めぇ／メェ、メェ、メェ！〉」わたしもお話は全部覚えていた。未亡人ボルテの話、レンペル先生の話、フリッツェおじさんの話、農夫メッケの話、そして、悪童たちの哀れな最期。どのお話も滑稽だった、マルティンは大いに楽しんでいた。

　弟がいかに状況に対応しているかを、わたしは観察した。その忍耐強さ、明るさには舌を巻いていた。そして羨んでもいた、だって母はすべての時間を弟に捧げていたのだから。時には訊いてみることもあった、わたしより弟の方が好きなのかと。母は手を振ってこう言った。あの子はわたしを必要としているの、わかるでしょう、だってあなたは賢い子だもの。わたしはベッドの端に腰かけ恥じ入った。もちろんいい子でいたかった、けれども心は抗がっていた。心の奥底では、自分は小さくて、頼りなくて、なおざりにされていて、求められ過ぎていると感じていた。誰もそれに気づかなかったのだろうか？

　そのうちにわたしは弱みを見せるには、気位が高すぎる子どもになっていた。本当はそうではなかったのに、強い子のふりをするように、強さを演じるようになっていた。わたしの中の子どもは泣いていた。

マルティンは何も知らなかった。彼はどこまでもいたわられていた、でも彼にどうすることができただろう。わたしは年上で、頭痛さえ別にすれば、健康だった。周りは合わせることを期待していた。わたしは期待に合わせることにした。

合わせたのは外側だった。弟とわたしは同じ部屋だった。弟の病気の間、わたしたちは同じ空気を吸い、守護天使のようにおたがいの番人をしていた。弟に起こったことはすべてわかっていた。反対に弟もわたしのことをたくさん知っていた。これほどの近さは窮屈すぎた。でも避けようのないことだった、部屋は一つしかなかったのだから。

わたしは自分の内側にむかって夢をみた、蝸牛のような迷路へもぐりこみ、涙が出るまで奥へ進んでいった。そこは遠くて静かなところだった。

ほぼどんな状態であっても、夢想は難なくうまくいった。ドライフス先生が手際よくマルティンの肖像を描きながら冗談を飛ばしているときも、そうだった。先生が来診に訪れながら、小さな患者を笑わせない日、描かない日はなかった。それはこの医師のせわしいようなせわしくないような、毎度おきまりの習慣だった。それを眺めながらわたしは物思いにふけっていた。自分自身が描かれているときも、遠く離れた場所にいた。

子どもは「隔離」については何も知らなかった。けれどもまさに実行していた。部屋を貫き頭の中を貫く境界線を、想像の中で引いていたのだ。迫り来る黒雲から自分自身を守るために。マルティンの病気によって暮らしには暗雲がかかろうとしていた。何かが家族の上に覆い被さろうとしていた。一人の子どもが寝たきりで、立って歩いている者たちが晴れやかになることはなかった。

しゅんと背を丸めた世界、意気消沈した、沈滞した世界。

例えば外は春爛漫だった、でも部屋の空気は薄くて息苦しかった。弟が動物たちを並べている間に、子どもは足に添えられた補助具に、副木に視線を走らせた、決して緑の葉をつけようとしない木。日にちを数えても無駄だった。奇形という言葉を決して口にせず、早計な態度を絶えず戒めていた先生は、治療の終わりを指定しなかった。

その時が来るまで。

時はゴムバンドのようにびよーんと伸びた。子どもは夜になると枕を顔に押しつけた、何も見ないですむように。何一つ。誰からも見られることがないように。子どもはいま、谺する空間の背後にいた。

一二ヶ月、それとも一三ヶ月？　その時が来ても、マルティンは立てなかった。筋肉が弱くなりすぎていて、体を支えることができなかった。弟は松葉杖で歩くことを学んだ、毎日毎日。整形用の特別な靴を履いて、かすかな笑みを顔に浮かべて。それは骨の折れる、苦痛を伴う訓練だった。消耗しきってベッドに倒れこんで、そのまま寝入ってしまうこともあった。

子どもは猶予期間という言葉を耳にした、配慮という言葉も耳にした。

しかし、状態は日に日に良くなっていった。ベッドの上からは動物たちの一部が消え、戸棚に移った。遊び道具が絨毯の上に積まれた。マルティンはゆっくり歩くようになった、それからどんどん早くなっていた。まるで奇跡のように足を引きずらなくなった。ドライフス先生は言った、治りましたな。子どもは望んだ、家族が治ることを。

第二三章
孤独の洗礼

それほど遠くまでさかのぼり
根っこはするする伸びてゆく
弟　テディ　ひとりぼっちの夜また夜
心が三段跳びをする
それから?
おかあさんはいまでがはなせないの《マザー・イズ・ノット・アヴェイラブル・ライト・ナウ》
房飾りのついたドアを開ける
ドアの向こうには巨大な舞台
子どもがひとりで遊んでいる
どんな遊びをしているの?
揺り木馬に縄跳びにそれに

さあもっと！
舞台袖から声が飛ぶ
さあもっと！
ともかく昇華させること

第二四章
我読む、ゆえに我在り

ベッド、ニワトコの茂み、机——文字の連なりを解読しようと屈みこむや、そこはテントのようになる。湧き出す意味にわたしは心昂ぶらせる。わたしの眼の下で世界が生まれている。わたしは座っていて痩せっぽちなのに、気球に乗って飛翔している。リリーに出会い、ウサギのオルランドに出会い、料理の上手な妖精に出会う。気分を変えたいときはお宝を狙う盗賊にしよう。こんなお話だ。まだ盗賊と呼ぶには十年早い、乱暴者にすぎない男が考えた、なんとしても人生の伴侶が欲しいものだ、けれども粗暴なうえに、見るからに醜い男には相手がいない。そこで盗賊は考える。身を飾るもの、美味しいもの、美しいものを存分に与えてやれば、娘も心寄せてくれるかもしれぬ。お宝がいるぞ、お宝が、それも今すぐ必要だ。そこで男は心を決める、馬を駆って国中を巡り、できる限り多くの宿を訪れ、あれこれ聞いて回ることにしよう。これはという話をきっと耳にすることになろう。果たせるかな、嵐の吹き荒れるある秋の晩のこと、古雉亭という物寂しい宿で、男はとある会話を小耳にはさむ。二人の若者がしこたま貯めこんだ老未亡人の話をしている。老婆は森のはずれに一人で住んでいて、あたりでは羊が草を食んでいるばかり。こちとらの知ったことではないが、あんなしわくちゃばばあにお宝の使い道などあろうはずなかろうと。聞いた通りを男は実行する。翌日にはもうその家を割り出して、森の中の安全な隠れ処から様子をうかがう。犬の吠え声はしない、羊たちは遠くだ、羊飼いの姿もない。老婆は鶏と猫を飼っていて、朝な夕なに餌をやる。夜はお袋さんの腹ん中みたいに真っ暗で物音ひとつしない。運を天にまかせて男は家ににじり寄り、裏口から忍びこみ――月の光をたよりに――お宝を探すだろう。三日月が淡い光で照らしてくれる、裏口の戸が男の体の重みに耐え切れずひらく。さてこっそりと、そろそろそろと、上がり口から奥の部屋へ。家具という家具をまさぐり、枕の下に、クッションの下に慎重に手を差し入れる。どっこい長持ちは見つからない。擦り切れたソファの下は蜘蛛の巣ばかり。壁の戸棚にはクロス類が山なしているけれど、お札となると影も形もない。ここで盗賊は台所に行きたくなった、胃の腑がキューっと鳴っている。男はパンとラードと一瓶のミルクを見つける。そして舌鼓を打ちながら、ふと、半ば開いた食料品貯蔵室に目が止まる。どれ覗いてみることにするか、ばばあが何をためこんでいるか。貯蔵室は薄暗く、食料品で満杯で、盗賊はけつまずいてしまう。呪いの言葉を吐きながら梁材をつかもうとすると、何かが床に落ち、鈍い音をたてる。ぎょっと身をすくませて数分がすぎる、が家の中で動くものはない。そこで男は指で探りながら進み、壺やらコップやらに手を突っこんでいく。そしてついに一番奥の壁のそばに、逆さに置かれた甕を見つける。男はそれを持ち上げ、布袋を一つ探り当てる。袋の中身は――貨幣だ！　おおマリア様、見つけたぞ、小袋を急いでチョッキの下に突っこみ、さあずらかろう。しかしそこで男の肘が何かに当たり、床に落ちてガシャンと大きな音を立てる。万事休すだ。もう老婆が足を引きずって近づいてくる。「誰だい、そこにいるのは？」　暗闇の中で男は老婆をじっと見つめ、その場から動かない。なんという不器用者だ、と男は考える。そして老婆は恐れを知らない。「何やってんだ、おまえ？」、老婆は男を怒鳴りつける。「お金が必要なんだよ、ばあちゃん。どうやって手に入れたらいいか、わからねえんだ」。「ははーん、この若造め」、老婆は言う、力のある、しかし悪意は感じられない声だ。手にはもう薄暗いランプをかかげている。「何のために金が要るんだい、答えるんだよ」。男、「嫁さんのためさ、ばあちゃん。俺は天涯孤独のひとりぼっちなんだ。」この言葉を老婆は理解する。「では、おまえ働いてもおらんというわけか、このなまけ者が！」　打ちひしがれて、男は頭を振る。「では、おまえがちょろまかしたものを渡してもらおうか、おまえをさんざんにぶちのめせるようにな」。嫌だ、どんなことがあっても渡したくない。しかし男の手はひとりでのようにチョッキの下に伸び、金袋を落とす。「おまえ、盗賊じゃな」。老婆は言う。「じゃが、わしがその仕事から足を洗わせてやろう、ほら、取りな」。そういうと、もうシャツの下に手を入れ、大きな紙幣を一枚、取り出す。「おまえが安らぎをえて、大人しくなれるようにな、この悪党め」。それからにやりと笑い、こう続ける。「こんな風に人間は、悪い行為には善い行為で報いるのじゃ。わかったかのう？」　男は石柱と化したかのように立ちつくしている。散々に殴られたあとのように弱々しく感じている。「感謝することは、後でもできよう」、老婆は言う。「さあ、行くがいい」。彼は何やらもそもそつぶやき、ぺこりとお辞儀をして、裏口からまろび出る。月は嘲笑うような三日月顔、それもほどなく樹々の陰に姿を消すだろう。盗賊の痕跡もまた森の中に消える。しかし、彼についてはこう噂されている、まっとうな人間になって、鍛冶屋のもとで修業をして、美しい、この上なく優雅な花嫁をもらったと。その花嫁に思う存分わがままを許したと。

読書は冒険だ。わたしは本を選び出し、いつ、どこで、どのくらいのペースで、どのくらいかけて読むのかを決める。それはわたしの本であり、わたしはその表紙を撫で、がさがさしたりすべすべしたりする頁をめくり、挿絵をじっくりと検分する。しかし外観ばかりが重要なわけではない、本とはそれを遥かに越えるものだ。変身し続ける不可思議なもの、お話の溢れ出す宝箱、文字から生まれ落ちる一つの世界。それはあっという間に、わたしには思いもよらない何かを、あらゆる想像と空想を越える何かをひねり出す。その、人の手になる拵《こさ》え物がわたしに、まるでわがことのように何かを想起させる、ということをやってのける。そう、その通り、わたしもそれを知っている！

わたしは読みながら自分自身を発見する。わたしは読みながら他者を発見する。古の時間、彼方の大陸、異国の人びと、異郷の慣習、動物、想像上の生きもの、怪物、天上に在るもの。魔鬼《ジン》、ルンペルシュティルツヒェン、ラクダ雲、海賊船、レバノン杉、魔法のランプ、魔女のほうき、年老いた王。それに、人を呑みこむ深淵、花のキス、インディアンの酋長、言葉を話す鸚鳥、空飛ぶ犬、マッチ売りの少女、闘牛士、そしてそれらに関わるもろもろの事情。

どんなに読んでも十分ということはなかった。このパラレルワールドにわたしは夢中だった。本を手にするや周囲の世界は、日常は色あせた。わたしは読むことで強められた世界を知覚した。色彩はより鮮やかに、匂いそして味はより強烈に。それにあの胸のはらはら、お腹のむずむずする感じ。寝ころんでいながらの魔法の世界。

弟が何やらつぶやいている、母が呼んでいる、わたしは何も聞いていない、何一つ聞きたくない。わたしの読書テントは音を通さない、たとえ砲弾がヒューヒュー飛び交おうとも。

学校に上がる前からすでにわたしは読書に飢えていた。おかあさんはたっぷり読み聞かせてくれた、今度はわたしが読む番だ。新しい言語、ドイツ語で。わたしはそれを貪欲に学んだ、本を読むことを通して。お話にすっかり引きこまれつつ、読んでわからないところはそのまま飛び越した。しだいに隙間は埋められていった、語彙もどんどん増えていった。読書しないままスイスドイツ語の中に漬かっている同級生たちもほどなく凌駕した。方言も話しはした、でもそれは目的あってのことだった。方言はわたしの中に入りこんではこなかった。標準ドイツ語で、書物の言葉で、わたしはひとりごとをつぶやいていた。

それは断絶を意味していた。ハンガリー語が家族の言葉だった家庭からの、方言をしゃべっていた周囲の世界からの。わたしの内的生活は異なる舌の響きをもっていた。これをわたしは自分に固有な何かのように大切に育んだ。すでに学んだ三つの言語の後にあって、この四つ目の言語は逃走点であり、避難所だった。この言葉にわたしは棲みつきたかった、ここに自分の家を建てたかった。その家は堅固なものでなくてはならなかった。

それは、いくばくかの感情が、ハンガリー語の単語に滑りこむことを妨げはしなかった。動物やちいさな子どもには、おのずとハンガリー語で話しかけてしまうことを。その方が細やかな情感を唇にのせやすかったのだ。童話に出てくる縮小語尾がわたしの耳には永遠に響き続けている。「ヤイ・ツイツシュカーム・ミツシュカーム・ミト・チナーッヤク？」この哀れな娘の絶望は、これに近しいドイツ語でいうとこんな響きになるだろうか。「ああ、子猫のミーツヒェン、わたし《アッハ・ケッツヒェン・ミーツヒェン、ヴァス・》どうしたらいいんでしょう《ソル・イッヒ・トゥーン》。」とはいえこれは、あくまでも近しい言い方でしかない。ハンガリー語は感情の機微に、はるかに遊戯的に関わるすべを心得ている。

さて、今や求められているのは頭のほうだ。学童はもう幼児とは違うのだ。日常が用意してくれるより多くを、子どもは書物から学ぶ。異邦の経験を吸いとり、我がものにする。時には七里靴で歩みすぎて自身がおいてけぼりになったみたいに、眩暈に襲われもする。母親はとうに、わが子の中で何が起きているのかわからなくなっている。それが子どもに誇らしい気持ちを抱かせる。

静かなテントの時間に子どもは紙に文章を書きつける。自分自身の文章だ。「ひいおばあちゃんは、とんがりあたまで、あごにひげがはえています。わたしはえんとつそうじをしています。えんとつそうじはやりたくありません。わたしはおうじょさまにもなりたくありません。おうじょさまはふしあわせだからです。わたしはうみのそばにすんで、おふねをながめてくらしたいです。」

第二五章
締めつけ、見せかけ

読んでいるとき、わたしはどこか別の場所にいる。書いているとき、わたしはどこか別の場所にいる。わたしはわたしなのだろうか、それともとうに、ある別のお話の一部になっているのだろうか？

読んでいるときには、定められていた役割から遠ざかる。わたしは心配性のお姉ちゃんではないし親の言うことを聞く娘でもない、同化した小さな外国人でも争いごとを好まない友人でもないし、点取り虫の生徒でも模範的にふるまう子どもでもない。わたしにはいくつもの姿、好み、家族、活動領域があり、ペテルブルグ、バグダッド、ラップランド、上海で暮らし、漂うように、駆けるように、次から次へ人生を取り替えてゆく。そこにはいくつもの選択肢があった、けれども現実の生につきものの苦辛はなかった。

現実の生は窮屈だった。というより、わたしたちはえてしてそれを窮屈なものにしてしまう。移民、外国人――このレッテルがわたしたちには貼り付いていた。わたしは狭いバルコニーに立ち、向かいの街区を眺めた。ひろがっているのは海ならぬ黄土色の建物群、右手には森のなす薄暗い壁。地平線には境界が画されていた。その内側を口やかましい秩序が支配している。芝生はきちんと刈っておくこと、物干はピカピカに磨いておくこと、家のドアの閉め方、敷石道の掃除の仕方、夜の静寂にもルールがあった。(十時以降は「騒音」は禁止、つまり音楽も。)両親は厳密にそれに従っていた、スイスを我がものとしていることを証明しなければならないかのように。脅すように唇に指を当ててわたしたち子どもを黙らせた。ここはあの夜気の温《ぬる》い、放縦へ誘うトリエステではなかった。ここで十時以降に残されていたのは、本の世界への放縦、頭の中での物言わぬ冒険のみだった。

お母さんも読んでいた。父も新聞を読んでいた。

隣人はいたのだろうか? なんという名前だったのか? 関係は、凍石色の階段で交わされる、たんなる「こんにちは《グリュッツィ》」を越えるものだったのか? わたしたちは「よそ者」で、厳しく監視され、疑い深く吟味されていた。腹を割った付き合いなど望むべくもなかった、まだ、なかった。

とはいえ両親は、不安に由来する過剰な同化によって、自分自身を苦しめていたのではないかと思う。とりわけ母は不安に傾きがちだった。若い頃の小都市暮らしでのストックから、次から次へあるべきお行儀を引っ張り出してきた。いつも「何がふさわしいか」、「人はどう思うか」が問題だった。「人」というのは、世の人たちのことで、決まりを作る人たち、裁く人たちのことだった。母は黙ったまま、この力、多数派の力に寸法を合わせた。個としてそれに抵抗するような真似は、何一つしようとはしなかった。

当時すでに七歳のわたしは、この弱腰な態度に反抗した。目立ちたかったわけではない。学校で見慣れぬ羊皮のコートでバカにされたくなければ、他の女の子が着ているような、行儀よくボタンを閉じた布製のコートを着た。でもそれは外見に関わることだ、ほとんどそうだ。内心の不安とは別の話だ。

誰もわたしに聞いたりしないでほしい、なぜ何かがふさわしかったり、ふさわしくなかったりするのかを。どうしてわたしがダンス学校に行かなければならないのか、ピアノのレッスン等々に行かなければならないのかを。そんなのは、小市民的な「そうすべき」類の話ではないだろうか。俗物の型にはまった行動様式ではないだろうか？　どうして母はいつもお返しの招待にこだわるのか、その人たちが好きでないにもかかわらず？　そこでどんなことが話されるのか、偽善が交わされるのか？　わたしは自分のうちに、興醒めなぶちこわし屋が潜んでいると感じていた、的はずれな発言で、ゲームの化けの皮を剝がし、脆い友人関係を壊し、騒ぎを引き起こすような。けれどもわたしは諸事を慮って控えていた。わたしたちはよそ者であって、本当には属していないのだ。誰のことも笑い者にするつもりはなかった。母のこともそうだった、自らを締めつけ、外面を保つことを至上目的としている母のことも。

締めつけ、見せかけ。両者はつながっていた。そして、そのことがわたしにはひどく胡散臭かった。

わたしの本の世界は嘘をつかなかった。わたしも本に逃げこんでいるときは嘘をつかなかった。わたしは誰かに何かを見せかけたことがあっただろうか？　自分が幸福であることを隠しただろうか？　わたしはその場におらず、それは良いことだった。わたしは現実から身を引き、それにはそれだけの理由があった。隠れ処にいればあの人たちがわたしのことをどう思おうと、どうでもよかったのだ。

わたしが偏頭痛に襲われたとき、周りの世界はどう思っていたのだろう。どうにも救いようがなく、剝き出しになったわたしにとって、世界のルールはことごとく失効していた。わたしは一山の悲惨に過ぎなかった。これほどに周りから浮いた状態はないだろう。わたしは意図せずして合わせていなかった。こいつを抱えてわたしは生きていかねばならなかった。自分で定めた決断もまた胸に抱いて。意識的に決断を下すことができるようになると、わたしは自分の異質性に対して「イエス」と言った。自らを締めつけ外面を見せかけるより、異質であるほうが良い。だって、異質であることは多くのことなのだから。

第二六章
音楽《ムージカ》

Lは言う。記憶とは条件づけられたものではないだろうか？

Pは言う。それに急に下へ向かおうとするこの衝動。まるで素足の魚みたいに。

Aは言う。若さはわたしから盗まれたままになるのかもしれない。本当に残酷な時代だった《イット・ワズ・トゥルーリィ・クルエル》。

Dは言う。当時、わたしにとって何が問題だったのだろう？

あの頃はあの頃なのだろうか？　今日は今日なのだろうか？　時は糸巻きではない。細糸に沿って並べられているものなんて何一つない。わたしの記憶は漂流する氷塊のようで、聳えたち、沈みこみ、そしてゆっくりと、ごくゆっくりと、消えようとする。溶けていくことに不服はない。

けれども、なおあれこれと浮遊しているものがある。輪郭がある。重みがある。

ピアノは借りたものだった。クルミ材でできていた。一つの鍵《キー》に一つの音。父はチェロを弾いていた、そして母はピアノ。つまりは母の意見が通ったのだ。そちらが「ふさわしかった」ということだ。本当は自分の音色を作り出してみたかった、大きな身振りで弦をこすって。ピアノはポロンポロン鳴らしてみたい気にはさせた。ほら、もう和音が弾けている。

和音のおかげでわたしはまんざらでもない気分になった。それは染み入るように美しいことも珍しくなかった。即興で弾く、するともう立派そうな音が響いている。弟にだって感銘を与えることができたくらいだ。

それから冷水を浴びせる修練の時がきた、楽譜の勉強、運指の練習等々。ベーラ・バルトークの『ミクロコスモス第一巻』で、徹底的にそしてハンガリー風に――『六つのユニゾンの旋律』、『付点音符』、『連打』、『シンコペーション』、『平進行』、『鏡像形』、『位置の移動』、『問いと答え』、『反進行』、『模倣と転回』、『オクターヴのカノン』、『カノン形式の小舞曲』、『ドリア旋法で』、『フリギア旋法で』、『自由カノン』、『パストラーレ』、『コラール』。耳は高度な注意深さへ、指は自立した運動へ向けて訓練された。そしてわたしは音楽を手がかりに基本的な思考形象を学んでいった。

もうたくさんと乱暴にピアノの木蓋を閉じることもあった。その上にうっつぷして休むこともあった。ピアノの練習は読むこととも書くこととも異なる別の意味を生んだ。それは規律（トレーニング）であって、成果はずいぶん待たなければあらわれないことも多かった。とはいえ、どこかしらに成功への約束はあった、完成された作品のもたらす幸福。そう、最後には幸福が待っていた、苦労して解読した意味とは別のものが。音楽には、不意にある瞬間に光明が訪れるという特性があった。ごく早い時期からもうわたしにはわかっていた、どんなことであれ、やっただけの甲斐はあるということが。

けれどもわたしの練習はシステマティックなものではなかった、お気に入りの箇所にくると、夢中になってそこばかりを繰り返した。この悪癖はバッハの『アンナ・マグダレーナのためのクラヴィーア小曲集』によって駆逐された。楽譜の判読は運動の進行に変わった。運動は規律正しく力強く、わたしを運んでいった。反抗もなかった、離脱もなかった、バッハだ。以来、バッハから離れることは決してなかった、それはわたしの生の脈動と切り離せないかのようだった。

わたしは耳の子どもだった。音楽は他のあらゆるものへの関心を失わせた。家でラジオが鳴り始めるや、何にも集中できなくなってトントン足で拍子を取るばかりになった。スピーカーからメロディーが流れ出すや、母の言葉にもまったく答えなくなった。他の人たちにはBGMとして響いているものが、わたしにとってはおのずから前面に迫り出した。わたしは耳をじっと澄ませ――黙りこんだ。音楽が気に入る気に入らないにかかわらず、そうなってしまうのだった。時には音楽に腹が立つこともあった、にもかかわらず、わたしは音楽から逃れることができなかった。音楽はわたしの耳に忍びこみ、どんどん奥深くへ入りこんできた。再び自由になるのは一苦労だった。とりわけシンプルで覚えやすいメロディーはしつこく残り続けて大変だった。そうなると、対抗して大声で歌うしか手がなかった。

わたしはたくさん歌った。一番好きだったのは、誰も聞いていない人がいないときに歌うことだった。トリエステではまだそうではなかった。路面電車の中で誰かのところへいって一曲歌ってみせることが、恥ずかしくはなかった。レパートリーはハンガリー語とスロヴェニア語の歌だった。記憶に残っている歌はこんなやつだ――『デブレッツェンに行かなくちゃ《デブレッツェンベ・ケーネ・メンニ》』、『美しい《アズ・ア・セープ》、美しい《アズ・ア・セープ》』、『パパは二匹の仔馬を持っていた《モイ・オチカ・マ・コニーチカ・ドヴァ》』。ある時、母はわたしを電報局に連れて行き、木のボックスの中で、如雨露の形をした銀色の集音器に向かって歌わせた。出来上がったのは、ちっちゃなレコードで、そこにはわたしの嬉々とした歌いぶりが記録されていた。

その後は一人で歌うようになった。学校へ行く途中、ブランコに乗って、午後の牧草地で。知っている歌ではなく、自分の歌を即興で歌った、たいていは短調のメロディーだった。歌詞を覚えるのはそうでなくても難しかった。ならば自分で作って曲を口ずさめばいい。鼻歌は大丈夫だったけれど、口笛は駄目だった。（弟は歌いたがらなかったけれど、口笛は上手だった。）

つまるところ何かが、まるで表現を求めているかのように、わたしの中で歌っていたのだ。アメリアもこんな、感情が溢れ出すような歌い方だった。対して、ミシはまったく歌わなかった。

今日では、車の中で一人で歌っている。どんどん歩いていくときはロシアの兵隊の歌を歌う、終わりがそのまま始まりになっていて、永遠に終わることのない歌だ。それではまた最初から、続けて、もっと続けて。平原をぬけて、大草原をぬけて。「草原、草原よ《ポーリュシカ・ポーレ》……」。到着するのはおことわり。

バルトークの音楽では、ハンガリー、スロヴァキア、ルーマニアの民謡に出会った。彼は民謡の遺産を収集し、とりわけピアノのために手を加えたのだった。わたしは彼の農民歌、子守歌を弾いた。そしてずっと後になってから、あるとき、元歌を聞いてみようと思いたった。キーキー雑音のするレコードで、しわがれ声が歌うのを聞いた。無数の老人たちの口から発せられる、叫ぶような声、嘆きかなしむ声、呂律のまわらぬ声を聞いた。その響きは沈痛でありながら、力強いものだった。メロディーがリズムによって大地とつながっていたからだった。

バルトークのリズム（脈打つような、歯切れのよい、熱狂的な）。バッハのカンティレーナ、そして浮遊するような運動の流れ。わたしの探究は、ＢからＢへ、たゆまぬ小さな歩み（指の歩み）で進んだ。

音楽的とはどういうことなのだろうか？　わたしの耳は注意深かった。わたしは純粋に歌った。わたしは音の響きを覚えることができた。それはリズムと同じで、身体感覚を引き出した。わたしはトリエステにいた頃にもう浜辺の音楽に合わせて拍子をとっていた。

聴いて、聴いて、聴いて、そして音を真似て。言葉に対しても音楽に対するように、わたしは接したのではないだろうか？　フランスに休暇に行ったのは八歳の頃だったにちがいない。そこで初めて鼻にかかったフランス語を聞いて、そのエレガントな響きにわたしはすぐさま魅了された。十日も経たないうちに、わたしはフランス語を真似しはじめた。音、イントネーション、その美しい《ラ・ベル・》音調《ミュジック》。わたしが口から発したものは、何一つ意味してはいなかったけれど、聞きまごうほどにそっくりに響いた。とりわけわたしたちのスチュードベーカーの車中でしっかり守られているときに、わたしはフランス語風にしゃべりまくって、滑稽に思った両親を大いに楽しませたのだった。

意味よりも響き。

今日でもなお、わたしは外国語に耳で近づく。何も理解しないからこそ、響きの側面がまざまざと浮きぼりになる。アラビア語の喉音、古ギリシャ語を思わせるリトアニア語の反響音。ルーク・パースバル演出のフラマン語での『ワーニャおじさん』は、この作品を新たに解き明かすかのように、より今日的で、より身振りを前面に押し出した作品になっていた。そしてまた、より荒々しい作品に。

耳さん、耳さん、どうかしっかり聴きとっておくれ、でも誇張したりはしないように。

すると耳は答える——わたしの知ったことではありません《アイ・ドント・ケア》。

第二七章
キス

　ヴェルニは金髪で、笑うような青い眼、力強い声をしている。教室の席は離れている、でも休み時間になるとわたしたちの顔はすぐそばにある。彼はわたしにちょっかいを出し、わたしもそれを拒まない。これは一種の遊戯なのだ。あのけんけんで跳ね回る「天と地」とは別の遊びだ。ヴェルニはわたしをこちょこちょ刺激しては、何かしら告白めいたもの、ある種の意思表示を引き出そうとしている。わたしたちは本のことは話さない。本には彼は関心がないのだ。ボールを投げさせると正確に狙った的《まと》に――わたしに――命中させる。ハロー、はつまり、返事をくれよ、ということだ。ヴェルニは強くて、それをわたしに見せつけたいと思っている。わたしの方は？　わたしは授業のない水曜午後のことを考えている。インディアンのハイキングがいい。ちょっとした仮装をして、それに森は絶対必要だ。

　まだ二人きりではない、ほかの子たちも狩りには行きたがる。羽根飾りをつけたわたしたち一団はさも恐ろしげな格好で、後でソーセージを串焼きにしたりもする。けれどもヴェルニとわたしは意味深な眼差しを交わす。わたしが濡れた石で足を滑らせるともう、彼の手がわたしを助け上げてくれる。

わたしは何回触れたのか数えている。無意識のうちに数えている。さっと肘が触れたとき。ふと肩が触れたとき。ほんの掠めただけなのに、ぶるっと震えが走り、かっと体が火照る。それからわたしは次の水曜日まで何日か数え始める。今度ははっきり意識して、待ち切れない想いで数え始める。二人ともが二人きりで会いたいと思っている。

家でどうごまかしたのかはもう覚えていない。ヴェルニは道で待っている。わたしの地区から彼の地区へぶらぶら歩いていく。わたしは初めて彼の通学路を——反対向きに——歩いている。わたしたちは車の多いフォルヒ通りを渡ると、もっと小さな通りに折れる。そしてずっと進んでいってブルクヘルツリの森の中に。ここに来たことは一度もなかった。わたしの森、インディアンごっこの森は家と学校の裏手で、ヴェーレンバッハの窪地を囲むように広がっていた。このもう一つの森は馴染みのない未知の場所だった。わたしの不安を感じとったかのように、ヴェルニはわたしの手をとった。無言のままわたしたちは細い小道を歩いていった。あとどのくらい進むのだろう？　小川もないし、せせらぎも聞こえない、奇妙なほどに静かな森だ。鳥に至るまですっかり黙りこんでいる。ヴェルニ？　何も言わぬまま彼はわたしをそっと茂みにひきいれる。両腕を首に回す。顔と顔をつきあわせて立ち、見つめあう。熱いような冷たいような、心躍るような心細いような気持ち。でもそれからはあっという間だった。わたしたちはキスをした。そしてもう、やめられなくなった。

それは甘美で、吸いこまれるようで、わけがわからなくなるようで、そして。急いで息をして、そしてまた。それは流れ出し溢れかえる言語。愚かしく狂おしい行為。

いつしかわたしたちは、夢から覚めたかのように目をこする。いつしか。

そして森の道をたどって戻る。誰も見ていなければいいけれど。いまや秘密がわたしたちを結びつける。恋に落ちた二人の二年生。わたしたちの頬は紅く、脈は早い。言葉が得意でないヴェルニは、君は僕のプリンセスだと言う。ならば彼はわたしのプリンスということになる。でもわたしはそうは言わないで、彼の手にしがみつくだけにして、もう次のキスのことを夢みている。

学校では彼氏ができたと言われる。真っ赤になってしまっては、どんな言い逃れも役には立たない。ヴェルニはすっかりおとなしくなって、もうわたしをからかわなくなる。悪事が露見してしまった人間のように、わたしたちは人目のない片隅を探し、心中を打ち明け、次の密会の約束をする。想いは強く、好奇心もそれに劣らない。

気が散ってしようがない。ヴェルニの姿が読書の最中によぎり、夜の夢にも現れる。菫色に輝く空の下、わたしたちは渚でキスをしている。彼の口は焼きたてのパンの匂いがして、わたしはもっと強く押しつけてと叫ぶ。いまにも息が詰まりそうで、なんだかふわふわしている、まるで宙に浮かんでいるみたい。ついには目覚まし時計が鳴り、至福は終りを告げる。

のろのろ、だらだら学校に通う日々が続く、言い逃れ、嘘、頭痛、気怠さを並べ立て。秘密はわたしたちを疲れさせる。二人の惑星はわきへ漂っていく、クラスの団結とその束縛から逸脱してゆく。いや、そういうわけにはいかない。そんなことは許されない。人目があるし、秩序を盾に非難する指もある。こんなことではどうなってしまうのかと。

わたしは憂鬱をベッドの凹みに埋めてしまいたい。もっといいのはヴェルニの肩に。彼の姿がわたしの中でばらばらに壊れてしまう前に。あの温かい唇。どうしてみんなは好きにさせてくれないんだろう。

キスは「奪われたキス」になる。悲しみの感情がそっと広がっていく。どこまでもさわやかな少年ヴェルニは慰め役を演じてくれる、でもあとどのくらいがまんすればいいの？　ブルクヘルツリの森でわたしたちは近くの精神病院の狂人たちに出くわす。彼らは奇妙な笑いを浮かべ、にっと歯をむき出してみせる。わたしは言う、気味が悪いわ、もう行きましょう。そしてわたしはいつしかこう言う、こういうの、もうやめにしよう。

わたしの中で広がった悲痛は、巨大で熱い。波になって襲いかかってきて、わたしを呑みこもうとする。荒れ狂う偏頭痛に身をゆだねるくらいしか、逃れるすべはなかった。わたしはヴェルニに訊く。あなたはどうなの？　彼は困ったように笑う、言葉にすることができないからだ。わたしは訊く、キスのしかたを忘れちゃうこともあるのかな？　ありえない、と彼が言う。それからもう一度言う、ありえない。

第二八章
地図帳

左手で小さな地球儀を回し、右手でヴェスターマンの世界地図帳をめくる。わたしは途方もない大旅行を部屋の中で敢行する、指が砂漠、海峡、山脈を越え、緑と茶の大陸、深い青の大洋を踏破してゆくのを眼が追いかける。楽しいのは、さまざまな形態、とりどりの色彩、きらきら光る線、このくらくらするような点描図で、そこにはアフリカとかオーストラリアとか名前がつけられている。如雨露のようで、三角帽のようで、心臓のようで、それかリュックのようで、網目模様、畝状のしわがつけられている。桃色、砂色、茶色、そして淡から濃にいたるまでの緑色。砂に沈みこむか、緑に沈みこむか次第で、わたしは砂漠旅行気分になったり、熱帯旅行気分になったりする。樹皮を思わせる焦茶は――アルプス、ヒマラヤを思わせつつ――あたりの空気を稀薄にする。青のゾーンは無限の深淵をそなえた巨大な約束、見ているだけで海洋の気配が漂ってくる。そんな具合に、線影と色調からは、さまざまな風景が呼び出され、もろもろの幻想が広がっていく。眼差しが線に吸い寄せられる。すると太陽の輝き、揺れ踊る帆、氷河の氷が見えてくる。わたしはしっかり距離を見積もったうえで、名前を意識に入りこませる――シベリア、フエゴ島、ポリネシア。こうしたいくら読んでも飽きない名前を、わたしはチャリンと音をたてる硬貨のように蒐集していく。ケープタウン、カイロ、香港、ウラジオストク、シドニー、リマ、マニラ、アテネ。一番覚えているのが海沿いの都市なのは、その位置ゆえに贔屓されているかのよう、たがいに特別に結びついているかのようだ。わたしの指は青の上を、疾走する船のように進んでいく――カルカッタからアデンへ。夢の推進力を思わせるその軽やかな動きを、足を引きずるようにして想像力が追いかけてゆく。

河の名前を蒐集する日もある――ナイル、ガンジス、ドニエプル、エニセイ、ミシシッピ、ユーフラテス、チグリス、メコン、揚子江、アマゾン、ドナウ、ライン、ポー、レナ。またある時は、山脈だ――キリマンジャロ、ナンガ・パルバット、ラカポシ、エベレスト、バトゥカウ、セッロ・ボネテ、モンテ・ローザ。国の名前は詩を覚えるように暗記する、つまるところわたしがなりたいのは、ほかでもない、世界探検家なのだ。その活動範囲はこんな具合に半径を広げていく、わたし自身の名前から、通りへ、都市へ、国へ、大陸（ヨーロッパ）へ、そして一気に、世界へ。

わたしは絶えず好奇心いっぱいで――少なくとも地図帳といっしょなら――発見を喜ぶ精神に満ち溢れている。大胆さに欠けるところは、想像力が補ってくれる。その翼に乗せてはるか遠方の土地まで運んでくれる。わたしは座って、本に屈みこみ、そして頭の中の旅は始まる。〈ア・ゾ・レ・ス〉――大洋に浮かぶ一群の島々。誰が発見したの？　こんなに海に囲まれていて、どんな暮しをしているの？　住民の肌はどんな色なの？　どんな言語を話しているの？　〈アゾレス〉という名前は〈紺碧《アズール》〉と関係あるの？　耳が単語をつないでいる間に、内なる眼差しは映像を見ている、早回しで、緑色で、火山があって、気性の激しい原住民たちがいて。わたしは寝巻きで座っていて、でもそこの住人たちは畑で働いていて、何やら叫びながら腰に手を回して抱き合って、花を四つ割りにしてむしゃむしゃ食べている。病院はどこにも見えない。空から助けが来るとでも言うのだろうか？　あまり考え過ぎると孤立感で眩暈がしてきて、わたしは急いで指で近くの大陸を探し、島嶼感覚から逃れようとする。島は立ち寄り場所と考えることにしよう、こちらからあちらへぴょんぴょん跳ねていく途中の。さあ足を乗せて、一休みしたら、次の場所へ。

島のない海がある。黒海。カスピ海。奇妙に小さな海たちは、名前も含めて、大した印象は与えない。でも山々の近さには目を瞠る。樹皮のような、裂目だらけの茶が、青とほとんど境を接している。わたしは牧草地を想像しないではいられない――羊たち、峡谷、延々と続く岩塊や玉石、夏にも溶けない万年雪を懐いたギザギザの尾根。水の細い流れが谷へ走る。切株を越え、石を越え、海を目指してひたすら落ちる。

海は翠玉の緑、洋墨の紺、天空の青。地図帳では深さによって、水色っぽい青から鋼色の青まで色調が変わる、雲の形、泡の形をなすものにちっちゃな数字がちりばめられている。深度を示す数字、海の深さだ。わたしは海の深さが山の高さほどもあるのを見る、八〇〇〇メートル超。またもやわたしは眩暈に襲われる。

もう寝ようよ、マルティンが言う。

でもわたしは離れることができない。

わたしの眼は世界地形図の上を跳ね踊っている。下の方には南極の氷河、その氷塊が青地に白く、もじゃもじゃ陸を縁取っている。上の方には北極の氷とグリーンランドの先端。楕円に押しつぶされたこの図では、ヨーロッパは一塊の染みで色もはっきりしない、対するにアフリカは砂漠色に輝き、中ほどは濃い緑だ。距離を想像させられるのはわたしは好きではない。地図に記されているところでは、一センチは七五〇キロメートルに対応している。数字は抽象的で心が動かされることはない。スイスはわたしの指先よりも小さい。

そんなことを考えながら眠りこむ。そして眠りの中で船旅を、砂漠行を、果て無き星空を夢みる。そこにはオリオン座と三日月が見えている。

今日でもわたしは変らずうっとりと、世界地図、道路図、都市図の上に屈みこむ。プリピャチの沼の緑色の線影、ドニエストル川とブーフ川の青い帯から、風景の前面に、独自の座標、形態、色彩を備えたもう一つの風景が立ち上がる。聞き知ったことが神話的に入りこんで共鳴し（「スラヴ人の原郷」等々）、ハールィチ、ブロディ、ドロホーブィチのような地名が物語を紡ぎ始める、あたかも名前を挙げるだけで十分であるかのように。それからわたしが現実に（現実に！）目にするのは、一種の既視像《デジャヴュ》だ。白樺の森、草ぼうぼうの河岸、ガリツィアの丘陵地。菜園と鵞鳥池に囲まれた色とりどりの農家。玉葱型の丸屋根をのせた教会、隣接する墓地。新しいのは匂いだ。そして風景の中の人間が、いつもわたしを驚かせる。

わたし自身もそうした人間にほかならない。モスクワ－チェルノヴィッツ間を走る、エンジンが不調の急行列車の中で、まさに旅行の瞬間にさらされている。そう、わたしは擦り切れた人工皮革の座席に座り、背もたれの数日来積もった埃をティッシュで拭き取る。列車はガタンと動き、停止し、また動き始める。紅茶が出され（サモワールからではないけれども）、窓は汚れでくもり、トイレには不快なすきま風が吹きこむ。外では想像された風景が流れ去って行く。しかし、手ずから畑仕事をする、野に立つ農婦たちもそこにはいる。見渡す限り、農業機械は見当たらない。時が遊動しはじめる、あちらへこちらへ、前へ後ろへ傾く。この時間旅行は地図帳が与えてくれなかったものだ。それに、ジャガイモを焼いている、あの鼻をつく匂いも。

チェルノヴィッツに着くと、豪華なカカーニエンの駅舎のスピーカーから、ソヴィエト時代のまっただ中であるかのように、ロシアの行進曲が響く。舞台装置と精神は見事なまでに矛盾している。ゲットーについては言うまでもない。急傾斜の通りは虚ろな表情を見せている。

剝がれた舗装――ここを歩くのは難しい。

旅は、わたしの地図帳は教えてくれなかったことだが、辛いものだ。肉体の苦しみ、そして――チェルノヴィッツでのように――魂の苦しみだ。石化した歴史と現在が衝突し、想像された過去と悲しい現実が衝突するのだから。その間に（間に！）無の深淵が口を開く。地図を読むときには、時は外部にとどまったままとなる。わたしはモデルを、構造を読み、それはその圧縮度ゆえに強く訴えてくる。その記号性ゆえに強く入りこんでくる。あらゆる（身体的な）探検の前に、わたしはこのエッセンスを相手にすることができる。碁盤目上の空間の広がりを相手にすることができる。地図帳の繊細な点描図を相手にすることができる。

足裏に道を踏みしめるのは、それとは違う。

とはいえ、書物との対話は、拡大された精神《エクスパンディド・マインズ》の領域における対話は、親密な、濃密なものだ。それはともかくも、無しというわけにはいかない。

第二九章
待つ喜び

新聞を膝に置き、視線を上げて、父が言う。夏になったらグラドに行こう、海へ行こう。

わたしは小躍りする。具体的には、いつ？

七月、父が言う。

どうやって？

それはどういう意味？　父が訊き返す。

車で行くのはわかっている。でもどのルートで？

父は笑う。わたしの地理熱を知っているのだ。道筋は相談して決めることにしよう、と父は言う。

地図はおまえに調べてもらうとするか。

その言葉を最後まで言わせず、わたしは地図帳を引っ張り出して、指で幾つかのルートをたどってみる。こっちかな、あっちかな、複雑であればあるほどいい。峠は五つ越える方が一つよりもいい、だからまず南チロルへ向かって、そこからアルプスを越えてフリウーリへ、そしてさらに海へ向かう。ドロミーティ、ついでのように地名が目にはいる、誰だっけ、前にドロミーティの話をしてくれたのは。言葉の中にはいつも、こうした未来の約束が含まれている。

五つの峠越えのルートが秘密なのは、わずかな間の話。父にはわたしの知っていることを知ってもらわねばならない。というわけで、ある日のお昼のこと、わたしは父の膝に地図帳を広げる。ここでしょう、それからこう行ってこう行ってこう行ってこう行って、それからウディーネへ向かって、そのままずっと行って、すごく早いでしょう。早くはないね、笑いながら父は言う、でもそれで行くことにしよう。なかなかのプランを考えてくれたね。

わたしは待ち遠しくて、もうわれを忘れている。常軌を逸した大はしゃぎ状態だ。

心はもはやここにあらず、かといって彼方にあるわけでもない。それは転がるビリヤード球のように、あちらへこちらへとコロコロ向きを変える。わたしはしばしば瞬きしないではいられない、どこかへ飛んで行ってしまわないよう、頭をつかまえておかねばならない。それにしても過剰反応する神経ね、と母は心配する。あなたはいつもなんでも極端なところまで、先の先まで押し進めてしまう。

もうノートは用意してある、鉛筆も、茶色の小さなリュックサックも。それから水着と白い日よけ帽も。あとで赤のサンダルも入れなくては。基本的に旅行の用意はもうできている。でも「基本的に」は「基本的に」であって、本当に本当のものではない。だって準備はまだまだ続くのだから。学校のない水曜の午後に、母とわたしは一一番の電車でガスマンに買い物に行く。旅行中に着やすいものが必要なのだ。それは水夫のようなセーラーシャツで、でも白と青ではなくて、濃赤色でチエック柄、そしてそれに似合いそうな、ふくらはぎの中ほどまでの七分丈パンツ。買い物はすぐに済む、自分の好きなものはわかっている。それに母を説得することだってできる。口論することはめったにない、たとえあってもすぐに終わる。お店の中でハンガリー語でやりあうのがわたしは恥ずかしいし、嫌なのだ。「ジプシー風の」という侮蔑の言葉をわたしは聞いて知っている。大声を出したり大げさな身振りをしたり、自制されていない振舞いを指すときの言葉だ。シャツには胸のあきのところに紐穴があり、黄色いリボンがついている。襟元はそれで高くも低くも結べるようになっている。

さあ、これで本当に旅行の準備は完了だ。わたしは時を数える、興奮状態で、若駒のように抑えのきかぬ状態で。いったいどうなってしまうだろう、頭をぶち割ってしまったら。そんな問いはわたしは立てない、そんなことはどうだっていい、とにかく前方へ、とにかくもっと早く、とにかく。旅立ちの日、わたしはもうへとへとに力を使い果たしてしまっていて、車の座席に沈みこむや、半時間後には寝入ってしまう。なんという愚かさ、許しがたいほどの。

第三〇章
メモ、リスト

車は最高のゆりかご。後部座席から景色が滑ってゆくのを、飛び去ってゆくのを眺める、エンジンの唸りを聞きながら、ぼうっとした覚醒状態に落ちてゆく。見えているものはわたしには関係はない、痛みをもたらすわけでもない、あるなと思うともうなくなっている。そのうち輪郭がぼやけて瞼が重くどんどん重くなる。現実はさっと過ぎゆき――同じように把えがたく――眠りの内部へ入りこんでくる。一秒ごとに頭は横にかしぎ前にのめる。ゆらゆら揺れる身体は薄明の中に溶けてゆく。

乗るたびに贈られる、このプレゼント。

「この子、また眠ってるわ《マール・メギント・アルスズイック・ア・ギエレク》」と母が言う。その声をわたしは、彼方のささやきのように、意識の裂け目を通して聞いている。あるいは聞いていると思いこんでいる。ともかくも、他の人たちはそこにいて起きている。そして。

薄明に溶けてゆくのとは違って、目が覚めるのは唐突だ。わたしたちは停車している、ガソリンスタンドの給油器は黄色くて臭い。停車するのは最悪だ、ゆらゆらの魔法は終わってしまう。事物が近づいてくる。押しつけがましく車窓に寄せてくる。

寝る子。父は寝坊助という言い方はしない。わたしはうーんと伸びをする。わたしはナビをすると約束したのではなかったか。地図は隣に置いてある、そう、地図だ。いったいどこにいるんだろう。

父の指が現在地を見つけ出すまでの、居場所のわからないクラクラする感じ。いるのは、ここだね。じゃあ今からは起きていてね。

わたしはベストを尽くす。起きていられるように地名標識を読む、宣伝を読み、ホテルの名前を読み、レストランの、お店の、ガレージの名前を読む。もうやめなさいと言われるまでずっと。地名だけで十分だと。わたしたちはもうレト・ロマン語地域にいる。アルヴァシャイン、クンテール、サヴォニーン、ティニツォン、ローナ、ズール、ビヴィオ。そしてその向こうに、ユリア峠のゴツゴツした岩壁の向こうに（吐き気、うねうね道のせいで軽い吐き気）チャンプフェール、ツェレリーナ、サメーダン、ベーヴェル、ラ・プント、マドゥライン、ツェッツ、ス・チャンフ、チヌオス・ケル、ブライル、ツェルネツ。外ではイン川、生まれて間もないイン川がせせらいでいるというのに、母はお腹が空かないように、疲れないようにと言って、ぶあついサンドウィッチを押しつけてくる。ウンターエンガディンからわたしたちは曲がり、オーフェン峠に向かう。どうしてオーフェンという名なのだろう？　わたしたちが目にするのはカラマツ《レルヒェン》とあの太古より風に耐えてきたハイマツ《アルフェン》ばかり。総ハイマツ張りの部屋の話はすでに耳にしたことがあった。オーフェン峠、あるいは、フオルン峠《パス・ダル・フォルン》、海抜二一四九メートル。それからチールフ、フルデーラ、ヴァルチャーヴァ、サンタ・マリーア、ミュスタイル。ミュスタイルのロマネスク様式の女子修道院は灰色で大きい。どうして降りるの、どうしてここで？　ミュスタイル。名前は長い隊商《キャラバン》のようにわたしを運んでゆく。どうして降りるの、どうしてここで？　ミュスタイルのロマネスク様式の女子修道院は灰色で大きい、その陰に修道女墓地の木の十字架が立ち並んでいる。メモ帳は車の中に置いてきた、まるでイタリア用にとってあるかのように。イタリアはもうすぐ、ミュスタイルのすぐ向こう、ロームの小川が流れてゆく方向にある。そう、それから先の村落は、トゥーブレ／タウフェルス、グロレンツァ／グルルンス、スルデルロ／シュルーデルンス、どれもイタリア語とドイツ語の二言語表示だ。わたしたちは南チロルにいるのだ。そしてわたしは突然目が覚める、もうずいぶんとなかったほどに覚醒する。メモ帳を取り出して、どの名前も書きこんでゆく。どんな集落の名前も。

　わたしはやめることができない。お父さんお願い、スピードを落として。名前をちゃんと読めるように。このよその土地の名前たちを。父は笑う。

　スポンディーニャ、シランドリオ、ナトゥルノ、メラーノ。停車。メラーノ／メラーンでわたしたちは宿泊する、山々と葡萄畑とはじめての椰子の木に囲まれて。どこかで小川が流れている、夕べの大気は温い、わたしの興奮もすでに南国的だ。みんなを抱きしめたい気分。わたしたち、海へ行く途中なの。

　けれども旅はまだまだ続く、翌日も、その翌日も。どうして一番山道のルートを選んでしまったのだろう？　ボルツァーノ／ボーツエンからノーヴァ・レヴァンテへ、カナツェーイへ、ドロミーティ山地を抜けて、コルティナ・ダンペッツォまで。山々は金銀線細工のようで薄灰色で、夕べになると薔薇色に染まる。わたしは名前をメモする。名前たち、ラテマール山、ローゼンガルテン山群、ヴァヨレット・テュルメ、セッラ山群、マルモラーダ山。それから、ポルドイ峠、ファルツァレーゴ峠。道は曲がりに曲がって不安にさせる。父は言う——すごいね。わたしは考える——怖いよ。この言葉はメモしない、だって名前のリストには、海への隊商《キャラバン》には関係ないから。

コルティナ？　誰もが山へ登りたいと思う、ロープウェイで眺望台へ。でもわたしたちは峠につぐ峠でもう十分だ、ホテルのベッドに寝転がり、眠りの中でも揺られ続ける。

それから、いよいよ平地へ向かう。ピエーヴェ・ディ・カドーレ。わたしはメモする、ティツィアーノの生誕地。ティツィアーノは画家よ、母が言う。ヴェネツィアで絵を見せたことがあるわ。わたしはメモする、トルメッツォ。わたしはメモする、ジェモーナ・デル・フリウーリ。それから、ウディーネ。降車。昼食。暑い、でも全部見たい。時計塔、ヘラクレス像、城、大聖堂、アーケードのある広場。皆はわたしを急き立てる、わたしは諦めない、わたしは質問する、わたしは全て見たいのだ。あれは何、あれは誰。皆はわたしを煩わしく思って、その口をパスタで塞いでしまおうとする。さあ、食べなさい！　ロッジア・ディ・リオネッロ、とわたしはメモする、そしてわたしたちはフリウーリ州の州都にいるのだと。それからアイスがくる、ティエポロという名前がついている。

そしてさらに先へ。平野は緑に萌え、集落はほとんど無い。パルマノーヴァ、チェルヴィニャーノ。ひたすら南へ、ひたすら海へ。不意に潮の匂いがする、イトスギが道路を縁取るようになる。わたしたちはアクィレイアの街にいる。

ここでは時間は停止しているかのようだ。感覚を麻痺させる香り。太古の敷石を踏んで教会堂《バジリカ》へ。聖なる道《ヴィア・サクラ》、と母が言う。わたしは地面に跪いてメモする。ティベリウス、アウグストゥスと書きこむ。メモ帳は仄光るローマ時代の石の上に広げられている。頭は地面に触れんばかりだ。これからはできるだけこうやって書くことにしよう。

アルバムの写真には、イトスギの並木道、前景には前のめりになって真剣な顔でペンを握っている子ども。名前を集めているのだ。

わたしは見つめ、記録する。想起の足跡をつけてゆく、記憶の在庫目録を作る。名前、名前、場所、日付。名前の列挙はメルヒェンのように響く。というより、祈りのように？　聖マリア、われらのために祈り給え／天主の聖母／処女《おとめ》のうちにいても聖なる処女《おとめ》／聖ミカエル／聖ガブリエル／聖ラファエル／聖なるすべての天使および大天使、われらのために祈り給え／聖なる永福の霊の各階級／洗者聖ヨハネ、われらのために祈り給え／聖ヨゼフ／聖なるすべての大祖および預言者、われらのために祈り給え／聖ペトロ、われらのために祈り給え／聖パウロ／聖アンドレア／聖ヤコボ／聖ヨハネ／聖トマ／聖フィリッポ／聖バルトロメオ／聖マテオ／聖シモン／聖タデオ／聖マテオ／聖バルナバ／聖ルカ／聖マルコ／聖なるすべての使徒および福音史家、われらのために祈り給え／主の聖なるすべての弟子／聖なるすべての罪なきみどりごなどなど。こうした言葉はわたしの耳に残っている。リストは安心させてくれる。リストは世界を文字にとどめる。

わたしのリストはとどまるところがなかった。今日になって疑問に思う、なぜリストはあれほど頑固に、生涯通じて、わたしに随行し続けるのだろう。何なのだろう？　立証、指示、証明、整理、指針、倉庫、目録、要約、手がかり？　それがなければ絶望的に散逸してしまうものをリストは結び合わせる。そしてリストは記念碑だ、それもある。移ろいやすさに抗する闘いという意味では、思い上がりかもしれないし、つつましやかな行為かもしれない。記録にとどめるのは、忘れ去るよりもいい。さあ、見てごらん、読んでごらん。

オスカー・パスティオール（その名前は出生登録簿のみならず——一九四四年の——移送記録簿にも載っている）の書物でわたしはこんな言葉を読む——「名前に瞬間というものはない。それは連なり、たがいに並べられ、出来事に〈並走〉するものとなるのがせいぜいである、とルターの言語研究者なら言うだろう、しかし、名前は走りはしない……。わたしは記録簿の中に、なお無傷のままの、すなわち、並列されている自分の姿を見出す。存在している言語において下位に、もしくは上位に位置づけられないですむ可能性は、確かに、わずかしかない、しかし、名簿というものがある限り、その可能性は開かれている。」

リスト、そしてまた、リスト。わたしの子ども時代の連禱は無邪気なもので、それは価値づけることなく、歩みを、痕跡を、紙の上に記していくことを通じて、個人的関心の目録の一部となる。ずっと後になってはじめて、わたしは名前と運命の関係を、名称と前兆の関係を発見する。リストは死者たちのリストとなる。

二〇〇六年十月十四日、わたしはかつてのワルシャワ・ゲットーの中心、ウリツァ・ミラ十八番地に立ち、名前をメモしている。モルデハイ・アニエレヴィチ、フラウケ・ベルマン、イツハク・ブラウシュタイン、メラハ・ブロネス、ネシア・ツキエ、ヨゼフ・ファス、エフライム・フォンダミンスキ、エムス・フロイント、ゼーブ・ヴォルトマン、ザラ・ザギエル、ラヒェルカ・ツィルバーベルク。（「彼らはその死んだ場所に眠っている、全地が彼らの墓であることの徴として。」）そこから数歩もいかないところの、ゲットーのユダヤ人たちが「選別」され、積載され、強制収容所へ移送された、いわゆる「積み替え地」では、名簿リストはあまりに長いために、記載はファーストネームのみに限られた。石に刻まれた哀悼者の祈禱《カッディシュ》文とでもいうべきものだ。アバ、アベル、アビガイル、アビテル、アブネル、アブラハム、アブラサ、アブサロム、アヒエゼル、アヒメレフ、アヒタフ、アダ、アダム、アデラ、アドルファイドラ、アイズィク、アヒバ、アレクサンドル、ボルフ、ブライナ、ブラインデル、ブロニア、ブロニスワフ、ツァドク、ツェダキアス、ツェリーナ、ツェマフ、ハギト、ハイム、ハイヤ、ハナ、ハネン、ハズィア、ハーヴァ、ハヴィヴァ、ヒズキアツ、クーリ、ツヴィ、スィナ、スィポラ、スィルラ、スィヴィア、ディナ、ドーバ、ドーラ、ドロータ、ドウ、ドゥボジア、エリアブ、エリアフ、エリアキム、エリオウ、エリエゼル、エリメレフ、エリスラ、エリザ、エルカ、エルカナ、エルナテン、エマヌエル、ファイガ、ファイヴェル、ファリツィア、フェリクス、フィリプ、フィセル、ファデル、フライダ、フロイム、フルマ、フリデリク、ハダサ、ハガラ、ハリナ、ハンナ、ヘラ、ヘレナ、ヘノホ、ヘニア、ヘンリク、ヘルシュ、ヘサ、ヘセル、ヒルシュ、フドラ、ヤズィア、ヤイル、ヤキール、ヤコヴ、ヤクビアン、ヤンキエル、ヤヌシュ、イェヘツキエル、イェヒエル、イェディダ、イェフェト、イェホシュア、イェフダ、イエクティエル。ここで止めよう。最後の名前はザンナだ。

書いているわたしを見ている人はいなかった。

そう、墓碑銘はもう子どもの頃からメモしていた。記念碑の、建物壁の、美術館や教会の中の、名前たちを。しかし、こんなリストを作ったことはなかった。わたしはトリエステの「米工場」の中に立ったことはなかったし、ベルリンの「躓きの石」の上を歩きもしなかった。ただ分かっていたのは、名前を尊重せよ、ということだった。名前をメモすることはそれを新たな関係へ導くことなのだ、と考えていた。長編小説『屋根裏部屋』で若い主人公に同居人のリストを作成させている作家ダニロ・キシュのように。（同居人たちはまるで「ある形式を与えられるという恩恵」を待っているかのようだ。）——ラデフ・カタリーナ、管理人、一八九九年生。フラカー・アントン、機械工、一九〇七年生。フラカー・マリヤ、主婦、一九一一年生。フラカー・マリヤ、学生、一九三二年生。フラカー・イワン、生徒、一九三九年生。カティチ・ステヴァン、運行業務主任、一九一〇年生。カティチ・アニカ、主婦、一九一五年生。ポパリッチ・ジュロ、転轍係、一九二八年生。ポパリッチ・スタナ、事務員、一九一三年生。ポパリッチ・リリヤーナ、生徒、一九四五年生。ポパリッチ・マシンカ、生徒、一九四七年生。ポパリッチ・ヤドランカ、子ども、一九五四年生。ポパリッチ・ヤドランコ、子ども、一九五四年生等々。キシュにおいては、この初期作品での連禱は、その後長く続いて行くことになる列挙の始まりであり、それは「いかなる人間もそれ自体で一つの星である」というモットーの下にあって、ついにはいかなる人間の生も「束の間の出来事の全体性」において記録される作品『死者の百科事典』に至るのである。
詩の論理=詩の倫理《ポ・エティーク》としてのリスト、記録簿。

ワルシャワのかつてのゲットー地区は奇妙な静けさに包まれていた。通りにも緑地にもほとんど人影がなかった。白樺を濡らし輝かせる、あの細い霧雨が降っているばかり。そして数匹の野良犬。小さな観光バスが一台、ウリツァ・ザメンホーファに停車していたが、乗員の姿はなかった。キオスクで雑誌と絵葉書を買った金髪のアメリカ人女性が、一人で観光して回っていた。わたしはクラシンスキー公園を旧市街の方へゆっくりと歩き、レストランのポッド・サムソネムで魚団子料理《ゲフィルテ・フィシュ》を食べた。

しかしアクィレイアの、大聖堂《バシリカ》のモザイク床では、逆巻く波と海の怪物の間を魚たちが嬉々として泳ぎ、人間たちはその信仰の加護のもと、小舟で大海を越えていた。それは滑稽ではあったけれど、どこか心動かす光景だった。その場面をもっと細かく見ようと、わたしは何度も跪いた。もう行くよ、と父が声をかけるまで。
わたしのメモ帳にはほどなく「グラド」と書きこまれた。「グラド」、そして「到着」と。太陽は低かった。

第三一章
砂

それは熱くて、とても細かくて、爪の下にも、どの服の中にも入りこんだ。踏むと足の下で崩れ、流動しては窪み、盛り上がり、小丘をなし、細流をなした。さらさら流れてゆく淡褐色の砂。砂時計の砂。海水がその上を舐めると、黄色に変わり、波模様が浮かんだ。端がギザギザの白い貝が姿をみせた、海草の繊維が文字を描いた。

濡れた砂の上を歩いて、水がわたしの足跡を消し去ってしまうのを眺めた。今の今までくっきりしていた輪郭がぼやけ、どんどんふやけていって、ついには溶け去った。あるいは足を砂の中に突っこんで、水が踝を洗うさまを眺めた。そうしていると必ず眩暈に襲われた、ゆらゆら揺れている感覚になった。実際に、足裏の下で砂はなくなっていった、ゆるやかに。わたしはぐらつき、支えを求めた。

そしてすべてをまた最初から。そして飽きることは決してなかった。

砂は圧倒的だった。砂は予測不能だった。砂は海への縁をなしていた、縁を作り続けてやめることがなかった。水、砂、風。風、砂、水。それ以外には、そう、子どもの遊びがあった。プラスチックのバケツ、プラスチックのシャベル、砂のお城、砂のお菓子。わたしたちは何時間も膝をついたまま、建て続け、焼き続けた。ついには潮が満ちてきてすべてを無に帰すまで。そしてすべてをまた最初から。背景では「オー・ソーレ・ミオ」が響いていた。アイス売りがビーチチェア、着替小屋、ゴムボート、浮き輪の間を縫うように歩いた。朝十時から夕方五時までの浜辺はサーカスだった、人で溢れかえり、倒れそうなくらいに騒がしかった。そうできる者は、おひさまの下か、パラソルの陰で寝転んだ。わたしはじっと寝転んでいるのは嫌だった。あたりをうろつき回ったり、砂城のそばに屈んだり、浅い水へ走りこんだりした。五時を過ぎ、人影がまばらになってくると落ちついた。静かに坐って、暗くなっていく海をみつめた。それか、貝殻探しを始めた、一人きりで《トゥッタ・ソーラ》。青と白の縞のトリコットの服で、白の三角巾を頭に結んで。砂はまさに宝の鉱床だった。でも気をつけて——尖ったものもたくさん埋まっていた。わたしは慎重に歩みを進めた、足から血が出たりしないように。ビニール袋にはピンクの波模様の貝殻、茶白の斑点の巻貝、申し分のないやつだ。そして太陽はもう低かった。

　あの頃のミラマーレの赤い太陽の球。ここグラドの赤い太陽。あそこでは岩がゴツゴツしていた、ここでは砂が広がっていた。そして海は近かった、もっと近かった。わたしはこの風景からもう離れたくなかった。みんなは行ってしまえばいい、サンダルに、靴に入った砂を軋ませて。わたしは残る。海が紺色になり、日の名残りが尽きてしまうまで。

　しかし、みんなはわたしを置いていきはしなかった。一列になって宿舎へ歩いた。シャワーで肌についた潮とサンオイルと砂を洗い流して、それから料理屋《トラットリーア》でパスタと魚を食べるのだ。海はわたし抜きで暗くなっていった。砂は冷え、浜は人影がなくなった。

九歳、それとも十歳だったろうか？　グラドでの休暇は何度かあった。豪華客船アンドレア・ドリア号が沈没したという驚愕のニュースが経巡った休暇もあった。小さな街じゅうがこの大惨事の話で持ちきりで、すべてを呑みこんでしまう海は不審の目で見つめられた。まるでホイルのように真っ平らだったにもかかわらず。

ほとんど波もない海水浴場の海。環礁に囲まれた海の穏やかさ、小さな、ごく小さな波頭。アンドレア・ドリア号を呑みこんだ大西洋は、これとは違った振舞いをしたのだ。

夜、海は潮の香りとしてのみ感じられた。路地裏の声はこだまし、哄笑は嗚咽のように響いたけれど、潮騒は聞こえなかった。

ブラインドの魔法はここにもあった、グラドの宿のタイル張りの部屋にも。とりわけ暑い日の、おひるねの時間には。一番暑い盛夏の頃には、水浴禁止の中休み期間があって、海に行くことは許されなかった。わたしは時々抜け出して初期キリスト教時代の大聖堂に行った、大理石の列柱とモザイク床のある建物は厳かで涼しくて、人の姿はほとんどなかった。小さなメモ帳は携行していた。

「主の僕、助祭ラウレンティウスは誓いを立てた《セルウス・クリスティ・ラウレンティウス・ディアコヌス・ウォー》」。その上に輪になって、二羽の白い鳩。そしていたるところに装飾、海の波の、菱形の、花の文様。そして、果てしなく続く文字。黴と乳香の匂いがしていた。わたしが聖水で十字を切ると、冷気が押し寄せてきた。それは長く伸びる中廊から抜けてくる風のようで、床の上を這ってきてわたしを包んだ。ここにいるのは心地よかった。一人でいるのは心地よかった。わたしは文字の並ぶ方形の上を、鳥たちと植物たちの上を、砂中の貝殻を探すかのように視線を落として、そろりそろりと進んでいった。「世界を読みなさい」と両足が言った、両眼が言った。わたしは手探りするように大聖堂じゅうを歩き回った、問いかけながら。ほとんど何も理解していなかったけれど、銘文が何を物語っているのかは知りたかった。とはいえ、わたしの中の何かは、それ以上にわかっていた。下の世界があり、上の世界があった。わたしは考えた、天国、神さま、広がり。自分は自由なのだとわたしは感じた。

P　空《くう》のことなの？
そうかもしれない。
P　孤独のこと？
かもしれない。
P　過激さ？
かもしれない。
P　禁欲？
そうかも。
P　絶対的なもの？
そうかも。

P　砂漠は砂をかぶった神さまの鏡
それは誰の言葉？
P　エドモン・ジャベス。カミュはこう言っている。「無垢は砂と石を必要とする。そして、人間はその中に生きることを忘れてしまった。」
都市砂漠というのもある、でもやめておこう。
P　論題《トポス》としての砂漠？　それとも冒険としての砂漠？
状態としての砂漠。
P　シナイ、ゴビ、タクラマカンなどは？
シナイは知っている。
P　それで？
形容しがたい。あれは内面に向かっての旅だった。
P　そのあとは阿呆のように、二年ほど、咳をしていたと聞いたけど。
砂漠の砂と、乾燥と、夜の寒気のせいで慢性気管支炎になった。
P　じゃあ、やっぱり冒険だ。
そうも言える。
P　グラドが始まりだったということはありえる？
手がかりは、いつもそこらじゅうに散らばっている。
P　おとぎ話のカリフたちから聖書外典へ、そして……

ともかくも砂ばかり、産土《うぶすな》のような。

第三二章
砂、産土《うぶすな》

北方の地で、わたしはそれをふたたび見つけた、数十年を経て。ブランデンブルクの松林で。ベルリンの公園で、そして公園以外の場所でも。ここでは砂がいたるところで吹き出していた、花崗岩の敷石の間に、茂みの間に。どの建築現場も砂坑と砂山でできていた。街は砂上に建てられていた。それがあらゆることの説明になるかもしれない。例えば、傾いでしまった諸状況。堅固さを希求する過度の傾向。不安定地に世界都市の威容を無理強いする野心。今にも崩れてしまいそうな気配が漂っている。靴底の下ではいつも砂が軋んでいる。わたしの遊牧民の絨毯を振るうと、細かい砂の雨が中庭にぱらぱら落ちてゆく。

ベルリン・ミッテ区のリーニエン通り。歩いていると、ここではすべてが応急処置のよう、との思いが強まる。改築に改築を重ねたとりあえずの手当て、砂粒混じりの歯車装置という形容がふさわしいかもしれない。いいだろう、何もかもが滑らかに進むわけではない。故障箇所が、古い傷口が目につくのも悪くない。歩道の端では砂地から雑草が生え育っている。そこここで黄花をつけた小さな茂みになっている。とても自然な光景だ。荒廃とは何の関係もない。わびしい鉄筋コンクリート建築を背景に花たちが微笑んでいる。掘り返されたままになった基礎工事の縁に茂っている。砂地の上に、柵で囲まれて。工事現場だって間を置く期間は必要だ、でもここの現場はあまりに長く寝かされたままだ。今では小さな丸太小屋が端っこに建っている、木の香漂う真新しい明色の丸太で組み立てられたばかり。柵には紙切れが一枚留められていて、子ども劇場の開催が告知されている。某日と某日と某日に。そして柵にはすでに扉がつけられ、小道が小屋まで続いている。こうして空き地《テラン・ヴァーグ》は有効利用される。

ここ旧東ベルリンでは空き地がどんどん増えている。クンストハウス・タヘレスの裏手には、スプレー画でいっぱいの巨大防火壁の間に、休閑地がビオトープとなって広がっている。ビラで飾られた柵越しに眺める。視線は土山、砂山を越え、オラーニエンブルク通りに建つシナゴーグの金色の丸屋根に向かう。こちらには建物の建っていない荒れ放題の土地、向こうには色彩豊かな建造物の列、それを見下ろす空と金色。

ついには足もまた反対側の端にたどり着く。シナゴーグ裏の四角い中庭、その真ん中に栗の木が立っている。まっすぐに立ち、葉っぱは病気にかかり、砂地の円形花壇に囲まれている。そこに円卓を囲むように、金属製の妙な椅子らしきものが置いてある。高すぎる背もたれのせいか珍客の玉座といった風情。でも誰かが座っている姿を見たことはない。この空席に対しても酸性雨は律儀になすべき仕事を果たしている。そして無言の集会に退屈したかのように、夜闇があんぐり口を開ける。

歩く、歩く、石を越え、砂を越え、シュプレー川のそばへ、まだわずかに残っている壁のそばへ。突然、剝ぎ取られた平地に出る、そこにはかつて何かがあった、確かにそれはあったのだった。

そして畑《アッカー》のないアッカー通りをずっと歩いて、歴史の傷をもつコッペン広場へ（ブロンズ製の机がネリー・ザックスとユダヤ人迫害を記念している）、リーニエン通りへ右折してリトアニア写真展へ。クルシュー砂州の砂丘がサハラを思わせる鋭角の影を投げている。白砂色の波のように聳え立っては真っ直ぐに落ちている。天地創造の最初の日の光景。そして解き放たれた風が吹き荒む。


ロランダスとニーダの町の裏手の砂丘に登ったのは、夏を思わせる暖かな四月の一日だった。漁師町は色鮮やかにおひさまに照らされ、潟はただただ青く広がっていた。周りはすべて砂、細かい砂、そこから灌木がところどころで低く突き出ている。わたしたちが辿った一本の小道は枝分かれし、さらに枝分かれした。あらゆる方向に足跡が続いている。ロランダスは上を指差し、先に立って砂を踏みしめた。わたしたちは上着もセーターも脱いで、サングラスをかけていた。暑い。稜線の高みからは砂漠のような光景が広がる、とりわけ西側に向けて。自然保護地区、ハイキングは禁止。あの向こうにはロシア国境がある、ロランダスが言う。さらにずっと行けば、カリーニングラードに着くと。

国境という言葉はこの太古めいた光景にそぐわない。風も、鳥も、そんなものは一顧だにしない。

クルシュー砂州はいちばん細いところでは数百メートルの幅しかない。砂、松。一方には潟があり、もう一方には外海が広がる。わたしたちは砂丘を後にして海へ向かう。道は森の中をずっと続いてゆく、丈高い松の間を、ほっそりした白樺の間を。ロランダスはあるリトアニア人女性へのもつれた愛について語る。ギリシャ人と結婚し、キプロスに住んでいるという。彼は彼女をツィプリオーツカと呼んだ。絵に描いたように美しいあばずれ女さ。俺といっしょの時は俺のところにずっといたい、別の男といっしょの時はそいつから離れられない。結婚生活はめちゃくちゃになり、二人の娘もいがみ合っている。上の娘は父につき、下の娘は母についた。どうすればいい？　ロランダスは助言を求めてわたしを見る。彼は書物ではち切れんばかりのわが家に、女性と下の娘のための場所を作った、おもちゃやらぬいぐるみやらのある子ども部屋を用意した。もう何十回となくツィプリオーツカは約束した、彼の家へ越してくると、マッチョのギリシャ人とは縁を切ると。しかし、その度に何らかの妨げが生じた。最後の最後になって断わりの連絡。引越しの先延ばし。

俺はロマン主義のマヌケなんだ、ロランダスが言う、その絶望はポーズではなかった。わたしたちは急な木の階段を浜辺まで下りた。目が届く限り、白い砂。その向こうに青い海の帯。何という美しさ《クラッタ》。彼はうなずいた。

浜辺に人影はなく、もう若くはない女性が一人、水着で日光浴をしていた。彼女のむき出しの腕や足にはどこかしら投げやりなものが感じられた。当惑してわたしはうつむいた。まるで昨日の雨がとうにやんでいるのが嘘のように、わたしは黒い靴下を履き、黒いズボンを履き、がっしりした靴を履いていた。

わたしたちは汗をかいた。汗は砂の上にポタポタ落ちた。わたしたちは歩いた。汗をかいた。分別を失わせる情熱的な愛を呪った。ロランダスは溢れ出す感情を抑えようとしなかった。もうずいぶん長い間、彼は不運につきまとわれていたのだという。ツィプリオーツカの前にはポーランド人の、その前にはロシア人の女性、その前は。そして今は。すべてが砂の中に散り散りになってしまった。

あなた、お母さん子なの？　ついでのようにわたしは訊いてみた。彼はピクッと反応した、まさに現場を押さえられたかのように。

ママは女優だったんだ。毎日、五回も電話してきたよ。離婚して、再婚して、通りをいくつか行ったところに住んでいた、つい角を曲がったところという距離。そういうわけで、複雑なんだ。わたしはうなずく。

海の青は空の明るい青にそのまま続いていた。そう言ってもいいくらいだった。ごくかすかに薄い線が見える、あれが水平線だ。

わたしたちはずっと歩いていった。いつしか道を引き返した。詩を作りましょう、わたしは言った。役柄を分けて。——で、何について？——砂について、産土《うぶすな》について。

分かった、彼は言った。役柄は、「東ヨーロッパの男」と「西ヨーロッパの女」。

了解。

東ヨーロッパの男　ちなみに、クール人は絶滅したんだ。

西ヨーロッパの女　その歴史の痕跡について話して。

東ヨーロッパの男　一九三九年、ヒトラーの攻撃。戦場となったメーメルラントは帝国に併合された。

一九四四年、赤軍が侵攻、クール民族をシベリアに移送。

西ヨーロッパの女　いつも聞くことになる、この滅亡を語る語彙。

東ヨーロッパの男　砂州《ネールンク》という単語は英語の狭い《ナロー》と親戚なんだ。

西ヨーロッパの女　そう、舌のように細く突き出た岬。

東ヨーロッパの男　平たく延ばされて、何も生えてなくて、砂丘の種ができて、砂丘になって、平地になって、稜線ができて、傾斜ができる。痕跡は消える。ただこの光だけが残る。鳥の光。

西ヨーロッパの女　本当は、吹き飛ばされた、たくさんの言葉を集めなくちゃいけない。

東ヨーロッパの男　クール人。くつろぎ。屈託なさ。暮らした部屋……空の中の郷里。

西ヨーロッパの女　変わらないものは何一つない。

東ヨーロッパの男　毎日、腕を伸ばす。毎日、同じ動きを違う風に。つまりは、僕の腕、それが僕。僕は、今、この瞬間、こうやって存在している。そしてそれから——

西ヨーロッパの女　そしてそれから、きみは別のものになる。でも当然ながら、もろもろの強制着に合わせたきみに。

東ヨーロッパの男　僕は両棲類の国に生きている。

西ヨーロッパの女　白い化石でいっぱいの国。

東ヨーロッパの男　浜に生える麦って恥毛みたいだ。

西ヨーロッパの女　あら、じゃあ砂は？

東ヨーロッパの男　移動する砂丘、流れる砂、波状に起伏する黄、烟りぼやける縁。岩の屑、鳥の跡、陸鹿尾菜《おかひじき》。砂の孔。砂の窪、目の届く限り。そして、風。ルートなんてない。風。
西ヨーロッパの女　リビアみたい、リトアニアというより。
東ヨーロッパの男　花嫁をここに埋めてしまってもいい。
西ヨーロッパの女　そうすれば一件落着。みんなの嘆きに万歳。

わたしたちは詩作しつつ何かしらに入りこんでいった。ロランダスが皮肉っぽく唸った。しんみりとくる浸透作用！　それからわたしたちは黙りこんだ。もう言葉は十分だった。

森の中にはすでに影が落ちていた。鳥たちが枝間を抜けて飛び去った。道は長く続いていた。わたしたちは丘の側からニーダの町に着き、森の墓地の方へ曲がった。木の十字架が斜めに傾斜地から突き出していた。ここでは苔と砂が同居していた。

クール人たちの墓、ロランダスが言った。

わたしはうなずいた。


（ロランダスは特別な人間だった。パランガにある書物でいっぱいの家には、国を離れることを余儀なくされる直前の時期、ヨシフ・ブロツキーが泊まっていた。このレニングラード出身の詩人は、政治的砲撃から遠く離れ、時からも放り出されたソヴィエトの端のリトアニア共和国へ、この砂の海岸へ向かったのだった。ここで一九七一年、詩作品群『リトアニア嬉遊曲』が生まれ、その中に『パランガ』がある。「空の顔を見ることが許されているのは／海ばかり。さすらい人は砂丘にしゃがみこみ／ちびちび舐めるワインに、眼差しを落とす／帝国もハープも持たぬ王侯のように。／家は荒れ果て、群衆は奪われた。／息子は一人の羊飼いが洞穴の中に隠した。／そして今、彼の前には、世界の果て。／水の上を歩くには、信仰が足りぬ。」）

第三三章
奇妙

どこにいようと起こりうること。グラドの旧市街の路地であれ、チューリヒの路面電車の中であれ。不意に問いが浮かぶ。どうしてわたしは他ならぬこの人たちといっしょにいるのだろう——赤毛の、猫のような緑の眼をした、帽子がぶかぶかの紳士、悪寒がするみたいに顎を震わせている背の曲がった老婆、服も仕草も見分けがつかない双子の少女、草刈り鎌のような親指を宙で振りまわす酔っぱらい、内面ばかりを見つめている年齢不詳の修道女、ブラウスの胸元が刺激的な金髪女、顔を真っ赤にして叫ぶ小さな子ども、連れている小犬にしか話しかけない無口なカップル。どうしてなのか、この出会いは、この瞬間の配置は、このつかの間の運命共同体は？

わたしは問う、不思議に思いながら。この怪訝さにはよそ者の感覚も関わっている、自分自身はこの状況の一部にはなりきっていないかのような感覚。すでにトリエステの勇者の埠頭《モーロ・アウダーチェ》の上で、バルコラの海辺の遊歩道で、わたしはこうした感情に捉えられたことがあった。母の横を力強く歩いていく。左手にはビーチタオル、右手にはコルクの浮輪を持ち、興味津々でアメリカ兵を眺めている。怖くはなかったのだろうか？　それはなかった。それにしてもひどく注意深く見つめていた。そして見つめている自分を観察していた。

猜疑心？

というよりむしろ、わたしは生を舞台演出のようなものと考えていた。その際に自分のことは、他にもいる登場人物の一人、つまり受動的な存在、より高次の恣意に委ねられている存在にとどまらず、想像上の演出家だと考えていた。路面電車の乗客たちには、もうごく早い時期から、まるで彼らが長編小説の登場人物であるかのように、頭の中で想像した運命を分け与えていた。わたしは彼らを可能性形式に移し、それが解釈の自由を許容してくれた。そうやって、わたしは彼らを偶然の手から、あるいはわたしがそのように考えていたものから、奪い取ったのだった。

わたしは九歳で、一一番の電車でアントニウス教会での授業に通っていた。停留所四つは、さまざまな観察をするには十分な距離だった。こちらにはいちゃついている若いカップル、あちらには取り乱した眼をした渋面の男。その隣には、肉付きのいい顎を前方に突き出し、黒髪がぼさぼさの頭をぐらりぐらり揺らしている女。一一番には変人もたくさんいた。ブルクヘルツリの精神病院から来た人たちで、集団のこともあれば、一人のこともあった。「外出」は彼らをあまり幸せな気持ちにはしてくれないようだった。彼らは眼前の虚空を見つめ、ぼうっとしていて、怯えてもいるようだった。彼らをそれ以上見つめる勇気はわたしにはなかった。そしていつも、彼らに会わないで済むことを望んでいた。

聖書の物語に集中することは容易ではなかった。それはだんだんと歌のようになってきて、一方、頭の中では狂人たちの顔、しかめっ面がちらちらし続けた。幻影は教会の中に入るとやっと姿を消した。神の子は、天使たち、聖人たちに囲まれ、円形の後陣から静かにわたしを見下ろしていた、祝福するように片手を上げて。ということは、やはり世界は秩序のうちに保たれているのだ。そこらじゅうを歩き回っている狂人たち皆とともにありながら。

ただ、あの暗さだけはどうしようもなかった。教会学校の授業は夕方の六時に終わり、冬には外はもう真っ暗だった。寒さに震えながらわたしは電車の停留所に立ち、家に帰ろう、とにかく帰ろうと考えていた、もう顔もおしまい、物語もおしまい。

凍えた乗客はわたし以外にもいた、でもわたしの関心を引くことはなかった。同じように帰宅中の人たち、上着の中に頭をすくめて。彼らはふうふう喘いだり、くしゃみしたりした。そして気怠さをあたりにひろげていた。

いつしか春が訪れ、白衣《びゃくい》の主日に初聖体があった。わたしはキリストの花嫁の、雪のように白い衣を着て、髪に白い花冠を戴き、首に十字架のついた金のネックレスをかけた。ミサの間じゅう、手に蠟燭をもち、薄物の衣に蠟が垂れぬよう気をつけていた。わたしたちは二〇人、それとも、もっといただろうか？　女の子は左側に、男の子は右側に。助任司祭さんは繰り返し指示を与え、朗々たる声で歌った。わたしたちはそれを真似た。その厳かな儀式の頂点となる瞬間、司祭さんは極薄のホスチアをわたしたちの舌の上に置いた。「キリストの体」は味が無く、あっという間に舌の上で溶けて無くなり、「嚙んではだめ！」という警告は無意味にわたしたちをビクつかせただけだった。

わたしはどんな具合に感じとればいいのかわからなかった。何か聖なることが起こったのだったが、あまりに唐突で、理解不可能だった。長い長い準備（その中には告解もあった）のおかげでわたしは十分にその気になっていたし、明るい期待に包まれてもいたけれど、出来事そのものは奇妙なまでにシュンと縮んでしまった。起こったかと思うともう終わっていて、まるで早回しの映画のようだった。

しばらく経ってはじめて、わたしは厳かな気持ちになった。家に帰って、今や用済みになった衣装を着て、燃え尽きた蠟燭を携えて。母は微笑んで写真を撮ったけれど、わたしは心中、悲しい気分だった。まるで幸福がキスをしてくれて、すぐにいなくなってしまったかのような気分だった。

いったい何だったのだろう？　この背中合わせの至福と興醒めは、天にも昇るほどの歓喜と死ぬほどの幻滅は？　過度の期待に惑わされたとでもいうのか？　楽園はいつもどこか別の場所にあるとでも？

そんなことは知りたくなかった。わたしはいつも、求め、喜び、夢中になり、我を忘れていたかった、まるで分別の無い子どものように。

この一点において、わたしは教導しがたい存在のままだった。

初聖体を思い出させたのは、復活祭の蠟燭の残りと、時おり晩方に手中を滑らせるロザリオだった。小さな珠は触れると最初は冷たい、けれどもそれから急に温かくなる。わたしは助任司祭さんから教えこまれた通りに、まず「アヴェ・マリア」を一度唱え、またもう一度、唱えた。それは心を穏やかにしてくれた。祈ることは償うことである、と告解の授業で言われていた。何を償うのか。わたしの罪を償うのだ。

十戒は知っていた。何が罪であるかは学んだ。しかし、わたしの感情はみずからに罪なしと判断していた。だから嫌々、合わせていた。「ふしだら」という言葉にわたしは嫌悪感をいだいていた、けれども夜に毛布の下で自分をまさぐる時にはそうではなかった。あるとき父が、熱くなり汗をかいた状態のわたしを見て、人差し指を立ててたしなめるまでは。わたしはぎょっとして身をすくませた。それから恥ずかしい気持ちになった。その後で罪の意識がやってきた。快感は何かしら禁じられたものとなった。しかしそれはまた、逆でもあった。つまり、禁じられたことには何かしらの快感が結びついていた。面白い縺れ合いだった。熱情と良心の呵責との、この遊戯は。

わたしは秘密を学んだ。根底的に学んだ、底そのものがわからなくなるほどに。ただし、暗い告解席では秘密のかけらを明かすにとどめた。まるで別の誰かが言っているみたいに、囁くように、庇護する格子の前で言葉を口にした。それに続けて主の祈りを一〇回、「アヴェ・マリア」を五回唱えた。それは自己探究だった。では、悔い改める気は？

高みにある全能の神がすべてを知っているということが、それを前にしては何一つごまかす必要がないということが、わたしの心を落ち着かせた。そして、神の指差しをわたしは恐れてはいなかった。ただ、神の意思は謎に満ちていた。狂人たちは路面電車で何をしていたのか？　わたしは彼ら狂人たちといっしょに路面電車で何をしていたのか？　なぜわたしたちはトリエステに、海に別れを告げなければならなかったのか？　なぜ偏頭痛は凶暴な獣のようにわたしに襲いかかるのか？

なんでわたしのクリトリスはくすぐると返事をするのか？

第三四章
引っ越し

父が言う。ここにはいられない。引っ越すよ。

どこへ？

チューリヒベルクに。新しい住まいに越して、自分たちで中をととのえるのだ。

それは、林語堂とドストエフスキーの作品が並んでいる黒い本棚に、別れを告げることを意味していた。

でも本は持っていくでしょう？

父はうなずく。にもかかわらず、わたしは林語堂を一冊手に取る、後になってから自分を責めることがないように。

孔子は弟子たちに憤りの心があるのを察し、子路を呼び、問うた。「先人は言っている。虎も野牛も荒野をさまようことはない。お前はわたしの教えが間違っていると思うか。なぜわたしがこうしたことすべてに至ったと思うか。子路は答えた。「あなたの性がまだ仁でなく、十分に大きくも

ないがゆえに、わたしたちは人びとの信を得ることができないのでしょう。」

孔子は、とわたしは先を読み続けた、多くの人と談を重ね、それから雨の中へ出て行った。

孔子は雨の中で歌った、誰が雨の中で歌う者の力に抗することができようか。そうやって彼は弟子たちと荒野を抜けてゆき、彼の思想をきわめ、次にどこへ向かうべきかをもはや知らなかった。彼らは物乞い、浮浪者の一団と変わらなかった。「虎でも野牛でも」、魚でも肉でもなく、人びとの関心を引くことすらなかった。にもかかわらず彼は朗らかで、その魂のうちにはいかなる怒りもなかった。

わたしは立ったまま読んだ、長い間読んでいた、自分自身を落ち着かせようとするかのように。わたしの頭の中にはたくさんの考えが行き交っていた。別れが近づいていること、ヴェルニとの、ウルゼリ、マイエリ、ヴロネリとの、ホンベルガー先生との、ヴェーレンバッハとブランコとの、そして。もうこれからはインディアンのテントはない、窪地もない、ブルクヘルツリの森もない。じゃあ、そうではない何があるのだろう？　新しいものは誘惑し、同時に、不安にする。

わたしは自分の持ちものをざっと思い出してみた。何も無くならないよう、わが手で荷造りしたかった。わけてもわたしの物語を書きこんだノートがなくならないように。わたしには大切にしていたものがあったのだ。そうしたものはどこに居場所を見つけることになるのだろう。わたし専用の部屋の中に。いや違う、そんなものはないはずだ、まだないはずだ。部屋は共有しなくてはいけない、新しい場所に行っても。

その新しい場所の住所は、アッカーマン通り六番地。小ぶりの集合住宅で、同形の建物四棟が、登り坂の通りに沿って段状に続く。色はカーキで、建物の間には緑地がある。通りの向かいには立派な庭園を備えた邸宅が並ぶ。品の良い地区、と誰かが言う。

通りは突き抜けの道路ではなくて、方向転換するための転車広場に突き当たっている。そこからは一本の小道が、塔がないせいでひどく地味に見える、カトリックの聖マルティン教会に続く。隣接する敷地には気象観測施設の大きな建物があり、天候計測用のアンテナや測量機器が何本も突き出している。

では、ここなのだ。四部屋バルコニー付きの三階の住居。階下の表札には「クルツマイヤー」とある。ドイツ人であることがわかる。夫はすでに年金生活で、妻はずっと若い。子どものいない夫婦。つまりは、静かにしなければならないということだ。

六番地に子どもは弟とわたしだけ。

坂を登った八番地にはリックリン家の三人がいる。彼らといっしょにわたしたちは梨の木で体操をして遊んだ。そして邸宅がある側の五番地にはルート、ヴェラ、ローニ、アレックスがいる。ヴェラはすぐにわたしにとって大切な存在になる。ヴェラ——わたしは彼女といっしょに転車広場をローラースケートで走り回り、放課後はモノポリーに夢中になる。わたしたちの家具はホッツ社製のクルミ材で、ソファと椅子には品良くクッションが張られている。ピアノは新しい環境によく馴染んでいる。そして壁面書架は空間を、広い空間を提供してくれる。わたしたちはいい感じに住まいをしつらえたといってもいいだろう。初めて、少しばかり腰を落ち着けたのだ。

わたしにはベッドだけでなく、自分専用の書きもの机、そして可愛らしい小さなたんすがある。たんすの上にはグラドで蒐集した貝殻や小石を並べる。人形のシャーリは心地よさげにベッドの頭に寄りかかっている。お気に入りの本は、ちっちゃな宝物を入れる抽斗が三つついたナイトテーブルの上に横積みになっている。

マルティンはまだ小さいので、厳格なベビーシッターのベルタがなんどもやってくる、極上のプライドポテトを作ってくれるけれど、わたしはどうしても馴染めず逃げ出してしまう。梨の木の下に座って反抗的に宙を睨んでいる。それかヴェラの家の呼び鈴を鳴らす、そこでは今日も焼き立てのお菓子のいい匂いがしていて、数多あるユダヤの祝祭の一つにいまにもお客さんがやってきそうな様子だ。ヴェラの世界はわたしを抗しがたく惹きつける。大きな広い家、感じが良くて甲斐甲斐しい住人たち、シャローム、ボンジュールにはじまるありとある言語での出入り、挨拶、呼びかけ、そしてこの家を統べる秩序、安息日の儀式、それにとどまらぬ歌に伴われた様々な儀式、そしてわたしが初めて過越のパンと魚団子料理とポーランドのボルシチを食べる、白いクロスに覆われた長テーブル。どうしてわたしは、あなたの家の子ではないのかしらとヴェラに言う、すると彼女は言う、いつ来てもいいのよ、来たくなったら。そうやってわたしは過越祭を知り、幕屋祭を知り、ハヌカ祭を知る、わたしは貪欲にすべてを吸いこみ、彼女はそれを許してくれる。彼女のように美しく装うのを許してくれる。ヴェラとわたしは二人して雪のように白いブラウスに濃青のスカートをまとい、ほとんど姉妹のように見える。ヴェラはわたしより幾分背が高く、黒髪もわたしよりもひときわ濃い。でもそんなこと、誰が気にしよう。ヴェラは言う、わたしたちは魂が似ているのよ。だからわたしたちは事あるごとにつるむ。学校では違うけれど（彼女は別のクラスだ）、自由時間にはそうだ。好きな遊びは、モノポリーと世界旅行ゲーム。サイコロを振っては世界中を経巡り、一番早い経路で巡った人間が勝つ。一番人気は長い海路を行くルートで、一の目が出ればダカールからモンテヴィデオに進むことができる。ゲーム盤に屈みこんだわたしたちは、完璧にプロの旅行者だ。その口からは都市名がよどみなく流れ出す。

　ヴェラといっしょなら決して窮屈な気分にはならない。

　一〇番地に住むハイム教授もそうだ。年配の白髪の紳士で、あるとき通りで出会い、その場で自宅に招待してくれる。わたしは戸惑うと同時に好奇心に溢れてもいる。つまるところ勝つのは好奇心だ。迎え入れてくれるのは、学者の住居。大型本や地図や（化石の並ぶ）ガラスケースやルーペや顕微鏡、そして本また本が所狭しと並んでいる。わたしは光彩を放つ石の標本を観察し、化石に触れ、地球の古い時代について話を聞く。広大な時空間は眩暈を誘う。視線は支えとなるものを求める。海の巻貝に、教授の輝く青い眼に。遠慮しないで訊いてごらんと教授は話を中断していう。でもわたしは金縛りになっている。教授はもう採掘について、発掘について、鉱物学的、古生物学的発見について話している。そして、こちらでは半ば炭化した木片を、あちらでは丁寧に分類された水晶、半金属、キラキラ光る小塊を指し示す。

　十番地を訪れた後では、目をつむりさえすれば十分だ、そうすれば粘土層が、舌のように突き出た岬が、桟橋が見え、何かがチカチカきらめいている坑が見え、世界の地下が見えた。

家ではベルタがいなくなって、お客さんたちが来ると、狭苦しさが消える。来るのは両親の知り合いのハンガリー人、ユーゴスラヴィア人。身振りが情熱的で、大声で議論する人たちだ。彼らは静かな家に活気をもたらす。わたしは少しの間、顔を出して、いつもより少し長めに起きていることが許される。チーズをのせて焼いたハムサンド、パプリカ入りサラミ、ベーコン、それにワインとプラムの蒸留酒がでる。そして、最後にケシの実入りの焼菓子。わたしはどれも——目立たないようにそっと——つまむ。会話には加わらない。ハンガリー語の呼びかけがもうわたしを当惑させる、あの「お手にキスを」、これにかかるとこのうえなく魅力的な女性すらおばさんになってしまう。「お手にキスを、ゾーフィおばさん」、そんな言葉を唇にのせるなんてできない、この三十歳の美しい女性に対してありえない。それに親称《ドゥー》で話すのも無理。というわけでわたしは聞き役に回る。笑い話が披露される。チトーの名前がたびたび話題に登る、それにわたしが知らない名前も。居合わせた人たちの健康を祝して、大声でグラスが合わせられる。「乾杯《エゲーッシェーゲーレ》！」、「乾杯《ナ・ズドラウイェ》！」ベッドの中でも陽気な声は、笑い声は聞こえている。眠りがわたしをかっさらっていくまでずっと。

来客が一番多いのは、父のユーゴスラヴィア領事館勤務の時代。社交の義務というものがあるのだ。母は必ずしも喜んではいない、のしかかる負担には愚痴も出る。笑顔でホステス役を務めるよりも、映画館に行きたいところ。いつも終わると疲れきってベッドに倒れこむばかり。それにあの色っぽいブランカだとかイヴァンカだとか……でも、どうすることもできない。問題はいつしか自然に解決する、父がその職を辞することになる。それからは、わたしたちの家はとても静かになる。父は家で働いている。丸一日中、書物机にかじりついて、本をあれこれめくっている。独学しているのだ。勉強しているのは経営学だという。大学で化学技術を学んだ父は転業しようとしている。どうしてなのかと尋ねたりはしない。わたしにわかっているのは、邪魔をしてはいけないということだけ。

でも、ピアノの練習はしないわけにはいかない。目覚まし時計をセットする前に――五分間、それ以上はダメだ――父の部屋をノックする。弾きなさい、と父は言い、さっと手をふる。わたしは小さめの音で、おどおどと、ぎこちなく、隣の鍵《キー》を弾いてしまわないよう、細心の注意をはらう。というのも間違った音を出すたびに、父は大声で言うのだ、「気をつけなさい、違うよ！」音楽に関して父の耳は厳しい。父は苦しむ、わたしが苦しむのは言うまでもない。

なお数年はかかるだろう、わたしがのびのびと弾けるようになるまでには。情熱をこめて奏でるようになるまでには。もはや時計に目をやることなしに。

第三五章
S氏

わたしの先生はSという名前だ。握手する手はふっくらと、唇はぷっくりとしていて、髪は白くて、金属枠の眼鏡で、濃いグレーのジャケットを着ている。わたしたちのクラスが教える最後のクラスで、そのあとは退職することになっている。

男子に対してS氏は厳しい。女子に接する態度は優しい。わたしに向ける顔にはいつも笑みがたたえられている。わたしはドイツ語が一番で、ドイツ語はS氏の好きな科目だったからかもしれない。先生たちにもお気に入りの科目はある。そしてお気に入りの生徒もいる。

ともかくもわたしはずっとそうで、幸せな気分だ。進んで手を挙げ、朗読し、内容をまとめる。ヘーベルの『ラインの家の友の宝の小箱』が今日の文章だ。そして休憩時間の中庭はおひさまがさしていて、一番奥のところだけが巨大な松の木で日陰になっている。

教室からは雪の積もった山々に視線が向かう。左に頭をひねりさえすれば、湖の端っこが、その上方には、峰々が、山脈全体が見える。わたしたちはよく、幼児返りしたような忘我状態に陥って、窓越しに外を凝視する。それか、埃の粒が、一匹の蚊が、斜めの光の帯を舞い横ぎるさまを観察する。その魔法も、S氏がレースのカーテンを下ろすよう命ずるや、終わってしまう。今や視線はつつましく隣の席へそろそろと這っていく。青いノートが見える、これに愉悦を覚えることのできる生徒は皆無に等しい。

わたしの左の席は落ち着きのないエリアーネ、右の席は静かなアンゲラ、祖先がブラジル人の、金髪の天使。わたしたちは三人組で、その背中をS氏はよく撫でてくる。一番長くいるのがわたしのそばだ。わたしは先生のふっくらした手が温かく、熱くなるのを感じる。ときにはおどおどわたしの小さな胸の方にもやってくる。

体操は好きではない。登るのは猿のように速い、それ以外はまあまあ、まあまあだ。とんぼ返りですらわたしは怖い。それに硬い皮のボールも怖い、そうでなくても痛む頭に怪我をしてしまうかもしれない。S氏は理解を示してくれる。よくわたしは木のベンチに座って見学する。役立たずの気分になってくる。ちょっと恥ずかしい気持ちにもなる。ほかの子たちは力を振りしぼっているというのに。ハンス、マックス、レオ、エーファ、エリアーネ、レギーネ、アンゲラ、アレックス、ドード。例えばドッジボールのとき、それに限らずいつもそう。壁時計の長針はゆっくりにしか進まない。自分の脈がとくとく聞こえる。蝿が一匹、飛んでいるのを目で追う。童話『欠けた月』のモンゴルの王女のことを考える。そしてみんなが着替え室に駆けこむと、最後尾に続く。

聖書の授業は、世界旅行ゲームと同じように、彼方への憧れを満たしてくれる。紅海、死海、ゲネサレ湖、シナイ砂漠、ネゲブ砂漠、イェリヒョー、イェルサレム、ベツレヘム、こうした名前は、聖なる地を聖なるものたらしめている王たち、羊飼いたち、預言者たち、天使たちに劣らずわたしを魅了する。もっとも、聖なるものは聖ならざるものでもある、だって戦争と奇跡はつねに手を携えているのだから。カインはアベルを撲殺した、以来、彼らは絶えることなく殺し合っている。そしてヘロデ王は嬰児のことごとくをすぐさま殺すよう命じた、ナザレのイエスが救世主となることがないように。にもかかわらずそうなると、彼らはイエスを十字架にかけた。

わたしの思考はあちらこちらへ彷徨う。砂漠のベドウィン族から、ゲッセマネの園を抜けて、髭を生やしたユダヤの律法学者まで。それにしても紅海はいかにして割れることができたのか？「**モーゼが手を海の上に差し伸べた。主は激しい東風で海を押し返された。海は乾いた地に変わり、水は分かたれた。イスラエルの人びとは海の中の乾いた所を進んでいった。**」その一方、エジプト人は全軍もろとも溺れ死ぬ。

神は暴力を振るう。神は怒る。神は正しい。神は黄色い。どうして黄色？なぜかはわからない。わたしのうちで何かがつぶやく、神は黄色いと。

わたしは神をできるだけ想像しないようにする。でもそれは難しい。誰が神を創ったのかという問いを抑えるのと同じくらい難しい。その前は何がいたのか？始まりの前は？無という言葉を聞くと、真黒い眩暈に襲われる。そしてわたしは眼を閉じる。

ここでわたしの思考は停止する。

ここで言葉は停止する。苦しい時にはいつも言葉にしがみついてきたというのに。

苦《ノート》は、ある日、死《トート》となる。電報がオルモジュのハンゼクおじさんから届く。「わたしたちの愛するマリアが昨日永眠しました。」

わたしのひいおばあちゃん、勇ましい煙突掃除婦が、死んだ。

父が言う、肺がんだったそうだ。煤でやられたんだね。

真黒い眩暈がふたたびわたしを襲う、普段なら助けになる言葉もわたしを見捨てる。喉が、胸が、何かで塞がれるようで、焼かれるようで、身体の中をめちゃくちゃに稲妻が走る。それからわたしは泣く。

もう二度と無いのだ、とわたしの中で何かが泣きむせぶ。おまえは、もう二度と、ひいおばあちゃんに会うことは、無い。

どうしても理解できないこととどうにも変えようのないことが、否定の中で溶け合う。ノー、ネバー、ナッシング。

もっと先へ、はここには、無い。

S氏が二週間後に「たいせつな体験」を作文のテーマにしたとき、わたしの舌はほどける。わたしは「はじめての死」について書く。ひいおばあちゃんの死についてではなく、お葬式についてでもない、それらはどちらもわたし抜きで起こったことだ。わたしは自分の中のひいおばあちゃんの記憶について書く、そして、ひいおばあちゃんの死がどんな感情をわたしの中に生み出したかについて書く。この突然の「もう二度と、無い」について、ギロチンの刃のように落ちてきて、世界をそれ以前とそれ以後に分かってしまったものについて。わたしは無力ということがいかに人を激しく揺すぶるかについて書く、はじめてそんなふうに書く。わたしにはわからないということを、わたしの中で何かがぐるぐる回っているということを、もしかすると空虚の周りを。本当なら怒りたいのに——でも誰に怒ればいいというのだろう——悲しいということを。

わたしは八ページにわたって書く。最高点の六点をもらったことが不思議に慰めになる。

第三六章
ドストエフスキー

わたしは迷うことなくその本を書棚から取り出す。ドストエフスキー全集はバルグリスト通りからアッカーマン通りにもってきた。幸いなことに。このロシア人作家にはもうずいぶん以前から関心を寄せていたのだ。古典であることは知っている。でも子ども向けの読み物ではない。そんなことがなんだ。

「七月初旬のひどく暑い日の夕刻、一人の若者が、S横町の建物に間借りしている屋根裏部屋を出て通りに踏み出し、思い迷うことがあるらしくのろのろと、ククシュキン橋の方へ歩いて行った。彼は階段で女家主に会うのは運よく避けることができた。彼の住む小部屋は高い五階建ての建物の屋根裏にあり、人の住む空間というよりは物置き、あるいは納戸の一種と言ったほうがよかった。彼に昼食賄い付きの条件で部屋を貸している女家主は一階下の独立した住居に住んでおり、彼が外へ出かけるときには、ほぼ常時ドアが開け放たれている女家主の台所の前をどうしても通らなければならなかった。そこを通り過ぎるときにはいつも、若者は苦しいような、おどおどしたような気分

になり、それが恥ずかしくて額にしわを寄せた。彼は女家主に相当の借りがあり、それで出くわすのを恐れていたのである。」

この若い男は学生で、ロディオン・ラスコーリニコフという名で、何やら尋常ではないことを計画している。暑い夏の盛りのペテルブルグの、干草市場とグリボエードフ運河の間の貧民街。家々には奥行きのある裏庭があり、階段室は暗く細い。ラスコーリニコフが建物の扉を出て目標の場所に至るまでには、ぴったり七三〇歩かかる。彼は道を知っている。どこへ？　高利貸しの老婆のところへ。

神経過敏と熱っぽい興奮のために、すべてがもう震えている。

わたしはチューリヒのベッドにいることを忘れ、ラスコーリニコフとともに震えながら階段を登ってゆく。

「**老婆は黙って彼の前に立ち、問いかけるように見つめた。それは小柄な、干からびた六十前後の老婆で、険しい、意地悪そうな小さな眼、鋭く尖った小さな鼻をしていて、頭には何もかぶっていなかった。明るい金色の、少し白いものが混じった髪は、油で撫でつけられていた。鶏の脚を思わせるひょろ長い首にはフランネルの布切れが巻かれ、肩にはこの暑さにもかかわらず着古して黄色に変色した毛皮の上着を羽織っていた。**」

ラスコーリニコフは父の時計を質に入れる、その目的はここを再訪することにほかならない。老婆とその住居についてはすでに十分に調べてある。いわばリハーサルの訪問である。重大な事件はまだ起きてはいない。

重大事件とは殺人だ。金欲しさからではなく、不遜から起こる殺人だ。この老婆が「汚らしい虱」だから、あさましい吸血鬼だから、というのが理由である。

しかし、そこに至るまでにはなお別の出来事が起こる。ラスコーリニコフは飲んだくれのマルメラードフに、さらには彼のめちゃくちゃになった家庭に出くわす、心配した母親からは心揺さぶる手紙を受け取る、さらには彼の馬を笞打ち、死に至らしめる場面を体験する。こうしたことすべては彼の心を激しく揺すぶる、そして彼は自分の「呪われた考え」を断ち切ろうとする。しかし、その考えはあまりに深く根を下ろしている。

一〇八頁まで来たところで彼は事に及び、手斧を老婆の脳天に振り下ろす。一度、もう一度、さらにもう一度。死ぬ。で、宝はどこに？　鍵は合わない、そしてようやく合ったとき、死者の妹が部屋に立っている、リザヴェータだ。驚愕して、そして犠牲の羊のように従順に。手斧は彼女の脳天にも振り下ろされる。ラスコーリニコフは、思いもよらず、二重の殺人者となる。

奇跡的に誰にも気づかれることなく、彼は老婆の家を抜け出す。それから自分は理性を失ったと思うようになる。

悪寒、不信、不安。ノックの音一つにも彼は怯える。もし秘密がばれてしまったら？　もし粗末な服の切れ端が犯人の正体を漏らしてしまったら？　心の中に狂気が棲みつく。たがの外れた体は、痕跡を解釈する。

一方、奪った金袋は、ある石の裏に隠される。

何週間もの病の後、ページがめくられる。ラスコーリニコフは母からお金を受けとる。それで家主に負債を払い、服を新調する。しかし逃亡するつもりは毛頭ない。逆に容疑事実となろう噂を広める。自分自身を裏切ることからゲームは始まる。凝りに凝った、嘲笑的とすら言えそうな攪乱プレー、それは自らの首に縄をかける厚かましさすら避けようとはしない。

それとは別にこんな事件が起きる。ラスコーリニコフはたまたま、飲んだくれのマルメラードフが一台の馬車に轢かれ、直後に自宅で亡くなる様を目撃する。そしてそこで、彼の最初の結婚で生まれた十八歳の娘、子だくさんの家庭を養うために、娼婦をしているソーニャと知り合う。青い眼に、怯えたような顔をした目立たない娘で、飾り立てた姿が滑稽だ。しかし善意そのものの娘である。ラスコーリニコフは突然、「強烈な生への意欲」が自分の内に湧き上がってくるのを感じる。彼には、自分がまたここに来るだろうことがわかる。この不幸な人たちのところへ。

ソーニャが現れるや、わたしは感動と平安を感じる。周囲では、純然たるヒステリー状態が支配している、しかしソーニャがそれを正すだろう。小さな変わり者のソーニャが。

ほかの女たちは？　ソーニャの継母は結核にかかっていて絶望している。ラスコーリニコフの母は慈しみ深く息子のことを心配している、けれども彼に対する影響力はない。妹のドゥーニャもそうで、実際的で正直ではあるけれど、兄に近づくことはない。

ラスコーリニコフはまたもや熱情にかられ、夢想にふける。みずから予審判事のポルフィーリイの元を訪れ、殺害された老婆に何度も質入れしていたことを届け出る。危険な遊戯が始まる。猫と鼠の焦らし遊びだ。

その合間にラスコーリニコフはソーニャの元へ急ぐ。夢遊病者のように、駆り立てられるように。彼は彼女を恥じ入らせ、それからその足にキスをする。そして福音書からラザロの復活の箇所を朗読してくれるよう求める。彼女はそうする、おずおずと、気が進まないながらも。それから静寂が訪れる。

「傾いだ蠟燭台の燃え残りが消えそうになりながら、不思議な因縁でこの貧しい部屋におちあい、永遠の書物を読んでいる殺人者と娼婦をぼんやりと照らし出した。」

静寂の中へ、ラスコーリニコフは言う。**「あんたも向こうへ踏み出してしまった……自分に手をかけてしまった、一つの生を台無しにしてしまった……あんたの生を（同じことだ！）……俺たちはいっしょに歩いていかなくちゃいけないいんだ、同じ一つの道を！」**

この道が意味するのは、あらゆるものと縁を切って**「苦しみをわが身に引き受ける」**ことだ。

ソーニャにはわけがわからない。そのうちわかるだろう、とラスコーリニコフは言う。明日には俺はあんたに告げるだろう、誰が老婆とその妹を殺害したのかを。

この告白は自白ではないけれども、誤解の余地はまったくない。「不幸な人！」ソーニャは泣きむせぶ。「わたし、あなたについて行くわ、どこにだってついて行くわ！　監獄にだっていっしょに行く！」でも、いったいどうしてそんなことが起こりえたのか？　同情と驚愕がソーニャの中で相争う、ラスコーリニコフの中では嘲笑と絶望が。強盗殺人ではない、と彼ははねつける、俺はナポレオンになろうとしたのだ。そして力と権利について、踏み越えていく勇気について語る。

それは食い入ってゆく思考だ。深いトンネルの奥に進んでいくように、中へ中へと食いこんでいく。ついには狂気に至るまで。ソーニャは泣く、そして突然、はじけるように立ち上がる。（すべては、突然に、突然に起こる。）「**すぐに行きなさい、今すぐに、十字路に立って、跪いて、あなたが汚してしまった大地にまずキスをして、それから全世界を前に四方すべてに向かって頭を垂れ、全人類を前に大声で言うの、『俺が殺したのだ！』そうしたら神さまはあんたに、また生を授けてくださるわ。**」

彼女が望むことを、彼はまだ望んではいない。追っ手が彼を闘いに駆り立てる。しかし糸杉の木でできた十字架を彼は受け取る。そして考える。実際のところ、シベリア送りになるのがいいのかもしれないと。

この会話を壁の向こうで盗み聴きした者がいたことがほどなくわかる。

スヴィドリガイロフだ。狡っからい、けれども、赤ん坊の顔つきをした男だ。自分の妻を毒殺したとも言われている。そしてこの男はドゥーニャを、ラスコーリニコフの妹で、すべてを知っているドゥーニャを愛している。いまや彼は、彼女を脅迫する手段を手にしたわけだ。しかし、なぜこの男は半ば子どものような女と婚約したのだろう？　そう、彼には婚約者がいる、川向こうのワシリエフスキー島に。熱にうなされた夢の中にも子どもたちは現れる、妙ないかがわしい服装をして、それか、死んだ姿で。この男は児童誘惑者なのか、児童陵辱者なのか？　そしてあの太っ腹な態度。ソーニャの継母が死ぬと、彼は大金を取り出し、三人の幼い孤児を良い施設に入れてやり、ソーニャを屈辱的な生業《なりわい》から解放する。紳士である。その終わりは哀れだ。ドゥーニャとの最後の、感動的な出会いののち、彼は自らの頭に一発の弾丸をぶちこむのだ。

目撃者はいなくなった、しかし、ラスコーリニコフはわかっている、自分に関することすべてが知られていることを。予審判事のポルフィーリイが犯行を自白するよう促す。そうすれば楽になると。ラスコーリニコフは拒む。

ソーニャの元を訪ねた後でやっと、彼は最後の一歩を決意する。その際に彼が訪れるのは、ポルフィーリイのところではなく警察署だ。臆病風に吹かれて彼はもう一度踵を返す。しかし、ソーニャが警察署の前に立っているのが見える、もはや後戻りはない。

「ラスコーリニコフは椅子に腰を下ろした、しかしその両眼は、実に不愉快そうな驚愕を浮かべているイリヤ・ペトローヴィチの顔から逸らされない。二人は一分間の間、お互いを見つめ、待っている。水が持ってこられた。

『私なのです、あの時、あの年老いた官吏未亡人と……その妹のリザヴェータを……手斧で打ち殺して……強盗を働いたのは。』

イリヤ・ペトローヴィチはポカンと口を開けた。あらゆる方角から人が集まってきた。ラスコーリニコフは供述を繰り返した。」

やっとだ。告白はまるで救いのようだ。これ以上は、わたしは緊張に耐えることができなかったろう。それに、正義は行われねばならないのだ。

判決は温情的なものとなる。八年間のシベリアでの強制労働。天使のソーニャはいっしょについていく。そこでカット。その先はすべてエピローグに書かれている。

「シベリア。**荒涼とした大河の岸に一つの町がある、その町の中には要塞があり、要塞の中には**

監獄がある。その監獄の中に、もう九か月目になるが、第二級の強制労働服役囚ロディオン・ラスコーリニコフがいる。彼の犯行の日からはかれこれ一年半が経っている。

彼に対する審理はさしたる困難もなく進んだ。犯罪者はその供述を、事態を混乱させることなく、自らを利するべく糊塗することなく、事実を曲げることなく、最も些細なことをも隠し立てすることなく、確実に、正確に、明晰におこなった。」

しかし、ラスコーリニコフは病気だ。

「彼はもうずいぶん前から病気だった。しかし、彼をくじいたのは、獄中生活の恐怖でも、肉体労働でも、栄養不足でもなく、剃られた頭、みすぼらしい衣服でもなかった。ああ、こうした苦難や責め苦など何ほどのことだろう！　その反対に、彼はこの労働を喜んですらいた、肉体的に苛まれたら、その後では少なくとも静かに眠る数時間が訪れた。食事など、この肉の入っていない、ゴキブリの浮いたキャベツスープなど、彼にとっては何を意味していよう！　学生の頃には、以前の生活においてはしばしば、これさえも食べることは叶わなかった。衣服は暖かく、生活は身の程にそったものだった。鎖のことはもはや感じてすらいなかった。ツルツルに剃られた頭、二色模様の囚人服を恥じていたなどということがあろうか？　それにいったい誰に対して恥じるというのか？　ソーニャに対して恥じているとでも？」

そう、彼は恥じている。しかし病んでいるのは「自尊心が傷つけられた」せいだ。彼の「憤慨した、強情な良心」は、「誰にでも起こりうるたんなる失策」以外には、いかなる罪も認めようとしない。後悔？　いや、ラスコーリニコフは後悔することがない。ああ、悔いることができさえすれば！　彼のうちの何かが、自分には高邁な使命が与えられているという、かつての思考になおもしがみついている。

受刑者仲間は彼を憎んでいる。この寡黙な、高慢な、無神論者を憎んでいる。その一方で「ソーニャおかあさん」のことは愛し敬っている。

ある日、復活祭の頃のこと、ラスコーリニコフは軽やかな気分になる。病から解き放たれる。そして初めて、ソーニャを愛していると感じる。

「**しかしここではもう新しい物語が始まっている、ある人間のゆっくりとした再生の物語、ゆっくりとした変容の物語、一つの世界からもう一つの世界へゆっくりと移りゆく物語、新しい、それまではまったく予感していなかった現実との出会いの物語である。それは新しい作品のテーマとなるかもしれない。われわれのこの作品はしかし、ここで幕を降ろすのである。**」

わたしは不満だ。ドストエフスキーがまさにここで、この箇所で終わりにしてしまうことに。ハッピーエンドについてほとんど何も知らされないことに。この途轍もない驚愕の迷路をくぐり抜けたあとで。なにしろわたしはその中でへとへとになるまで迷い続けたのだ（奪われた睡眠、嫌々ながらの登校）。

しかしわたしは突然、前代未聞の物事を知る。何よりも前代未聞なのは人間の魂だ。それ以外にはないような深淵で、熱っぽい夢、矛盾、理想の数々で溢れかえっている。ほかならぬ理想こそがとりわけ危険なのだ。特に、あの頭の人、ラスコーリニコフのように、ある人間が頭脳の中で理論を練り上げるときが。ソーニャは心で考える、それに謙虚だ。ラスコーリニコフとソーニャにおいては高慢と謙虚が、自己愛と人間愛が出会う、そして後者は神の愛に境を接している。

　ドストエフスキーはソーニャを正しいとしている。ソーニャはわたしの頭に響く音楽となる。眼を閉じると明るい声が聞こえる。やってごらん、さあ、やってごらん、ためらってはだめ。彼女が言う。わたしは何をやるべきだろうか？　弟と遊ぶ。アンゲラを助ける、だって彼女は宿題がわからないのだから。千もの小さなことがある。小さなことが大切なのよ。彼女は言う。そして緑のショールで身をくるむ。

第三七章
犬と狼のあいだ

わたしは自分が何であるかを知らない
わたしは自分が知っているものではない
一つの物であり　一つの物でない
一つの点であり　一つの輪である
アンゲルス・シレジウス

それはローラースケートを滑っているときに限らない（輪になって、輪になって、輪になって）、わたしの中でこんな問いが閃く——わたしは誰？　刺し傷のような問い。わたしは回る、ぐるぐる回る。あの灰色の、転車広場で。

わたし。ここ。きょう。いま。

坂を登っていったところで、天気が作られる。いや、違う、作られるのは天気予報だ。気候観測所のおじさんたちの視野は広い。ヨーロッパを見渡し、惑星の半分を見渡す。わたしもやってみたい。あれくらい広大な世界を見渡せるようになりたい。

世界旅行ゲームでは、そんな見せかけを演じてみる。あっという間にここからあそこへ、ウラジオストクからヴァンクーヴァーへ、ほんのひとっ跳び。もっと勇気があったなら「世界探検家」になりたいところだ。砂漠、岩原、氷原へ行きたい、大海原を越えたい。トール・ヘイエルダール、ハインリヒ・ハラー、ロバート・F・スコットのような冒険家たちみたいに。彼らの本は貪るように読む。そこに抗しがたく吸い寄せられる何かがわたしの内にある。遠方に対する鎮めえぬ衝迫。発見への衝迫。征服への衝迫。好奇心。

それはごまかしのない本当だ。抱えている不安と同じくらい本当の気持ちだ。

わたしは部屋の壁に囲まれて旅するのが一番好きだったのではないだろうか？　ブラインドの背後に庇護されて？

わたし。ちっちゃな粒。ほんの小さな点。（「未測量体」とハイム教授なら言うだろう。）この小ささがグサリとくる。そこに疑いの余地はない。わたしは輪を描いて回り続ける。そしてそれが何の役に立つのかわかってはいない。

しかし、それとは違うものもある。内的世界と呼ばれるものだ。わたしは小さい、世界地図上では一寸法師、でもわたしの内的世界は大きい。それ自体が一つの大陸だ。それを教えてくれたのは、あのロシア人のドストエフスキー。目眩くような感覚の中で。わたしにはわかっている、わたしの探求心に境界線は引かれていない。

　この進路変更については誰にも話さない。それは密やかなもの、わたしがいま注意深く解読しようとしている夢とほとんど同じくらいに秘密のものだ。ヴェラはそんな「夢に見たこと」なんて笑い飛ばすばかり。疾走する鹿？　倒壊する塔？　それが？　内面の旅には彼女はまったく関心がない。わたしはヴェラとモノポリーで遊び、サイコロを振って世界を回る、あとのことについては彼女はわたしの自由にさせておく。

　一番危険なのは、犬と狼のあいだの時間。薄闇が輪郭を溶かしてしまう時間。どこでわたしが始まり、どこでわたしが終わるのか、もうはっきりしなくなる。急いで家に入り、本に向かう。でも、それはいつわりの逃避だ。わたしは耐えなくてはいけない。わたしを。誰《た》そ彼《がれ》の中で。この胸の愚かしい痛みとともに。

　わたしはどうしてまだブランコで揺れているのだろう。どうしてぐるぐる回り続けているのだろう。最後の一人になってしまうまで。とりのこされるのが特別なことみたいに。

　もうみんなの呼ぶ声がする。

　わたしは残る。

　残れば。夜になるよ。

　そうなったら悲しくなかったなんて言ってもだめだよ。

　わたしは言わない。体じゅうがぞくぞくして寒かった。

訊いてごらん、訊いてごらん、利かん気なお嬢さん、独りぼっちはもうおしまい。
訊かないほうが、いいのでは？
ほうがいい？　選ぶなんてできないんだよ。
それ、犬が言ったの、狼が言ったの？
そうその調子、もっと訊いてごらん。
つまり、選べないんだね。

数十年後の夕暮れ時に、わたしはパトモス島のコーラの街で、暗くなってゆく海を見下ろしていた。修道院は静けさに包まれ、観光客も次第に散っていった。ボールが一つ、路地を転がっていった。子どもたちの叫び声がして、消えていった。静寂は潮の味がする。

太陽はわずかに赤みがかった残照をのこすばかり。それがゆっくり菫色に移りゆく。狼が近づくと菫は黒に染まる。空も水も黒。星だけを残して。

わたしは思った、この美しさは耐えられない。独りでは。わたしはふたたび小さくなっていて、点のようにちっちゃくなっていて、そして同時に、夜と一つになっている。わたしが消えてしまうことはないままに。誰かこのことをわたしに説明してほしい。アンドロメダ、カシオペア。そしてわたしは、どんなに泣いたことか。

第三八章
もう悪ふざけは終わり、もっと音楽を

ねえ、いっしょにやるでしょ、ヴェラが訊く。

何を？

男子を追い回すの。

わたしは「やる」と返事する、それから「やらない」と。もうフリッツやらハンスやらを植えこみの陰で待ち伏せして、ワッと言って脅かす気分ではなくなっていた。

ヴェラは言う、ドストエフスキーね。

わたしは答える、そう、ドストエフスキー。それから続ける、葉っぱの基地づくりならいいけど。

でも葉っぱの季節じゃないわ！

残念。

あなたは退屈な子になってしまった、とヴェラは言う。いつもあれこれ考えてばかり。

彼女の言う通りなのだろう。わたしは退屈になってしまったのだろう、だって、日常のたくさんのことが退屈になってしまったのだから。本がわたしを堕落させたのだ。

あなたがしゃんとしているのは世界旅行ゲームのときだけ、とヴェラは言う。これも彼女の言う通りだ。わたしたちは競って旅をした。そしてお互いに仲良しだった。

「ヴェラ」はロシア語で「信仰」を意味する。彼女にぴったりの名前だった。彼女は落ち着いていて、堅実で、毅然としていて、ぐらつくところがなかった。理解できないことが多々あっても、わたしのことを見捨てなかった。とりわけ「ドストエフスキー」のことがあってからも。小さなソーニャも、犯罪者の魂の闇も彼女には無縁の世界だった。わたしが危険にさらされていることはわかっていながら、そうしたことについては、わたしが考えるに任せたのである。彼女はわたしの空想のことを、わたしの病的なまでの感情移入能力をよく知っていた。それで心配していた。少しばかりの嫉妬も加わっていた、だってわたしは彼女のそばにいる代わりに「あっちの世界」に首を突っこんでいたのだから。


学校でわたしはアンドレアスと知り合いになった。母親と弟とハンガリーから避難してきたのだ。冒険だ。あの徒歩での行軍、避難民の長い列、そして仮収容所。アンドレアスはわたしとはハンガリー語で話した、そもそも話をするときには。それよりも黙っている方が好きだった。一番好きなのはヴァイオリンを弾くことだった。わたしは彼が小さな楽器から導き出す音色に舌を巻いた。なんと決然と、弓を動かすのだろう。体全体に緊張が漲り、完全にその世界に入っていた。バルトークを弾くときも、バッハを弾くときも、ほかの作品のときも。神童？　ときどき弟がピアノで伴奏することがあったが、これがまた驚くほどに才能に溢れていた。パッセージもトリルもまるで造作無いかのように、リズミカルにスピーディーに弟は鍵盤を叩いていた。それでいて六歳になったばかりなのだ！

　わたしはグロリア通りの兄弟の家を訪問した、出来るだけ頻繁に彼らの演奏を聴くことができるように。というのも彼らの言葉は音楽だったのだ。音楽においてのみ彼らは自分を表現することができた。それは彼らには幸いだったかもしれない。

　彼らは演奏しながらドイツ語を学んだ、けれども語ろうとはしなかった。自分たちがやってきた場所についての話も。逃亡についての話も。彼らは言葉の代わりに音を選んだのだ。音の中でなら勝手がわかっていた。わたしは思った――なんという情熱。そして思った――なんという沈潜。それに比べればわたしのピアノなんて、義務を果たしているにすぎなかった。いくら好きだったとはいえ。いくら愛していて、いつも引きつけられていると感じていたとしても。アンドレアスはわたしのやる気を刺激した。彼といっしょに演奏したかった、情熱的に、我を忘れて。

　しかし、その願いが叶うには何年もかかった。アンドレアスは引っ越して行き、別の学校に行った。わたしたちは会うことがなくなったのだった。それがある日、再会したのだ。そこでわかったのは、わたしたちはチューリヒ湖左岸のさほど離れていない場所に住んでいるということだった。

　ギムナジウムは別々だった。月曜から金曜までは別々だった。けれど、土曜日はわたしたちのものだった、朝から晩まで、わたしたちと音楽のものだった。わたしたちは、モーツァルト、ベートーヴェン、ブラームス、セザール・フランク、その他多数のヴァイオリンソナタを含むレパートリーをものにしていった。バッハとバルトークも欠けてはいなかった。もう一度、五四小節を。もっとリタルダンドで。そしてここで、急に小さく！　続くクレッシェンドが本当にクレッシェンドになるように。いっしょに弾く、とはつまり、呼吸を合わせること。わたしたちはアインザッツを練習し、速いパッセージを練習し、細かい部分を申し合わせた。けれども共通の息はそうしたこととは違うところから生まれた。おのずからのように。それがわたしたちを運んでいったのである。

二人で、が意味していたのは、溶けていくことだった、音楽の中に。わたしが与え、あなたが与え、そこから一つの新しい何かが生まれ、それは一足す一をはるかに越えたものになっている。しかし、一つ一つの音、一つ一つの細部は重要だった。意見にうやむやはありえない、相手がすでに判断を下している。すると、何かがうまくいった、うまくいくことができた、飛翔させてくれるような何かが。

わたしたちは時を忘れた。お腹が空けばチーズサンドを頬張り、また続けた。一〇時間もあっという間だった。休養のためには（これが休養と言えるだろうか？）合間に初見で演奏した。新しい作品を探索するために。標語は、拍子を崩さないこと、流れを失わないこと。通して。そしてくたくたになって息を吐き出す。

ベタベタしたり、ダラダラしたりしたことは一度もなかった。

彼は茶色のヴァイオリンを手にして。わたしは黒いピアノを前にして。いつもその配置で。彼は立って、わたしは座って。けれど、彼が仕切るということではなかった。わたしたちはどちらも主役だった。おたがいが相手の伴奏をした。二重奏《ドゥオ》は同権を意味していた。対話だった。触れ合い、そして。愛。

そんな具合に数年間が過ぎていった。清らかに、キスすることもなく。でも親密に、音楽だけが実現する親密さの中で。ともに弾く音楽だけが。

わたしたちは旅行もした。わたしたちは室内楽のコースも受講した。いっしょに舞台にも登った。英国南部のデヴォンシャーにあるダーティントン・ホール。ジャクリーヌ・デュ・プレが名演とはどんなものかを実演した。ブラームスのチェロソナタ第二番へ長調を客席が揺れるほどに激しく弾いた。弦にあてて奏でるその前に、弓で空気を切り裂く赤髪の狂乱《マイナス》する女。野生的、それでいて繊細。それは響いた。そして歌った。

学ぶこと、わたしはそれを、ジャクリーヌが見せてくれたような理想への、厳密かつ困難なる接近の試みとして理解した。練習、そして技術、そしてまた練習。なお辿り着けぬものが先へ駆り立てる。それが快感に満ちた状態であったのか、快感を断念することであったのかはわからない。いずれにせよ、性急であってはうまくいかなかった。音楽は求めれば与えられるものではなかった、その場の熱狂でやってくるものではなかった。それは小さな歩みの積み重ね、繊細極まりない仕上げを要求してきた。わたしたちは足を引きずりながら音楽のあとを追い続けたのだ。

わたしはダーティントンの公園でそのことについて考えてみた。願望と現実のぱっくり開いた懸隔について考えてみた。キーワードとなったのは「ギャップ」だった。すると突然、私はいたるところに「ギャップ」を発見した。芝生の上を歩く両足の間に、ブラームスへさまよっていく思考の間に、トーストと紅茶《ティー》の間に。煮え切らない気持ちと飽き飽きした気持ちの間に、決心と回避の間に。「たった今」と「あと少し」の間に。公園は広大だった。私は薄い本をたずさえていた、その音楽的なタイトルゆえに買った本だった。T・S・エリオットの『四つの四重奏《フォー・カルテッツ》』だった。簡単に読める本ではなかった。その韻文をわたしは風の中へ読んだ。ひっかかるものはくっついて残った。「行きなさい、さあ、さあ、と鳥が言った。人間たちは／あまりに多くの真実には耐えられないのです。」「わたしたちは揺れる樹木の上空を／葉むらに注ぐ光の中を移動する／下界の湿原のうちに／猟犬と雄猪の鳴き声を聞く／以前と同じ型に従いながら／星辰の下で和解している。」わたしの周りには赤ブナ、柳、巨大なオークが生え、その投げる影は暗い池のようだった。そして花畑は薄紫がかった青。漲《みなぎ》り溢れ出すような景色、抑制されているのはところどころだけ。熊手で掃き清められた砂の道、ぽつりぽつりと置いてあるベンチ。わたしは読んだ、「きみでないものに達するには／きみがいない道を行かねばならぬ。／きみが知らぬものが、きみの知る唯一のもの。／きみの持つものは、きみの持たぬもの。／きみのいる場所は、きみのいない場所。」

公園の中では迷子になることができた。二度、わたしはコースに遅刻した、道に迷ってしまったのだった。それに雨がものすごい土砂降りだった。寒気が足元から膝まで登ってくる《ザ・チル・アセンズ・フロム・フィート・トゥ・ニィズ》。緑はいつも以上に緑に輝いた、それをわたしは見た、ただ建物だけは目に入らなかった。不意に眼の前に現れるまでは。まるでそれが泥の足、土の足を持っているかのように。「牧歌的な快活さ、朗らかさの中で。」

わたしは遅刻した。放心状態だった。両手が冷たくなっていた。足取りがおぼつかなかった。こんな詩句が追いかけてきた「おお、闇、闇、闇。人びとはすべて、闇の中へ。」そして「それなのに、われらはこの日を佳き金曜日と呼ぶ。」言葉は咀嚼、反芻することができた。わたしはそれを携帯食料と名づけた。

アンドレアスには教えなかった。(公園のように迷宮じみた) わたしの思考の歩みのことは。Pの演奏を聴いて、不意に訪れたわたしの恋のことも。Pはピアニストであり、ポリネシアンでもあった。彼の祖父はフランス領ポリネシア出身で、ともかくPの容貌は外国人風で、茶色の肌に少し切れ長の眼をしていた。華奢で、美しかった。そして彼の手が鍵盤に触れると、もう魔法のようだった。近寄ることすらかなわなかった。それからしかし、それでもなお。そこでわかったのは、彼がその慇懃な態度で、誰をも何をも、遠ざけていたことだった。彼は音楽のために生きていた。彼を神のごとく扱っていた両親の庇護の元で。

チャンスはゼロ、わたしの冷静な頭はそういった。イエス、わたしの感情はそう言った、それはしかし敗北したかのような口ぶりだった。再びエリオットが登場しなければならなかった、「どうにも手に負えぬ情動」の要求を満たすために。「もしや問題なのは勝利ではなく／敗北でもないのかもしれぬ。我らにとって大切なのは試みのみ。／あとは我らのなし得るところにあらず。」ザ・レスト・イズ・ノット・アワ・ビジネス。

「試みる」ことでわたしは生きることができた。それは大いに役に立った。あとはわたしたちのなし得るところではないのだ。音楽もまた試みだった。ダーティントン・ホールも。そしてあらゆることが。

カスカイスの街には素晴らしい庭園があった。白い、急峻なリスボンの隣にあって、この街は溢れる緑の中に沈んでいた。季節は夏で暑かった、わたしたち、アンドレアスとわたしは、グルベンキアン財団の庭園の邸宅の一つで、ベートーヴェンのスプリングソナタを練習していた。コース参加者はみな、修了コンサートの準備をしていた。舞台のことを考えただけで、わたしの手のひらはびっしょりだった。そしてやはりその晩、一八時にも、汗をかいた。「試み」という言葉は「いま、ここ」の重圧に敗北した。わたしの神経を鎮められるものは何一つなかった。エリオットの詩文にもできなかった。「しくじる」と考えるやもう、パッセージは台無しになった。音楽に埋め合わせはありえない。何がわたしを慰めることができたろう。翌日の「ファッション・コンテスト」で「ベストドレッサー賞」をもらったところでどうにもならなかった。わたしは赤みがかった藤色のドレスに、シルバーのハイヒールのサンダルを履き、その長いリボンをふくらはぎで結んでいたのだった。

偏頭痛持ちは、負荷の瞬間の緊張に耐えられない、とわたしはひとりつぶやいた。すっかり動転して取り乱してしまう。で、それまでの練習はすべて水の泡。

カスカイスでわたしの決心は固まった、音楽に打ちこむのは終わりにしよう。アンドレアスはバイオリニストになればいい、わたしの将来は別の場所にある。悲しかった、でもそれが本当のところだった。

それからさらに起こったことがあった。お天気の、でも風の強い日のこと、わたしたちはカスカイスから北に向けて出発した。アンドレアスとわたしとわたしたちのルドフル・B先生は。泳ぎに行く、という話だった。岩間に開けた小さな湾に人影はなかった。ただ、赤い文字が海に警告せよと言っていた。わたしたちはそれを無視した。波は大きくもなければ、恐怖を覚えさせるものでもないように見えた。そして海に入るのを助けてくれる、杭に結ばれたワイヤロープがあった。わたしたちはそれをしっかり握っていた。しかし数秒ももたなかった。というのもわたしたちは海に入るや、すごい勢いでもぎはなされて、ばらばらになって、何が起こったかすらわからなくなった。他の二人の姿はもう見えず、もう何一つ見えず、それは頭がすごい力で引きずりこまれたからだった。一瞬、息ができたかと思うと、また下へ。渦の中へ、深淵の中へ。それはミラマーレではなく、生きるか死ぬかの闘いだった。海面に顔を出したときには、わたしは沖に流されていた。戻らなくては、全力で戻らなくてはいけないのがわかった。大波が一つ頭上に押し寄せてきた。わたしをかっさらっていった。湾内に運んでくれたのはほとんど奇跡と言ってよかった。浜辺にはあと数メートルでつく。といっても、力強く泳いだらの話だ。わたしは死力を尽くした。そして棒切れのように砂の上に倒れこんだ。

震えて、眼の前が真っ暗で、頭がぐるぐる回った。ほかの人たちは？

震え、暗闇。わたしは動けなかった。

時間は？　押し流されてしまった。

砂は温かった。

それから、いつか、彼らの声が聞こえた。かすれた声が、近くで。

そして思った。助かったんだ。

第三九章
ヤヌシュ

彼はポーランド人で司祭だった。ポーランド風の名字は、躓きの石にならぬよう、ドイツ語に訳して使っていた。ほかには出自を否定するようなことはしていなかった。家族の地所のことも、親戚のおじさん、おばさんのことも、長く続くポプラ並木のことも話してくれた。それらはしかしすべて過去の話だった。戦争は経験していなかった。結核でスイスの肺病療養施設に送られていて助かったのだった。それから神学校で学んだ。カトリック神学、それにロシア古典文学の読書。精神の故郷は彼方に、東方にあった。

わたしは出会うや、親和する精神を見出したかのような思いだった。彼は教会学校の授業では東方教会の典礼について話し、説教ではドストエフスキーの『白痴』から引用しつつ語った。ついにラスコーリニコフが誰なのかがわかる人が現れ、ムイシキン侯爵、あの神の道化にわたしを親しませてくれたのだった。わたしは彼の唇から離れられなくなった、そうする以外どうしようもなかった。あっという間に、彼は教室を、小さなマルティン教会を、時空を越えた場所に変容させた。まるでカプセルの中にいるみたいになって、わたしはロシアの連禱と長編小説の場面をふわふわと漂っていた、うっとりしながらも、はっきり目覚めて。それは軽い酩酊だった。あの細い声が沈黙し、ヤヌシュの握手が醒めた現実へ押し戻してくれるまで。

　わたしは説明を欲してはいなかった。信仰に関わることに説明はいらないと確信していた。ヤヌシュは朗読した。語ることで呼びさました。押しつけようとしなかった。それは種蒔きだった。種はほかの子たちのところでは芽を出そうとしなかった、彼らはわからないと言っていたのだから。助任司祭さん――わたしたちはそう呼んでいた――はわたしたちの感受性を信頼していた。わたしたちの開かれた精神、変わりうる力を信じていた。詩作品に対するわたしたちの感性を。彼は無関心な生徒は相手にしなかった、そんな無駄な骨折りは必要ないかのように。彼は厳しくて、求めるところが高かった。どんな物音も、どんなおしゃべりも耐えられなかった。戒律や教義でわたしたちを苦しめることはなかったにもかかわらず、わたしたちに真剣さを要求した。（つまりは、一方にどうでもよい多くの事柄があり、もう一方に重い一つ一つの体験があるということなのだ。）

「フリッツ！」という出し抜けの呼びかけは起床ラッパのように、ビンタのように響いた。フリッツはシャキッとなって、アブラハムの懐に呼び戻された。（その後、彼は健気にもミリの侍者を務めた。）

　というわけでしっかりと耳をすませる。ヤヌシュとともに彼の子ども時代のポーランドへおもむく、というのも、聖書物語のほかにヤヌシュ物語とでもいうべきものがあるのだ。孤独な読書の話、馬の遠乗りの話、深い雪に埋もれたクリスマスの深夜ミサの話、高熱の出た病気の話。語り手は、みずから主役として振舞うのではなく、事にどう対処したのかを淡々と描写した。そして彼が人生を詳しく描くほどに、こうした正しい道、誤ってしまった道には、神の摂理が働いていたことが、わたしたちに明らかになっていった。そもそもヤヌシュはこうしてわたしたちの前に立っていただろうか、もし主の指がそこに関わっていなかったとしたら。

そう、数々の導き。どこかしらの分かれ道での。いつごろかの高熱の夢の中での。列車での、療養施設での、国境駅での。わたしたちは耳をすませた。とりわけわたしはじっと耳をすませた、わたし自身が東方からこの地へ打ち寄せられた人間なのだから。

外国人という身分、よそ者というありよう。恐れず、あなたの頬を向けなさい。あるいは、それはやめなさい。何かがヤヌシュとわたしを結びつけていた。内面世界の色合い、とでも言えばいいだろうか？　それからバッハ、ドストエフスキー、さしあたりの場所にいるという感覚、そして。愚痴ではない。ヤヌシュは言った、誰もが途上の存在なのだと。放浪のただなかにあるのだと。

このことを語っているのが詩篇の一四二篇で、マルティン・ブーバー訳ではこうなる。「わたしの内でわたしの霊が弱るとき／あなたこそがわたしの道を知る者……あなたはわたしの救い／生の地におけるわたしの分《ぶん》」。

しだいに一つにつながってくるものがあった。わたし自身と、古の聖書の時代のほかなる存在。わたしたちは旧約聖書を読んだ、それは避難、迫害、戦闘、しかしまた神の摂理に満ちていた。信頼しなさい、神はそこにいる。

旧約の旅の間に、わたしたちはレーヴェン通りのシナゴーグを訪問した。ラビ・タウベスはわたしたちにユダヤ教の礼拝の流れを説明し、トーラーの巻物が収められているトーラーの聖櫃を、七枝燭台《メノラー》を、説教台《ビマー》を、祈りのマントと祈りの革紐を、角笛《ショファール》を、そして上階にある、女性のための二階席を見せてくれた。それはわたしにとって初めてのシナゴーグだった。そしてユダヤ的東方世界との初めての出会いだった。ヴェラの家のお祝いを経験したときと同じように、わたしはすぐさま強く惹きつけられた。どこかしら秘密めいていて、異質なところがあって、美しい厳粛さが感じられた、あのお祝い同様に。（三〇年後にわたしの息子はブダペシュトで訊いた、「ママ、どうして僕、ユダヤ人じゃないの？」）

　最後にわたしたち、ラビと小さなカトリック教徒たちは、握手を交わした。そしてヤヌシュは案内に対して礼を述べた。今やきみたちは、きみたちのルーツについて以前より多くを知っている、と彼は言った。さあ顔も、心も高く上げましょう。

　ヤヌシュは指図のままにはならなかった。彼が対話と呼ぶものが関わるときには、長上との摩擦も厭わなかった。信仰の兄弟は信仰の兄弟。後にはロシア人の司祭を、東方正教会のミサを行ってもらうためにマルティン教会に連れてきた。聖歌隊でわたしたちは「主よ憐れみたまえ《ゴースポジ・ポミールイ》、主よ憐れみたまえ《ゴースポジ・ポミールイ》、主よ憐れみたーまーえー《ゴースポジ・ポミーーールイー》！」と唱和した。すると主は慈悲深く、わたしたち群小を、また、つましい空間を金色に飾るイコンを見つめるのだった。

　金髪教団のエホヴァの証人の話題でわたしたちを煩わすようなことは、彼はしなかった。アメリカ（とそこでのどぎついカルト集団）ははるか遠くの縁のない話、ヤヌシュが渡ることのない海の向こうの話だった。彼の眼差しはいつも東方に注がれていた。イェルサレムに旅行し、使徒パウロの足跡をたどってアレッポからローマまで旅した。そして繰り返しヨハネの黙示録の島であるパトモスへ。

ヤヌシュ、修道院を思わせる人。彼のおかげでわたしはビザンチンの心の祈りを学ぶことができた、ドストエフスキー作品で長老《スターレッツ》と呼ばれるロシアの隠遁僧の世界をかいま見ることができた。『カラマーゾフの兄弟』のゾシマ長老のように彼らは愛の福音を説く。（彼らの叡智はここで尽きるか、あるいは神の道化のようなどこでもないところに至るのだ。）

また「あなたのヤヌシュ」のことね、とヴェラはよくため息をつきながら言ったものだ。そして一息に続けて「あなたのドストエフスキー」とも。

とはいえ、わたしはほとんどの話を自分のうちにとどめておいた。このポーランド人がギリシャ旅行から持って帰ってきてくれた細い蜜蠟燭のように、大切にしていた。

年を経るうちに、ヤヌシュはわたしの長老《スターレッツ》となった。わたしは子どもじみた駄々の最後の名残りを捨て去り、自分のノートに書くようになった。見せかけの対話ではなく、昼も夜もわたしを駆り立ててやまぬものを。彼はわたしの飢えを（わたしの探究を）見ていてくれた。彼は言った、一番大切なのは自分自身の内面世界を持ち続けることだと。

一九九四年、彼は肝臓癌で死んだ。わたしへの最後の手紙でマリー＝ルイーゼ・カシュニッツの言葉を引用していた。「苦痛の限界でやめてはいけない……言葉もう一つ、先へ進みなさい……空《くう》の中に復活祭の花をつかみなさい。」

第四〇章
早春、いま

木々はまだ葉を落としたまま、でももうちっちゃな芽が見える。ピンと張り詰めた抑制状態。そして鳥たちは喜ばしげ、茂みの中でピーピー鳴いている。シジュウカラ、コマドリ、ツグミ。つい今まで白樺の枝で胸を膨らませていたのが、弾けるように飛び去っていく。垣根もまた誘っている。薄い影を投げかけているあの垣根。どの影も柔らかそう、まるで透けて見えるよう。まばらな枝が投げる影は頼りない。それは落ち着きなく、ちらちら震えている。灰青色で、茶色味がある。現実感を欠いている。

大気は、土の匂いがしている。

ハシバミの花穂が風の中で揺れている。

隣人は悲しいと言う。そしてあたふたと雪山に出かけていく。

復活祭が来ないうちに自然はやってくる。もうペチャクチャおしゃべりを楽しんでいる。一晩のうちに桜草が顔を出す。日差しを浴びた島々さながらに、斜面に明るい斑点を浮き上がらせる。

気づかないほどに不意なる訪れ。それは匂いにもある。

冬はどこで終わるの？　いつ？　突然それは追い払われる。遊び場は子どもたちでいっぱいになり、ニット帽たちは棚にしまいこまれる。

最初の緑の茎とともに、わたしの中で、もっと光をという憧れがふくらんでいく。今すぐに、光をもっと、海をもっと。影に潜んでいる官能がそれを求めているのに違いない。生温い大気。バクチノキはもうトリエステを思わせるほどに光り輝いている。あのツゲの木と同じように。

いましも、わたしは自生するスモモが壁に落とす影を読んでいる。それは一つの文字、そこにカエデが描く文字が加わる。そこにおひさまも加わると、金銀線細工のカリグラフィーになる。今日はどうもおひさまは気まぐれのよう。

その通り、とツグミが言う、五回続く鳴き声で。チ、チ、チ、チ、チ。中断。そしてもう一度。そしてもう一度。繰り返しは終わらない。そしてまた最初から。

いま、は静か。

もう数時間で光のおくるみは消えてしまうだろう。闇の毛布に覆われて。

土曜日。安息日《シャバット》。

第四一章
クララ・ハスキル

自分自身が演奏しなくてはならないみたいに、わたしはひどく興奮していた。父がコンサートホールでのクララ・ハスキルの演奏に誘ってくれたのだ。その晩を祝すべく、わたしは紺に白襟のドレスに黒のエナメル靴の装いで出かけた。演奏会場は満席だった。聞くところによると、ハスキルは随分前からスイスに住んでいて、六十二歳ということだった。

舞台に現れたのは、華奢な、猫背の女性で、灰色の髪をしていて、少女と老女の間で揺れる表情の人だった。ピアノの前に座った。猫背から盛り上がる両肩の間で頭は見えなくなった。はりつめた静寂。そして最初の音が響く。たおやかな、しかし、きっぱりとした音。音色はちっちゃな真珠の粒が転がるように響き渡った。小さく立体的な形象、くっきりした輪郭、軽やかだ。曖昧なところ、暈《ぼか》されたところ、ペダルを使った余韻は一切ない。その旋律は浮遊し、スタッカート和音はまるで小さなボールさながらだ。しかし、そのしなやかさの背後で、そこここに、深淵めいたものが顔をのぞかせる。この落差がモーツァルトだ。

クララ・ハスキルは、飛翔するのに難儀していた。最後の力を振り絞るように翼の端にしがみつき、軽く頭をうなだれ、微笑んだ。ずいぶん遠いところから来たような、別の世界から来たような印象を与えた。彼女はまずはこの世界にふたたび、馴染まなければならないのだった。

私たちと同じように。

二年後、父はふたたびハスキルのコンサートのチケットを手に入れた。わたしはその夕べを興奮して待ち受けていた。それは暖かい空っ風《フェーン》の吹く日で、授業が詰まってせわしない、あたふたした日だった。朝の時間にはもう右のこめかみが腫れたような感じだった。それから偏頭痛がつかみかかってきて、わたしをベッドに投げ倒した。父は重い気持ちで一人で出かけた。ハスキルさんのパッセージを、彼女の年齢ならではの優美を聴くために。

そうそう、翌日父は言った、彼女の灰色の髪束が鳥の巣みたいだったぞ。

そして笑った。

第四二章
奇癖

それは容易には想い起こすことができない。わたしを内で駆り立て続けたあの強迫衝動。そんなわけで、ある冬のこと、わたしはモーレンコプフを一つ買わないではキオスク前を通り過ぎることができなくなった。脳中の想像は中毒患者じみていた。色とりどりの光沢紙を開封する、親指と人差指で綿毛さながらの軽さをちょんと持ち上げる、チョコにくるまれた白い泡の塊をそっと嚙んでみる。舌はまずごつっとしたチョコの苦さを捉え、それからふわっとした甘さに沈んでいく。舌だろうか？　いや、口全体が、唇までが、吸いついている。わたしはふわふわキッスと呼んでいる。この悦楽はえも言われぬものだ。柔らかいワッフルがふにゃっとなるや、初めて哀しみの感情が訪れる。それは頭《コプフ》の底の部分であり、その無情なる最期である。これでおしまい。わたしは慰めに、甘さの名残りがこびりついた唇を舐める。しかし白くなったままの口の端はなされたことを物語っている。あなた、さてはまた……。はい、そうです。お道化顔でわたしは答える。

モーレンコプフ一粒が三〇ラッペン、それか五〇ラッペンだったろうか。確かなところはもう覚えていない。何個買えたかということも。最高級のトルテも、ほんの一粒のふわふわキッスにかなわなかった。ついにあの瞬間が訪れるまでは。(あれは夏のこと、このお菓子には暑すぎたということだろうか?)その日わたしは自分にこう言い聞かせたのだった——さあ、新しい一日が始まるよ。モーレンコプフ無しでも素敵な一日が。瞬時にしてキオスクは吸引力を失った。わたしは別のキスのことを夢み始めた。

夢想に耽ればいいよ、わたしの中の、月の子どもが言った。せいぜいアンテナを張ることね。そして。そこまでは良かった。それにしても何に強いられて、わたしはすべてに几帳面になったのか? ある種の対抗プログラムなのだろうか? 家では家具の位置を直した。戸棚の蓋を閉めた。引き出しを閉めた。どんな隙き間も裂け目もお断り、表面はとにかく真っ直ぐに真っ平らに。わたしは出っぱるものを手早く押さえつけて回った。お母さんは「撫でつける」という差し障りのない言い方でごまかした。(「あの子また戸棚を撫でつけてるわ」)どうしてそうするのかは誰にもわからなかった。わたし自身にもわからなかった。おのずから起こったことだった。わたしよりも強力な何かがはたらいていた。

この何かは何に逆らっていたのだろう。家はそもそも混沌に支配されていたわけではなかった。では、この秩序の支配はわたしの内面に向けられたものだったのか? 反抗的、激情的なものが抑えつけられねばならなかったのか? わたしは外目には「分別のある、大人しい」子どもだった、しかし内では不穏な動きが起こっていた。ドストエフスキー、砂漠の幻想、神をめぐる想念。もろもろの徴候は〈撤退〉を示していた、わたしは殻にこもった。扉を閉めた。そうすることで、わたしの行動を説明できない、周りの人たちを不快にしたのだった。

確かさはおまえの内にのみ見出すことができる、とささやく声があった。

問題は確かさだったのか？　場所を変え続け、転居を繰り返し、不確かさにさらされてきた流浪の子ども時代に対する解毒剤だったのか？　わたしは自分自身に境界線を引いたのだろうか？　別の、内なる空間を探索するために。

矛盾する機制がわたしをとらえて離さなかった。好奇心は抵抗感とぶつかり、探険心は保護欲求と、開かれは閉じこもりと対立した。こうしたことすべては見通しがたい。その頃からわたしは仮面に興味を持ち始めたのかもしれない。痛く感じられる視線もあったのだ。

みんなはわたしが少しおかしくなったと思っていた。父、母、そして弟。あの「撫でっけ」がもう怪しかった。それに「草が欠伸してる」みたいな言い方も。長い間、わたしは思ったままを口にしてきた。それが、ある時から物言いに気をつけるようになった。人の視線や批評がうるさく感じられるようになったからだ。つまるところ、傷つくようになったのだ。

わたしの草ははにかみつつも、わたしだけに向かって欠伸し続けた。わたしはレモン色に流れる川を、秘密のように茂みの奥に隠された木の実を夢想した。秘密という言葉が、重要な響きを持つようになった。

分かちあう？——誰と？　打ち明ける？——誰に？

ヴェラには一部しか話せなかった。ヤヌシュは友だちではなく、聴罪司祭、お手本、助言者、権威だった。尊敬の対象だった。

わたしは譲ることなく自分に忠実であり続けた。

D―みんなは治療が必要とは考えなかったの？

治療？

D―心配した親はみんなそうするでしょう。

そこまではしなかった。あるいはそう考えたかもしれない。奇癖はともかくもいつの間にか終わった。

D―奇癖の問題だけなのかな？

もちろん違う。みんなはわたしのことを普通じゃないと思った。そんなにいつも教会で何をしているのか訊いてきた。

D―ははあ。教会ね。それで？

行きたかったから行っただけ。静かに考えごとをするために。

D―それはちょっと普通じゃないね。

わからないわ。いつも何かしらひとりごとを言っていたから。

D―それを「オパンケを履いた言葉」と言った人がいたな。

オパンケを履いて歩く言葉？　そうね、言葉が無防備なこともあったと思う。

D―でも、君の言葉というわけだ。

わたしの言葉。妄想でもなければ、奇癖でもない。

第四三章
お手本

自分もいつも上を見るよう心がけていた、とダンは言う。顔を上げる、だらだらしない、ぼうっとだらだら歩かない。心密かに賛嘆する、尊敬する等々。この魔法は人を前進させてくれる。

その通り。

オードリー・ヘップバーンはまさに魅惑そのものだった、ノロジカの眼の魅力、悪戯っぽさ、完璧なスタイル。あんな風に華奢になりたい、優美になりたいとわたしは思っていた。でも、たおやかになることなどできはしない、あれはあるがままでたおやかなのだ。それよりもわたしは彼女の笑いを借用することにした、そしてお茶目な眼差しを。あるいは『尼僧物語』で演じて見せた子どもらしい真剣さを。（彼女はわたしを尼僧にしてしまいかねなかった。十四歳のときのことだ。）

彼女は偶像ではなかった。銀幕のアイドルはわたしにはいなかった。感銘を受けたのは、トール・ヘイエルダールのような、多大な犠牲を払って理念を現実のものとした探検家だった。ポリネシア文化の起源が古代ペルーにあることを証明するために、バルサ材の筏に乗り九七日間でカヤオからタヒチへ太平洋を渡るという行為に、わたしは興奮した。『コンチキ号漂流記』を何度も読んで、内心、自分に欠けていると感じていた、冒険心、勇気を見出し、すっかり魅了された。わたしは本を読むことで勇気を身につけていったのである、ヘイエルダールとハインリヒ・ハラーから。アフリカのランバレネの原生林で活動した医師、アルベルト・シュヴァイツァーから。シュヴァイツァーはわたしが夢想するいくつもの特質を体現した人物だった。神学者、音楽家、宣教団医師として、人生と芸術を稀に見るやり方で両立させていた。原生林のヨハン・セバスチャン・バッハ。イエスの御心の研究と熱帯病院建設。『ランバレネからの手紙』はわたしにまねぶよう呼びかけてきた、とにかく何か善いことをしたかった。わたしはシュヴァイツァーの生の道程を調べていく中でチューリヒのベルズィト通りの家に行きつき、実際にそこを訪れてみた。半ば山小屋、半ば木骨家屋《ファッハヴェルクハウス》の趣のあるその家は、邸宅と呼べるようなものではまったくなかった。ここだ、わたしはひとりつぶやいた、ここで彼はじっくりと考えた。そして為すべきことすべてを為したのだ。ベルズィト（イタリア語では「美しい場所」）から、ガブン共和国へ、原生林の中へ。何を恐れることもなく。人間には眼前の目標が必要だ。燃えるような頭と心でそれを追い求めるのだ。

ヤヌシュはわたしにうなずいてみせた。遠くの角を曲がって来るときにも、彼は手を上げて挨拶してくれた。わたしは彼の衣の黒に、白い硬い司祭襟を認めて、なにやらビクッとする。辿り着けない存在のもたらす痛み。

　賛嘆するものはいつも遠かった。それか、追い求めても遠ざかっていった。海にきらめく水平線みたいに。だってそれは偶像ではなく、理想なのだから。ヤヌシュ、アルベルト・シュヴァイツァー、クララ・ハスキル、ドストエフスキーの背後にも、彼らが象徴するものがあった。善、真、美。ハードルは高かった。近づくことがすべてだった。手を取って導いてくれればと時に思うこともあった。わたしはしかし学んだのだった、事は一人で成し遂げねばならないことを。（好ましいお手本を念頭に置きつつ。）

きみは一人で幾つめかもわからぬ駅に立ち、ここで何を無くしたのかもわからないでいる。何のためにあの橋が線路をまたいでいるのか、どうしてこんなに霧が出て、灰色なのか。ちらほら姿の見える乗客はコートにくるまっている。しゃがんでいる若者は大麻中毒だ。きみは一つのことに集中しようと心に決めたのではなかったか、風の吹き抜ける駅を旅して回ったり、ぼんやりつっ立っていたりしていないで？　どこかのカセットレコーダーからまたもやあの音色。そのすぐ後にしわがれ声のアナウンス。お待ちの列車は遅延しております、それも来るか。じろじろ見られ、苦笑いとともに観察され、ストライキでボイコットされる。それよりも目を逸らせ、白い紙切れが宙を舞う間、物思いに耽るがいい。

一九六六年のストラースブールでのこと、ムスチスラフ・ロストロポーヴィチがベンジャミン・ブリテンのチェロコンサートの初演に招いてくれ、わたしの良心にこう語りかけた。もし達成したいことがあるのなら、一つのことに集中しなさい。樽に穿った一つの穴からは、輝く流れが力強く吹き出す。樽にたくさんの穴を穿てば、どの穴からも弱々しい光が漏れるだけだと。

わたしはなおも音楽と文学の間で揺れていた。しかしこの警告の告げることに誤解の余地はなかった。一事を選び、最善を尽くせ。

スラーヴァはその晩、まさにベストの演奏をした、横溢しながらも制御された情熱で。チェロがあんな風に高らかな音色で歌うのを、かつてわたしは聞いたことがなかった。熱狂的な拍手。ロシア人の天才演奏家は観客席に投げキスをした。引き続いてサイン会、行列は果てがなかった。わたしはスラーヴァの助言を胸にホテルに戻った、まるで銀の珠を一つ捧げ持つようにして。こんなにも小さな宝物。そしてそれをしっかり大切にしまいこんだ。

ならばなぜ、こうも優柔不断なのか、こうも無駄に日々を浪費しているのか？　この冬の季節に幾つめかもわからぬ駅をうろついているのはどういうことなのか？

線路に紙切れが落ちるのと時を同じくして、列車がホームに入構してきた。わたしは暖房の入った車室に座り、眠気に身を委ねた。斜め向かいの若い女性が着ていたアボカド色のドレスは、ほどなく広げた新聞に隠れてしまった。窓の外は森また森、続いてミルクのような水をたたえた湖。列車に乗っているといろんなことがどうでもよくなる。理由も、決意も、そうした騒動全体も。わたしは意欲を失って、いやそうではない、窓外の風景に沈潜しつつ、運ばれていった。世界は細切れの場面の集積からできていた。世界がわたしに何を求めていたか、わたしが世界に何を求めていたかは、つかめないままだった。

第四四章
膝丈ソックスの幸せ

でも、生は、そして幸福は、しばしば手でつかむこともできた。春の最初の日になくてはならないものといえば、膝丈ソックス。半袖セーターではない、膝丈ソックス。だって、赤か青、それか縞々の膝丈ソックスにはミニスカート、それも脚をかなり見せるくらいのミニを合わせるのだ。風が腿の上まで肌を撫でるのは、歩くたびにスカートが翻るのは、とても軽やかな感触だった。上から下まで包まれているのはおわり、冬服はもうおしまい。両脚はまだ蠟のようにつるつるで白い、でも三月のおひさまがちっちゃなそばかすをつけるだろう、それから小麦色に焼くだろう。肌は温もりを待ち焦がれていた。そして自由のキッスを。さほどに単純明快なことだった。

ヴェラも膝丈靴下をはいていた。そしてチャチノヴィチ三姉妹も。ガビとマシャはわたしより年上で、ナダは少し年下だった。彼女たちに会うことはめったになくて、あちらの親と友人だったうちの親がわたしたちを引き会わせるときに限られていた。チャチノヴィチのパパはユーゴスラヴィアの外交官だった。南米での勤務ののち、チューリヒのユーゴスラヴィア総領事の任に就いたのだった。わたしは広範にいくつもの言語をマスターしているこの娘たちを賛嘆の眼差しで見ていた。母語のほかに、スロヴェニア語とセルビア・クロアチア語、スペイン語、ドイツ語、そしてフランス語を少々。彼女らは、急坂のドルダー通りにある庭園で、まるで自分たちだけの法が支配する自分たちだけの帝国に住まうように、小さな優美の女神さながらに振舞っていた。膝丈靴下をはいていたのは同じだったけれど、品物はもっと上等だった。上品に躾られていて、ふざけて跳ねまわったりせず、大声を出すこともなく、ナイフとフォークを礼儀正しく扱う術を心得ていた。何かがわたしたちを結びつけていたけれど、それ以上に分かち隔ててもいた。このスイスというさしあたりの滞在地になじめなさを感じていることはわかった、それは内気な、遠慮気味の態度からも見てとれた。遅かれ早かれ、また越していくことになるのだ。根を下ろそうとする気配は感じられなかった。対してわたしは、周囲の世界に溶けこもうとしていた。というか、少なくとも近づこうとしていた。家庭が一つの島であり続けるだろうことを知りつつも。

　チャチノヴィチ一家との遠出、それはまさに島感覚を伴うものだった。スロヴェニア語での徒歩旅行、スロヴェニア語での記憶、頭に結んだリボン《マシェ》をつけたおっとり気味のマシャ、話すのも走るのもめちゃくちゃ速いきびきびしたガビ、おとなしくてすぐに躓いてしまうナダ。親たちはすっかり話しこんでいる。時には父の仕事仲間のイワン・ヴァージャが加わることもあった。彼のことがわたしはとても気に入っていて、もう決まった相手がいるのか知るために、彼の指に結婚指輪がはめられているか確かめたものだった。（母の激怒。）わたしたちはみんな、向こうからやって来て、ここにいた、ある者はさしあたり、ある者はずっと。わたしたちは緑の丘を登りながら、別の（故郷の）それを自分の内に抱えていた。ガビは両者を比べていた、マシャは比べようとはしなかった、ナダはじっと黙っていた。で、わたしは？　わたしはあらゆる印象を集めていた、言われたことすべてを頭に入れていた。そうするうちにも、風はむき出しの膝を撫でていった。自分がどこに属しているのか、それが分かることは永久にないだろう。

だからこそわたしは、小さな幸せを頼りにしたのだった。

小さな幸せは小さな時間だけ続いた。やって来ては、去って行き、またやって来る、あれやこれやの形をとって。それはこんな名前をしていた——膝丈ソックス、ブランコ、夕べの海水浴、キス、禁じられた読書。季節ごとに違った形で。

それがなかなかやってこないと、見放された気分が押し寄せてくる。

やって来る時はまったくの予告なしで、角を曲がるともうそこにいる。突然飛びついてきて、ほらつかまえた、とくる。まるで昔ながらの友だちのようだ。よその建物の階段の踊り場で、ギシギシきしむ段々を登ろうとしたそのときに。わたしは足を止めてあたりを見回す。すべてが相当にさびれた趣だ。剝げかかった壁、薄暗い光、むっとこもった匂い。これって、すでにあったのでは？　でもどこで？　そう、そうだ。記憶はお腹からのぼってくる、しばし痛みを伴って、それから正体を現す、リュブリャーナの、あの家、おかあさんの家具の避難場所となった。ずっと昔の話だった。にもかかわらず調子がおかしくなって、体じゅうに広がって、痺れたようになる。場所も時間もくるくる渦を巻き始める、わたしもいっしょに滑っていく。

それは暗い、不安に満ちた瞬間で、どうやったら出られるのかもわからない。人知れず抱えこんだ流浪という負い目。

居心地のいいカフェに救いを求める。色とりどりの市場の雑踏に混じりこむ。同じものを抱えた者たちに出会う。遊び場の子どもたちを眺める。現在のただ中にあること。それが助けとなる。見放された気分の渦に巻きこまれることに抗うのだ。たとえ、「わたし」が油断ならない審級のままであるとしても。

彼はわたしを愛している、愛してない、愛してる、愛してない、愛してる、愛してない、愛してる。ヒナギクの花をむしりながらの子どもの遊びだ。そう、相手の方が愛していて自分は愛していないときもある。また、自分はもう夢中で、でも相手にはその気がないときもある。それか、愛とそれに応える愛が通じあうという、ちょっとありそうにない話になるときもある。大きな幸運と心がつぶやく。実際それは大きかった、そして期待の中ではさらに大きかった。なんとすぐさま、ためらいもせずわたしはそこに腰をおろしたことだろう。早くにして発達した直観のようなものが、警告を発していたにもかかわらず。つまり、感情というものは信頼できないということ。「大きな」という言葉は幻滅の芽を隠し持っているということ。ある子が、わたしのことを「計り知れぬほど」愛しているという。いろんなことを言っていたかと思うともう、魔法の七里靴をはいているみたいに、姿を消している。

これ以上の落胆は感じたことがない。それは自分自身の中への墜落、どこまで落ちても底の見えない墜落。古より知られた心痛への墜落。

この心痛には効くものは何もなかった。クロイツベルクの雑踏に身をゆだねたこともある、ベルリンのトルコ人女性たちが野菜や果物を念入りに検分しつつ買い入れている屋台をぬって。わたしは彼女たちの彫りの深い顔つきを、売り物の上に屈みこむ様子を、さまざまな身振りを、悠然とした歩みを観察した。けれどもすべては非現実的に思われた、それを見ているわたし自身と同じように非現実的に。いったいどんな力が――こちらへと、あちらへと――わたしを動かしているのか、どこでわたしは失われてしまったのか？　どんな記憶が残っているのか？

何かが働いていた。しぶとくも、毎日あらたに、型通りの仕事を動かしていた、起きる、歯を磨く、朝食を食べる等々。粉々になって、死んでしまったように思われたものを、粘り強くミリメートル単位で組み立てていた。花咲くサンザシの茂みのもたらす歓喜。貪るように吸いこむ褐炭の匂い（一瞬閃く、リュブリャーナの幼年時代）。バルカンビートにリズムを刻む足裏。そのいずれもが生きていることを教えてくれた。苦悩とは無縁の、熱情の最初の動きだし。

中国的、とわたしは言う。落ち着きへと集中すること《ストレス・クール》（禅）

膝丈ソックスの幸福に素直でいること。

第四五章
復活祭

一九五九年の復活祭のことだった。聖マルティン教会での復活祭前夜のお祝い。若者たちが群れをなして集まってきた、聖マルティンはこの都市でもっとも進歩的なカトリックの教区として知られていたのだ。家族と通っていた教会、わたしのヤヌシュの教会、いわば巡礼先である。世界に開かれた宗教性に関心を持つ者は、ここへやってくることを厭わなかった。わたしの場合は家からほんの数歩。目をつむっていても行くことができた。

夜。ミサが始まるにはまだ一時間はある、しかし薄暗い教会の席はすべて埋まっていた。そして教会の前にも無言の人群れができている。寒さに凍えながら、皆、復活祭の光を待っている。馴染みの顔もたくさん見える。互いにうなずき、うなずき返す。学校の女の子たち、教会学校のクラスメイト。ヤヌシュは東方の人ならではの熱意で、正教会のロシア人の言葉とその歓喜の声を何度も引きつつ、この教会暦最大の祝祭のための準備を、わたしたちにさせていた。――キリストはよみがえった！　あの方はまことによみがえった！　肝要なのは十字架ではなく、聖金曜ではなく、死に勝つこと。アレルヤ。

四旬節の間じゅう、待つことは続いた。紫色の布がかけられた祭壇の空間と受難の物語の準備を伴って。そしてその準備はわたしには四度《よたび》違ったものに、その度ごとにより劇的になっていくように思われた。クライマックスはこの言葉だった。「わが神、わが神、なぜわたしを見捨てたのか？」

しかし、今は暗闇の中、転換の前の緊張が支配していた。事実の逆説的転覆を前にした緊張。死があったところに、永遠の生がある。

わたしたちは待っていた。指で蠟燭を握りしめて。雨は降っていない、でも星空でもない。寒い夜。

それから突然、思っていたよりも不意に、それは闇の中から現れる。司祭と侍者たちと合唱隊、長い列が続く。ここで、教会の前で、復活祭の火が灯される。光が祝福される——キリストの光！神に感謝！——呼びかけは三度響きわたり、その度ごとに音階は高くなる。そして光は、灯された火から復活の大蠟燭に移され、さらに蠟燭から蠟燭へ、さらに先の蠟燭へ、歓喜の野火のように広がっていく。

群衆といっしょにわたしも司祭たちに続いて教会の中に入り、光を分け与える。狭い長椅子の友だちの隣に体を押しこむ。いまだなお暗い教会内の空間はゆらめく光の海になる。いたるところで目が光り、暖気が、香煙と蜜蠟の香りが広がってゆく。神は黄色だ。影をくじく、この微光だ。歌唱は神は義なりとうたう。グレゴリオ聖歌らしくどんどん高く昇っていき、闇に対する光の勝利を告げる、このエクスルテット。一人の声が響く。歌う。長く伸ばされる。わたしはラテン語は習いたてで、断片しか理解できない。オ・ベレ・ベアタ・ノクス。いつも夜、まことに至福なる夜。エジプト人から奪い、ヘブライ人を豊かにした夜。天を地と、神を人と結んだ夜。驚きはとどまるところを知らない、大いなる歓び。おお！　この叫びがくりかえし響く。おお、あなたの恵みの驚くべきへりくだり、わたしたちへの！　おお、あなたの愛の計り知れぬ恩寵、奴隷とされた者を救うためにあなたは息子を差し出した。おお、幸いなる罪、一人の救い主を差し出すほどの、かくも偉大な、かくも崇高な！　わたしは皆のように典礼書の頁をカサコソめくりはしない。耳そのものになっている。すっかり運び去られてしまう。

運び去られてしまう、歌い手が黙り、別の声が創造の物語を読んでいるときも。初めに神は天地を創造した。地は荒れ果てて空しく、闇が深淵の上にあり、神の霊が水の上を動いていた。神は言った。光あれ！　すると光があった。神は見た、光が善きことを。そして神は光と闇を分けた。神は光を昼と名づけ、闇を夜と名づけた、そして夕べがあり、朝があった、第一の日。

初めてこの話を聞いたかのような気持ちだ。それはまるで夜から立ち上ってきて、いまここで形をとったかのよう。そして神はみずからのかたちに人を創造した。みずからのかたちに倣って神は人を創造した、男と女に人を創造した……。そして神は第七の日にその成した仕事を完成した。そして第七の日に成し遂げた仕事すべてをはなれ、安息した。

静寂。そこここで蠟燭がパチパチする音だけが聞こえる。それから空間を音色が手探りで進んでくる、天球を思わせるキラキラ響く音色。ハープだ。和音が、パッセージが聴こえる、それはとてもくっきりしていて、まるでわたしの背骨の上で弾いているみたい。その響きがしだいに消えていくのがわかる。

第二朗読。出エジプト記から。主がいかにイスラエルの子たちを救い、エジプト人を戦車、騎手もろとも海の底に沈めたか。第三朗読。イザヤ書から。第四朗読。申命記から。着席、起立、着席。わたしの短くなった蠟燭は消えかかっている。

洗礼の水が聖別されるとき、わたしはすぐそばにヤヌシュがいるのを見る。続いて彼の祝福する手が撒水器でわたしたちに水をふりかける。この復活祭の夜、わたしたちは洗礼時の誓いを新たにする。初めて共同体の真の一員となった気持ちだ。頭も、心も、脚も。驚きつつ。

それから荘厳ミサが始まる。復活を描くステンドグラスが最高度に光を放っている。彼は三日目《レスルレクスィ》によみがえった《ト・テルツィア・ディエ》！　キリストは救い主の身振りをしている。墓守は驚愕のあまり這いつくばる。そこでコロサイ人への手紙でのパウロ――兄弟たちよ！　あなたがたはキリストとともに復活したのですから、上にあるものを求めなさい。そこではキリストが神の右の座についておられます。

ここでわたしたちはアレルヤを唱和する、まるで一つの口からのように。一度、二度、三度。歓喜の忘我が広がっていく。オルガンの響き、賛美歌、祈りが溶け合う、この〈いま〉だけがある。そして復活の物語。マタイによる福音書から。

さて、安息日が終わって週の初めの日の明け方に、マグダラのマリアともう一人のマリアが墓を見にやってきた。すると見よ、大きな地震が起こった。主の天使が天から降って近寄り、石を脇へ転がし、その上に座ったのである。天使の姿は稲妻のようで、その衣は雪のように白かった。番人たちは恐ろしさのあまり震え上がり、死人のようになった。天使は立ち上がり、女たちに言った。

——恐れることはない！　十字架につけられたイエスを探しているのだろうが、かねて言っていた通り、彼はよみがえったのだ！　さあ、主が横たわっていた場所を見るがよい。そして急いで行って弟子たちに告げなさい、「主がよみがえった。そしてあなたがたより先にガリラヤに向かう。そこであなたがたは主に会うだろう。」このことを、あなたがたに伝えました。

侍者たちは天使のように祭壇の周りを動いている、香炉と小鐘をたずさえた、蠟燭と聖具をたずさえた、小さな、大きな侍者たち。時間はとうに存在しなくなっている。

心を挙げよ《スルスム・コルダ》！　我らは心を主にささげよう《ハベムス・アド・ドミヌム》。アレルヤ。

わたしはこの斉唱が信仰告白であることをはっきりと感じとる。そして共同体が庇護を求める者らの大きなマントであることを。孤独な人はここにはもういないだろう。信仰は一つにする。そして新しい蠟燭が一巡する。わたしはたどりついたのだろうか？　わたしの中の何かが不安を払い落とす。それには決意が必要だ、壁を突き破らなければならぬかのようだ。そのあとはしかし、止まることはない。

暖かい人波にのまれ、わたしは出口に運ばれてゆく、合唱隊のアレルヤの唱和に包まれながら。人びとの顔が輝いている。復活祭のキスがその夜の善行の印となる。

それから無言で家路につく。ウルジ、ダーニ、ごめんなさい。今は喋れないの。家に着くまでの間、蠟燭の火が消えないよう、手をかざして守る。

ほかの蠟燭を持った人たちも、蛍のようになって家路についている。聖なる火を運んでいる。黄色い神、よみがえった神。わたしはあなたを讃える。

十年後、わたしは復活祭の夜をレニングラードで祝った。この何百万もの人の住む都市で、礼拝のために開放されていたのはほんのいくつかの教会だけだった。ソヴィエトは市民の宗教生活を管理し続けていた。わたしが選んだのは劇場広場にある聖ニコラウス大聖堂で、金の玉葱型の丸屋根を備えた、水色の二階建てバロック教会だった。下は洗礼式や葬式に用いられる、天井が低く、丸天井のない地下聖堂、上は壮麗な主教会で、高い聖画壁《イコノスタシス》、聖歌隊席があり、丸天井を見上げることもできた。

午後の遅い時間、わたしは近くのデカブリスト通りに住む友人宅を訪れた、ドストエフスキーの主人公の足跡をたどるべく歩いたグリボエードフ運河からほんの数歩の距離だ。ラスコーリニコフの家、マルメラードフ一家の家はすぐに見つかった。いかがわしい界隈ではなかったけれど、裏庭は昔と変わらず、寂れていた。数々の階段室。デカブリスト通り二一番地の階段室も黴とゴミの臭いが漂い、階段も傷み、破損したものが多かった。それだけに驚かされたのが、友人たちの住居の現実だった。書物、絵画、ピアノ、洗練された料理の並べられた食卓。彼女はキーロフバレエ団のダンサーで、彼は劇場の専門家だった。彼らは紅茶とジャム《ワレーニエ》、そして、広場の菓子店で一番の人気を誇る、あのネフスキー大通りの伝説的な菓子店セーヴェルの甘いパンケーキと焼菓子で歓待してくれた。ありがとう、ありがとう。友達同士のおしゃべり、詩行、それに次々新たな詩行が続いた。わたしたちはすぐに文学の話、それも――小声で付け足すなら――公式には発禁処分を受けている作家の話になった。プラトーノフ、マンデリシターム。数時間はあっという間に過ぎ去った。

けれどもガーリャもユーラも真夜中の復活祭の礼拝には行きたがらなかった。わたしは一人で出かけた。

十一時には教会はもういっぱいで、わたしはなんとか二階席に隙間を見つけることができた。立ち席であるのは当然のことで、正教会に長椅子というものはなく、ずっと後ろに老人と障害者のための椅子席めいたものがあるだけだ。信者たちはぎっしりすし詰めで立っていて、スカーフとコートを羽織った老婦人の姿が多く見られた。彼女たちは、ついには一人、また一人と倒れるまで、ずっとああやって立ち続けているだろう。救護員たちはその備えをしている、失神者が出ることはいつも考慮されていなくてはならない。こもった空気、香煙のもや、空っぽの胃袋、永遠に続くかに思われる歌声、これが四時間ノンストップで続くのだ。

入口のホールには祝福を受けることになる贈り物がテーブルの上に広げられていた。彩色卵、小麦粉から作るシルクハット型の復活祭の甘パン「クリーチ」、そしてカッテージチーズから作る白いピラミッド型の復活祭の焼菓子「パスハ」。

ミサの始まる直前になってもなお、せわしげな作業は続いていた。蠟燭が灯され、祝日の聖画の前で十字を切る人たちがいた。助祭たちが広い袖口を翻らせ、群衆を押し分けて進んだ。ささやき声、祈り。張りつめた期待。そして突然、鐘の音。明るく、輝かしく、奔放と言えるほどの。そしてこの響きを抜けて、司祭の呼びかけが響きわたる。フリストース・ヴォスクレーセ！　キリストはよみがえった！　歓喜の戦慄のようなものが教会じゅうを走りぬける。そして群衆は歓呼する。ヴォイースチヌゥ・ヴォスクレーセ！　まことによみがえった！　一度、二度、三度。それから光が続く。二人の蠟燭持ちが聖画壁の前に進み、それに十字架持ち、そして助祭たち、司祭が続く。行列が正面入口に動いて行く間に、復活の光は信者たちの間を手渡される。蠟燭から蠟燭へ。そして皆は歌に唱和する。「汝の復活を《ヴォスクレセーニエ・ヴァイエー》、救世主キリスト《フリースチェ・スパセー》よ、天使たちは天に歌う《アーンゲリ・ポユートゥ・ナ・ニビエセーフ》。地上のわれらには清らかな心で汝を讃えさせたまえ《イ・ナス・ナ・ゼムリー・スポドービ・チースティム・セールツェム・チェビェー・スラーヴィチ》。」歌は遠ざかり、近づき、また遠ざかり、近づいた。行列は教会の周囲を三周ぐるりと行進した。行列が再び教会の中に入ってくると、すべてが温かい輝きに包まれた。人びとの顔、手、聖人たちの画。復活の聖画《イコン》の前で拝礼する司祭の金襴の衣が光り輝いた。輝きは消えることなく、それどころか何倍にも強まるかのようだった。祈禱の熱情と同じように。神はロシア語を聴きとる耳を持っているに違いない、とわたしは上の二階席で考えた。心動かされるに違いないと。反復のもたらすこのモノトーンな恍惚のゆえに。今の時代にはおよそそぐわぬほどに延々と展開するこの反復。もう一度、さらにもう一度。合唱、助祭、合唱、会衆。その合間に今夜のリフレイン。キリストは死者の中からよみがえった！　みずからの死によって死に打ち勝った！　この復活祭のオペラは何度となく響き渡った。白樺の幹のように直立不動で立っていた、おばあさんたちがぐらりぐらりと揺れ始めるまで。ブーツに包まれている脚が重くなって――ああ神さまお助けを――がくんと崩れ落ちた。フリストース・ヴォスクレーセ！　ヴォイースチヌゥ・ヴォスクレーセ！

　わたしの眠気は光に満たされた薄闇に移行していった。わたしはすべてを見、すべてを聞き、ロシア人たちとともに十字を切り、それでいてまるで雲の上を漂っているかのようで、ここにいながら、ここにいなかった。この幸福な数秒の眠りは、あたかも永遠に続いてゆくかのようだった。妨げとなるものは何一つなかった。狭さも、息苦しい空気も、誰一人知る人もいない群衆も、時間も、軽く痛む頭も。わたしは出来事にわが身を委ねた。その引きつける力がわたしの心を開いてくれた。最後のフリストース・ヴォスクレーセの響きが消えていこうとするとき、〈一つの家族〉という言葉が、ふと閃いた。わたしが誰なのか、どこから来ているのか、気にしている人など一人もいない。

朝の四時だった。まだ夜は深い。

群衆の一部は外に流れ出していた、残りの人たちは教会にとどまった、小声でささやき始め、声を抑えて話し始めた。回ってきたクリーチは持ってきた籠の中に、卵はポケットや袋の中に入れられた。信心深い者たち数人は根が生えたかのように不動のまま立ちつくしていた、燃える蠟燭を手にしたまま、彼らはその光から離れたくないのだった。そのやつれた顔は、彼らが慰めを必要としていることを如実に物語っていた。この夜の希望を必要としていることを。

さあ、どこに行くべきか？　まだ地下鉄も、バスも、市電も動いていない。わたしの住むワシリエフスキー島は川向こうのネヴァ側にある。橋が引き上げられているので、たどり着くことはできない。ユーラとガーリャは眠っていた、自分たちのところに泊まるようにという申し出は丁重に断っていた。いや、それはできない、乗り出した船である、今晩は徹夜で、夜通し祝うことにしよう。

それからわたしは地下聖堂に降りていく人たちの姿を見た。彼らについていくことにした。結構な数だ。彼らは床の上に横たわり、コートや鞄でくつろげる姿勢をとった。何人かは卵とお菓子を開けて食べ始めた。小声でおしゃべりをしていた。ほかの人たちはもう寝入っていた、あまり見ないような格好で、まるで突然襲いかかってきた眠気によって、地面になぎ倒されたかのように。

「岸辺に打ち上げられた一山の人たち」という言葉が脳裏を走った。ゴーリキーの『どん底』だ。この言い方もあるだろう――「約束の地への途上にある民」。わたしは彼らの一人だろうか？　そんな問いは無用だ。わたしはここにいる、それ以上に何がいろう。一人の女性が微笑みかけ、復活祭のお菓子を勧めてくれた。お嬢さん《ジェーヴシカ》、お取りください《ヴァジミーチェ》！　わたしはお礼の言葉を述べながら手をのばした。いっしょに食べた。

彼女たちは鷹揚で、自然で、慈愛に満ちていた。彼女たちがしゃがんだり、横になったりする様子。竈の暖かさ、そうわたしは考えて、快い気分で床に腰を下ろした。水の瓶も回された。近くの人たちとワインを一口、分かち合う人もいた。ここでは誰もが誰をも信頼しているようだった、日常ではありえないことだった。人びとは信仰の言葉を介して了解し合っていた。それは連帯を意味していた。もう一つの、見通しがたい、そう、敵対的な世界とは無縁の、この反世界における結びつき。

五時頃には、地下聖堂にいた最初の一団が出発した。少しばかりよろよろしながら、足りない、あるいは、短すぎた睡眠のせいでぼうっとしながらも。コートのボタンをとめ、帽子をかぶるか、毛糸の頭巾を結ぶかして。わたしは朝の薄明が訪れるまで待った。今やほとんどの人たちが体を起こし、外へ出ようとしていた。

群れは散り散りになった。

運命共同体はほどけた。

わたしは、青ざめた、冷たい、復活祭の夜の輝きを夢のように一掃した、朝の光の中に歩み出た。震えながら路面電車の停留所に立ち、蠟燭の残りのかけらをコートのポケットに突っこんだ。復活祭の幸福を証明してくれるもの。

孤独？　いや、あそこには何か違うものがあった。そういうわけで、わたしは定期的に、この喜悦の現場に立ち戻った。復活祭の挨拶で「フリストース・ヴォスクレーセ！」と言うと「ヴォイースチヌゥ・ヴォスクレーセ！」という返事が返ってきた。そして頰を差し出す者、誰もにキスをした。三度。

第四六章
わたしたちは歓迎されていない

父が言った、もうこれ以上我慢できない。あの旧ナチ党員のクルツマイヤーがわたしたちのことを告発したんだ。

えっ、どうして？

父―あいつは私たちのことを共産党員の一味だと思っている。警察に電話をして、怪しい人間と接触していると言ったのだ。私たちのことを得体の知れない無法外国人と呼んでいる。

で、どうなるの？

父―外国人警察は私たちが何者なのかわかっている。その点は心配はない。でもここは引き払いたい。あんな隣人は身にも心にも毒だ。

これほどに苦々しげな父はまず見たことがなかった。不正な、卑劣な告発は、父を心底悲しませた。わたしたちは自由の国、民主主義の国にいたのではなかったのか？　隣人にスパイされるなどということが、どうして起きうるのだろう。

母は言った。外国人が外国人を告発するのは、自分から嫌疑をそらせるためよ。クルツマイヤーは自身疚しいところがあるのよ。過去を恥じているのに違いないわ。

父は転居先を探し始めた。

引っ越すと考えただけで、わたしは病気になった。だって、ヴェラ、ヤヌシュ、マルティン教会のあるここに、やっと根を下ろしたばかりなのに。復活祭前夜のミサのことは自分だけの秘密にしていた。それにしてもあれは、なんとこの場所と結びついていたことだろう。聖マルティンの鐘の音を聞くたびに、わたしはあの夜を思い出していた。

夢は不穏なものになっていった。いつも誰かがわたしの後を追いかけてきた。目が覚めても安心は訪れなかった。わたしたちは飛びこみ板の上に立っていた、アッカーマン通りでの日々はあと数日となっていた。

一九六〇年の春、わたしたちは引っ越した。集合住宅内の住居ではなく、湖の反対側の、市の境界から六キロほどの場所に建つ小さな家に。チューリヒベルクは遠く、マルティン教会は遠く、周囲の環境は気に入らなかった、古い公園に由来する樹々に至るまでがそうだった。樹々は支配者のように、新築の個人住宅、集合住宅を取り囲んでいた、まだ土地を扱う不動産屋が大きな発言権を持っていなかった時代の名残りだ。

弟とわたしの意見が訊かれることはなかった。父は数時間とは言わないまでも、数日の間に即断した。本当は家を持つのは無理なのだけれどチャンスは逃さず摑むことにしたのだ、と父は言った。つまりは、不愉快な隣人に対する不安が背中を押したということだ。

父は後悔をしない人だった。

わたしはそうはいかなかった。

学校までの道のりは遠かった。友人たちは遠かった。ここでの光は違う光だった。午後には早くに太陽が巨樹の陰に消えた、日没は見ることができなかった、ただ湖の対岸に夕映えの赤みが認められるだけだった。黄金岸《ゴルトキュステ》とあちら岸は呼ばれていた。対して、こちらの側には名前はなかった。

光が恋しいときにはキルヒベルクに登った。湖を遠く見はるかし、それから古い教会の方へ曲がった。大時計を備えたどっしりした塔、ずんぐり太い教会堂内の柱廊。背後には墓地があって、少しばかり階段状になっていて、彼方には白銀の山々が見えた。深呼吸をするための場所。ある日、わたしはメモ用紙を取り出して、死んだ者たちの名前（トーマス・マンもここに眠っていた）の代わりに、一編の詩を書きつけた。それが、始まりだった。

ほとんど家のドアの前に広がっていた湖に、惹かれることはなかった。遊歩道もなければ、水辺の道もなく、何の魅力もない自動車道が走っているだけ。バルコラのような岸辺の岩もなく、波しぶきもなく、岸を打つ波の音もしない。湖は大きな池にほかならず、ヨットやモーターボートで大賑わいだった。さまざまな種類の船があり、時には波を寄せてきた。それ以外にはただフェーンの嵐だけが、水を掻き立てる仕事をやってのけた。古の氷河の堆石の間にできた、この海ならぬ水の広がり。

冬にはよく、水面は灰色となり霧でおおわれ、向こう岸は見えなくなった。そんなときは海を、北方の海を夢想した。キーキーという鷗の鳴き声を伴った幻想には解放的なところがあった。

ある日、湖は巨大な氷原と化した。一九六三年の一月から二月のことで、シベリアを思わせる低温が続き、なかなか終わろうとしなかった。牧歌的な船の往来はおしまい。湖はこわばり、内部に至るまで凍りついた。上で光り輝いているのは、鏡のごとくきらめく肌の部分だった。とはいえ氷の肌は深くまで達していて、何メートルもの層を成していた。

湖上が一般に開放されるや、賑わいはとどまるところを知らなかった。興奮状態。そこには空間が開けていた、目の届く限り広がる平面。この白い何もない場所に、老いも若きも群れなしていた。あるいはスケートであるいは靴のままで、足を滑らせつつ滑走しつつ、ぱんぱんに着膨れして白い息の雲を吐きながら。誰もが自由の誘惑に身をまかせていた。

わたしはスケートは滑れなかった、けれども勇気を奮い起こした。古靴を借りうけ出発した。広げた足も覚束なげに。転ぶのはもちろん覚悟の上だ。誰も完璧など目指してはいなかった。みんな大はしゃぎで笑っていた、おたがいに助けの手を差しのべていた、すっかり羽目を外していた。ブリューゲルの『氷の上の謝肉祭』さながらに。

今ではもう思い出せない、どうやって家までの六キロを歩いたのか。それもキュスナハトまで何度か湖を越えて。遠さは誘惑した、遠さそのもののうちに目的はあった。そう、わたしはジグザグにではなく、まっすぐに進んだ、ずっとまっすぐに、ロシアの小説に出てくる橇のように。この鍋底のように真っ平らな、鏡みたいにつるつるの平面ではどんなに遊んでも飽きることがなかった。わたしのほどほどのテンポもそこでは、疾走めいたものになるのだった。

氷が溶けるとともに、醒めた気分が戻ってきた。わたしたちは皆、転んでひっくり返り、走り回って筋肉痛になった。お祭り気分から変哲もない日常に転落した。お天気を別にすれば、誰が悪いわけでもなかった。それがシベリアのものからスイスのものに戻っただけの話だった。

何年か経ったあとでも「氷湖《こおりっこ》」の話になると、わたしたちの眼は輝いた。それは共同の出来事だった。そこには共同の記憶が埋まっていた。

それからは？　この湖はボート漕ぎに良いという人がいた。泳ぐのに良いという人もいた。水はきれいですよとわたしは外国人の友人に言う。たくさんの浄化装置がここの水を飲めるものに変えてくれる。わたしが話に出さないでおくのは、湖で命を絶った知り合いの、ついに見つかることのなかった死体のことだ。水に足を浸すや、再会の恐怖がわたしを慄かせる。上下はひっくり返り、銀にきらめく表面が緑の水路に変異する。そこに美しいアリスが漂っているのが見える。水草のなす垣根のただなかに、口が、顎がずれている。病の名は「溶解」だった。薬の効かない病気だった。庭が彼女を突き落としたのだった。

第四七章
ノイジードラー湖畔で

この湖のことはすぐに好きになった。草原の中の湖、平地湖で、ウィーンの南東のパンノニア平原に広がっている。ライタ山脈の細い山稜を越えるやきらきらした平面が見えてきて、一部はかかった靄で見えなくなっていた。不気味なのはこのきらめきを、鉄のカーテンが横断していたことだ。湖の三分の二はオーストリア領で、三分の一はハンガリー領。今日ではこの国境は大した意味を持たなくなっているけれど、一九六〇年当時のそれは、権力のために硬直していた。野道を行くと不意に通行止めに行き当たった。地雷が埋められた無人地帯の向こうには木造監視塔がそびえ、武装国境兵が昼夜を問わず見張っていた。国境とは不条理な終着点、突然の停止、双方からの双眼鏡越しの敵意に満ちた眼差し。それは死の危険を意味していた。それでも心惹かれたのは、その向こうに密かにあこがれていた東方が、自分の生まれた国があるからだった。無国籍パスポートでは立ち入り不可能な場所が。

有刺鉄線の向こうでは生えている木も違っているのだろうか？　岸辺一帯はどうなっているの

か？　渇望のようなものに駆り立てられて、わたしは対岸を凝視した。足りないところは想像力が働いてくれた、乏しい印象を組み合わせ、補うことによって。

あるとき、ザンクト・マルガレーテンで国境方向に道を折れたときには、ワイン農家の子犬を連れていた。危険地帯へ行きたがったのはわたしだった。近づくにつれ、動物は落ち着かなくなった。通行止めの前まで来ると哀れにクンクン鳴いて、いくら引っ張っても車から出ようとしなかった。向こうからは返答のように、キャンキャン耳ざわりな吠え声が聞こえてきた。父は言った。もう十分だ。そしてゆっくりと砂利道を引き返した。あるいは、あれは野道だったかもしれない。

ルストとメルビッシュの村の背後には、見渡す限り葡萄畑が広がっていた。湖の側では、葦の湿地帯が家々と湖水を分けていた。そこには無数の鳥が生息していた。村の煙突や教会塔でくつろいでいたコウノトリが、蛙を狙ってうろついていた。村々は白に、黄に、くすんだ薔薇色に、青に輝いていた。立ち並ぶ背の低いバロック式家屋は、通りに面した側こそ狭いものの、中庭には回廊が備えられ、黄色いトウモロコシがいっぱいに植えられて、まとまった風景をなしていた。その中庭には酒場《ホイリゲ》があり、新酒のワインがつがれ、パプリカベーコンとレバーケーゼの滋養に富んだ軽食が板で供された。簡素な木のテーブルで、家族そろって和気藹々と。そしてコウノトリがカンカンとくちばしを鳴らす音が聞こえてきた。ルストは多くを埋め合わせてくれる。わたしは父に言った、ここは南方でもあり東方でもあり、乾いてもいるし湿ってもいる。この湖はこんなに浅くなければ海でもおかしくないほどだと。

わたしたちは町の中心にある、せいぜい一〇部屋ほどの宿屋に泊まった。向かい側には教会があり、その前には布切れを広げたような広場がある。いくつかの優雅な建物が建っている。ルストは村ではない、一六八一年にハンガリー王国自由都市とされ、今でも自由都市を名乗っている。けれども家々はパンノニア平原にふさわしくも身を屈めている。まるで風に逆らうつもりはないかのように。

市庁舎地下食堂での夕べは長かった。そして夜は短かった、なぜなら、わたしたちは朝一番に出かけるつもりだったからだ、湖にある鳥の楽園へ。

灰色の夜明け、鳩の羽の灰色だ、ひんやりしている。わたしたちは車で人影のない堤防に出た。そこで一艘の小舟に乗りこんだ。水先案内人は一本の竿で小舟を操りながら、場所によっては数百メートルも幅のある葦の群生地帯を抜けていった。音を立てず、ごくゆっくりと滑っていった、決して鳥たちを驚かさぬように。そう、彼らを見るためにわたしたちはやって来たのだ。鳥たちはもう目を覚ましていた。呼び声、叫び声、歌う声、ピーと鳴く声、カサカサという音が、葦の中でした。ときおり、ゲロゲロと蛙が鳴いた。それからすべてが静まりかえり、またあらたに始まった。サンカノゴイだ、と男が小声で言った。そして葦の中を指差した、そこではアオサギが体を伸ばしていた。わたしたちはすっかり眼と耳になり、その間にも夜明けの灰色はゆるゆると薔薇色にうつっていった。ということは、時はこの楽園からこっそり立ち去りはしなかったようだ。細い水路は枝分かれし、さらに葦の世界の奥へ続いていた。カモが飛び立った、そしてコウノトリが、トキコウが。わたしたちはいったいどうやって、いつかまた、この入り組んだ茂みから抜け出すのだろう、とわたしは不思議に思っていた。しかし、漁師にしてアマチュア鳥類学者である水先案内人は、卓越した能力を発揮した。とりわけ細くなっている場所で、彼が手慣れた仕草で葦を押し分けると、わたしたちは頭を伸ばし、濃い緑の広がる薄明の世界をのぞきこんだのだった。この小舟での道行きはどこかしら太古的、幻想的で、現実というよりもむしろ夢の中の出来事のように思われた。そして瞬間瞬間の静寂はとても巨大で、それはわたしたちを呑みこんでしまうかのようだった。

わたしたちは、侵入者であるわたしたちは、この鳥たちと魚たちの世界でいったい何を探しているのだろう？　わたしは自分の窃視趣味を恥じた。恥じながらもなお、幸せな気持ちで新しい一日の中へ滑っていった。

小舟が突堤に接岸したときには明るくなっていた。わたしたちは足下に不動の地面を踏んでいることがなお信じられぬかのように、両眼をこすった。葦の群生する汽水域をゆく無言の滑走は、出生以前の記憶を呼び覚ました。ともかくもわたしにはそう思われた。水気、そしてこの、周囲をうごめく生命。カサコソと擦れ、プクプク泡立ち、ゴボゴボと鳴り、キーキー叫び、ピヨピヨと囀り。ハンガリー側の葦でも似たような様子なのだろうか？　いかなる魚が湖水の帰属先に心煩わせようか、いかなる鳥が遮断棒、監視塔を気にかけようか？

すでに当時、ふたたびこの地を訪れるだろうことが、わたしにはわかっていた。

わたしは一人でやってきて、アイゼンシュタットでロシア語のサマーコースを受講した。そして機会を見つけては、きらきら光る湖を眺めた。たいていは徒歩で出発し、途中、ヒッチハイクで先へ進んだ、乗り物はなんでもよかった、重要なのは葡萄山から葦原に運んでくれることだった。葡萄農家や馬主に乗せてもらったこともある、彼らはブルゲンラントに住むクロアチア人、ハンガリー人、ドイツ人たちだった。宿に戻ると夜になっていることもしばしばだった。そんな時みんなは、どこに行っていたのか訊ねてきた。もちろん湖よ、当然じゃない、わたしは答えた。草原のコウノトリたちのところ。

サマーコースが終わった後、わたしは湖の隅《ゼーヴィンケル》と呼ばれている、湖の対岸にむかった。イルミツ――その地名はあらかじめ定められていたもののように、わたしには思われた。数日の間、マイルミツの家に宿泊した。小さな部屋はこの地方特有の奥行きの深い中庭に面していた。そこではガチョウやニワトリが駆け回っていて、木陰でワイングラスを傾けることもできれば、まどろんでいる犬の隣で昼寝することもできた。木でできた大きな門に、注意深く鍵がかけられていることで、中庭はのんびりくつろげる場所となっていた。

イルミツの街はとりたてて中心のないまま縦にも横にも広がっていた、というのが記憶に残った印象で、草原の中へそれはのっぺりと広がっていた。湖の堤に出るまではかなりの道のりで、そこからさらに湖に突き出た突堤の上を、葦の間を抜けて一キロほども歩いていった。びっしりと密生した一帯からはケロケロ、ピヨピヨ、ピーピー聞こえてきた。そうした物音を聞くために、わたしは徒歩で先へすすんだ。自分自身が音を発しないように。血のように真っ赤な日没があり、青白い、寒さに震える朝があった。大気は湿り気を帯び、いくぶん黴の匂いがした。

長い距離の遠出には自転車を使った。とはいえ、自転車乗りは一度も習ったことがなかった。急斜面に住んでいたトリエステでも、なかったし、チューリヒでも、なかった。ブルゲンラントの平地はわたしには格好の「ためし場所」に思われた。覚束なくはあったけれども、わたしはなんとか走った。危険なのは野道だった、雨の日はぬかるみ、晴れの日はカチカチの溝やこぶだらけで、わたしは何度もひどい目にあわされた。自転車はぐらっと傾いて転倒した。でも怪我は一度もしなかった。わたしは次の黄色い教会塔を目指して進んでいった。それはトウモロコシ畑の向こう、それか、小さな森の向こうに先っぽだけ突き出ていて、それからだんだん、どんどん近づいてきて、ついにはその賑々しいバロック装飾を見せてくれた。巡礼地。聖母教会。金襴の衣をまとった聖母マリア、象牙色をした幼な子イエスとともに。

停止はありえなかった。とにかくどんどん先へ進まないではいられなかった、このあらゆる方向にひらけている平地、鉄のカーテンだけが苦しみの種である平地を抜けて。わたしは先へ引き寄せられていた、いや比較級で言おう、もっと先へ。どこから離れて？　慣れ親しんだアルプスから、ジグザグの稜線がなす地平線から、もろもろの狭隘な想念から。運動は深呼吸に似ていた。そして何かしら陶酔させるものがあった。わたしは自転車をこいで行った、まるで天を、周りのものすべてをわがものにしようとするかのように。ブルゲンラントでわたしは失われたハンガリーをふたたび見出した。眼差しは理解していた、ここにもあちらにもトウモロコシ畑がある、ふところの深い平地がある、そして雲は国境など知らない。

わたしは朝早くから夜遅くまで自転車をこいだ。夜はお腹ペコペコで近くの料理店で食事をした、豚あばら肉にクネーデルとザワークラウトを添えた滋養満点の料理。それに、ビール。

雲が空に低くかかり、コウノトリが空を低く飛び、ガチョウが無感情にぼんやりつっ立っていると、憂鬱が目前に迫ってくる。眼にすがるものを提供してくれない地域ならではの憂鬱。そこでは

〈わたし〉は水の中の水滴のように溶け去ってしまう。消え去ってしまう。そうなると？　悪いことが起きるかもしれなかった。ハンガリーの歌の『悲しい日曜日』が頭に浮かぶ、その歌について母は、平地の人間はしばしばそんなふうに深い悲しみにとらわれることがあって、それで自分の命を絶ってしまうこともあるのだと語った。ある男が村の居酒屋に座り、強いパリンカを何杯かあおる、感傷的な歌を聴いて（そのメロディーはジプシーのヴァイオリンで奏でられる）、少しフラフラしながら立ち上がり、「こんなことすべて、いったいなんだってんだ」と吐きすて、雨の中を歩いていって、納屋で首を吊る。

わたしには憂鬱は重苦しいものではなかった、わたしは温めてくれるマントにくるまるように、その中にくるまった。そして雲のかかった土地を抜けて歩いていった。アッティラ・ヨージェフの詩編を思い浮かべつつ――「街道ではもうポプラがよそへ／出て行こうとしている。灰色に、音も立てずに。」

ポプラ並木はたくさんあった、それは村落をつなぐ道路、まっすぐな道路を縁取っていた、わたしはともかくもその道路にわが身をゆだねた。わたしたちのどちらが歩いているのか、ポプラなのかわたしなのか、ついにはもはや分からなくなるまで。すべては運動、リズム、息。朗唱される風景。わたしはロシアの兵隊歌『ポーリュシカ・ポーレ』を口ずさみ、それはわたしの足取りに勢いと確かさを与えてくれ、いっこうに終わろうとしなかった。なぜなら、終わりがそのまま始まりにつながっていたからだ。平原を横断するもののための行軍歌。問うてはならない、道がどのくらい遠いかなんて。

歩くのはペダルをこぐのより良い。歩くとは道を、いくつもの道を足裏で踏みしめることだ。巡礼者たちがゆくように、放浪者たちがゆくように、神の道化たちがゆくように。目的は曖昧なまま、それでいて道に迷うことはなく。

わたしがどこにいたのかは、誰も知らなかった。しかし何に縛られることもなくあたりを放浪しながらも、わたしはみずからのもとにあり、緩やかなありようでわが家にいた。樹々はわたしにうなずきかけ、野原と教会塔は挨拶をよこした、まるでわたしをよく知っているかのように。わたしは挨拶を返した。それでよかった。

数時間、数日、一週間、それでよかった。

それから、ある晴れた日のこと、別れが訪れた。一台のバスがわたしを、ポプラ並木をずっと通り抜けていって、ノイジードルまで運んでくれた。そこで乗り換えて、ウィーンへ進路をとった。わたしは湖の鳥たちの低地を、広いパンノニアの平地をあとにする。(出発する《パルティール》、それは少しばか《セ・ムリール・》り死ぬこと《アン・プ》。)しかし、わたしのうちの何かは残る。イルミツに、そして、そもそも。

あれから数十年が経過した。ブルゲンラントとハンガリーの国境は通過できるようになった。二つのEU国家はおたがいに手を差し伸べ、人間、商品の交通を促進し、両国関係の緊張を緩和させた。野原は野原に行きつき、有刺鉄線にぶつかりはしない。自然はほっと息をつけている。

ただ、わたしはブルゲンラントには、その後、戻ることはなかった。

とはいえ、わたしは見た。上空から、飛行機の窓から何度も。つい最近は、オーストリア航空の小さな飛行機で、モルダヴィアの首都、キシナウからウィーンに飛んだときのこと。

二〇〇七年六月、キシナウでは菩提樹が花咲き、熟したマルメロの実が傷んだ歩道に落ちて弾けて、小さな赤黒い笑いの跡が残っている。暑熱はどろんと虚ろで、何もかもが緑滴る樹々の屋根の下に逃げこんでいる。道路は直角に配置されている。大通りから離れたところに、二階建ての擬古典主義様式の屋敷が数軒建っている、その正面壁は、壁が剝がれ落ちていないものは、パステルカラー。背後の中庭が田舎風のものもある。対して、とある庭園がひとり調和を乱している。そこにはソヴィエトの残滓が、かつてのソヴィエト時代を記念する戦車やロケット砲の碑が散在している。庭園に付属する料理店の名前は「ホリディ・カフェ・バー」。人びともまた、さまざまな時代からやってきたかのようだ。ラフな格好の、足の長い女子学生たちがタバコを吸いながら大学街をひょろひょろ歩いている、一方、制服の門番は六十がらみ、ソヴィエト時代的な組織人間の不機嫌さを発散している。市場ではさまざまなものが混じり合い、派手にぶつかっている――モルドヴァ人の農婦たちがピラミッド状に積み上げられたトマト、パプリカ、クルミの前に立っている、ジプシーの女たちが干しアンズ、干しプラムを宣伝している、白い球形の山羊のチーズはロシア語で売りに出されている、そして屋根のある市場が巨大なバザールに変わる場外では、東方が溢れている――足を失った傷病兵たちは施しものを乞い、正教会の僧や尼僧は修道院のための喜捨を乞い、老婆たちは無言のまま前に広げた貧相な品物を指差し、ほかにも叫ぶ者たち、値切る者たち、大仰な身振りでガラクタに注目を集める者たちがいる。そうでもしないと出した品物に目をとめてもらえない。中国、台湾からの偽物、コピー物の低価格品が段ボール箱単位で輸入され、客たちは特大ビニール袋で持って帰る。カセットからビート音楽やオリエンタルなメロディーが流れる中で。何かツンとする匂い、どこかでドライフラワーにしたラベンダーの香りがしている。野良犬はいない。民兵はいる、けれどうるさくはない。バザール裏のくねった路地に、唯一なお使われているシナゴーグがあるはずだが、目にすることはなかった。貧困はひどい、と言われている。平均賃金は換算すると二〇〇ユーロ。ということは、食料品の値段は高い。タクシーは、ほとんどの人間には手の届かない乗り物である。

メインの大通りにはBMWに、ベンツに、とすごい高級車が並んでいる、その所有者たちは、そこらじゅうに筍のように生えてきた豪勢な邸宅に住んでいる。その金はいったいどこから？　沿ドニエストル、すなわち、モルドヴァから離反したドニエストル河対岸の小共和国では大規模な武器密輸が行われている。でもここでは？　聖画は沈黙したまま、そして若手作家のニコレッタは目で合図してみせるだけ。ともかくそうした者たちがいるのである。わたしたちは鶏のスープ、それからパイクパーチのポレンタとトマトとパプリカ添えを食べた。美味だ。モルドヴァ産の二〇〇一年の赤のメルローも同様だ。ニコレッタは煙草をちびちび吸っている。いろいろあるがここを離れるつもりはない。同世代の者たちのようにルーマニアにも、イギリスにも、オーストラリアにも行くつもりはないと言う。ルーマニア大使館の前の行列を見てみるといい、毎日のことだ。警察による道路封鎖、果てのない待ち時間、それもそのはずで、ヴィザがないとどこにも行けない。モスクワか、ミンスクか、それか、オデッサ以外には。

藤色の夜が街におりる、茂みから月が昇る、スキタイ人たちの黄金のように。モルドヴァ語がやわらかく耳に滑りこんでくる。スラヴ語の歯擦音が混じったラテン語とでもいったような言葉。聞いていて嫌な思いがすることはない、だってわたしに分かるのは響きだけなのだから。言おうとする中身は分からない、七人の小人のいる七つの山のその向こう。

小人たちの姿をわたしはちらと目にすることができた、この国で（この世界で？）一番大きな地下ワイン酒場で。それから帰路についた。午後の光の中、飛行機は柔らかに波打つ、葡萄畑でいっぱいの、段状の地形の上を飛んでいった。山々が姿を現し、巨大な雲が現れ、また消え去った。わたしの下にあるすべてが子ども時代の地図帳を想い出させた。

鏡のように輝くノイジードラー湖が目に入ってきたときには、もうとうに着陸体勢に入っていた。おもちゃのように小さなイルミツの街。ずっと下のどこかでコウノトリたちは夕べの獲物を捕まえていた、ホシムクドリたちは群れをなして葡萄山に降りたっていた、でもわたしの眼に映ったのは、今、東から風の速さで飛び越してきた、パンノニア平原最西端の、わたしの湖のきらめきだけ。どんな気持ち？　夢の中のようにぼんやりした気持ち。でもわたしはあのとき、足裏に大地を踏みしめて、外においても内においてもとことんうろつき回って、さまざまに経験を集めたのだった。確かな経験を。

第四八章
十四歳の頃は、どうだったのか

N―引っ越したこと、それがすべてではなかったはずだ。きみは内的に目覚めつつあったのでは？

それはすごくそうだった。わたしは初めての詩を書いた。マルティン・ブーバーの『ハシディズムの物語』を読んだし、ゲルショム・ショーレムのカバラについての書物も読んだ。

N―ユダヤ神秘主義へのその関心はどこから？

ヤヌシュが導いてくれた。でもそれだけじゃない。まだ自分が言葉にしていない問いへの答えと思えるものに出会った。死んだ後はどうなるのか？

N―その歳では珍しいのでは？

ブーバーの本にこう書いてあった。死者の魂は生者の魂と結びつくことができる、死ぬときにそのままにしていかねばならなかった仕事を成し遂げられるように。これは慰めになる考え方だとわたしは思った。

「世界は」とブーバーはラビ・ナハマンの言葉を伝えていた、「回転する骰子のようなものですべては戻ってくる、人間は天使となり天使は人間となり、頭は足となり足は頭となり、そんなふうに万物は回り変容し、これはあれにあれはこれに、もっとも上のものはもっとも下に、もっとも下のものはもっとも上になる。というのも、根において万物は一つであり、事物の変化と再来のうちに救済は含まれているのだから。」

N―救済について考えていたんだね。

限られた理解力ではあれ、そのことも考えていた。

N―思春期の問題はなかった?

前面には出てこなかった。月経は不機嫌をもたらした。でも引っ掻いたり嚙みついたり、騒ぎ立てたくはなかった。それよりもブーバーの方がずっと面白かった。

N―面白かった?

それに詩的でもあった。その本でわたしは「世界内奥の偉大なる輝き」についても読んだ。

N―かなり神秘主義的に聞こえるけど。

かもしれない。でも、ブーバーの本ではこんなカルリーンのラビ・シュロモの文章も見つけた。

「自分が王の子であることを忘れるとき、悪の衝動による最悪の行いが生じる。」

N―プリンセス症候群にかかっていると言ったら気を悪くするかな?

悪くする。だってこれは他人とはまったく関係ない話。贅沢をしたいという話でもないし、ファザコンについての――実際わたしはそうだけれど――話でもない。

N―そうではなくて、威厳についての?

威厳と、歓喜と、感謝についての話。
N—宗教的信条《レリギエーゼ・クレド》。
それもある。
N—レリギオとは結ばれのこと。でもまさに結ばれることこそ、かつてよりきみを不安にしてきたもの。
だって人間はあてにならないものだから。
N—でも神ならばと？
そう信じたかった。今でも信じたい。
E—そこには確かさへの希求というものがある。
それは否定できない。
N—そして好奇心も？
何への好奇心？
N—予見不可能なもの、計画されていないもの、偶発的に生じるものへの。
好奇心はいつも強かった。旅行が好きなのも、読書に飢えているのも、垣根の向こうを覗かないではいられないのも、そのせい。新たなものへの願望もそう。
N—落ち着きのなさは感じられない。
わたしは落ち着いているわけでも、落ち着いていないわけでもない、でも、動いている。
N—それを聞くと、きみの、うらやましいほどに色彩豊かな夢、いつも行動しているきみが登場するらしい夢の話を思い出す。

わたしが今言った運動は、内的運動のことだけれど。

E—その内的運動は外に溢れ出てもいる？

そう。

N—で、一九六〇年には何が起こったの、〈運動のために〉？

わたしはあるグループといっしょにローマに行った。この旅行についてわたしが書いた日記は、分厚いノート一冊分。その時からずっと書いている。

N—またどうしてローマに？

わたしたちのカトリックの先生の提案。ローマまでは両親とも一度も来たことがなかった。それに、その旅はたんなる文化体験旅行ではなくて、聖なる場所への巡礼であって、初期キリスト教の地下《カタコ》墓所《ンベ》、教会堂《バジリカ》等々でミサをすることだった。

N—石は話し始めたかい？

もちろん。壁、墓碑、廃墟。二千年を越えるこれまでの歴史。わたしは忘我状態に陥ったかのようだった。

N—いつもグループで旅行していた？

いいえ。あるときはヴェルナー・ベルゲングリューンの『ローマの記憶の本』を手に、ローマの市壁に沿って歩いていった、一人の女友だちといっしょに。あれは通過儀礼だった。

N—ということは地下墓所《カタコンベ》のローマではなかったんだね。

地下はいつも不気味に感じていた。小さなサンタ・マリア・イン・コスメディン教会、そして、聖クレメンテ教会での夕方のミサは光に満ちていた。昼の光が、蠟燭の光と入り混じって、大理石が柔らかく輝いていた。そしてわたしたちのラテン語の祈りが、似た祈りのなす果てしない鎖の中に組み入れられたと感じることができた。空間はそうしたもので満ち満ちていた。

N—荘重な気分にならなかった？

連続性は庇護されているという感情を生み出す。共同体感覚を。〈わたし〉はそこでは重要性を失う。

N—ローマでは人は謙虚になる。

ともかくも、慎ましくなることは間違いない。たんに過ぎ去ったというにはとどまらぬ、歴史の圧倒的な力を前にして。

N—轟音を立てて車が行き交うなかに、コロッセウムが生き生きと建っている。

そして恋人たちの集う丘も。

N—オレンジの樹々の下で。

カサマツ。イトスギ。

N—墓地に生える樹が好きなの？

墓地の樹だなんて。どこの庭でも香っているし、古代都市オスティア・アンティカでも香っている。石があってイトスギがあればわたしの南国はもう完璧。

N—海のことを考えなければね。

それはその通り。

N—ローマの色は？

覚えているのは数々の黄土色の色調。噴水盤の白、大理石階段の白、柱跡の白、ティベレ川にかかる橋の白のそばに見えていた。

N—ヴァチカンについてはノーコメント？

やめておく。華美なもの、権勢を誇示するものは嫌いだし、サン・ピエトロ大聖堂の冷たさも嫌い。できることならばいつも、初期キリスト教時代のずっと小さな教会堂《バジリカ》の丸い後陣の前に立って、モザイク画を賛嘆していたい。そこでは節度が支配していた。神は貧しい隣人のうちに住んでいた。

N—サンタ・プラッセーデ聖堂でのように。

洗濯物がはためいているところに。昼間の暑さのなか、猫ばかりが日陰をたどってうろついているところに。

N—季節は？

九月。暑い九月。ティベレ川は臭っていた。

N—珍しいことじゃない。でも本当のところはどうだったの？

本当のところ？

N—ローマの奇蹟はなかったの？

覚醒体験のことを考えているのなら、ノー。〈真実の口《ボッカ・デラ・ヴェリタ》〉は音を立てて閉じはしなかった、わたしには改心の光線は当たらなかった。でも、自分は帰属しているという感情、わたしはかつてここに、そもそもこの世に存在していたという感覚を持った。わたしはここを知っているという感覚は大きかった。

N―できれば残りたかった？

いいえ、ラビ・ナハマンは言っている、「ある者が拒み、出かけようとしないとき、その者は家にありながら、安らぐことなく、かりそめの存在となろう。」ローマは途上にあるわたしを力づけてくれた。

第四九章

どうか、もっと亀裂を

ヴェネツィア、トリエステにいるとき以上に、ローマの壁にわたしは時の痕跡を見た。それは深々と歴史の内奥にまで届いていた、何世紀をも貫く旅に導いてくれた。一歩進むごとに地面は陥没しかねなかった、その下に横たわる地層を解き放ちかねなかった。この都市は巨大なパリンプセストだった。そしてみずからの年齢を隠していないことが、この都市を哀愁漂う、魅力ある場所にしていた。

足をローマの敷石にのせるや、わたしはもう、自分をとめられないことがわかった——わたしはひたすら、歩き、見て、歩き、見ていたかった、ついには倒れこんでしまうまで。そうしたらもう一度、最初から。それは一目で確信した親しさだった。

ローマ旅行はほとんど一撃で、わたしがチューリヒに何が足りないと感じていたのかを教えてくれた——崩壊のポエジー、生に満ちたカオス、梁材を走る亀裂。あるのは、小ぎれいな、磨き上げられた表面ばかり。路地をうろついている猫は一匹もいなかった。好奇心の塊のような女たちも窓から身を乗り出していなかった。風にはためいている洗濯物もなかった。　街じゅうが整頓されていた、まるで接触恐怖に寸法を合わせたみたいに。

通学路もわたしを冷たくするばかりだった。そのせいでわたしは——バスに運ばれながら、あるいは歩きながら——自分勝手な夢想に浸り、外界はぼんやりとしか感知しなかった、それはわたしの幻想を掠めるに過ぎないかのようだった。わたしの中の何かが、決まりごとの反復から脱出したがっていた、かくも秩序立てられた顔つきをした諸関係の外へ出たがっていた。わたしは、そう、まだ生き生きと憶えていたのだ、トリエステのことを、そこでの兵士たちのことを、壊れた正面壁のことを。ボーラとシロッコにさらされながら、みずからのアイデンティティを求めていた、多民族社会の憂鬱を。雑踏を、興奮を、おひるねどきの不意なる静寂を。

チューリヒの正面壁の背後では何が演じられていたのだろう。照明のついた部屋の中をかいま見ることは、稀にしかうまくいかなかった、そういう視線がわたしは大好きだったにもかかわらず。テーブル、ランプ、食事をする夫婦が見える、その間にもラジオの音楽が通りに漏れてくる。するともう頭はお話の続きを紡いでいる。しかし収穫は微々たるものだった。わたしはたいてい自分が必要とするものを、自分自身で虚構するほかなかった。

当時、わたしはこう考えていた、チューリヒはわたしに禁欲を求めている、自分自身のうちに引きこもることを。この街は決してわたしに手を差し伸べようとはしなかった、わたしをともかくもそうっとしておいてくれた。その点、街とわたしは折り合いがついていた。

もう一点、わたしの想像力から産まれるものを守ってくれることについても。

第五〇章
寡黙な女

エルナは想像力の産物ではなかったけれど、十分に風変わりな子どもだった。休憩時間の校庭で知り合ったのは、わたしが十五歳のときだった。同学年の別のクラスの子だった。もう随分前からわたしは彼女が気になっていた。金髪で、ベラスケスの肖像画のフェリペ四世張りに顎がしゃくれていて、寡黙だった。いつもどこかしら離れたところに立っていた。それがわたしの関心を引いた。ある日のこと、わたしは彼女の隣に行って、プラタナスの梢をいっしょに見上げた。ついに最初の一言が口をついて出るまで。

ほどなくしてわかったのは、彼女が樹が好きであること、よくスケッチをすること、ピアノを弾くことだった。この最後の点がわたしたちを結びつけた。とはいえ、レパートリーでは（例えばベートーヴェンのハンマークラヴィーアソナタ）、彼女ははるか先を行っていた。わたしは一度も聞かないうちに、すっかり舌を巻いてしまった。それほどに彼女の語りは説得力のあるもので、わたしは時たたずして、彼女は特別な才能に恵まれた子なのだと思うようになり、実際に演奏する姿を眼にする日が待ちきれないほどだった。

でも、その日はなかなかやってこなかった。

唖然としたのは、彼女が急におしゃべりになったことだった。休み時間は彼女の繰り出す物語には全然足りなかった。複雑な家庭環境の話。両親は離婚して、母は何度も精神療養を受けていて、(すでに家を出た)二人の姉は自分のことしか考えておらず、弟は「保護されている」という。彼女自身は重い結核の後遺症に苦しんでいて、ずっと医者の診療を受けているとのこと。わたしは彼女の言うことを信じた。同情した。

しかしながら、わたしが親身に耳を傾けるほどに、お話はドラマチックになっていった。エルナが提示するのはそのまま本にできそうなストーリーで、聞いていてドストエフスキーを思い出すことも珍しくはなかった。その際、彼女はわたしが話の虜になるように巧妙に計算していて、その真実性をめぐる問いは置きざりにされてしまうのだった。彼女はわたしを夢中にさせて、わたしは無抵抗なまま信じこんだ。その一方で、学校での周囲の世界は、もはやそれと認められぬまでに色褪せていった。

エルナとの休み時間はいわば独自の世界を作り上げ、そこでは時間と空間は無効となったかに思われた。教室に戻ると、現実世界に入りこむのに苦労した。心ここにあらずの状態は顔に出ていた、授業は心に届かなかった。

ほとんど気づかないままに、わたしは彼女の手に落ちたのだった。健康でしっかり者で、助言を与えたり慰めたりするのが常だったにもかかわらず。わたしの思考はひたすら彼女をめぐっていた。

いつ会えるだろうか、元気だろうか。わたしたちの友情の発展に彼女が満足していてもおかしくはなかった。

友情だろうか？　それとも隷属？　彼女もまたわたしに執着していた、わたしたちが離れられないことに第六感で気づいていた。「ブルッフのヴァイオリン協奏曲を聞いてみて、第二楽章よ」、彼女はこう言うことができた。するともうわたしは夢中になった、まるでこの音楽が彼女をそのまま表現したものであるかのように。ブルッフ、ベートーヴェンのクロイツェルソナタ、特定の薔薇の種類が、さらなる了解のために使われた。わたしたちはそれらを呪物として扱った。離れ離れのときは、ある音色が響き、ある香りが漂いさえすれば、おたがいが眼前に立ち現れた。その秘密のコードを知っていたのはわたしたちだけだった。

エルナはおよそ秘密めいたことが大好きで、それがわたしの夢想的な性格と相呼応していた。そして彼女がしばし沈黙に包まれると、いっそうわたしの心はとらえられた。わたしは彼女を読み解くことができなかった、数ヶ月経ってもできなかった。彼女の顔つきや身振りはあっという間に変化し、常に新たな傾向があらわれた。この変容能力にはどこかしら不気味なものがあった。

ずいぶん時間が経ってから、ついにわたしはエルナの自宅に招かれた。チューリヒ近郊の三部屋からなる住居に母親と二人で住んでいた。市民的な装飾、グランドピアノ、壁にかけられたたくさんの絵。スケッチ、水彩画、油絵。母親が絵を描くということだった。母親はまったく普通の印象を与えた、精神病院にいた気配などまったくなかった。エルナによる投影？　作り話？　目に留まったのは母と娘の間で交わされる眼差しだった。まるで盟約者同士のような。何かしら取り決めがあるかのような。問題はどちらが主導権を握っているかだった。

三人でお茶を飲んでいるときも、わたしは賢くならなかった。微笑、礼儀正しく交わされる言葉、短く交わされる眼差し。それから母親は席を外した。そしてついにエルナがピアノの前に座った。モーツァルトのソナタを弾いた。ショパンのプレリュードを幾つか。とても繊細だ。ただ、思っていたほどの卓越した腕前ではなかった。この程度ならわたしにもついていくことはできた。彼女のような分析的能力には欠けているとしても。

この分析能力の点でわたしは彼女を羨んでいた。彼女の、楽譜の読み方、数学、物理の公式の扱い方をすごいと思っていた。彼女の音楽の才能は自然科学の法則と衝突することがなかった、その反対だった。彼女が作曲するときには、両方の才能が一体化するのだった。

午後は早すぎるくらいにすぐに過ぎた。でもわたしはもう行かなければならなかった、家への道のりが遠かったのだ。別れ際、わたしはエルナの母が意味ありげな視線を投げてくることに気がついた。そこからわたしはこんな言葉を読み取った、こんなに娘に優しくしてくれてありがとう。

実際わたしはそうしていた、自由意思で。あるいは完全に自由意思とはいえなかったのかもしれない、というのもわたしはエルナに征服されていたのだから。

わたしの母は苦言を呈した。「おまえは呪縛されていて、目も見えず耳も聞こえなくなっている。この先どうなっていくか、よく注意してなさい。」わたしは侮辱された気持ちだった。わたしが他人に操られている犠牲者だなんて。

エルナとわたしはいっそう離れられなくなっていった。授業のない午後は、湖で、公園で、展覧会でいっしょに過ごし、おたがいに詩を朗読し、ゲーテの『イフィゲーニエ』、トルストイの『イワン・イリイチの死』について議論した。対話の材料には決して事欠かなかった。そして黙ったまま一幅の絵の前に立っているとき、さざ波が立つ水面を見つめているときでさえ、わたしたちは結びつけられていると感じていた。まるで双子の姉妹のように。『しらゆきとべにばら』のように。

ただ、説明しがたい窮屈さに襲われることがあった。自由を愛する魂を売り渡してしまったような気分になった。放浪者の魂。神を求める者の魂。わたしはたった一人のものでいたくはなかったのだ。もしやそれを感じ取ったのか、エルナは嫉妬深くなった、所有欲が強くなった、もっともっと自分だけのものにしようとしてきた。管理するような質問をしてきた。彼女はなおもわたしに謎をかけてきたけれど、同時にわたしが感じたのは、網がぎゅっと狭まってきたことだった。まるで二人の夢遊病者のようなわたしたちを捕らえていた網。月夜を彷徨する二人の女、危うくもおたがいに力を及ぼし合っている。

エルナを知っているほかの子たちから、彼女がいくつかの話をまったく違ったように語ってみせていると聞いて、わたしのうちで疑念が頭をもたげた。わたしは天才的な虚言者の手に落ちてしまったのではないか？　あるいは分裂症の気のある病者の手に？

そのとき以来、わたしは自分がどう彼女を観察しているか、そのときの自分を観察するようになった。髪の毛ほどの亀裂がわたしたちを隔てた。それをエルナは本能的にはっきりと、パニックめいた速さで感じとった。そして自分の権力が消えていくのを目にする者がえてしてそうなるように、感情的に、恐喝的になっていった。

　わたしたちの夢想的な共生状態は砕け散った。彼女は激しく感情をぶつけてきた。みんなの前でも、電話口でも。泣きながら情けを求めてきた。それ以上に愛を求めてきた。わたしは折れた。そしてまた扉を閉ざした。彼女が病んでいることは、わたしにはもはや明らかだった。

　そんな調子で、憧憬と逃走、引力と斥力の間で、いったりきたりが続いた。ひどい終わり方になろうことはわかっていた。しかし、わたしたちが落ちこんでいる苦悶はそれ以上にひどかった。何度も繰り返された別離の期間を除外しても、それは数年間続いた。パリにいるときも、レニングラードにいるときも、彼女からの電話があった。絶望状態で、猫なで声で、どこまでも執拗に。エルナは、思ってもみなかったほどの力を持っていた。追いまわされているとわたしが感じたのも、不思議はなかった。

　いつしか自分の努力に見込みがないと悟ったに違いなかった、彼女はわたしから離れていった。耳に入ってきたのは、大学で医学の勉強を始めたということだった。それから彼女の消息はスイス東部で失われた。

　わたしにとって今なお彼女は――そして彼女との関係において、わたし自身が――謎である。

（エルナ、わたしの蒼ざめたスフィンクス）

第五一章
デデク

わたしたちはほとんど顔を合わせることがなかった。無国籍パスポートのせいで、わたしはスロヴェニアの祖父母に会いにマリボルに行くことができなかったのだ。祖父母の方がこちらを訪れることもごく稀にしかなかった。とくにおじいちゃんのデデクには会いたくてたまらなかった。わたしが小さかった頃、おじいちゃんはわたしを膝に乗せて、パカパカお馬をやってくれた、それから触ってくれと言わんばかりにピカピカの頭を撫でさせてくれた。おじいちゃんはもう若い頃からつるつるの禿頭で、その大きな桃色の頭を特別につばの広い帽子で隠していた。それは見る人に強烈な印象を与えた。けれどもデデクは容貌だけで畏敬の念を起こさせたわけではなかった。彼には自然な権威とでもいうべきものが備わっていた――その知性、機知、厳格、魅力ゆえに。マリボルの商業学校で彼はタイピングと速記を教えていた。みずから速記術の教科書を、のみならず情熱を注いでいたエスペラント語の教科書を著してもいた。一度、スイス訪問の際に――当時わたしは十一歳だったと思う――わたしにこの人工言語に関心を持たせようとしたこともあった。「想像してごらん、これを使えば、スロヴェニア人と韓国人、バスク人とフィンランド人が同じ立場の人間として理解し合えるんだよ！　それにこの言語はすごく簡単に学ぶことができる、たくさんのすでに知っている要素に基づいて作られているからなんだ。」それは確かに納得できたけれど、ほかならぬ人工言語である点が、わたしにはどうも引っかかった。わたしにとって言語は、了解しあうための手段にはとどまらないものだった。諸言語はそれならではの響きを持ち、それぞれ固有の法則に従う、一つ一つの世界だった。その点、祖父は実用主義的に考えていた。たった一二〇万の話者しか持たぬ言語を代表する者として、彼は普遍的了解というユートピアを、その目的のために作られた「普遍言語」を手段に、追求していたのだった。彼のその布教者的熱意は、数々のエスペラント会議において、またスロヴェニア文学のエスペラント語への翻訳活動において証されていた。

わたしは彼に敬意を抱いていた、けれどもその轍を辿ろうとは思わなかった。エスペラント語の話になると、じっと黙って聞いていた。わたしの得意分野である、書物の話になるまでは。彼はわたしが何を読んでいるのか、あれこれの本をどう理解しているのか知りたがった。「まさにその通り！」というのが口癖で、褒めるようにぽんぽんわたしの肩を叩くのだった。そして繰り返し、学校での作文を読ませてくれるよう頼んできた。わたしも時々はしぶしぶながら差し出した。彼はそれを注意深く読むと、最後にわたしの筆跡について意見を述べた、彼の情熱はエスペラントと並んで、筆跡学にも向けられていたからだった。「繊細にして、直観的」と彼はつぶやいた、「そして統合へ向かおうとする傾きがはっきり出ている」と。わたしはズバリ言い当てられたような気持ちになった。

デデクとわたしはおたがいを好いていた。そして共有しているものがいくつかあった。二人とも（生来の厳しさゆえに）おでこにしわを寄せる癖があった、たいていの時間は本の上に屈みこんでいたし、ともに偏頭痛と便秘に悩んでいた。ただ、ユーモアの点だけは、わたしは彼を羨んでいた。ユーモアと、皮肉にも近い、乾いた機知。やはり機知に富んでいた弟は、大喜びでこれに反応していた。そして祖父の「十八番」に飽きることなく耳を澄ましていた、それは終わりのない歌で、祖父はそれを――とりわけ車の運転中に――ドイツ語で歌った。「ドッグが一匹台所にはいってきた、コックの卵を一個盗った、そこでコックは包丁をとって、ドッグを二つにたたき切った……」こんな調子で、残酷に愉快に、馬鹿らしくも可笑しく、歌は韻を踏みながら続いていき、弟はお腹の皮がよじれるまで笑って笑って、そしてすべては最初からまた繰り返された。

これもまたデデクだった。まさに時をはずさず周囲を楽しませる剽軽者。けれども誰もが知っていたのは、その冗談の背後に深い真面目さが隠れていることだった。丸い眼鏡のレンズの奥の、吟味するような眼差しには、メランコリーの影が落ちていた。

ギムナジウム時代、わたしは彼と文通していた。わたしの「精神的成長」（彼の使った言葉だ）を見守っていくことができるようにと、彼が望んだつながりだった。読んだ本のことを書いて欲しい、作文を送って欲しい、と繰り返し頼んできた。そうしたことに関心を寄せる人間は彼以外にはいなかった。そこでわたしは、リルケについて、トーマス・マンについて、またドイツ語の授業で扱ったいろんなテーマについて、どう考えているかを書いて送った。すると彼はまめに返事をくれて、質問したり賞賛したり、筆跡が芸術的であると太鼓判を押したりしてくれたのだった。自分の

「精神の似姿」と考えていたわたしに、高い期待を寄せてくれていることを、わたしは感じ取っていた。祖父は、親族のほかの子どもたちのことは、スロヴェニアに住む孫たちも含めて、いずれも技術・自然科学分野、つまり「別の分野」に属する者と見なしていたのだった。

いくつもの国境と何キロもの距離がわたしたちを隔てているという事実に、わたしは不満を抱くことしきりだった。彼にはいつもそばにいて欲しいところだった。話をしたいということのほかにも、集中して仕事に取り組んでいる姿を見たかったし、彼のお気に入りの作曲家ドビュッシーをいっしょに聴きたかったのである。わたしたちは『海《ラ・メール》』に沈潜することもできただろう。わたしは『海に呑みこまれた大聖堂《ラ・カテドラル・アングルティ》』を、あるいは『子供の領分《チルドレンズ・コーナー》』を弾いてみせることだってできただろう。彼は静かに座っているだろう、お腹の上で両手を組んで、ほとんど敬虔な面持ちで。教会での敬虔については、彼は妻とは異なり、まったくもって関心がなかった。

すべてはわたしたちが市民権を得ることで変わった。スイス国籍を取得するや、わたしは祖父のいるマリボルへ向かった。デデクとバビツァは、市立公園から十分ほどのところにあるウルバンスカ五番地の、静かな建物に住んでいて、その近くにはおばさんも家族とともに暮らしていた。幼い頃以来、わたしはマリボルには来ていなかったけれど、通りも広場も、ドラーヴァ川も近郊のポホリエ山も馴染みのあるものに、心震えるほど親しみのあるものに感じられた。できることならば、一日中歩き回って、空気と匂いを、滅多にしか聴くことのないスロヴェニア語の響きを存分に吸いこみたいところだった。けれども、祖母の「支配体制」とあふれんばかりのスラヴ的歓待はそれを許してくれなかった。わたしは休みなく招待されていたのである、昼も、午後も、晩も、これでもかというほどに延々と続く食事の席に。バビツァはもう朝の七時には市場へ急ぎ、新鮮な野菜と生きた鶏を持って帰ってきた。それから汗をかきかき厨房に立つと、藤色に染めたパーマの髪を額から拭いつつ、祖父が何かを頼むと怒鳴りつけた。というのも、ちょうどお昼のニュースきっかりに食事が出来上がっていなければならなかったのだ。細いヌードル、野菜、バルコニーで締められた若鶏の内臓入りの、脂の光るチキンスープ。ライスと林檎のコンポートを添えた鶏ものカツレツ。自家製のナッツ入りパンケーキ《ポティツァ》。わたしは賞賛の言葉を述べたて、それからわたしたちは白ワインでバビツァの料理の腕前に乾杯した。

四時頃だったろうか、デデクがソファでのまどろみから覚めたのは。今度はアーモンドクッキーにトルココーヒーが出てきた、それからしかし、わたしたち——彼とわたし——は散歩に出たがった。バビツァはわたしたちがぐるであることを見てとると、送り出してくれた。空気を吸って、体を動かして！　デデクが先に立ち、ゆったりとした足取りで、市立公園に向かった。お気に入りの道を、公園の巨木を見せてくれた。樹々の緑から漏れ落ちてくる、公園の上手の小礼拝堂のある「巡礼山」を黄に染める、暖かな光を今でも覚えている。わたしたちは途中、子どもたち、年金生活者たち、そして繰り返し祖父の知人たちに出会ったが、彼らは敬意を込めて祖父に挨拶し、その中にはかつての生徒も何人かいた。マリボルに来てはじめて、わたしはデデクがいかに広く尊敬されているかを意識するようになった。人びとは彼の知識だけでなく、不撓不屈で、清廉潔白で、妥協することを知らないその人柄も高く評価していた。そしてまたその明確な政治的態度も。いくつもの戦争を、国家と政権の交代をわが身で体験することを強いられてきたデデクは、啓蒙の理想を信じていた。公に人目をひくことこそなかったものの、まずはファシズムに激しく反対し、その後は行き過ぎたチトー主義にも反対した。プロパガンダ放送の代わりに、こっそりBBC放送とスイス人ジャン・ルードルフ・フォン・ザーリスによる毎週のニュース報道「世界の動向《ヴェルトクローニク》」を聴いていた。彼が同意していたのは、自由主義的・民主主義的思想で、それは息子、つまりわたしの父とまったく同じだった。イデオロギー的な民衆扇動などまっぴら御免。狂信などまっぴら御免。ラジオ放送に対する彼の信頼は確固不動のもので、それが彼をいかなる過激主義にも同意することのない、またその核心において、楽観的な人間にしていた。

彼は自然を愛した。芸術を愛した。ワインを愛した。

わたしたちは市立公園から「三つの養魚池《トリ・リブニキ》」へ向かう道をとった。それは美しい岸辺の景観と居心地の良いレストランを備えた人工池で、デデクはそのレスランに立ち寄ろうと考えたのだった。恋人たちを意に介することなく、わたしたちはドストエフスキーの『白痴』とトーマス・マンの『ヴェニスに死す』について話しこんだ。わたしがロシア人作家に惹かれていたことは、祖父を驚かせはしなかった、彼の場合もまったく同じだったからだ。彼らは世界を広くのみならず深くとらえた。あらゆる大きな問いを底の底まで究明した。デデクは「底」という言葉を強調した。そして危険を顧みなかった。（イムレ・ケルテースは書いている。「わたしたちは死ななければならないのだから大胆に思考するほうがよい、いや、わたしたちはそうすべく義務づけられているのだ。」）

「ゴスティルナ」でデデクは白ワインを頼んだ、あわせて黒パンを一枚食べた。「パンとワインに勝るものなし」、にっこり笑うとそう言った、「憶えておきなさい」。夕陽が池面に揺らめいて、料理店を光で満たした。この瞬間はわたしたちのものだ。このワインが飲み干されてしまうまでは。

帰り道ではなんども黙りこんだ。鳥たちのさえずりに耳をすませた。それかデデクは考えごとにふけっていた。両手を背中で組み、頭を少し前に傾け、周囲の世界には意を払っていなかった。そうやって「ぼんやり先生」は学校への道も歩いていたに違いない。心ここにあらずの視線を投げながら、みずからの内面に沈潜して。そのことはたくさんの愛すべき逸話が物語っていたが、とりわけ極端なやつを祖母は一つ披露してくれた。――「わたしたちは招待されていたの。下の庭の門のところまで来て気がついたのよ、ネクタイがシャツに合わないって、それでほかのシャツにしたらって言ったの。分かった、と彼は言った。わたしは待っていた。ずっと待っていたわ。それからもう我慢の限界になって、上にあがっていったら、何が目に入ったと思う？　パジャマになってベッドで横になってたのよ。いつもの調子そのままに、ネクタイに続けて全部脱いじゃったの、だって頭では別のことを考えているのだもの。いつも頭がどこか別のところへ行っちゃってるの。本当に困った人！」

この話の真偽を確証してくれた人はいなかったが、少々眉唾にも聞こえる話だった。というのも、心そこにあらずというのはその通りだとしても、デデクは呆けているわけではなかったからだ。この場合はむしろ、訪問に気が進まないという無意識が関係していたのかもしれない。

いったい二人はどんな風に暮らしていたのだろう、デデクとバビツァ、つまりは、ルドルフとオルガは？　二人の関係はわたしには謎だった。彼女の方は食事の時間や日常のこまごまとした問題で彼を苦しめ、彼の方は仕事の頭を持ちこんだり独りよがりな態度をとったりすることで彼女を虐げていた。彼の頭を占めていることが彼女にはまったくわからず、彼の興味や研究にもまったく関心を示さなかった。彼は彼で、妻の主婦ならではの心配事に対してまったく興味を示さなかった。フラストレーションゆえに信心に逃げこんだというのもありえなくはない話だった。そんな具合に彼らは一緒にいながらも別々に、昔ながらの（とはいえ、忍従してきた）矛盾状態を生きていた。彼らは、おそらくは多くの夫婦と同じように、幸せでもなく不幸でもなかった。二人を結びつけていたのは、生活のルーティーンであり、子どもたちであり、共にくぐり抜けてきた過酷な時代であり、習慣だった。そしておたがいに対するある種の寛容だった。

祖父とわたしが散歩から戻ったとき、バビツァはすでにいらついていた。こんなに遅くまでどこをうろついていたのか、夕食はとうに準備ができている。わたしたちは彼女をなだめるための説明は一言も言わず、素直にテーブルについてもりもり食べた。すべてが素晴らしく美味しかった。祖母の唇の小刻みな震えはおさまってきた。そしてわたしが感謝をこめて腕を撫でると、祖母は満足したように微笑んだ。

デデクとの散歩では、ほかにも、ドラーヴァ川沿いを歩いたり、旧市街の路地の雑踏に入っていったり、泡沫会社乱立時代《グリュンダーツァイト》に建てられたギムナジウムの堂々たる建物を訪れたり、書店や革製品のブティックにはいったりした。自分の故郷であるこの街で、彼はアイスクリームを、スロヴェニアの古典作家の詩を、そして最後には、お別れの記念に「何かもっと大きなもの」を買ってあげることで、わたしの願いをかなえてくれようとしたのだった。わたしは黒革の書類カバンを選んだ。それは優雅でしっかりしていて、何年もの間、使われ続けた。大学時代に入ってからも、祖父の死をも越えて。

こんなことは、もう一度あっただろうか？　なかったと思う。あったとしても、ほんの短い時間だけ。ある日、知らせが届いた。デデクが黒色腫にかかったという知らせだった。良からぬ診断、明るさの見えぬ展望。手術。それからほどなくして眼に問題が起こった。転移が予想された。デデクはチューリヒでも診察を受けたが、そこでは手術は断念された。病気は仮借なく進行した。それは数年続き、強靭な身体をどんどん衰弱させていった、ただ意志のみが挫かれぬままだった。わたしは彼の最期を思い出す、リュブリャーナの病院でのこと。尿毒症を患ったデデクは、黒黄色になった顔に、怒りをたたえた眼差しで、四人部屋のベッドに横たわっていた。死にゆく者たちに囲まれて。囚人服を思わせる病院のパジャマに包まれて。わたしが見たことがないほどに激して、彼は叫んだ、「いまいましい医者どもめ！」でも彼の面倒をみて、最期の数時間の苦痛を和らげる医者はいなかった。

そんなふうに憤りつつ、彼は息を引き取った。和解することなく。

彼の死後、オルモジュの生家には彼を記念する銘板がはめられ、マリボルでは「彼の」学校近くの広場に彼の名前が付けられた。わたしはわたしたちの散歩ルートを何度も歩いて回った。今なお、彼はわたしに話しかけてくる。それはパンとワインについての話にとどまらない。

第五二章
眠っている女たち

六年間通ったギムナジウム、けれどわたしは学校時代をほとんど思い出せない。覚えているのは、建物から建物へのたび重なる移動、休み時間のおしゃべり、そして眠かったということ。わたしは慢性的に睡眠不足だった。ずっと以前から夜型人間のわたしにとって、朝六時の起床は辛かった。半ば眠った状態で学校へ通っただけではない、たいていは午前中もずっとその調子で過ごした。ゾンビのように長机に座ったまま、授業時間が流れ去っていくにまかせた。カチッとスイッチが入るのは、名前を呼ばれたときか、教材が心に響くときだけだった。例えば、ヴェルギリウスがそうだった。フェリペ二世治下のスペイン。ドイツのバロック文学。ポール・ヴァレリー。ドイツ語、フランス語、ラテン語、そして歴史には、わたしを目覚めさせる力があった。けれども数字や式の話になると、わたしはどこかへ漂っていってしまい、すべては曇りガラス越しに眺めるようで、思考は真綿にくるみこまれた。わたしはその場にいながらもそこにはおらず、いわば夢遊病者のようなありようで、その状態は黒板に書かれた抽象的な数字の縺れ合いと同じくらい、非現実的にわたしには思われた。無感動なままにわたしは物事を聞いた、が、それらは効いていなかった。わたしは理解していなかった。というか、理解したのはずっと後になってから、わたしがそこにいるようになってからのことだった。

そこにいるようになるのはお昼頃からだった、そうなると調子は上向きになった。事物の輪郭は鮮明になり、わたしの精気は覚醒した。といっても、いつも集中していたわけではない。事物はわたしの関心を引かねばならなかった、そうでないとさらに薄明を彷徨い続けた。そしてエネルギーは家でのピアノレッスンにとっておかれることとなった。

うまい具合に自分の力と関わっていたのだと思う、家計をやりくりするように、わたしの可能性の範囲内で。筆記試験があれば注力することも厭わなかったけれど、とろ火で許されるときには目盛りを引き下げた。無感動、消極的という言葉は当たっていないと思う、むしろ、活力のマネージメント。重要度の判定。何を優先させるかの嗅ぎ分けだ。

重要度高とされたのは文学、それに読書と音楽だった。たいていは家で関わる事柄だった、夢中になって。わたしの読書欲は授業が要求するもののずっと先を行っていた。わたしはドストエフスキーにゲルショム・ショーレム、それにアウグスティヌス、ゲルトルート・コルマールを夜遅くまで読み、それで眠気の悪循環が続くことになったのだった。

わたしの情熱を知っているものはごく少数だった。学校では内向的で通っていて、悪ふざけや愚かしい真似はしない人間だと思われていた。スポーツでの仲間意識から得られるものはほとんどなかった、それはスポーツそのものから、変わりばえのしない女子の体操の授業から何も得られなかったのと同じだった。平行棒につり輪にハンドボール。わたしはしばしば体調が良くないふりをして、体育の授業を欠席した。

　チームの団結というものにうまく関わることがわたしにはできなかった。他言しない秘密を共有するあれやこれやの小グループにも関わろうとはしなかった。なぜわたしが「使えない子」だったかの理由がこれだ。どの党派にも属すことなくわたしは一人で歩いていった、というか、もっと大げさでなく言うならば、一人一人と手を結ぶことでクラスの温かな生息空間《ビオトープ》に場所をえていたということだ。そこには、いつも活発で朗らかで、創意にも機知にも富んでいるマギがいた。彼女は素早いタッチで先生や生徒をスケッチしたり、漫画を描いたりして、みんなをひどく感激させたものだ。その観察眼は驚嘆すべきものだった。それ以上にすごかったのが、観察したものにコミカルなひねりを添える能力だった。彼女のアイデアが尽きることは決してなかった。彼女には生まれもったユーモアがあった。そして素晴らしい記憶力が。

　ギムナジウム時代にわたしが眠ったまま逸してしまったことを、マギは今日なお覚えている。休み時間の会話、いたずら、詩、あらゆることを。わたしがちょっと何かに触れる、すると彼女の口からはとめどもなく話が流れ出す。彼女の記憶の貯蔵庫には、わたしが失ったものとばかり思っていた何年もの歳月が保存されている。

　最近、彼女はわたしに一枚の写真を送ってくれた、わたしたちが電車の中で眠っている写真、シエナへの卒業旅行の際に撮ったものだ。そこにはわたしたちが、つまりは、仲良さそうに寄りかかりあった二人の眠っている女が、我を忘れうっとりとした顔で写っている。マギの頭がわたしの肩の上で安らっている、まるでこの凹みこそ、唯一あるべき場所であるかのように。金色の髪の房が、白のヘアバンドで留めたわたしの髪の、茶色の房に触れている。マギは微笑んでいるよう、対してわたしは集中しているような、ほとんど切なそうな顔をしている、彼方の夢に苦しめられて。クッションは硬く、列車はガタガタ揺れ、でもわたしたちの体は支え合っている。無言のうちに了解しあって。黙ったままでバランスをとって。

親しさだけがそんな眠りを可能にする。だって眠りとは、剝き出し、無防備を意味するのだから。

わたしはギムナジウムの最初の年から、マギのことをいつも近しく感じていた。彼女は広やかな心と魚座生まれの感傷をあわせもっていた。水を愛し、青が好きで、わたしもできればいいのにと思うような、多くのことに通じていた。例えば、サイクリング、何よりもやはり、スケッチ。わたしは彼女のユーモアに感嘆し、その背後にメランコリーが隠れていることを感じとっていた。朗らかなマギが突然泣き出すようなこともあった。わたしは何も聞かず、ただただ、いっそう彼女を心に包みこんだ。今日でも彼女はここに座を占めている。無数の記憶を、秘密を守っていてくれる。

ストゥルーリ氏、ウルナーさん、マルクサーさんのこと、マリナ、ヘレン、ハンナのことを教えてちょうだい。お望みのままよ、と彼女が言う。そしてもう逸話が五つほども用意されている。信じられない、とわたしが言う、そういうことだったのねと。わたしの眠りの網からマギが取り出してくれた魚に大はしゃぎしながら。そして一気に（いつもアフリカの縮れ毛に憧れていた）ハンナの巻き毛、ストゥルーリ氏のはっきりした横顔、古文献学者のマルクサーさんの白く長い髪が見えるようになり、マリナとヘレンのおしゃべり、ベルガー氏がきびしい口ぶりで静かにと言う声が聞こえるようになり、キリル文字を教えてくれる半分ブルガリア人のマリアのゆるやかなペンの運びを、微分計算についてのマリヴォンヌのよどみない説明を追っている。オッケー、みんなそろったわね。試験管を手にしたブレナー氏もいる。

しかし学校は、校外活動が一番だったのではないか？　ヴァルベラへの学級キャンプ、そこでわたしたちは夜空を見上げ、星を観測したのではなかったか？　わたしたちが昼の間じゅう、天文学の授業で学んだことが、暗闇の中で明証されていた。わたしたちは座りながら、跪きながら、寝転びながら、眺めていた。眼を瞠っていた。わたしたちは同じ刻に、「無限空間」の「永遠なる沈黙」によって畏怖の念を吹きこまれたパスカルのようになっていた。あらゆる知もこの崇高さには対抗できなかった。もしわたしたちの誰かが突然、静寂に向かって笑い出したとしたら、それはこの崇高な沈黙にこれ以上耐えられなかったからにほかならなかった。わたしたちは小さくて、愚かで、途方に暮れていた。そして小さく、愚かに、途方に暮れて、湖にそって建物へ、遅い時間のパーティーとおしゃべりへ、よろめきながら戻っていった。わたしは起きていたかですって！　もちろん！

第五三章
パリ、ケ・デュ・マルシェ・ヌフ通り六番地

世界都市での一年間の学生生活、わたしは一つの夢をかなえようとしていた。知り合いの一人はもうそこで、ソルボンヌで学んでいて、ノート《カイエ》を小脇にメトロの混雑と格闘しつつ通学していた。彼は言った、ここでの生活は厳しい、でも特別なものがあると。

ある朝のこと、わたしはパリ東駅《ガール・ドゥ・レスト》で夜行列車を降りて、その地に立つ。大都市の人波のまっただなかに。クリスティアンがもう待っていて、手助けしてくれる。わたしのトランクは重い。わたしたちは行き当たりばったりのカフェレストラン《ブラスリー》に入り、朝食をとる。熱いココアにクロワッサンを二つ。お店はお客さんでいっぱいで、クロワッサンは生地がきめ細かくて、パリっと焼き上がっている。そしてわたしたちを取り巻くリズムは脈動している。ウェイターたちは白の長エプロンをつけ、注文の取り次ぎで声が嗄れている。この早朝の時間にもう生ビールを注文している客がいる。徹夜明け、あるいはそれに類した人たちに違いない。店は喧しく活気があって、わたしは喧騒に酔ったようになる。クリスティアンは住所と電話番号が書かれた紙切れを取り出す。とりあえず現時

点での部屋探しの結果だ。わたしのための。これは重要なことで、わたしには宿がなく、クリスティアンのところにおいてもらうとしても短期間がせいぜいだった。即刻、交渉しなければならないだろう。彼の家に行こう、九時を回れば連絡は可能だ。彼は電話をして状況を説明すると、受話器をわたしの手におしつける。わたしは下見の時間を申し合わせる。それから、二軒目、三軒目。どの声も感じがいいわけではない。なんとも無愛想、とわたしには聞こえる。それにしてもこのわめくような尊大な態度はなんだろう。わたしは自分が弱くなったように感じる。どうやったら人間は平然としていられるようになるのだろう？　わたしはクリスティアンに訊く。学んでいくさ、彼は冷静に答える。

午後、わたしたちは雨の中を、足を踏みしめ歩いてゆく。立ち並ぶ建物の正面壁が灰色に感じられる。並木にはまだ葉っぱがない。突然、わたしは自分がとても小さくなったように思う。この感情はくりかえし訪れることになるだろう。大都市という怪物の中では、塵の粒にすぎないのだという感情。それにしてもわたしたちが向かっていた住所は特別なものだ——ケ・デュ・マルシェ・ヌフ通り六番地、シテ島の上で、ノートル゠ダム寺院から数歩のところ。わたしたちはメトロに乗って、サン゠ミシェルで降りる。橋を渡る。あそこだ、警視庁のすぐ隣の建物で、品のいい正面壁はセーヌ河に面している。わたしはほとんど信じられない。家主の女性は、流れを見下ろす窓のある、広壮な住まいでわたしたちを迎える。わたしの出身を問う。「スイス」と聞くと、軽く嘲るような笑いに口をゆがめる。部屋は通りに面していない裏の建物にあり、使用人専用階段《エスカリエ・ド・セルヴィス》を登って五階にあるという。階段室は狭くて暗かった。上階に着いて部屋に入る、鼻をつくような棒鱈の匂い。ポルトガル人よ、とマダムが言う。他の部屋にはポルトガル人たちが住んでいる。キッチンとバスルームは共用だ。彼女は鍵を開けて部屋を見せてくれる、まるでホースのような部屋だ。長くて、とにかく細い。そして暗い、というのも、面しているのが立坑のような中庭だからだ。部屋にあるのはベッド、書物机、カーテンで仕切られた棚、そして洗面台。わたしは根が生えたように立ちつくし、見つめる。こんなに狭苦しい場所に住んだ経験は一度もなかった。耐えられるだろうか、魚の匂いにも包まれながら？

三時間ほど考慮するための時間をもらう。頭の中は狂ったように入り乱れている。もっと良いロケーションが見つかることはありえない、ソルボンヌまで徒歩、カルティエ・ラタンもすぐそば、ノートル゠ダムが行きつけの教会、サン゠ジェルマンも遠くない。その一方で、この細い独房、壁は薄く、よその騒音や台所の匂いにさらされるばかり、逃げこめる場所はどこにもない。懊悩は苦痛に満ちていた、でもほかの部屋を見る気にはならない。今はならない。わたしたちはカルティエ・ラタンでピザを食べる。クリスティアンが言う、上品な住所だ、よく考えてみることだね。もちろん、とわたしは答える、でもわたしは苦行僧だろうか？　それから不意に決意が訪れる。街の中心に住むのなら、その中心をわたしの部屋にしてしまえばいい。眠るには板張りの寝台一つあれば十分。

クリスティアンの顔が輝く。二日後、彼は入居を手伝ってくれる。ポルトガル人たちが自己紹介する、夫婦とその女友だち。明るい人たちだ。わたしたちはワインを一杯飲む。でも料理は？　料理はここではしない。数分の一秒もしないうちに、わたしにはそれがわかる。

わたしはカマンベール・チーズを挟んだバゲットを食べるだろう、ほとんど一年中ずっと。それからヨーグルトとトマトと果物。勉強にも使う書物机の上で。このホースにはそれなりの「区分」がある。一番奥には洗面台、続いて勉強兼食事スペース、それからベッド。限度ギリギリまで埋めるために、わたしはさらにピアノを一台、知り合いから借りてきて入れる。それは部屋とそこでのわたしの生活に輝きを与えてくれる。ピアノを練習すると、狭さを忘れる。そしてわたしは日々練習する。バッハの『平均律クラヴィーア曲集』第一巻、ショパンの『革命のエチュード』、モーツァルトのソナタ。わたしはピアノを弾きながら集中力の訓練もする。エチュードをそらで弾きながら、ロシア語のテクストを読む。なぜよりによってこのパリの部屋で、こんなことを思いついたのかはわからない。生き延びるための訓練のようなものかもしれない。ピアノの左手には棚が置かれている。

第五四章
通り、教会

わたしは部屋を避け、一日中外にいる。ソルボンヌの講義室に、それにもまして路上に、そこではいくら見ていても見飽きることはない。一歩一歩が驚きであり、早春のパリの空はえもいわれぬほど青い。わたしはまさに「上の空のハンス」さながらで、これはわたし自身にとっても危険なことだ。そして実際、つまずきもする。何でも見てやろうとする貪欲さのせいだ。セーヌ通りに並ぶ屋台、上方に連なる屋根、屋根波の形作る風景。眼差しは牡蠣と海藻のはいった籠を掠めたかと思うと、陳列本（ロシア語書籍《リヴル・リュス》）、ミュゼット奏者のうえに落ち、列をなす煙突へ急上昇する。面白くないものは何一つない。小さなフュルスタンベール広場は眠り呆けた村の広場のように静かだ。とはいえどこまでも洗練されている。その楕円形の中で、品の良いドアノブのついた白壁の家々がブラインドを下ろし、微睡んでいる。トリエステのことは半ばしか想起させない。ここのブラインドには落魄のメランコリーがない。それにほんの数歩いけば、大通りを人が溢れかえっている。ここで歩くことは運ばれてゆくことだ、新聞売場のそばを、お店のそばを、カフェのそばを。歩行者同士の視線が出会うことはまずない、過度に散漫になっているのだ。それが狭い路地にはいると違ってくる。肩が触れ合い、失礼《パルドン》の声が響く、その返礼が笑みのこともある。絨毯商、古美術商がひしめいている、思わず立ち寄りたくなるほど美しい。でもわたしの財布向けの店ではない。お腹がすくとホットドッグを買って食べる、喉が乾くとグレナディンミルクを飲む。眺めのいい小さなカフェで。外でまさに「真実の映画《シネマ・ヴェリテ》」が流れているのであれば、ざくろシロップをミルクに注ぎ、濃いピンクになるまで混ぜる手も急《せ》く必要はない。ときおり、わたしはメモ帳を取り出し、顔を、建物をスケッチする。それから先へ歩いて行く。リュクサンブール公園の光は陶酔のよう。日光浴をする人たちが噴水を囲み、両眼をつぶり、身も心もおひさまにゆだねている。黙想する信徒のように。わたしもその中の一人になる。わたしは光に飢えているのだ。大気は冷たく、ピリッとして、かすかに流れている。わたしはバスク帽を目深におろし、両手をコートのポケットに突っこむ。深呼吸する。カミュの『異邦人』は取り出さない、ここでは出さない。この瞬間はみずからに満ち足りている。まだ水のない噴水盤は白、掃き清められた園道の砂は淡黄色。その淡色の砂のうえで樹々の影が戯れる、灰紫色に。おひさまを浴びていない者は、並木道を遊歩するか、テラスの手すりにだらりともたれている。彫像たちは木の羽目板を外されて凍えている。警官たちがパトロールしている、公園の端の格子から格子へ。わたしはパンテオンへ、影の落ちたデカルト通りへ向かう。店にはもう明かりがついている。小さなオリエンタル風のお店があり、誘うような香りと心地よい温もりを漂わせている。わたしはインドの線香とチュニジアの棗椰子の実を買う。丘を下っていきながら一つ食べる。下ではサン゠ジェルマン大通りの向こうで、カルティエ・ラタンのオリエンタル風な屋台が誘惑する。レバノン人のパン屋で、甘いピスタチオ入りケーキ、アーモンド入りケーキ、ハルヴァ、それに蜂蜜滴るバクラヴァもある。こうした店の扉と看板は、ライトブルーもしくはライトグリーンだ。レストランや軽食屋に軒を接していて、そちらには串刺しにしたケバブや子豚の丸焼きが回転している。この大賑わいのオリエントの真ん中にはまた別のものもある。コクトーが足繁く通った書店、靴屋、アルプ通りの劇場、そこでは昼夜を問わず、イヨネスコの『禿の女歌手』が演じられている。そして学生の誰もが、本やノートをまとめ買いする書店ジベール・ジョーヌ、そしてサン＝セヴラン教会および隣接するその回廊と中庭。

それはわたしのオアシスだ。正面階段を通って教会に向かうと、必ずと言っていいほど物乞いに出くわす。教会内にも物乞いと宿無しがいる。暖気の吹き出してくる格子の上に寝ているのが、ついには聖具室係に追い払われてしまう。中くらいの大きさの教会で、ゴシック様式の中廊と、回廊で結ばれた二つの側廊があり、それが教会全体にホールのような趣を与えている。もっとも美しいのは「ねじられた」ゴシック様式の柱だ。それは中廊の奥に、低い祭壇の視軸に沿って、火炎樹のようにそびえている。長椅子はない。木椅子が置いてある。静寂。

教会は外側では別様の顔を見せている。しかめ面の悪魔の形をした吐水口が嘲るように歩行者を見下ろす、それが通りでの出来事から石を投げて届くほども離れていない。わたしは背を向け、サン＝ジャック通りをサン＝ジュリアン＝ル＝ポーヴル教会へ急ぐ。小さな教会が公園の中に、樹々に隠れるように建っている。ノートル＝ダムの斜め向かいだ。あちらはすべてが押し合いへし合いだが、こちらにはほとんど人っ子ひとり迷いこんで来ない。わたしの隠れ家、と言ってみる。ロマネスク様式の後陣、優美な柱列、聖画壁《イコノスタシス》、枝付き燭台を備えた、蜜蠟と香煙が芳しい隠れ家。ここでは、東方の儀式を保持するシリアとレバノンのキリスト教徒、メルキト派が礼拝を行っている。わたしは聖人たちの厳しい顔を見上げる。蠟燭に火を灯す。耳を澄ます。ここはわたしが夢見ていた以上に東方。わたしの部屋はここだ。

　わたしは好奇心の塊でありながら、庇護を求めてもいる。九歳の「世界探検家」にして、毛皮の手袋をにぎりしめた子ども。大都市はわたしを激しく揺さぶり、小さくしたかと思えば大きくし、探検欲と太古の不安の両方をかきたてる。わたしは匿名の自由を楽しみつつも、その中に没することを恐れてもいる。気分はお天気のようにコロコロ変わり、そしてわたしは風雨に耐えうる存在ではない。遊牧民的遺産にもかかわらず、なめし皮には覆われていない。あまりに移動が多すぎた、とわたしはつぶやく。わたしには小さな家がいる、小部屋がいる、少なくともそう感じられるものが必要だ。ピアノを弾いていると確かだと感じる。ランプの光の下で本を読んでいるとき世界は秩序のうちにある。サン＝ジュリアン＝ル＝ポーヴルの円かな膨らみのうちにいると幸せだ。わたしは屋根の下にいて、それが頭に落ちてくることはない。

　しかしわたしはもう歩いている、牧歌的なサン・ルイ島を横切りマレ地区へ入る、狭い通りを縦横に抜けてヴォージュ広場からロジエール通りへ、ユダヤの食物規定《コシェル》を守る肉屋とユダヤ関係書店の前を通り、レストラン・ゴルデンベルクでポーランド料理のボルシチを食べ、そこで時間はしばし止まり、古壁沿いを猫のようにうろつき、歩道の縁石に躓き（幸いにも大事には至らず）、シェイクスピア&カンパニー書店に（なんとかにわか雨の直前に）たどり着く。気がつくと天井まで届く本の山に囲まれた、赤いビロードのソファに案内され、そのまま放置されている。わたしの小さな放浪の旅《オデュッセイア》の疲れのただ中に。

外へ、中へ、遠方へ、心地よいところへ、講義室から大通りへ、図書館から風吹くセーヌ河畔へ。デモは行われていない、学生運動が起こるのはもう少し後、いまは一九六六年の春、わたしはフランス文学とロシア文学を学んでいる。ドストエフスキーのゼミでパヴェルと出会う、彼もわたしと同じように『白痴』が頭から離れない。わたしたちはコーヒーブレイク二回にわたって「白痴話」にふける。それから彼がロシアの教会合唱隊でいっしょに歌う気はないか訊いてくる。えっ、どこで？　ダリュ通りのアレクサンダー＝ネフスキー教会。連れて行ってと答える。次の日曜日の一〇時に現地で待ち合わせる。金の丸屋根をいただく教会前の広場は、興奮しておしゃべりする人びとでいっぱいだ。ここは小さなロシア。ロシア人亡命信徒の集合場所。金髪を高く盛り上げた女たち、花柄スカーフをかぶったおばあさんたち《バブーシキ》、髭がもじゃもじゃの男たち、きちんとした身なりのおしゃべり小僧たちが見える。一番多いのはロシア語、でもフランス語も聞こえる。助祭が広場に姿を現すと、人びとは教会内になだれこんだ。内部は天井が高く、丸天井になっていて、サン＝ジュリアン＝ル＝ポーヴルのように宝石箱じみてはいない。何列も画が並んでいる聖画壁《イコノスタシス》が金色に光っている。いたるところに蠟燭、そして十字を切る手。前方右に合唱隊、パヴェルは二列目、バリトンだ。最初の歌が昇り始めるや、わたしはもう熱くなる。それからあの終わりのない「主よ憐れみた《ゴースポジ・ポミ》まえ《ールイ》、主よ憐れみたまえ《ゴースポジ・ポミールイ》、主よ憐れみたーまーえー《ゴースポジ・ポミーーールイー》！」その響きは膨らみ縮み、柔らかく、長調と短調の間を行き来する。主よ、憐れみたまえ。（このような切なる祈りを前に神が心やわらげぬことなどあるだろうか。）典礼は波のようで、司祭や助祭の髭のように、立ち昇る香煙のように、拝礼、歌唱、連禱のように波打っている。わたしたちは座っていない、波打っている。動いているもののうちにこそ陶酔はある。この時間の暗黙の合意だ。それは続く。子どもたちすら、ねえいつまで、と訊いたりしない。

教化？　いや違う、呼び醒ましだ。これは聖なる劇場だ。わが家ロシアの温もりと、高邁なる遠方憧憬との混淆なのだ。（最後に辿りつくべきは、愛する神。）

もちろん、とわたしはパヴェルに答える、もちろんいっしょに歌う。合唱隊長に紹介してくれる？　その人はピエール・ル・グラン、すなわち、典礼の後で皆がザクースカにウォッカを一杯やるカフェに座っている。乾杯！　試験？　やるときは、水曜の七時に。楽譜が読めてロシアができれば大丈夫。わたしは自信をこめて言い添える。なまることなく歌います。

じゃあ《ヌー》、いいでしょう《ハラショー》。

そういうわけで、わたしはパリで合唱隊員となる。

第五五章
オルガン奏者

文学と音楽、どちらを専攻しよう。もちろん文学だ、でも音楽はいつでもわたしのそばにいる。練習しない日は一日とてない。狭い、臭い場所で忠実なペットのようにわたしを待っているピアノを見るだけでもう、続けないわけにはいかない。わたしは鍵盤を激しくかきならし、隣人をしばし黙らせる。そして瞬時、われを忘れる。危機とはつまり、馴染みのない場所を恐怖をかきたてるものとして感知することだ。ピアノを弾いているとどんな不安もおさまってくる。淡い奇跡が目に見え、耳に聞こえてくることもある。

Mがわたしの人生に登場するその日、わたしはサン゠ミシェル橋の上で、裏地が青のコートを羽織ったモンゴル人に行き会い、それを吉兆と考える。わたしはカルティエ・ラタンの喧騒を横切り、サン゠セヴラン教会に足をふみ入れる。オルガンが轟いている。教会がただ一つの音響と化している。石、柱、丸天井、ことごとくが反響している。誰かがバッハを弾いている。それにしても凄い。わたしは二階席の下で立ちつくし、動くことができない。教会の黙させる力が荒ぶる響きに屈している。その響きを御しているのは流れるように動く手だ。わたしは非個人的なもののうちに個人的なものを、装飾を、休止を、異なる速さのパッセージを聞く。明晰で軽やか。そして心かっさらう秩序。わたしはいつもより、感じやすくなっているのだろうか？

演奏の終わった後が、まるで余韻が響いているかのように長く感じられる。まるで押しのけられた静寂が、この空間をふたたび占拠しなければならないかのよう。長い。わたしは立っている。わたしは待っている。何を？　また始まることを？　突然、二階席へ続くドアが開き、一人の男性が姿を現す。自分自身をも驚かす冷静さで、わたしは彼に話しかける。はい、わたしがオルガン奏者です。名前は、等々。わたしは自己紹介する。バッハが大好きなんです。聴いていただけませんか。オルガンのレッスンを受けたいんです。彼はじっとわたしを見つめる。そして言う、次の木曜の四時に隣の牧師館に来てください。そして姿を消す。

その木曜日、わたしは『平均律クラヴィーア曲集』第一巻から弾く。興奮気味だ、ゆっくりとしたプレリュードの部分が一番うまくいく。神経が過敏なんです、わたしは言う。偏頭痛もちなんです。彼はうなずく。自分もそうなのだと言う。それからすべてがどんどん進む。一週間後には最初のオルガンのレッスンとなる。

螺旋階段は急で、段々がすり減っている。気をつけて《フェット・アタンスィオン》！　それから不意に二階席が開ける、巨大な楽器、教会中廊を見下ろす眺め。一つの独特な世界。オルガンは外箱としてあるだけではない、それは複雑に組織された、その中を歩んでいくこともできる構成物なのだ。わたしは、実際にそれをぐるりと一周してみて、送風装置とメカニズムについて、一連の大小の、木製・金属製の音管について説明してもらう。バロック時代の至宝、一七四五年、クロード・フェラン製作。複数の手鍵盤、そして足鍵盤、一ダースもの音栓が備わっている。オルガン奏者の長椅子に並んで座るや、わたしは勇気を失う。まるでオーケストラを丸々指揮しなければならないかのよう。まるで船長になったような気分。Mはコラールの旋律を一曲、弾いて見せた。ペダルなしで。わたしも試してみる。鍵盤の反応がピアノとは違う。いくらか遅れ気味だ。押しても音がしだいに弱まっていくことはない。手を離すと、途端に音は消える。スタッカートとレガートは新たに練習する必要があるでしょう。それからクレッシェンド、デクレッシェンドは忘れなさい。音色と音の強さの調節は音栓の役割です。わたしはぎょっとする、Mが新たな栓を引き、明るいシャルマイ音栓に合わせて、金属的な音が鳴り響き、そして突然、オルガン全体が轟き渡る。骨の髄から震撼させる音だ。不気味で、それでいて荘厳だ。

そう焦らないで、一歩一歩だ。下の聖歌隊席のところにある小さなスタンドオルガンで練習しよう、時間単位で。先生は二週間ごとにわたしを見てくれる、彼はパリには住んでいない。

わたしは彼の演奏をもっと聴きたい。今のわたしの惨めさを忘れ、二階席に登りたい。三度目にわたしはお願いする、何か弾いて見せて下さい。晩方で礼拝参列者は徐々に姿を消し、中廊はぼうっと薄暗い。彼はバッハのトリオ・ソナタを弾く。愛撫するような、玉を転がすような、パルランドの奏法。朗らかな。わたしは彼の手を握る。彼は微笑む。もう一つコラールを?

晩はわたしたちの特権的な時間となる。わたしたちは音楽にどっぷり浸り、そうする間に夜になる。わたしは質問し、彼はフレージング、複数の声部進行を説明する。わたしにフランス・バロック音楽の「不均等奏法《スティル・イネガル》」の手ほどきをしてくれる。わたしが弾く。彼が弾く。わたしたちはいっしょに弾く。そして不意に静寂が訪れると、わたしたちは悪さを見つけられた子どものように顔を見合わせる。

終わることを望んでいる者はいない。もっと、そしてもっと、もう少しだけもっと。音楽がすべてを満たすよう、夜ははからってくれる。わたしたちはもういない、いるとしても、音楽の一部にすぎない。そんなふうに、わたしたちの愛は音楽の中で始まる。

愛は多くの言葉を必要としない。誰が最初で、誰が後かなんて、どうでもいい。愛はそこにある、その媒質があり、満ち干がある。わたしは十四歳若く、最初のときに出血する。痛くはない。Ｍには生まれ持った接触の感覚がある。鍵盤の上を、わたしの肌の上を、木材の上を、古い柱の基部を、彼が触れるさま。極度に繊細なぷっくりした指先は、癒しの力を持っている。わたしはその指先を信頼している。この人をまるごと信頼している。

彼がパリに来るたびに、わたしたちは会う。わたしたちは夜に弾く。昼の間は、マレ地区の中世の路地を案内してくれる。裏庭、廃墟、古書店。どの場所についても彼は物語を知っている。サン＝セヴラン教会についても。そこでは右の側廊で流血の争いごとがあったのだという。年代記にその報告があるという。いつのことなのかわたしは訊かない、この側廊に好感を抱いたことがないのだ。愛はわたしたちを盲目にしはしない、二人だとわたしたちはもっとよく見えるようになる。通りの側溝の中の折れた枝、猿回しの男、虹色に光っている油溜まり、歌っている浮浪者。のんびりと手をつないで歩く。別れが近づいたときだけ、ぎゅっと体を押しつけあう。

こんなに人と近しくなるのは初めてだと彼は言う。わたしたちはおたがいのために存在している。モンゴル人の青いコートはそれを知っていたのだ。

夏休み、わたしたちはパリを離れる。彼のミニバン《カミヨネット》で南へ向かう。まず、ブルゴーニュへ、そこで彼は大小さまざまのロマネスク教会を見せてくれる（パレ＝ル＝モニアルの白い装飾）、それからプロヴァンスへ。車がわたしたちの小部屋だ。彼が軽やかに運転し、必要な修理も済ませてゆく。手先が器用なのだ。わたしたちは幸福な放浪者、わたしたちは笑う、ついに一つになったのだ。村の市場で買い物をする。パン、チーズ、トマト、果物。美しきフランスの風景がわたしたちの変化に富んだキスの舞台背景となる。そして音楽は？　それが無い日は無い。マロセーヌの街では、Mは要塞じみた教会のルネサンス・オルガンの前に座る。クープランを弾く。彼は楽器を知っていて、司祭館を、主任司祭たちを知っている。古い鍵束の響きを知っている。いったいこの人は幾つ人生を生きてきたのだろう、わたしは不思議に思う。

わたしたちは喧嘩したことは無い。そんなこと何のために必要だろう。わたしたちは円頭石舗装に躓き、ヴァントゥー山を眺望しつつメロヴィング朝の洗礼堂を見学する。わたしの天使は石と話をする。そしてペタンクの玉を優美に腰だめにして投げる。そんなふうに日々は過ぎていく。日々は暑熱とラベンダーの香りがしている。わたしたちは汗をかく。わたしたちはときおり夢の話をする、そして落ち着いて、以前の話をする。ミヌーが九歳で初めてドルの街の大きなオルガンを弾いたときのこと。まさに望んでいたことだった。ともかくも自身が二階席に登り、鍵盤を弾くこと。

彼は自分自身を独学者と呼んだ。婚外子の一人っ子で、感傷的な母親に猫かわいがりされたのだと。そして音楽にのめりこんだのだと。相手ののめりこむ性格は、おたがいともに愛している。わたしも九歳でバッハを発見した。Mはバッハの作品を通じて動いている、まるでそれが自分自身の作品であるかのように。ドイツ語ができないことを本当に残念がっている。バッハにおいて言葉と音楽は、素晴らしく手を携えているのだ。いまやわたしがいる、彼のために翻訳すべく、カンタータでもコラールの歌詞でもお望みのままだ。君は僕のアンナ・マグダレーナだ、とMがそっと言う。彼女もまた生徒だった、先生のバッハより十四歳若かった。

わたしたちは数字を盲信しているのだろうか？　おずおずとわたしたちは自分たちの物語に紡ぎこまれていき、それは繭を作ってゆく、わたしたち二人の共同の繭だ。でも閉じるところまでは推し進めない、ただひたすらに動いてゆく、開かれに向けて。それがわたしたちの性格なのだ。そして夜には、おたがいの中に入りこんで丸くなり、魔法の卵になる。

ヴァール県の原野の中の薄暗い泉のそばのMとわたし。カット。わたしたちはル＝トロネ村のロマネスク教会の回廊を黙って見つめている。カット。Mがサン＝マキシマンの大オルガンを弾いている、わたしにリード音栓を実演して見せる。カット。わたしたちは明るい七月の月夜をぶらついている。カット。授業の最中、わたしはMを見つめている。カット。好奇心に満ちた音大生に囲まれたMがわたしの視線を探している。カット。コースでのゴタゴタから逃げ出して、わたしたちはサン＝Mを見下ろす小さな丘でピクニックしている。カット。わたしたちはコオロギの鳴き声を聞きながら愛撫しあっている。カット。夜、わたしたちはかつての修道院の房室で細いベッドをシェアしている。カット。朝まだきにわたしはこっそり抜け出す、なぜなら。カット。なぜなら、噂が立ってはいけないから。カット。彼を待つ間、わたしはカサマツの幹を抱いている。カット。彼を待つ間、わたしは秘密の本を読んでいる。カット。

わたしたちの幸福には、ちっちゃな、苦い種があった。Mは既婚者だった。わたしは影の女、第二の女と感じていたわけではなかった、ただ、密かに罪の意識を感じていた。そして、自分には彼の将来に対する権利がないこともわかっていた。この点については、わたしたちはほとんど話さなかった。わたしたちは瞬間の幸福に浸っていた。最初からわたしたちの出会いは期限付きのものだった、それゆえにこそ規範と時間を超えた祝祭となったのだ。わたしはレコード録音のためのオランダ、デンマーク旅行についてゆき、そこかしこで逢っては、たがいの腕に身を投げた。そしてすべてはその瞬間に解決した。痛む胸も、痛む頭も。すべてが。彼はわたしの手を取り、わたしたちは次のオルガンへ進んでいった。音楽だけが、境界というものを知らなかった。

M、ムジークのM、媒質《メディウム》のM、メルヒェンのM。

興ざめした？　興ざめは日常と同様、わたしたちには無縁だった。わたしたちは例外状態を生きていたのだった。

あるとき、彼はこう書いてきた。教会の肌が震えている。きみにはあまりに寒い。あるとき、わたしはこう書き送った。忘れないで、わたしはどこにいてもあなたを待っていることを。わたしは泣き落としや夢物語の助けを借りて、彼を脅迫しようとはしなかった。わたしたちの愛は、圧力を行使するようなものではなかった。

ただ、状況が障害となった。

短い間隔が、長い間隔となり、さらにどんどん長くなっていった。わたしたちの接触は文字によるものへ移行していった。不思議な形で、そしてきわめてゆっくりと、わたしたちは断念していった。おたがいを見失うようなことはなく。終わりについての話、いや、そんなものは必要ない。

第五六章
プラハ

スイス国籍のパスポートともに、わたしの東方への帰還は始まった。パリでは亡命ロシア人と亡命ポーランド人の間をさまよっていたけれど、それで満足していたわけではなかった。いまや自分自身で確かめたかったたし、実際それができるのだった、向こう側は現実にはどうなっているのか。鉄のカーテンの後ろ側は。共産主義の淀んだ空気の中で。

父は驚いている、わたしがすぐにも知ろうとしていることに。赤に白十字のパスポートを手に入れるや、わたしはプラハ行き学生ツアーを予約する。カフカへ、ゴーレムへ、スメタナのヴルタヴァへ。まったく未知の国の中へ。

一九六六年四月、チューリヒには雪雲、向こう側は曇天。税関役人は冷やかだ、その代わり、若い旅行ガイドが笑顔でわたしたちを迎えてくれる。わたしはこの笑顔に、温かい眼差しに、最後までしがみつく。バスはガクンとなる、舗装の悪いアスファルト道路で、それから古い円頭石舗装の上で。過去よ、こんにちは。ヤンが歌うような抑揚で故郷の町の歴史を語っているあいだ、記憶が列をなして通り過ぎてゆくのが見える——家屋、歩道、剝げ落ちた正面壁、灰色。戦争の跡。子ども時代の憂愁。時の渦がわたしを呑みこむ。

キーキー音を立てる路面電車。あの頃のブダペシュトのよう？　コートの仕立て。あの頃のトリエステのよう？　書類カバン。おじいちゃんのやつと同じ？　そのあと、降車時にツンと褐炭の匂いが鼻をつくと、わたしは自分がどこにいるのか分かる。ついに家に戻ってきたのだ。

もう停止はありえない。見る、匂う、触れる、前も後ろも、朝から晩まで、すべてを吸いこむ、すべてを呑みこむ。わたしは我を忘れている、それか、途方もなく我と共にある。まだ口の昇りきらないうちから、正式な見学プログラムの始まらないうちから、通りを抜けて走っている、何かはっきりしたものを探しているわけではなく、ただ犬のように鼻づらを風に突き出して。そう、空気をわがものにするのだ。卵の殻の色をした、焦げ茶色をしたゴミ箱はわたしを冷やかな気持ちにさせる、けれども、ボロボロになった建物の入口、街灯の弱々しいあかり、多くの通行人たちのおどおどした目つきはそうではない。まるであらゆるものに弱音器がつけられているかのようだ。

あの子どもたちの明るい声は、どこかほかの場所から聞こえてくるのだろうか？　人形劇のポスターの鮮やかな色彩のスペクトルムは？

ヴェンツェルス広場では髪の短い道路清掃婦が、無感動に箒を動かしている。駅には制服を着た女性たちがいる、その兵隊調の歩みがするどく響く。（彼女たちの心はズボンの折り目にあるのでは、と思う。）そして大衆は足早だ、高圧的なスピーカーのアナウンスに追い立てられて。

この街の宝を示すべくヤンが姿を現すともう、わたしはもろもろの印象に圧倒され黙りこむ。バロック様式の宮殿が、教会が、メルヒェンの輪舞のようにざわざわそばを通り過ぎてゆく。あまりにたくさんありすぎる。わたしは彼にお願いする、一度、夕方に小地区の方を案内してくれるように。彼は約束を果たしてくれるだろう。アルヒミスト小路に続いて、聖ヴィート大聖堂、かつてのユダヤ人墓地、ティーン聖母教会、ヴルタヴァ川の橋、そしてその他の観光スポットへ。

金曜日の夜、彼はわたしをカフェ・スラヴィアへお茶に誘ってくれる、それからカレル橋を渡って、ゆったりとマラー・ストラナの夜の小路を抜けてゆく。ふたたびわたしは時間の渦にとらえられる。けれども今度ははるか昔まで、数世紀を垂直に遡ることになる。たいていの小路には人はいない。今を思わせるものは何一つない。あるとすればヤンの愛想のいい声だけで、それが舞台装置のような光景を抜けてわたしを先導する。わたしは少し眩暈がすると言う。すると彼はわたしの手を握り、もう離さない。

わたしは何度も何度もやってくる。一九六八年五月、樹々は咲き乱れていた。ストラホフ修道院はライラックの香りがしている、ヴルタヴァ川の島は緑で溢れている、未来を確信している気分が人びとをとらえている。ヤンは言う、僕らは改革を望んでいる、みんなが望んでいる、党官僚を除く誰もが。ドゥプチェクは政治の春を告げる使者、希望を語る声は居酒屋のおしゃべりほども大きい。わたしはヤンと彼の行きつけの居酒屋で、木の長テーブルに座っている。ビールのジョッキが次々に運ばれてくる。ウェイトレスは線をつけていく、一本、二本、三本、四本。斜め線は五本の意味だ。どのテーブルにも線がついていて、どの線もビアジョッキ一杯というわけだ。ビールは気分を高揚させる、議論が交わされ、論争が起きる。学生たちがたくさんいる、すでに一九六七年秋にデモ行進をした学生たちだ。しかし、労働者たち、作家たち、女理髪師たち、女教師たちもいる。高揚状態が誰をも捉えていることは、上気した顔を見れば一目瞭然だ。そしてそれは感染《うつ》っていく。わたしも共に熱狂する。グラスをかかげ、一同に乾杯する。わたしは集団に包まれている感覚、心昂める連帯感を初めて体験する。静かな人といえようヤンも顔を輝かせている。丸眼鏡のレンズの奥でこう言っているのがわかる――よし、もっといくぞ！　僕らは団結すれば強いんだ！　そして次のビールを注文する。わたしがどこから来たかがひろまると、四方から質問が降り注いでくる。スイス人はプラハの春をどう見ているか、政治的覚醒のためにここに来ているのか。わたしはヤンに自分の言葉を翻訳してくれるよう頼む。世界中がプラハを見ている、賛嘆と希望で胸をいっぱいにして。成功を祈っていない人など一人としていない。わたしがここに来ているのは、はら見ての通り。ほかのどの場所にいるはずがあろうかと。周囲は笑いの渦、そして拍手。

街は揺れている、昼も、夜も。ヤンとわたしは、いつも路上にいる、居酒屋から居酒屋へ。その合間に公園のベンチで休んだり、曲がりくねった小路をぶらぶら歩いたり。社会主義の灰色は拭い去られたかのよう。五月、五月、外の世界も、内の世界も。

一度はフィルハーモニー、一度はプラハ・スタシュニツェに住むヤンの両親のところへ（一一番の電車で）、一度はヴルタヴァ川に沿ってずっと歩いてゆく。わたしは熱心にチェコ語の語彙を学んでいく。わたしのロシア語はここでは望まれざる言語だ。

それから――何日後だろうか――避けようもない別離の時がくる。またすぐにね、わたしはホームからヤンに呼びかける。しっかりね、じゃあね！　列車は出発する。

八月二十一日、ソヴィエト軍の戦車がプラハの敷石の上を進んでいく。一〇〇人近くのチェコとスロヴァキアの兵士が殺される、それに約五〇人の介入軍兵士も。蹂躙された夢。そして罰が十分ではなかったとでもいうかのように、ドゥプチェクと周囲の者たちはモスクワへ連行され、そこで改革の終了とソヴィエト軍駐留の書面による承認を強要される。数ヶ月後、一九六九年一月、ヤン・パラフが焼身自殺により蔓延してゆく無気力状態に終止符を打とうと試みる。それに続く者、感嘆する者が出てくるけれど、事の流れを止めることはできない。ドゥプチェクの失脚、全改革の廃止、検閲の再導入、不従順な政治家の排斥、ドゥプチェクは森林労働者としてスロヴァキアの辺境へ、他の者たちは牢獄へ送られる。グスターフ・フサークが鉄の手で支配する。一九六九年の秋、国境が封鎖される。物語は終わる。

それでヤンは？　長くためらっていはしない。手遅れになる前に、兄弟とスイスへ逃亡する。けれども、彼の輝きは失せてしまう、向こう側のどこかにおいてきてしまった、六八年五月のプラハ旧市街のどこかしらに。わたしは彼を慰めることはできない、失われたものを埋め合わせることはできない。かつてあったものは戻ってはこない。そんなふうにわたしたちは自分自身の手から滑り落ちてゆく。

一九七〇年代になってチェコスロヴァキアを再訪すると、そこは別の国になっている。国境でもうわたしは震えに襲われた。けれどもわたしは、国家とは意見を異にする作家の出版契約書を靴の中に隠して密輸し、体制批判者に会い、支配体制には遠慮をしない、というリスクをとる。暗い時代における光明——ミクロフの街のかつてのユダヤ人墓地でのヤン・スカーツェルとの散歩。膝の高さほどもある草に埋もれた、荒れ果てた墓石は傾いでいる。そしてスカーツェルの上がったり下がったりする、もじゃもじゃ眉毛。わたしは彼を、モラビアの義人、詩作するチェーンスモーカー、しわがれ声の沈黙者と呼ぶ。彼は憲章に署名したせいで、出版禁止を食らっている。しかし彼は書いている。「**一ダースもの小さな太陽が、シモンとレベッカの墓に生えた草の中へ転がる。そして風はヤロミールの名前を得る。**」

　おしゃべりの王様、作家フラバルには、その数年後、彼の行きつけのプラハの飲み屋「金虎亭」で、赤ら顔にビール腹の年配の飲み友達一同に囲まれている席で会う。ビールジョッキが、空になってはまた注がれる、話は芸術、ウェイター、病気、選挙運動などをめぐる。罵声、笑い、嘲笑が飛び交う。フラバルは、晩餐の席のイエスのように、テーブルを支配している。もっとうまく言うなら、彼は宴会の主である。女性には「奥の間」(フラバルの間)への立ち入りは拒まれている。わたしはその栄誉を得て——そして急いで姿を消す。名人よ、どうかお元気で。

　それが最後の機会となった。

第五七章

聖金曜日の間奏曲《インテルメッツォ》

昨日、アメリカはイラク侵攻五周年記念日を祝った。（お祝いするような日でない、間違いなく《フォー・シュア》。）今日は春の始まり、イランでは新年最初の日《ノウルーズ》、こちらでは聖金曜日。寒い日。雪が旋風を巻きながら、茂みや、木々の蕾や、小さな野花に降り、風が雪煙を舞い上がらせる、見ていると、くらくら眩暈がしてくる。九時を回り、呼びかけが聞こえる——わが神よ、わが神よ、なぜわたしを見捨てたのか？　鐘が何度か鳴り、それからまた風が、家を巻くように吹き荒れる。「**小鳥たちが**《フェグライン・イ》**森の中で**《ム・ヴァルデ》」さえずるのが聞こえる。では「**やがて**《バルデ》」は？　どんな復活が？

「**地球は回転し、暗闇へ向かう、聞く耳を持たず、ペテンにかけられて**」、ヴェンツローヴァの言葉だ。そしてこう続く、「**残されたのは、謎と、耐えることと、パンと、ワインだけ。**」

六時、数機の飛行機が着陸態勢に入る。幾重もの雲の絨毯の彼方には、満月。とにかく待つこと《ヴァルテ・ヌーア》。待つこと《ヴァルテ》。

第五八章
ロシアでの日々また日々。旅

記憶は時間を遡る。想起の引力はとどまるところを知らない。あの頃……あそこで……覚えてる……そうそう。何年前のことだろう？　三〇年？　四〇年？　なんてこと。子どもの橇に乗っているように、思考は時間の底へ、数十年を一気に滑り降る。そしてストップ。一九六九年。

レニングラード滞在のためのヴィザが出発予定日の前日に届く。わたしは半ば詰め終わったトランクの上に座り、最後の瞬間までどうすべきか態度を決めかねていた。それが、行くということになる、それも今すぐに。重いトランクを二つ引きずった経験なら、すでにあった、パリへ。しかし今回の行先は遠い無愛想なソヴィエト、北のレニングラード、まるまる一学年の間。そして冒険は旅とともに始まる。わたしは鉄道に乗る。

ウィーンまではどの駅も知っている、列車はわたしの小さな家、小さな部屋、そこならぐっすり眠りこむことができる。秋を迎えた森、刈り入れを終えた畑が、明るい昼の日差しを浴びている姿は寝過ごしてしまう。いよいよ事を前にした喜びと不安で疲れ果てていたのだろうか？　西駅ではマリアおばさんが待っている、温かく歓待しつつ守護しつつ、物寂しい南駅に送り届けてくれる。さあ食べなさい――そして言う――それにしてもなんて勇気があるんでしょう！　おばさんは、なんて無分別なんでしょう、とは言わないで、ポガーチャとシュトルーデルを食べさせてくれ、三日間分の糧食をもたせてくれ、わたしの乗ったワルシャワ行きの夜行が動き始めると、最後の最後まで、絶望したように手を振ってくれる。さあ、あとは進めだ。車室はアルコールと消毒剤の匂いがしている、車掌は不機嫌そうにわたしの荷物を押しこむ。やがてわたしの周りでは何人かがいびきをかき始め、ついにわたしにも眠りが訪れようというそのとき、税関吏が荒々しくドアを開け、大声を張り上げ、懐中電灯を振り回す。税関吏の恐ろしい姿は朝まだきにもふたたび現れる、チェコスロヴァキア―ポーランド間の国境を通過するのだ。わたしの赤地に白のパスポートをじっと見つめている。その目つきからすると歓迎されていないらしい。車室にはいまや汗と、さらに何かツンとする匂いが漂っている、褐炭だろうか。日が昇るころ、列車は陰鬱な工業地帯を抜けて走っている。皆、黙っていて、もう一眠りしようとしている。それからニンニクソーセージ、コーヒー、火酒が出てくる。わたしの口には合わず、マリアおばさんの糧食からリンゴとチーズパンを取り出す。他の人たちの分も。そんなふうにしてガタゴト揺れる車輪の上で、容易には倒れていかない時間が過ぎていく。

窓の外の景色が平らになると、ワルシャワはもう遠くない。ヴァルシャヴァ、わたしの旅の最初の目標地。ここで半日と一晩、そしてまた半日を過ごす。

ホテル・ブリストルはアール・ヌヴォー建築の建物で、古いエレベーターがあり、ふんだんに大理石、鏡、装飾文様で飾られていて、かつてはピアニストのイグナツィ・ヤン・パデレフスキが所有していたものだが、現在は社会主義的外観が施されている。身分証明書記載の住所。わたしは奮発して、部屋と、清潔なベッドと、入浴の快適を手に入れる。旅が先へ先へと進んでいく前に。

教会の中には蠟燭が灯り、人びとが跪き、聞こえるか聞こえないかの声でぶつぶつ祈りを唱えている。この雰囲気から何かしら温かいものが湧き出している、一方、外の空気は鳥肌が立つほど冷たい。この地を訪れるのは初めてで知る人はいない。再建された旧市街をうろつき、スターリン主義的豪華建築が連なる殺風景な大通りは避ける。誰もが言う、かつてはどうだったか、それがいかに跡形もなくなったかを。戦争のせいだ、戦争そしてまた戦争。この書き割りの中で迷子になるよりは眠っていたい。ワルシャワは灰から蘇る栄光に満ちた不死鳥、ではない。

エレベーターはガタンと鳴り、責め苛む夢はギクリとさせる。（このブリストルはゲシュタポの手中に？）お昼頃にはホテルを出て駅へ向かい、モスクワ行きの急行に乗る。


よそよそしさに比較級はあるのだろうか？　雲のせいではない、でもクッションが擦り切れた列車は、より東的だ。景色は東へ進んでゆく、そこここに雌牛、農夫小屋、やつれた教会塔。布切れさながらの畑が広がる。もろもろの光景はわたしを横切り、消え失せる。夕方が単調に近づく。夜に沈む。わたしたちはブレストに着く。

ブレストは国境の町、ソヴィエト連合という怪物、ソヴィエト巨大鉄道網はこのブレストの町から始まる。わたしたちが到着するや、外ではホイッスル、怒鳴り声、犬の吠え声が響きわたる。兵士たちが駅のホームをパトロールしている。兵士たちが客車になだれこんでくる。命令する怒声、パスポートおよび税関審査、手馴れた恫喝。空気は重く淀んでいる。すべてが這いつくばっている。それがずいぶん長く続く。何人かの乗客が、重い鞄やトランクを引きずって降車する。それからどうなるのか？　不意に、列車の一部が駅舎から出てきて停止する。客車を新しい、ソヴィエト規格の線路幅に合わせなければならないのだ。車両の持ち上げ、トントン、カンカン、ガンガンが始まる、これ以降は別の法が支配することを示威する粗暴な作業。リュブリャーナの幼年時代の夜々の恐怖が蘇ろうとする。不気味に転轍される列車から響いてくる物音。鉄の馬の中に閉じこめられて、厳重に監視されサーチライトに照らされた無人地帯に足止めされて、わたしはふたたびあの不安を体験する、移送されるのではないか、いずことも知れぬ場所に。息が詰まる。わたしは考える、中間休止、そしてそれ以上は何も考えられない。

それからまた兵士とシェパードのいる駅、陰鬱な目つきの新たな乗客たち、でも朧ろにしか見えない。暗さはわたしにつきまとい続ける。わたしたちは暗い白ロシア《ベラルーシ》の夜の中へ走ってゆく。月はない、白樺も光らない。わたしたちは走る。一直線に東へ。

浅い眠りを抜けて、いつかどこかで、ぼんやりと浮かび上がる、ミンスク。一つの名前でしかない。

朝は光をもたらし、好奇心をもたらし、紅茶をもたらす。いや、紅茶を持ってきたのはむっちりした女車掌だ、お盆に乗せて。濃い紅茶をグラスに入れ、サモワールからの熱いお湯を注ぐ。どう《パジャールスタ》ぞ。車内に生気が戻ってくる、モスクワに向かって熱気を帯びる。モスクワへ、モスクワへ、はるか遠くのシベリアから首都に憧れるチェーホフの三人姉妹の声が聞こえる。わたしは西からやってくる、そしてモスクワでは乗り換えるだけだ。

　きっかり九時に、わたしたちは薄緑色の、小さな塔と白い文様に飾られたベラルーシ駅に入構する。終着駅だ。どちらを向いても人の群れ。わたしはトランクを引きずって一時荷物預け所へ向かう、レニングラード行きの夜行列車が発車するのは遅い時間になってからなのだ。眼の前には好きに過ごせる、お天気のモスクワでの一日が広がっている。駅の出口で、スカーフとエプロン姿のおばあさんからできたてのピロシキを買う、野菜とひき肉詰めのパイを紙に包んだやつだ。ルーブルの小銭はワルシャワで調達済み。

　モスクワは大きい。行き当たりばったりが一番、とはいってもやはり市街地図は必要だ。眩暈のするようなもろもろの印象。凹みだらけ穴ぼこだらけの歩道。ほぼどの歩行者も買物袋を持っている。（機会を逃してはならないということだ。）赤白の横断幕は共産主義の明るい未来を告知している。しかし立ち並ぶ建物の正面壁は、灰茶色で物悲しい。まことに稀有なスタイルの混交が見られる。多くの建物がこけおどしであり（スターリン主義的擬古典主義）、そうでないものには顔がない。驚かされるのは、一九世紀建造の数棟の貴族の邸宅で、庭は荒れ果て、木造家屋は傾いている。そして金もしくは青の玉葱型屋根をいただく小さな東方正教会。こちらは人間らしいけれど、たいてい今は使われていない。

　通りがカーブするや、木陰の多い並木道となり、雰囲気が一変する。幅広のぶち抜き大通りはひたすら権力を誇示している。それは赤の広場に集中している。そのレーニン廟の前には入場を待つ人の長蛇の列。わたしには川の向こう岸の方が感じ良く思える。クレムリンからはほどよく離れている上に、何よりも古くからの商人街区が魅力的だ。ここでなら、ソヴィエト帝国の首都になる以前の、かつてのモスクワを夢想することができる。居心地がよく、鄙びていて、修道院と居酒屋でいっぱいだ。カフェとレストランはここの路上の風景にはない。ある扉の開いた教会には一人の死者が安置されている、司祭が鼻にかかった声で死者の祈りを読んでいる。それ以外は静まりかえっている。

この静けさの中で、わたしはヤロスラブリ駅に行くことにする、ハバロフスク行きとウラジオストク行きの遠距離列車、シベリア横断鉄道が発車する駅だ。地下鉄に乗ることにする、華やかさの点ではパリのメトロには比べるべくもない。そこでは誰もが本を読んでいる。(書店は一軒も目にしなかったのだけれど。)

駅舎ホールは大きく、人混みでいっぱいだ。ここから出発する者はたくさんの荷物を携えている、ふんだんに糧食を持っていく、というのも(太平洋までの)八日間は長旅だからだ。人びとからは旅立ちの気分が感じられる。待ちきれぬ思い、別離の悲しみ。ひとりで立っている人もグループもいる、周りには鞄、トランク、ザックが置かれ、運行掲示板を眺めている。オムスク、ノヴォシビルスク、ウラジオストクの文字が見える。わたしは地名を見ると熱くなったり冷たくなったりする、遠方への憧れにとらえられもすれば、それ以上に強烈な憂愁にとらわれもする、自身の生からの亡命を強いられるような気分になる。いつもこの引き裂かれる思い。あるいはこう言ってみようか——死して成れ。出立への衝動が喪失への不安と対をなしている。いまだ旅足りぬ、ということか。それで先へいけるか試しているのか。それとも、他の人たちの旅立ちの術を観察しようということか。

愚か者！とわたしは言うと、すっかり魅了されて発着線の前に立つ。世界探検家になりたかったんだよね、きみは。でも周りの人たちは、もしかすると家に帰る人たちかもしれない、モスクワに用事があったのかもしれないし、親戚のもとを訪ねたのかもしれない。探検を目指しているなんて誰が言ったのだ。彼らは帰りの列車でチェスをするだろう、お茶とウォッカを際限なく飲むだろう、寝板の上で微睡んで、世界は通り過ぎてゆくにまかせるだろう。それだけのこと。

わたしは目をこすると、あるおばあさんからアイスを買って、ペロペロ舐めて幸せになる、子どもみたいに。その瞬間、自分は守られていると感じる。想像上の隔たりは縮み、駅は感じのいい部屋となる、ほとんどそうなる。ベラルーシ駅に預けた荷物を取りに行くために、地下のメトロに滑りこむときにはもう、自分をよそ者と感じることもなく、心地よく人びとに包まれている。

レニングラード駅まではタクシーを使う、もう暗くなり始めている。重いトランクを二つに、重くなった足が二本。旅の最後の道程を眠って過ごすだろうことはもうわかっている。まるで犬のようにくたくただ。

すぐに〈赤い矢〉号は見つかる、この国で最大の二つの都市を結ぶ列車だ。あと一晩乗ればわたしは目的地にいる。ベッドは快適で同室の女性客は静かだ。今回の列車は北へ向かう。そして翌朝、目をさますとわたしはそこにいる。到着だ。

第五九章

シェフチェンコ通り二五番地の二

学生寮はずっと外のワシリエフスキー島にある。鉄筋コンクリートプレハブ建築で、同様のプレハブ建築の建物に周りを囲まれている。裏にはスモレンスク墓地がある。部屋はロシア人女子学生と同室だ。寮にはそもそも個室がないためだが、理由はもう一つ、外国人は監視されることになっているのだ。ナージャはわたしより少し年上で、カザフスタンで育ち、物理学で博士論文を執筆中。痘痕《あばた》があり、寡黙で、不幸な印象を与える女性だ。朝、部屋を出るときにはまだ寝ていて、夜、部屋に戻るともう寝ている。眠りは彼女の避難所であり救いであるらしい、何からの？　わたしは聞かないし、ナージャも言わない。それとも彼女は眠っているふりをしていただけだろうか？　そんなこと何の役に立つだろう。わたしの部屋に盗み聴きすべきことはない。わたしはつま先立ちで部屋を出て、寮全体に三台しかない電話がある一階で電話をしている。ナージャ自身は謎だけれど、スパイ行為に関しては彼女は何一つ理解していない。にもかかわらず、いくつかの物はトランクに入れて鍵をかける、念のためだ。

ある日のこと、彼女が不思議そうに言う、わたしは寝ている間も喋っている、それもロシア語を喋っていると。それは彼女以上にわたしを驚かせる。わたし、何を話してるの？　少々、心配になってわたしは訊く。個々の単語しか聞き取れない、つながりはない、とナージャはなんでもないように言う。一方わたしは、彼女の眠りの妨げとなっていることを恥じる。

その後、わたしは何の他意もなく、彼女をコンサートに招待する。彼女は感謝して誘いを受け入れ、少しばかりおめかしして音楽を楽しみ、いくらか多弁にすらなる。まるで彼女の眠りの孤独の殻を、わたしがパチンとこじ開けたかのようだ。彼女は父がおらず、貧しさの中で育った、おそらくは兵士の子で、婚外子なのだ。それから天然痘にかかり、近眼になった。愛された経験はほとんどなかった。でもいまやレニングラードが、あらゆる都市の中でももっとも美しいこの都市が、どうにかしてくれるはずであると。しかし、そう簡単にはいかない、草原《ステップ》からやってきて、今なおそれを自分の中に抱えこんでいる人間は。それにあの眠り病。学生寮はもの佗しい場所である。シャワーは冷たい水しか出ない、というか、ほとんどそうで、待ち時間がかかるのだ。わたしはシャワールームよりも共同室の方が好きで、それはピアノが置いてあるからで、確かに調子は狂っていたけれど、指を動かし、頭を高く掲げているには十分だ。

それにここにはイタリア人、フランス人、スイス人、フィンランド人がいる、わたしたちは折にふれて経験を交換し合い、そして自分自身の道をゆく、何に保護されることもなく。わたしはこれを「もぐる」と呼んでいる。

驚きは目と鼻の先にある。隣の建物には幼稚園があって、子どもたちは頭のてっぺんまで包《くる》みこまれて、お散歩に連れ出される。子どもたちはちっちゃな鞠さながらに二列で前へ転がってゆく。まんまる顔に縁無し帽に上着に手袋、色とりどりの行列の先頭ではこざっぱりした身なりの先生が、上機嫌をあたりに振り撒いている。口げんかする子も泣く子もいない、平和裡に秩序正しく、一行は進んでゆく。

向こうにはパン屋《ブーロチナヤ》さんがあり、黒パン、細長白パン、クッキー、ピローグを求めて、行列ができていることもある。黒パンは風味が濃く、アニスとコリアンダーが入っているような味がする。ここでは黒パンを食べて生きていくことができるかもしれないくらいだ。それにボルシチと魚の燻製、そしてヨーグルト、醱酵乳、リャージェンカ、ケフィア等々の乳製品を食べて。到着するや、わたしは買物網を持って外に出る。ここではこれがいい、他のやり方はうまくない。

もう少し歩くと、スモレンスク墓地がある、いわばわたしの庭だ、そしてここが庭なのはわたしだけでない。樹々や新鮮な空気を求める人たちがはしゃぎまわっている。四方八方へ続く道、立派な教会、並木道、そしてたくさんのお墓。薄青と薄緑に塗られた柵に囲まれている。その四角の枠の中には、木の十字架、その前にテーブルが一つ、ベンチが二つあり、お墓で食事ができるようになっている。お墓でのピクニックは異教的で常になく陽気だ。家族そろって楽しくすごしている。それから彼らはお辞儀をして、柵につけられた小さな門を抜けて、お墓を後にする。

バスや路面電車の中では、これほどのリラックスした空気はない。押し合いへし合いで、顔からは恨みつらみが覗いている。まるで灰色の日常では、誰もが誰もの敵であるかのようだ。都市は苛立たせる、たとえそれが特別な都市であろうと。そうする余裕がある者は、週末には緑の中へ、ダーチャへ、鶏たちのもとへ、小菜園へ向かう。窮屈な都会の通りの彼方へ、国家によるコントロールの彼方へ。

わたしはさほど以前ではない時期に、プラハの蜂起を蹂躙した軍隊を持つ国にいる。ブレジネフ政権には何らシンパシーを感じていない、いろいろな図書館で博士論文のための調査をしたいだけ、かつてサンクト・ペテルブルグそしてペトログラードと呼ばれていた都市に近づきたいだけだ。一〇ヶ月と四つの季節にやり終えるべき大きな課題はこれだ。

第六〇章
図書館にて

それはネフスキー通りにほぼ面した場所、植栽に囲まれた女帝エカテリーナ記念碑の向かいに建っている。わたしが一日のほとんどを過ごしていた、サルトゥイコフ・シチェドリン図書館である。朝九時に積み上げた本のわきに座ってからは、夜七時以前に閲覧ホールを後にしたことはない。いや、湯気のこもる学生食堂にペリメニやボルシチ、それか甘いカッテージチーズ入りパンケーキを食べに行くときは別だ。生野菜のサラダと果物はそもそも存在しない、その分はスイス製ビタミン剤で補わなければならない。

図書館のホールは大きく、一九世紀建築で、人でいっぱいだ。図書館職員は怒りっぽく無愛想で、何かといえば管理したがる。そうでなくとも持ち物はすべてクロークに預けなければならない。手元に残るのはレポート用紙、ボールペン、お財布、ティッシュだけ。トイレは建物の外で、紙は一切おいていない。「お嬢さん《ジェーブシカ》、身分証明書を！」一冊、二冊、三冊。幾つかの本は「貸出禁止」。あるいは外国人には禁止。文句を言ってもどうにもならない。

しかし、やるべきことはたくさんある。使えそうに思えるものは書き写す、それ以外に手立てはない。街で二番目に大きなこの図書館には、皆が使えるコピー機は一台も置いていない。発禁書の複製に使おうと考えたりしないよう、いかなる（個人所有）タイプライターも国家によって登録されている国であれば、これも当然の論理なのだろう。地下出版《サミズダート》――これは最重大犯罪だ。コピー機を設置するなどとんでもない。というわけで、わたしは本の半分を筆写することになり、無言の行を続けるうちについに眠りこんでしまう。そう、午後の一時には頭が重くなってくる。わたしは机の上で腕を組み、そいつをそっと横たえる、十分に楽な体勢でスイッチオフできるように。忘却される、閲覧ホール、がみがみ言う職員、何もかもが。ナージャは遠く、本ならば怖くない。本たちはそこにいて、待っていてくれる。ではさようなら、しばしの間。

その後では楽になる、集中力は研ぎ澄まされる。バラトィンスキー、このメランコリックで洞察力に富んだプーシキンの同僚は間違っている。「夜、よそ者の放浪者が底無しの深淵に近づくように／星が誤って測られた軌道にあろうとも／代わりに別のもう一つの星が輝く！／そうなったところで地上はつゆとも困りはしない／その墜落の名もなき叫びのことは／世界の耳には何一つ届かないだろう／エーテルの世界にあってはまったく平静に／弟星の新たに生まれた光が輝く／それは元気な声で天空に挨拶の言葉をかける。」悲歌『秋』（一八三六／三七年）の第一六連である。誰もわたしを肩越しにのぞきこんでこないのはありがたいことだ。ソヴィエトの検閲官たちが、革命の隠語で「退廃した悲観主義」とされるものを根絶しようと、古い詩人たちに手出ししたりしないのは好ましいことだ。たとえ次のような詩行があろうとも。「ああ、わたしたちが耐え忍ぶのは難しい

／荒波となって心に打ち寄せる生を／運命が心に狭い境界線を引いている間に。」

わたしの周囲の図書館利用者は不幸に見えるだろうか？　年金生活者たちも本の上に屈みこんでいる、あるいは別の（よりましな）現実へ逃避するために、あるいは住まう公共住宅が寒くて喧しいせいで。わたしたちは時おり旧知の間柄のように笑みを交わす、つまるところわたしたちはここでたくさんの時間を過ごしているのだ。老人たちの身なりはみすぼらしく、歯は欠けているが、集中している様子がうかがえる。読んでいるとき、体を屈めて小さなメモを書いているときには。彼らもまた抜き書きを強いられているのだ。夕方になると、上機嫌であろうがなかろうが、この獲物を携えて家路につく。そして翌朝ふたたびやってくる。彼らの生は本の頁の間で演じられる、その間に彼らは痩せこけてゆく。

年金生活者たちは枯れ木のようで、図書館職員たちは枝振りのよい大木のよう。バストが豊かで、化粧が濃くて、髪は金髪に染めて高く盛り上げている。誰が決定権を持っているかは一目瞭然だ。ちなみにそんなでっぷりした、ヒステリー傾向のある女偉丈夫は、クローク係の中にも、女店員の中にも、学食の調理人の中にもいる。（あの甲高い声。）

すべてひっくるめて言うと、ここは過ごしやすい場所だ。島のように。外は往来する車、雨、ぬかるみ、その他もろもろの不快事、中は精神の世界、それが騒音ぬきでより良き興奮をもたらしてくれる。わたしは初版本や古雑誌をめくる（紙や印刷体裁からして恍惚とさせるものだ）、名前たちに命が通う。そうして対話が始まる。それはどこかのガーリャと始める対話と同じくらい現実的なもの、いやそれ以上に深いものだ。そして終わりの見えないものだ。

おはよう、プーシキン・プレイヤッド、こんばんは、書簡、格言、悲歌、献詩。バラトィンスキーはこの友人の輪の中の一人に過ぎない、その中でもっとも陰鬱な星。けれども、それが夜空に引くメランコリックな尾に、わたしは東方の三博士のようについていく。（存在は何のためにあるのか？　地上世界の形象は変わることなく現象する／わたしたちはそれらをよく知っている。古きものの再来のみが／未来の懐において待っている。）

デスクライトのスイッチを押し、光の円錐形が広がると、心地よい孤独の感覚が生まれる。銘々がその本の上に屈みこむ、視線はもはや宙をさまよってはいない。一方、耳はすべてをより明瞭に聞き取っている。パリパリと折れる新聞の頁、クシュンと鳴るくしゃみ、カリカリ擦れる鉛筆。閲覧室は半ばほどしか埋まっておらず、黙想めいた気配が場を満たしている。空気は黴、パチョリ香油、糊の匂いがしている。

本当はもっと座っていたい、背中と頭がもっと元気なら。そしてお腹がくちていれば。

わたしは席を立つ。七時少し前だ、女帝エカテリーナはもうライトアップされている。

第六一章
アレクセイとのコンサート

ネフスキー通りを渡りさえすれば、わたしはフィルハーモニア小ホールの中にいる。ポスターはまさに誘惑そのものだ――スヴャトスラフ・リヒテルピアノ独奏バッハの夕べ、ロシア弦楽カルテットによるモーツァルトとショスタコーヴィチ、バロックアンサンブルによるヴィヴァルディ、コレッリ等々。費用は二ルーブル半、ささいな支出だ。わたしは空腹を忘れ、勇を鼓して切符売り場に並ぶ。そして、たいていはうまく手に入れる。天使の翼に運ばれるように赤いクッションに座る、音楽が鳴り響く。素晴らしい音楽、素晴らしく演奏された音楽。

リヒテルのバッハは、まさにこの世ならぬ場所から聞こえてくるかのようだ。「宇宙的」とバラトィンスキーなら言うところだろう。主観ならぬ、客観的法則が統べる場所から届けられるもの。呼吸がゆったりと、心臓の鼓動がゆっくりとしてくる。わたしはバッハの音楽に仕えるその人を、その不動の顔を、その明晰な身振りを見る。「我を忘れた」という言い方すらできたかもしれない、もしどの音も最高度の規律に支えられているのでなかったならば。他のいかなるやり方でもなくこのやり方で、という。いずれにせよ、この名人芸に緊張が聞き取られることはない。それは自然な、おのずからあるような平静さから流れ出してくる。まさにバッハの音楽（より大いなる神の栄光のために）にふさわしく。

若い聴衆は、すっかり夢中になっている。

リヒテルは――よそよそしい、「心ここにあらず」の態度で――壇上の彼に差し出された花束を摑むと、上半身を傾けステージから出て行こうとする、まるで仕事を終えた後は立ち去ること、消え去ることだけが、たった一つの望みであるかのように。バッハの音楽（『平均律クラヴィーア曲集』第一巻、第二巻）の物質化に尽くした人間嫌いの媒質《メディウム》。

リヒテルと他の演奏者たち。コンサートの数々。フィルハーモニア小ホール、大ホールでの、ムラヴィンスキー指揮によるベートーヴェン、シューマン、チャイコフスキー作品の演奏会。

この場所で、柱列に囲まれた白いホールで、わたしは休憩時間にアレクセイと知り合う。彼がわたしに話しかけてくる、もう何度かお見かけしたことがあるのですが。もしよければコンサートの後で、何かいっしょに飲みませんかと。そんなふうに音楽を介したわたしたちの友情は始まり、それは儀式のようにコンサートとその後のレストランでの食事に限定される。

アレクセイは採鉱技術者で文学と音楽の愛好家だ。ほどなく、彼の読書の一端をのぞかせてくれる、「ちなみに」と言いながらあれやこれやの詩を引用することによって。もちろん、彼自身も書いていて、喜んでわたしにも見せてくれるという。アレクセイはしゃべりにしゃべる。まるでわたしにこの世界を説明しなければならないかのように、まるでわたしが滔々たる弁舌――それは政治的に批判的なコメントも含んでいた――の理想的受皿であるかのように。わたしを単純素朴と思っているのか？　それとも彼自身、息継ぎを必要としているのか？　体格は貧弱で、顔も美しいとは言えず、髪はツンツン立っていて、見るからにこっけいな外見。女性に同情されることはあっても、愛されることはなさそうで、当然ながら孤独。まるで滝のようにしゃべる。あそこにある記念碑について、ネヴァ川の気まぐれについて、プーシキンの追放について、チャイコフスキーの『エヴゲーニー・オネーギン』について。ただ、自分自身についてだけは沈黙を貫いている。口にしたのは、どこかにママがいて、そのママといっしょにレニングラードへ越してきたということ。ママは女医か、看護婦か何かをしているということ。そして田舎におばあちゃんがいるということ。父のことは一言も触れない。姓にはユダヤ系の響きがある。わたしは質問はしない、話を聞く訓練はできている。スイスについて彼は根掘り葉掘り尋ねてくる、アルプスの国、チョコレートの国スイスについて。カラムジン以来、ロシア人たちが自由の共和国として理想化してきた国なのだ。わたしは言う、いくつかのことは事実だとしても、やはりそれは神話なのだと。サイズが小さいと民主主義はうまく機能するということなのだと。

機能しないものといえば、レニングラードの都市交通だ、わたしは鉄屑同然で氷泥上をゆくバスを待たされる時間の長さに不平を言う。彼はそうした話を聞くのが好きでない。わたしが彼の国を批判するや、アレクセイは愛国主義者に変身する、祖国のために弁明し、万難を排して擁護する。わたしたちは戦争の話をしているのではない、バスの話をしているのだ、とわたしは言う。いや違います、と彼は言う、もっと複雑なことなのです！　今なおレニングラードの家々には弾丸による穴ぼこが空いている、道路舗装は多くの場所で六〇年来修理されていない、市電は線路がたわみ車両が脱線しかかっている、時間がかかることなのですと。（そしてお金も、とわたしは考える。）

　そこでもう彼は一編の詩を暗唱する。（マヤコフスキーの『人間』から。）「ここには一つの街があった／それは狂気のうちにある街／煙突の森の煙にまぎれた街だった／その同じ大都市で／ほどなく始まる／ガラス張りの白茶けた夜が」

　アレクセイを論駁するのは不可能だ。それでもこちらがある意見に固執すると、彼は言う、お嬢さん、あなたは先入見に捉われておいでだと。

　一番いいのは意見を戦わせないことだ。彼は語り、わたしは聞く。最近、彼は同僚とコマロヴォへキノコ狩りに行った、郊外へ向かう電車にはたくさんの家庭菜園愛好家《ダーチニキ》たちがいた、しかしまともな席はほとんどなかった。クッションが切られて穴だらけだった（この不良たち《フリガーヌィ》め）、そのあと訪れた森は純粋な至福であり（蚊が多かったことを除けば）、良いキノコ狩りの季節ではあった、ただ、ピクニックでは男が一人うるさく声をかけてきた、おそらくは何かアルコールが飲みたくて暴れていたのだと思う（「私はお酒は飲まないのです！」）、いつもこうした粗暴な振る舞いがある、しかも偉大なるアフマートワが眠っている墓地の近く、詩の崇拝者なら誰でも（「私もそうなのです！」）詣でる場所で起こったことである。「これがロシアなのです――粗暴でありながら志操高く、飲んだくれでアナーキーでありながら詩心に溢れているのです。」

　別の言葉で言うなら、ここでは皆、頭がどうかしている、しかしそれだけではない。ロシア人のことは弁証法的にのみ理解することができる。そしてアレクセイはわかっている、なぜ、自分が「とはいえ」や「しかし」をこれほど頻繁に口にするのかを。

彼の議論にはつまるところどんなことでも入りこむことができる。わたしが礼儀正しくも言わないでおくことにする異議を除けば。

わたしたちはケーキを前に、紅茶やコーヒーを飲んでいる、彼は甘いもの好きだが食べるのは遅い、溢れ出す弁舌を止められないからだ。次の出張ではずっと北へ行くことになる、三日間も行くことになる、自分はその場所に行ったことがあって、死ぬほど退屈なところで、夜はホテルの部屋で本を読んでいる、他はいっさい耐えがたいところだ。(酒を飲む仕事仲間も含めて。)少しばかり自己憐憫が響いている。わたしは同意を示さない。すると彼は自分の人生が繰り返し交差する、「女手一つで子どもを育てている、非常に教養がある」若い母親の姿を描きだすことでわたしの関心を引こうとする。自分が少しばかり気後れしていることは認めなければならない、その人は年上であるだけでなく、職業経験も人生経験も自分以上に積んでいる、そう、「女性は男性より成熟している、特にロシアでは。」わたしは言う、そんなことは関係ない、何も恐れる必要はないと。彼は感謝をこめた眼差しでわたしを見つめる。

変わった若者である。小人のようで、空想豊かに語るのが好きで——そして謎めいている。どうやって見分ければいいのだろう、いつ本気で、いつがほらなのか。それはおそらく彼自身もわかってはいない、それほど自然に一方から他方へ移行している。わたしのうちに理想的な聞き手を見出していて、それで繰り返し会うことに固執している。

コンサート、カフェ、バス停への散歩。ガタガタいう乗り物が停車するときには、わたしたちはもう次の約束をしている。彼はわたしに手を振り、夜の中に消えていく。

時が経つ中で、わたしは彼のことをもっと知るようになっただろうか？　彼はわたしに無数の話を聞かせた、滑稽な話、悲劇的な話、心動かされた話……しかし自分に関して本質的なことは、何一つ漏らしはしなかった。まるでそうした話で自分の孤独を覆い隠そうとするかのように。心中、彼はひとりぼっちだった。そしてわたしがそれを感じとっていることを感じとっていた。

もろもろの話――ほらを吹いている話、関心を引こうとする話、覆い隠そうとする話――以外には何一つなかった。わたしにお世辞を言うことはなく、敬意をもって接し続け、最後まで「あなた」で話しかけてきた。そしてわたしがレニングラードを去る時には、関係を断つことがないよう頼んできた、わたしたちには文通を始めるに足るだけの、話すべきことがあるはずだと。彼は毎月何枚も手書きの手紙を送ってきた、そこには明白な検閲の跡があった。封筒には黄色い糊がべったりと貼りつけられていた。

手紙では彼はより自然でより個人的で、詩や日記のようなメモを送ってくることもあれば、珍しい出来事や辛い出張旅行について報告してくることもあった、しかし検閲に関する点では必要な注意を払っていた。わたしは彼にとって唯一の西欧の知り合いだった。わたしに書くことができるということは、個人的な孤独からの逃げ道であるだけでなく――おそらくは職業上の秘密保持の理由から――短期間すら離れることが許されぬ全体主義の祖国からの逃げ道をも意味していた。

文通は一〇年以上続いた。それはバランスを欠いた文通だった。アレクセイは定期的に詳細なものを書き送ってきたのに対し、わたしのものは短く、間隔もまちまちだった。わたしの生活は結婚と子どもで変わり、彼のそれには新たな展開はないようだった。わたしは眼の前に彼の姿を見た。いまだに小人じみていて、変わり者で、幸せを追い求めていて、それを弁舌の中で虚しく実現しようとしていた。

それから突然、ある日を境に、何一つ来なくなった。わたしたちの文通はしだいに消えたのではなく、プツンと切れた。予告もなく、理由もなく。そしてわたしを困惑させた。彼はもう返事をしてこなかった。転居は何度もあった、しかし彼はいつも住所を伝えてきた。わたしは不確かな宛先に向けて書いた。二度、三度、そして諦めた。

死んだのだろうか？　自ら命を絶ったのだろうか？　それとも新たな人生を歩み始めたのだろうか、わたしの知らない場所で？

切断された弁舌の流れは、痛々しい空虚を後に残した。そしてアレクセイからだけでなく、彼の国から断ち切られたかのような感情を。

言葉のへその緒がなくなってしまった。

箱の中には一三二通の手紙が保管されている、遺言のように。

第六二章
ＬＬ、あるいは、レーナよ、永遠に

劇場運営を大学で学んだ女性数学者、こういう人物も世の中にいる、レーナ・Ｌという名前で、友達の友達でレニングラードの真ん中の、キーロフ劇場からさほど遠くないデカブリスト通りに住んでいる。声は低く、バセドー氏病のために眼が突出気味で（甲状腺）、背が高く、女教師のようにせかせか歩き、頭の回転が早い。わたしたちはすぐにたがいに好意を持った。レーナの語る言葉は、明晰で思慮深く、激する傾向や論理の飛躍は微塵もみられなかった。外見においても彼女は「ロシア女」の正反対で、豊胸でもなければ、金髪でもなく、めかしこんだところもなかった。とにかく天才なのだと、友人たちは言う、誰よりも頭の切れる女性だと。それに加えて、彼女はつつましやかな人だった。

わたしにはレーナは、あの「夏の庭園」の真直ぐに続く、光溢れる並木道のように思える。爽やかで、気持ちのよい人。揺らめく暗がりとはまったく縁のない人。まず分析、それから行動というのが彼女のシンプルなモットーで、それによって小さな奇跡はすでに起きていた。例えば、家族がいっしょに住めるようにすること。彼女はシベリアのオムスクで、ユダヤ人の母とスターリンによって流刑に処された古い貴族の家柄出身の父の娘として生まれた。オムスクで育ち、大学で学ぶためにレニングラードにやってきた。そしてこの地にとどまった。まず弟を引き取り、それから母の死後、父親を引き取ったが、これはきわめてこみいった話であって、この都市は移住者に門戸を閉ざしていたのである。彼女は粘り強く、巧みに事を成し遂げた。そうすることで地方追放の憂き目を見てきた家族史の一章に、終止符を打ったのだった。

誰もがレーナを頼り、しがみついていた。俳優をしている弟のミーシャ（陽気な夢想者）、父（上品な年配の紳士）、そして絶えず彼女から助言をもらっている数かぎりない友人たち。レーナにはいつも時間がある、彼女はあらゆる生の状況に助けの手を差し伸べる、電話一本すればもう大丈夫、レーナは、レーノチカは助力、助言を惜しんだりはしない。まさに無私と呼ぶべき態度である。それかもっと単純に、わたしは必要とされている、ということ。

それに喜びもある、何かがうまくいくときの満たされる気持ちも。例えば、そのシーズンで一番人気の公演チケットを手に入れること。レーナのおかげでわたしはいつもトフストノゴフの「大ドラマ劇場」を訪れ、ブルガーコフの『白衛軍』、ゴーリキーの『母』、チェーホフ、オニールの作品を観る。トフストノゴフはイデオロギー的前提を掘り崩し、政治的硬化の時代に自由空間を生み出すということで、劇場には溢れんばかりの人、どの公演も売り切れだ。ここでは息ができるとレーナは言う。そして、まあ見てみましょう、どのくらい彼にやらせておくつもりなのかと続ける。成功は、いかなるものであれ、役人の目に疑わしく映るのである。

劇場に足を踏み入れるともう、鳥肌の立つような、共謀者的空気が漂っている、日常の灰色からは何マイルも隔たった空気だ。観客は台詞半ばにして暗示されたものをことごとく理解し、魅入られたように熱狂的拍手で反応する。これは、その道の達人たる俳優たちに向けられたものでもある。わたしも自分が理解した限りはわかっている、興奮を共有するには十分だ。理解できなかったことについては、レーナが解説してくれる。レーナと、劇場に夢中の友人たち、その中には奥さんがキーロフ劇場でバレリーナをしているユーラもいる。わたしたちは興奮してレーナのキッチンに座り、夜の残りをともに過ごす。

ロシアならではの台所での議論をわたしはレーナの家で学ぶ、そこではさまざまな話が話題にのぼる。それはレーナが、頭脳のみならず、料理の腕もとびきりだからだ。ごちそうよ、出てこい！——するともう魔法のように、ピローグ、ケーキ、チーズ、ソーセージ、それにグルジア産の赤ワインが用意されている。ほどなく議論は政治の話になる。プラハ侵攻、これはスキャンダルだ。悪い兆候だ。状況は硬化しつつある。何かしなければ。芸術がそのための手段を提供する。

レーナの友人たちは、異なる考えを持っている人たちだが、体制批判者を自認しているわけではない。レーナも声高な主張をふりかざしたりはしない。体制を内側から破砕するには、静かなる絶え間ない掘り崩し作業が必要なのだ。例えば、キリルは宗教哲学的な関心を持っていて、神学生や修錬士といった変わった種類の人たちとも交流がある。そしてこっそり、ベルジャーエフ、フロレンスキー、シェストフを読んでいる。彼は偽装した君主主義者でもある。

無論、議論が戦わされる。ドストエフスキーのユダヤ人好きとユダヤ人嫌いについて、作家の魂の抱える極端な矛盾について。みずからを「余計者」などと美化しつつ傍観しているロシアの怠惰なる知識人について。ついには樽が溢れるまで。抑圧された諸勢力が革命的に反抗するまで。いや、このロシアは救いようがない。「そしてわたしたちはいつも自身のことにかかりきりになっている、千年一日、自分のへそを覗きこんでばかりいる。」

深夜の台所での熱い議論は終わりそうにない。わたしには詩の朗唱が行われる土曜午後の招待の方が好ましい。土曜日は特別な日になる、まずは音楽学校のアローノフ教授のもとでのピアノ・レッスンがあり、それから近くの蒸し風呂《バーニャ》を訪れ、それにレーナと詩が続き、その終わりは定まっていない。順番は決まっている。バッハのフーガに集中した後、白いタイルが貼られたアール・ヌヴォー風の温泉でゆっくりとくつろぐ、マッサージを受け、白樺の枝で叩かれ、蒸気の中でくたくたになり、ぼんやりした頭で洗い場の多彩な情景を眺める。(民衆用の温泉施設なのだ。)それから上機嫌でお腹を空かせて、すでにお待ちかねのレーノチカのところへぶらぶらと歩いてゆく。そこにはミーシャもいる、二人の魅力的な若い女優にはさまれて。紅茶とケーキが出る。友人たち、知人たちが三々五々やってきて、部屋は次第にいっぱいになる。わたしたちはつめて座る、それか直に床の上に座る、そこにギターを抱えたミーシャも座を占めて歌い始める。古いロシアの物語詩、それからヴイソツキーとブラート・オクジャワの歌。だんだんと皆が唱和するようになる。

そして一休み。ミーシャは何かテクストを思い出そうとする。「僕らを愛するワインは素晴らしい……そして僕らのために焼かれるパンも……そして何度もつれなく背を向けた後、ついに陥落する美しい女性。」レーナが続ける、「でも日没をどうすれば良いのか／冷たい雲に隠れた太陽／この地上の音はそこに届かないのか？　不滅の詩で何を為すというのか？／――彼らは食べ、飲み、キスをする？　ともう／すでに瞬間は流れゆき、とどまろうとしない。」ニコライ・グミリョーフの『第六感』だ。わたしにとっては新しい、聞いたことのない詩、でもここではすべてが易々と口から口へ伝えられていく。頭の中の記憶庫から舌へ。だって本なんて、レーネは言う、買える本なんて無いのだから。

そういうわけで、秘密の集まりが催される。グミリョーフに、アフマートワ、マンデリシターム、ツヴェターエワが続く。レーナ、ミーシャ、そしてほかの人たちはすべてをそらで言える、詩行をボールのようにパスし合う。一番確かなのがレーナだ、躊躇うことなく口をはさみ、先を続けることができる。彼女の詩のストックは無尽蔵であるかに思えてくる。「透明なペトロポリス、ここでわれらは滅ぶ／ここでわれらを統べるのはプロセルピナ。／時計が時を打つたびに、死の刻がきざまれる／微風が吹くたびに、われらは死を飲む。」マンデリシタームはレーナの好きな詩人の一人だ。一番好きなのは物哀しい戯詩。「アレクサンドル・ゲールツェヴィチ、ユダヤ人の楽師が生きていた。」あるいは、こんな詩だ、「僕は兵士たちの友禅菊に乾杯する。／人びとがそれを理由に僕を叱責するものすべてに乾杯する。／豪華な毛皮や僕の喘息に、ペテルブルグに、苦々しく満足しつつ、乾杯する……。」レーナは韻文を口ずさみ、そうしながら頭を揺する、韻律と押韻がリズムを定める。「僕は乾杯する、波に、ビスカヤ湾に、壺のアルプス製のクリームに／乾杯する、イギリス娘の高慢に、植民地のキニーネに／僕は飲む、でもさらに何が欲しいか心決めかねている。／陽気なアスティ・スプマンテ、それか、シャトーヌフ・デュ・パプ……。」

心惑わせる集会。最高のパーティー、だってわたしは最上のロシア詩を教えてもらったのだから、美しい朗読を通じて。

わたしたちの宝は誰も奪うことはできない、とライーサという名の女性が言う。わたしは彼らがどうやって、千とは言わないまでも数百もの詩を記憶の図書館に所蔵しているのか尋ねたりはしない。生き延びるための術というのが答えなのだ。わたしたちに常に与えられぬままになっているもの、それがポエジーの中に二度とない形で表現されているのをわたしたちは目にする。ある者が別の者にそれを手渡す。例えばこんな具合だ――比較的以前の、あるいは西の出版物の写しが回ってくる、そうなると、さあ暗記となるのだ。

マンデリシタームは心揺さぶる、とライーサが熱弁する。彼が一九三〇年代に書いた言葉は、今日なおわたしたちを驚愕させる。「僕が生きている狼狩りの猟犬の世紀が、僕をわしづかみにし、襲いかかってくる／でも僕は狼の血筋ではないのだ。／僕を帽子のように、袖口の中に押しこめ、毛皮外套の中へ／シベリアの草原の熱をもつ……。」

ミーシャがいつもの片隅にギターとともにしゃがみこみ注目を集める、「発散せよ、ハーモニカよ……ああ、荒地よ、荒地よ……俺は弾く、その手は溶け去る……哀れな奴め、さあ飲め、俺は楽の音を誘い出そう、飲め、痴皮め、かさぶため……。」エセーニンだ。ここからさほど遠くないイサーク広場のホテル・アングレテールで一九二五年に首をつった、十年におよぶ詩作ののちに。

「俺はもう故郷では暮らしたくない／蕎麦の実が呼んでいる、遠方から、無限に広がる遠方から。／農夫小屋は農夫小屋のままにしておこう、俺は遠くにいる／俺は泥棒だ、故郷を持たぬ者たちとともに放浪する……。」

感動。沈黙。ミーシャ、ありがとう、レーナが言う、そしてお茶のグラスを差し出す。

しかし、まだ続く。この緯度にあっては、時間は重要ではない。わたしたちはポエジーの空間にいる。一つが別のもう一つを生みだす。プーシキンの韻文小説『エヴゲーニー・オネーギン』が皆を笑わせる。朗唱のリレーだ。それから疲労感が広がってくる。もう八時だ！

帰る者は帰り、残る者は残る、ミーシャはギターをいつでも弾けるところに置き、先ほどよりさらに上機嫌になっている。晩になるといっそう調子が乗ってくるのだ。（「俳優魂ってやつさ。」）そんな具合で食事になり、そしてミーシャが間で出し物をしてくれる。そこで話題が死に触れたところで、彼の朗らかさが陰ることはない、エセーニン、マヤコフスキー、ツヴェターエワの自死に。（「詩人たちを無駄遣いしてしまった世代。」）わたしは学生時代全部よりも多くのことを経験する。

それも、まるで焼印を押されたように印象深く。

最後の一人になったわたしは、深夜を大きく回ってから、レーナの家を出て路面電車の最終電車へ急ぐ。終電は乱暴にカーブに突っこみ、人気のないシュミット中尉橋を渡り、ワシリエフスキー島駅でわたしたちを吐き出す。わたしと、ある女性とその酔っ払った夫を。おやすみなさい。

土曜日の集まりは毎週のことで、それ以外にも予期せぬ誘いがあった。「コーリャが誕生日、ツィプリョノク・タバカ（グルジア語で鶏）を料理しました。」「小劇場でのオストロフスキーのチケットが二枚手に入ったのですが。」レーナの誘いならわたしはいつでも出かける用意があった、いつでも。彼女はわたしの竃であり、支えであり、先生であり、喜びだった。敬意をこめた愛情をもって敬称で呼びかけ、また呼びかけられる友人、あやまった親しさや、安っぽいうわさ話など無しに、大切にしている友人だった。レーナのように笑える人はほかに誰もいなかった、喉の奥で、下降音程で、軽く恥じらいつつ。あれほど衒いなく朗らかな気分を周りに広げることができる人はいなかった。わたしは彼女が愚痴を言っているのを聞いたことがない、そんなのは彼女の品位にもとる行為なのだ。それに時間の無駄でしかなかったろう、なぜなら問題は実践的に解決されねばならないのだから。（善の、美の、真の）実践家として、彼女はわたしを、ほかの多くの人間を、何ら見返りを要求することなしに、翼の下に庇護してくれた。わたしたちを幸せにできたことが、彼女にとっての幸せだった。

その後——わたしのレニングラード時代の後——彼女はチャイコフスキー通りの二部屋の住居に越し、いつも黒を着て、髭を生やしていた哲学者にして君主制主義者のキリルと結婚し、その一年後には彼と別れ、（演劇関係機関での）仕事に、そして友人と家族の世話に専念した。家族というのは高齢の父、弟のミーシャとその妻、そしてその子どものアリョーシャのことだ。彼女はなにくれとこの子を大切にし、本を読み聞かせ、ついには詩人に育て上げた。それは伯母さんというよりは、母親の気概だった。ミーシャの二度目の結婚で生まれた娘に至っては、彼女が引き取り、育てたのだった。

重荷は担う人の肩にのしかかる。レーナは担い、つねに新たな荷を背負いこみ続けた。ツヴェターエワの後期の手紙にはこんなくだりがある、「わたしはよその（でもわたしに背負わされた）重荷と戯れた、アスリートがダンベルと戯れるように。わたしからは自由が放射された。人間は内奥において知っていた、窓から身を投げると、上へ落ちていくということを。」ツヴェターエワは最終的に戦争と貧困に降参した（彼女は一九四一年に自殺した）、レーナは全力を出し尽くし、ついには重病がストップをかけた。すると彼女が急に貧しくなった。「ひどいことだ。わたしはあれほどにも慣れていたのだ――与えることに。」（ツヴェターエワ）

　わたしが最後に訪れたとき、彼女は嘆くことなく未来を見つめようとしていた、計画のこと、旅行のことを語っていた、一口ごとに喉を詰まらせていたにもかかわらず（化学療法）。彼女の輝くような確信を前にして、わたしは自分の弱気を恥じた。レーナは屈服しない、レーナは永遠にレーナだ。たとえ息が苦しくなっても、ごくゆっくりにしか前に進めなくなっても、彼女の頭は水晶のように澄み渡っていた、伝達への衝迫はくじけることがなかった（電話）、彼女の威厳はさらに美しかった。彼女がソヴィエト連邦の崩壊を悼むことはなかった。

　さようなら、レーナ、あれ以上によく生きることなんてできなかったよ。

第六三章
季節

レニングラードほど強烈に季節を感じた場所はなかった。到着したのは九月で、並木道や公園は金色に輝いていた。白樺と菩提樹は黄色、ナナカマドは燃えるように真っ赤。そしてそれらすべての上には淡青色の空。朝霜を追い払う陽光。肌を刺すような、澄んだ大気。旧海軍省の金色の塔のみならず、イサアク大聖堂の丸屋根、パステルカラーの宮殿も輝き、さらにはその鏡像もまた、川の、運河の水面に輝いている。ピンク、青、緑、碧青、黄土。ライオンにスフィンクス、白い女神柱《カリアティード》に柱列が輝き、階段、窓敷居、台座が輝いている。そして鋳造された銅像までもが輝いていた。灰色のアスファルトは輝いていない、あらゆる醜いものは慈悲深くも視線を逃れている。九月の日光浴の中で「夏の宮殿」は気品にあふれている。砂の敷かれた道には、撒かれたように黄色い葉っぱ。栗鼠は葉叢をかすめ、散歩者は立ち止まり、見入っている。この季節に幸せでいることは簡単なことだ。そのことを必ずや知っていよう友人たちが言う。

十月はもはや赤く燃えてはいない。寒さと雨を連れてくる。プーシキンにあるとおりだ。「もう十月——森では大枝小枝が／最後の葉を落とし、ほどなく裸に、空っぽになる／秋の冷気が吹き抜ける——道が凍りはじめる……。」物寂しい気配が濃くなり、ネヴァ川の上には霧が立ちこめ、灰色の色調の遊戯が始まる。灰色なのは道路と歩道、団地アパートとその侘しい中庭だけではない、運河もその花崗岩の囲いと手すりも、カザン聖堂と鉛のような空も灰色。そして忙しげに歩き回る人たちは、灰色の蟻の群れ。一日は薄闇から薄闇へ這いつくばり、その中にあって街の縁取りはほつれぼやけている。縮尺は縮小する。もっとも喜ばしいのは、家にいる人たちだ。

十一月はなおのこと。レニングラードは冷たく濡れそぼり、どんより暗く、煙と煤と褐炭臭のつり鐘にすっぽり覆われる。ネヴァ川を行き来する船ものっそりと進むばかり、満杯のバスの中は湿った衣服の匂いが充満している。至るところに人だかりがある、まるで動物のごとく奴隷のごとく群れることにのみ、救いはあると言わんばかりに。まるで近さが、自然の厳しさから、見通しがたい当局の過酷さから守ってくれると言わんばかりに。

十一月の灰色と十一月の嵐。それから雪が救いのようにやってくる。白い雪片となってこの北方の都市の上に積もってゆく、冬の薄闇の中、そこに明るい輪郭を与えてくれる。雪は川岸の囲いの上に、石のライオンやスフィンクスの上に、屋根やドームの上に積もる。エカテリーナ像の支配者然とした頭部と青銅の騎士像の上に積もる。キラキラ輝きつつ、音もなく。寒さが続く限り、音はくぐもり、すべては冷たい光彩に凍りつく。氷が解け、泥濘がぴちゃぴちゃし始めると、無音の美も消え去ってしまう。

雪が泥濘に、泥濘が氷に変わるかどうかは、風次第。その変化は早い。予期していなかった者

（ちゃんとした靴のない者）は痛い目にあう。歩道が念入りに掃除されていなければ、転んでばかりとなることも珍しくはない。（街の低い方。）老人にとっては悲惨な事態だ。

流れも運河も黒く黙りこんでいる。氷の表皮に覆われて、さらにそれが分厚い覆いと化すまでは。ペテロパブロフスク要塞では冬の水浴が始まる。氷に四角い穴を掘って、その中で水に浸かるのだ。興味津々の野次馬たちの面前で。

モイカ川、グリボエードフ運河、フォンタンカ川の上に張った氷、カルポフカ川、大ネヴカ、小ネヴカ、ネヴァ川に張った氷。一九四一年にレニングラードがドイツ軍に包囲され、九〇〇日間攻囲されたとき、この都市と外界とを繋ぐただ一つの通路は、ラドガ湖上の、氷に覆われた「命の道」だった。この唯一の補給線の上を（絶え間ない砲撃の下）武器、弾薬、食料が運搬されたのだった。都市は飢餓に苦しみ、しかし降伏しなかった。その英雄的行為は、六五万人の死者と一万の破壊された、もしくは損傷した建物をもたらした。

冬の最中には、定規で引いたような直線道路の厳しさ（「線」および「眺望」と名づけられている）はいっそう厳しいものになる。宮殿の擬古典主義様式、岸辺の囲いの花崗岩、クレスティ刑務所のシルエットも同様だ。スターリン治世下、アフマートワの息子も収監された（長詩『レクイエム』）、この堅牢な建造物の背後には、工場と煙突の続く、なんとも寂しい風景が広がっている。

言語学部の入っている古い大学の建物は、直接ネヴァ川に面している。ワシリエフスキー島の上、ピョートル大帝の騎馬像があるデカブリスト広場の向かいにある。講義の間の休み時間には誰もが岸壁沿いに立っている。零度をぐんと下回る日も例外ではない。毛皮帽子をかぶって、さあ外へ。

とりわけ、ネヴァ川がこの上なく雄大なスペクタクルを見せているとき、すなわち、春先に氷が割れて流れてゆくときには。四月の初め、あるいは中頃だろうか？　川はもはや分厚い氷に覆われてはいない、氷塊がゆっくりと川を下ってゆく、大きなもの、小さなもの、山の形、熊の形をしたものが、こすれ、ぶつかり、押しあい、突きささり、怪物を作り上げるかと思えば、突然、粉々になる。この世のものとも思われぬ音楽が響く。透明で、それでいて、きしむようだ。鈴の音のようでもあるし、呻き声のようでもあるし、ガラスの竪琴のようでも、何かがバキッと折れる音のようでもある。耳は眼を追い、眼は耳を追う、なぜなら一秒一秒、配置が――それとともに音色が――変わるからだ。本当に素晴らしい、三日間無料の、耳で楽しむ眼の戯れ。大都市の真ん中での自然現象。どんなに見ても（聞いても）飽きることがない。そしてレニングラードの石化した美は舞台装置へ色褪せる。

強い風の吹く、雪解けの陽気の数週間がやってきて、遅い、おずおずとした春の始まりにたどり着く。五月になると自然が爆発的に権利を主張して、緑が芽吹き、すべてを呑みこむ。その変容は手でつかめそうなほどで、ほんの数日の出来事だ。まるで魔法使いが小さな杖をぶるんと振るうや、さっきまで裸だった樹々にこんもり葉が茂っているといった具合。五月にこの都市は勢いを増す、なぜならそのエンジニア的な幾何学に、生い茂った樹々の緑が混ぜられるからだ。

レニングラードが自然と都市の結婚を祝うのは六月、白夜の時期だ。朝から夜遅くまで明るさが続く。二時から五時の間だけ、薄闇の灰色が支配する。この時期に三時間以上の睡眠を必要とする人はいない。活気あふれる明晰さが頭を覚醒させる、脚は自然に歩いていくかのようだ。埠頭に沿って、夜の明るい通りと公園を抜けて。たくさんの若者が戸外に出ている、ギターを抱えて歌いながら。快活だ、というのも暗鬱を極めた状態ですら、光のドラッグで浄化されるからだ。それがこの都市を、その高みをも深みをも神々しくするのと同じように。

レニングラードはもはやこの世界の一部ではなくなり、現実と虚構の間を漂っているようだ。もろもろの問題も重みを失い、痛みのないままに集団的高揚の空間を揺れている。すべてがスウィングしている、きみもそれにかっさらわれるといい。いかなる大胆な企ても、始める前から成功している。ある日のこと、わたしは船に乗り、ペテルゴフに向かう、そこでの宮殿と煌めく噴水の遊戯は、六月に生まれた想像力を感じさせるものだった。

晩方には空は碧青色になる。それが深夜頃には色褪せて、ぼんやりした白に覆われてゆき、しだいに灰色のベールに包まれていく。この時間になってはじめて、戸外で新聞を読むのは難しくなる。しかし、夜も暗くならないことを証明しようと、あえて試みる者には読書は可能である。

色彩のスペクトルム、明るさと透明度の階調――えもいわれない。

その揺らめきのよどみなさ――えもいわれない。

この時期に病と忘我の境地が短絡することもありうるのでは？（ドストエフスキーの『白夜』でのように。）グリボエードフ運河近くのかつての貧民街はもはやない、しかしラスコーリニコフのような孤独な人間はいまなお徘徊している、汀の柳のように水の上に屈みこみ、じっと下を見つめている。光は容赦ない。今、家がない者は戸外にいるほかない、今、狂っている者は隠すことができない。眠れない者――そしてそれに類する者たち――は大勢いる。彼らのカーニヴァルの輪舞が、明るすぎる夜を行進していく。

ある明るい六月の夜のこと、わたしはこの地における助言者であり博士論文指導教官でもあるヴィークトル・アンドロニコヴィチ・マヌイロフの家に座っていた。彼が第四ソヴィエト通りの共同住宅で住んでいた一部屋半の住居は書物で溢れかえっていて、家具と山積みの本の間にはわずかに細い通路しか残されていなかった。四囲の壁際も、黒いグランドピアノの、質素なベッドの上も下も、どこもかしこも本だらけ。著名な学者である彼は、礼儀正しくもわたしを物置を思わせる半部屋へ先導すると、小さな机のそばの席を勧め、ケーキとリャージェンカを出してくれた。感動的なまでに配慮のある男性だ。年齢は六十歳前後、頭は禿げていて、健康的な顔色をしていて、肌は繊細な色つやがある、ブッダというより赤ん坊だ。両手はふっくらしていて、お腹は丸い。

部屋のベッド脇には紅茶がある。ここでも彼はわたしに宝の一部を見せてくれた。セルゲイ・エセーニンの手紙、マクシミリアン・ヴォローシンの水彩画。もちろんオリジナルだ。彼は夏中を、ヴォローシンによって設立されたクリミアのコクテベルの芸術家コロニーで過ごし、ヴォローシン作品集の出版の仕事に携わっている。社交好きで、至るところで学生たちを周囲に集めている。わたしが驚嘆しつつ彼の蔵書中の逸品（これらは後に学術アカデミーに遺贈された）の数冊に没頭していると、新たな客がやってくる。金髪のおさげと矢車菊のように青い眼をした女子学生たち、言語学者のイルマ・クドローワ、経験豊富な大学院生だ。ヴィークトル・アンドロニコヴィチは手狭な住居をわびると、汗をかきかき本の山をずらし、わたしたちの頭上でうまく椅子のバランスをとる。ああ皆さん、ああ皆さん、と高い声でさえずる、ご紹介してよろしいかな。そしてもうわたしたちは狭い部屋に押しこめられた幸福な運命共同体となっている。ここに検閲の支配はない。ここでは自由な思考が、あのサルトゥイコーフカであれば、わたしには閲覧できなかったような稀覯本が、手から手へ回されている。さあ、読んでごらん。そして知りたいことがあったら、訊いてごらん。

ほんの数平米の場所での、文学にとりつかれた者たちの集まり、半ば開けられた窓から生温い風が流れこんでる。

こんな場所がなかったら、とイルマ・クドローワが言う、ここでは生き延びていけないわ。

少女たちがうなずく、部屋の主は額から汗を拭う。おお、親愛なるイルモチカ、これは過分なお《セ・タン・プレ》言葉《ジール》を。

ヴォローシンの風景水彩画（一九一二年、一九一六年）は小さく、繊細なものだ。入江、岩、山。クリミア半島、古代の書物に登場する「キンメリア」。数点がベッドの上方に額に入れてかけられている。お下げの少女たちは目を丸くしている。

写真もある。（鋤のような顎髭を生やしたヴォローシン、ダンディな上着を羽織ったエセーニン。）このあふれんばかりに詰めこまれた学者の小部屋で、文学は心と顔を獲得する。

小さな、押しこめられた世界。そしてわたしはここで初めて、ベッドカバーが絨毯であることを知る。

数時間が眠りの中のように過ぎる。通路に出るや、現実がわたしたちを捉える。台所の匂い、階段室にこもる悪臭。ヴィークトル・アンドロニコヴィチのオーラは過去のものになり、そしてわたしたちは、彼の子羊たちは、四散する。

わたしは碧青色の夜を抜けて、ずっと歩いてゆく。こうしていると強烈な感情は、すぐに消え去ったりしない。

第六四章
覚書

剝げ落ちた正面壁、そして穴のような建物の入口。陰鬱だ。身を隠せ。（モグラの社会。）屋根の雨水は樋を通りぬけ、直に歩道に注いでいる。水の流れは飛びこすこと、さもないときみは氷で滑って足を折ることになる。

ドストエフスキーは角に建つ家が好きだった。そうした家は今も建っている、そしてラスコーリニコフは遠くない。

物乞いの姿はない。地下通路にはパンの袋を持った一人の男、やつれ果てている。彼の後ろには二人の傷痍軍人。半ば死んでいるかのような無関心な様子。

ネフスキー通りには、道を急いでいる顔たち、風雨にさらされた縁なし帽子たち。ほかの人間を見つめる者はいない。

ユーラ「わたしたちが、どこで外国人を見分けるか、知ってる？　彼らは人の眼をまともに覗きこむの。わたしたちは視線を逸らすの。」わたしは目立たない服装をして、果敢にパンを待つ行列に並ぶ。そしてそれでも「見破られて」しまう。せいぜいのお世辞がエストニア人、それかグルジア人に見られること。

エルミタージュ美術館での学校のクラス。一心不乱で、規律正しい。特に田舎から来た子どもたちは。金と大理石だけでもう眩暈を起こしてしまいそう。（そして足は床を傷めないよう、フェルトのスリッパに突っこんでいる。）

数少ない「運用されている」教会。もう一つの並行世界。ここからは共産主義のイデオロギーの灰色も、日常生活の灰色も駆逐されている。イコンは輝き、香煙は芳しく、祈りと歌は天へ昇ってゆく。そこには美があり、慰めがある。

ロシア的慎ましさ？　どの聖画の前でも延々と十字を切り続ける、スカーフをかぶった信心深い女たちがそのお手本だ。どのお墓の前でも。

書店にて。レーニンの本ばかりが果てなく並ぶ、加えて何人かの過去の古典作家、それに社会主義リアリズムのソヴィエト文学。ドストエフスキーの作品集すら置いていない。わたしは、提供できる品をいくらか明かしてくれる（数少ない）古書店を頼ることにする。とはいえ、その場合も、革命以前の書物を国外に持ち出すことは禁じられている。

女性のファッションは基本的にブーツ、コート、毛糸帽子もしくは毛皮帽子に限られている。ニットは人気がある。（全体の印象としては、朴訥としていて、野暮ったい感じ。）

Lにもエホヴァの証人は存在するのだろうか？

カフェ・セーヴェルにて。何層にも重なったこってりしたケーキ、それにも負けないウェイトレスたち。(頬がふっくらして、グラマーで、クリームのような肌。)高カロリー爆弾が必要なときには、これでもかというようなやつを一つ注文する。

真冬の最中にも、人びとはアイスクリームを食べている。アイス売りは至るところにいる。ほれぼれするもの。ロシア語における縮小形。これは言葉を可愛らしいものにしてくれる。「鳩ちゃん」、「僕ちゃん」、「おじちゃん」。わたしが絶望的な様子で何やら探している姿を見て、クロークの女性がこう慰めてくれる、「お嬢ちゃん心配しなさんな、鍵ちゃんはすぐに出てきますよ。」

トイレについて。これは悪夢。ガタガタの鍵を閉める勇気はわたしにはない。こんなアンモニアの臭気漂う場所に閉じこめられるなんて、どうかお助けを。(すでに一度、わたしは九死に一生の経験をしたことがあった——子ども時代に、イタリアのレストランの虱だらけの便所で。それ以来続く閉所恐怖症……。)

巨大な宮殿広場は人びとと政治集会を呑みこんでしまう。まさに怪物だ。三階建てで七六八の窓がある総司令部の建物に囲まれ、その向かいには冬宮殿が建っている。ここで、「血の日曜日」(一九〇五年一月九日)にそして一九一七年の十月蜂起に何が起こったか、わたしは想像しようとは思わない。恐怖、殺戮。そして、すべてを見下ろしてきたアレクサンドルの円柱。

ユーラといっしょにペトログラードの側へ、そこには大きなモスクが建っている。碧青色のオリエント。丸屋根はサマルカンドにあるティムールの廟を模したものだ。建設のための資金援助にはブハラ国の君主《アミール》も加わった(一九一二年)。その数年後、ここでトロツキーが燃えるような演説を行うことになるとはつゆ知らず。

プーシキン館。ここはエリート知識人たちが集まる場所になっている。ドミートリー・リハチョーフの「もう一つの」ロシア・ルネサンスについての講演には、芸術学、文学の権威がこぞって顔を揃える。ドイツ軍による九〇〇日のレニングラード封鎖に耐え、生き延びたリディア・ギンズブルグの姿も見える。

士官候補生たちが散歩していたり、青白の制服にリボン付き硬帽の海軍兵士たちがデカブリスト広場になだれこんできたりすると、その場の空気が華やかになる。何かしら新鮮な、快活な雰囲気、賑々しく喜ばしい気分が彼らから発散されている。しかつめらしい巡洋艦アヴローラすらリラックスしている。

ホテル・エヴロペイスカヤにヨーロッパ的なところは微塵も感じられない。売春、KGB将校、なんとも陰鬱な組み合わせだ。外国人は隔離されている。これではアール・ヌヴォー建築も助けにならない。自由を求めてのプーシキンの（近くの公園の青銅の台座からの）身振りも同様である。

カレリア自治共和国のゼレノゴルスクへは行くことができない。わたしの移動可能範囲は市中心から三〇キロ圏内と定められている。それを超える距離は当局の許可が必要となる。わたしは幽閉されているのか、「内に押しこめられて」いるのか？　いや、レニングラードがすでに十分に冒険だ。

メランコリーについて。周期的に襲ってくる、そうなると灰色の色調がちょうど良い。フェルトのスリッパと綿の入った上着の、敷石とアスファルト舗装の。

チェロを抱えたスラーヴァはどこ？　リヒテルが演奏する、スラーヴァはいない。前回、ストラースプールで会ったとき、力を集中するようにとのアドヴァイスをくれた。細い一〇本の光より、太い一本の光の方が素晴らしいと。いまやわたしはここで図書館に住むネズミになっている、孤独についての研究に骨身を削っている。

この退廃的な西側の個人主義！　対して、ロシアの「わたしたち感覚」はみずからの優位を誇る。わたしはそれを友人たちの間で連帯として体験する。自由闊達な付き合い、無関心などありえない。きみが病気になる、ともう、みんながやってくる。手を差し伸べるスピードの記録更新だ。

きみはバラバラになることがない。

で、街の修復は誰がやるの？

で、自由な報道はどこにあるの？

で、「明るい未来」はいつ始まるの？

自分の子どもに洗礼を受けさせる者は、人目に立たないように、いわば「地下墓所《カタコンベ》でするように」ひそかに行う。さもないと、嫌がらせを受ける恐れがあるのだ。

人前で笑う姿はほとんど見られない。人前で冗談を飛ばすこともなければ、厄介な話題に触れることもない。秘密警察が聞き耳を立てている。学生寮にも「盗聴器」が仕掛けられている。

日曜日の午後遅く、ホテル・アストリアの前で。ベロベロに酔っ払ったフィンランド人たちが待っていたバスに積みこまれている。お安く楽しんで、今から日常に帰還というわけだ。

さあ飲もうぜ、兄弟。三人でウォッカ一本でほろ酔い気分。それからさらに次のラウンドへ。くそったれの現実なんぞ忘れてしまえ。

わたしにはできないことだ。テーブルが壊れても（誕生日会の乱暴狼藉）、シャンパンに続いてビール、ビールに続いてウォツカ、ウォツカに続けてコニャック、コニャックに続けてワインが出てきても、あるいはその逆の順番でも、無理。見ているだけで気持ちが悪くなってくる。ニシンの塩漬けに蒸留酒を一杯で十分。それでおしまい。

一度でいいから、ゴーゴリのアカーキー・アカーキエヴィチに、ドストエフスキーのドッペルゲンガーに、ベールルイのエキセントリックな省長アブレウーホフに出食わしてみたい。彼らの狂気は作家お手製のものなのか、それともこの「キメラ的」都市の産物なのか？　鼻も将校気取りで散歩をするこの都市の。

「濡れたつるつるの大通りが、まさに九〇度の角をなして濡れた大通りと交差した。交差点には巡査が立っていた……そしてまさに同じ家々がそびえ、同じ灰色の人の流れが通過して行き、同じ緑黄色の霧がよどんでいた。そこをいくつもの顔が密集して通り過ぎていった。歩道はささやき、ずるずる音を立てている。オーバーシューズですり潰されている。勝ち誇ったようにゾルジョワの鼻が一人闊歩する。鼻が大勢通り過ぎてゆく。鷲鼻、鴨鼻、兎鼻、緑っぽい鼻、白い鼻。ここではいかなる鼻の不在もまた流れてゆく。……無限に延びている大通りの無限があり、無限に交差する幻影の無限がある。全ペテルブルグが、N乗された大通りの無限なのである。ペテルブルグの向こうには何もない。」（アンドレイ・ベールルイ『ペテルブルグ』）

第六五章
お別れは無しで

いつしか、半径三〇キロの制限は、どうでもよいものになっていた。ユーラはわたしをバスに乗せ、いっしょにエストニアのタルトゥに向かった、外国人には禁じられた都市だ。なぜ禁止なのだろう？　軍事拠点があるとでも、あるいは「秘密の」工業施設？　誰にも答えることはできなかった。わたしにとってその小さな大学町は、そこで教鞭をとり研究者集団を組織していたユーリー・ミハイロヴィチ・ロートマンを中心に展開された「ロシア構造主義」の揺籃の地だった。わたしたちが彼に会うことはなかった。別館といった趣のある温室めいた園亭で、彼の妻によるアレクサンドル・ブロークについての講義を聞いただけである。

町の中心で。荒廃した擬古典主義様式の建物や邸宅が両脇に連なる日の射さない通り。感じがよく、田舎っぽい。わたしたちはとどまることなく先へ進んだ、ガタガタ揺れるバスで森の中へ。そこには――ユーラの秘密情報だ――東方正教会の女子修道院が隠れるように建っていた。さほど古い建物ではなく、教会の木材は木の匂いがした。教会内陣は香煙と蜜蠟の香りがしていた。黒い鳥のように尼僧たちが薄闇の中を掠め過ぎ、蠟燭を灯した。晩方の礼拝が始まった。こんなふうに人間は時間、空間の外に、自由の中に落ちてゆくのだろうか？　ここに不正、虚偽はなかった。ユーラがきっぱりと言う。この場所を「怖れることなかれ」と命名しようと。わたしは考えた、奴らは本当に何一つわたしたちに危害を加えることができないのだと。この汚れのない歌には。

　まるで泥沼から抜け出してきたかのようだった。澄んだ、光に満ちた高みへ。呼吸は落ち着き、両足は大地を踏んだ。そして心にはただ一つの望み。善きことを為せ。

　とどまること、この森の中に。この堅牢な孤独の中に。しかし、最終バスが有無を言わさず姿を見せた。わたしたちを低き場所へ連れ戻した。そして二つ目の、もっと頑丈なバスに乗って、わたしたちはその夜のうちに――お月さまに照らされたペイプシ湖沿いに――レニングラードに向かった。


　その後、わたしは一人旅を敢行した。バルト三国へ、ヴィリニュスへ、リガへ、タリンへ。ヴィリニュスで夜行列車を降りたときにはホテルを見つけることができなかった。ついに何軒目かで受付の女性が折れて、屋根裏の使用人部屋を使わせてくれた、一晩だけという約束で。ミシン、洗濯籠などが置かれた部屋を。わたしは彼女にキスしたいくらいだった。そして元気百倍となって詩人ミキエヴィチの跡を、また、遠縁の親戚、ヴワディスワフ・コンドラトヴィチ＝スィロコムラの跡を辿った。小路をあちこちさまよいつつ、教会に入ったり出たりしつつ。

　そこまでは良かった、しかし良くないことも起こる。リガへ向かう急行列車が満席なのだ。でもわたしはどうしても、どうしても、決まった時間までにそこに着いていなくてはいけない、わたしを待っている人がいるのだ。どうすればいい？　夜行鈍行列車、これは外国人の利用は固く禁じられている。ならばわたしは外国人ではない。それなら疑われることがないように、すぐに横向きになって寝ていよう、オープン席車両の寝心地の悪い木板の上で、みんなが倒れるまで喋ったり飲んだりチェスをしたりしている中で。

そしてわたしは翌朝、時間ちょうどにリガに着く。

レーナの友達が郊外の、ユールマラの砂浜に連れていってくれた。最高の海水浴日和、わたしは初めてバルト海にはいってみた。そして気に入った。海は支配体制など認めない、自由に流れる。この自由は海水浴客たちにも認めることができた。屈託がなく、軽やかだ。

わたしたちのビーチバッグを思い出す、リガの旧市街を抜けていく遊歩。（ハンザ都市の赤煉瓦、大聖堂のオルガン。）ロシアは遠かった。

（地理的には近いのだけれど）もっと先にあるのがタリンで、そこのパン屋さんは、わたしがロシア語からドイツ語に切り替えてはじめて、返事をしてくれた。エストニアの人たちは占領者を憎んでいて、このもっとも西側の趣があるソヴィエト連合西端の都市に、ロシア人たちが次々に移住してくるのを歯ぎしりしつつ傍観していたのだ。黄金の、特権的な片隅、憧れの的。それに加えて風光明媚。

レニングラードに戻るやソヴィエト連邦がわたしを迎えた。

といっても、人びとはわたしを恋しがっていたわけではない。探していたわけでもない。わたしはそこから逸脱していただけなのだ。わたしは小さな冒険を大過なくやりおおせた。検問されることなく。トラブルもなく。ちょっとばかり大胆に、幸運に。そして戻るのは嫌ではなかった。レニングラードはとうにわたしをみずからの内に織りこんでいた。もはや容易にはそこから離れることができないほどに。

この友人たちから、この通りから、この陶酔と不安の交錯する奇妙な雰囲気から。ベルリンを経由しての帰国の旅で、朝まだきにベルリン・ツォー駅に着いて、（夜行までの乗り継ぎの間の）一日をどう過ごそうか考えたとき、東への郷愁《オスタルギー》にかられたわたしは、Sバーンの電車でフリードリヒ・シュトラーセ駅へ向かうと、まるで駆りたてられるように、レニングラードの匂いと色を求め、ひたすら通りを歩いたのだった。カール・マルクス通りについてしまいそうなところまで歩いたと思う。

それからわたしは――ほっとしたのかどうかはわからないが――引き返し、ツォー駅近くの映画館でチャップリンの『モダン・タイムズ』を見た。

レニングラードへの衝迫は残った。わたしはもうロシア語で夢みていた、これなら税関での意地悪だってもう耐えられる。わたしは恋に落ちてしまった人間のように、無謀な願いであることにはは目を閉ざし、みずからにかかる面倒についてはあらかじめ許したり、それどころか正当化したりした。全体として見れば、いかれていて、支離滅裂だった。でも、ともかく一度行こう、わたしにはすべきことはわかっていた。わたしはレーナとその友人たちを訪ね、劇場に行き、コンサートに行き、通りを古書店を歩きまわり、光に陶然となった。政治的に惑わされることはなかった。エフィム・グリゴーリエヴィチ・エトキントとそのサークルと知り合ったことでわたしの蒙は開かれた。サークルの人たちは皆、彼の住まいに出入りしていた。リジヤ・ギンズブルグ、リジヤ・チュコフスカヤ、ナターリヤ・ゴルバネーフスカヤ、そしてヨシフ・ブロツキー。

ブロツキーはやってくると、たった今出来上がった詩をタイプで打つ許しを求める。(登録されているタイプライター。) 夕食の後に初めて朗読される。彼は読む。「マリアが初めて聖所に／幼な子を連れてゆくと、中にいたのはただ／いつもそこにいる者のうち、敬虔な／男シメオン、老いた女預言者ハンナだけだった……。」わたしは初めて、あの鼻にかかった声、ラビを思わせる歌うような朗詠を聞く、「彼は行った、死するために。そしてドアを開け歩み入ったのは／通りの轟音の中ではなく、何も聞かず何も言わぬ死の支配の中……。」

一同は耳を澄ます。そして拍手する。(壁に耳はあるだろうか?)

ブロツキーはわたしに詩を手渡す。ほどなくわたしは「一部屋半」の住居に彼を訪ねる。ドアを開けたのは白髪の両親で、挨拶するとわたしを「戸棚扉」を通じて詩人の小部屋に案内してくれる。そう、わたしは古い戸棚の中を通り抜けて入る。(巧妙なカムフラージュだ。) それからわたしたちは彼のソファに座り、もう話に没頭している。「僕の」バラトゥインスキーについて、と彼はもう引用し始める、(「……経験と体験はすっかり測量された／この世に在ることは狭く苦しい／昔より馴染んだ夢の中に、我を忘れて／きみは、魔力を失って、眠りこむ……。」)、「彼の」アフマートワについて、ジョン・ダンについて、Ｗ・Ｈ・オーデンについて、ロバート・フロストについて。彼は明晰に、厳格に、譲歩することなく判断を下す。戸棚の上には海外旅行用のトランクとちっちゃなアメリカの国旗。訊いてはならない《ドント・アスク》。わたしは耳を澄ませながら、眼差しを泳がせる。そばかすのある彼の顔から、額《がく》の中の偏愛する詩人の肖像写真へ、それは本と紙でいっぱいの書物机の上方にかかっている。ここなのだ、とわたしは考える。ここで彼の作品は誕生する。このほんの数平米の空間で。幾つめか知れぬポエジーの次元で。とそこで突然、彼がミャアと鳴く。まるで赤毛の雄猫のように、まるで甘やかされたニャンコが鳴くように。言語を拒んでいるかのように。

「僕の癖なのです。」

いや、わたしが彼を退屈させたわけではないのだと言う。孤独のせいなのかもしれないと言う。労働収容所にいたのは昔の話とはいえ、「普通の生活」に戻れるはずもない。ＫＧＢは彼の一挙手一投足を追っている。「かつての日々、わたしもまた雨の中、証券取引所の列柱の間で待っていた。／そしてそれを神の恵みと受け取っていた。／そしてそれで良かったのかもしれなかった。わたしもつまるところ／かつては幸福だったのだ……。／しかしそうしたことは過ぎ去って久しい、永遠に。消え去って。わたしは窓から外を眺め、〈どこへ〉と書く／でもまずはクエスチョンマークはまったくつけていない……。」

メランコリー、それを乾いたアイロニーが覆っている。自己憐憫ではない。ミャアは息を継がせてくれるのだ。（ＫＧＢの人間たちは驚くだろう。）

わたしたちはおしゃべりし、お茶を飲み、ときどき彼がミャアと鳴く。そうやって数時間が過ぎた。それからわたしは戸棚を通り抜け、ほどなくしてもう路上に立っていた。火曜日の眩しい光の中に。「世界の変化」にぼうっとしつつ。

それは一九七二年三月のことだった。その三ヶ月後、彼は国外退去処分を受け、イスラエルを経由してアメリカに渡った。戸棚の上にあったアメリカの旗を本来ふさわしい場所に置いたのである。

その時以来、わたしは尾行されるようになった。いつも少し離れたところに灰色の人影を認めた、コンサートの後、アレクセイとバスを待っているときであれ、エフィム・グリゴーリエヴィチの家に近づくときであれ。彼らはすべて承知していた。モスクワでは何ら隠れることなく後をつけてきて、ついには——今回は二人だったが——わたしといっしょにエレベーターに乗ってきて、わたしがボタンを押すと、声をそろえて「その通り！」と叫んだ。著名な文学研究者であるわたしの友人たちは心配した。わたしのことを心配した、一方わたしは彼らに害が及ぶのではないかと心配した。我意の強い、年老いたナジェージダ・マンデリシタームにとっては、そんなことすべてがどうでもよいことだった、彼女はたえず西側からの訪問客を迎えていた。オリエンタル風の装飾が施されたソファに寝転んでわたしを迎えると、ひまわりの種を噛み、単刀直入に聞いてきた「あなたは神様を信じているの？」わたしが「はい」と返事をしてはじめて、彼女はわたしと対話する気になったのだった。

下には、最後まで、男たちがいた。寒かったにもかかわらず。わたしはタクシーを呼び、数時間、彼らから解放された。ある「パフォーマンス詩人」にしてコンセプチュアル・アーティストの家のドアの前で別の二人の「灰色男たち」がわたしを迎えてくれるまで。そこでは正体不明のいかがわしい人物たちが集い、パフォーマンス風の朗読やら、一風変わった食べ物やらが出されるパーティーが開かれていた。監視者たちにはやるべき仕事があったのだ。

監視者。いつしかわたしは彼らにうんざりしていた、ロシアのことは――重い気分ながら――数年間はロシアのままに放っておいたのだった。

ふたたび「転換」の後に訪れるまで。レニングラードはサンクト・ペテルブルグと呼ばれている。レストラン、ショップ、新しいホテル、数限りないカフェが華やかに軒を連ねる。ブロツキーが一部屋半の孤独を生きていた建物には記念銘板がかけられていて、アンナ・アフマートワはそこからさほど遠くないシェレメチェフ邸の中に記念館を与えられている。ウラジーミル・ナボコフまでもが記念されていて、モルスカヤ通りにある貴族的な住居は、修復されて博物館さながらだ。書店は山のようにある、品揃えは全てを網羅していてこんな並びだ――帝政時代、東方正教会、精神世界、ファンタジーと推理小説、ロシア小説・外国小説（ナボコフからグリシャムまで）、心理学・カウンセリング、料理本、旅行書。夜の一時まで開いている店もある。

ただ、今では、誰もが時間がない。誰もが自分自身の会社を持ち（ミーシャは自分の小さな劇場を持っている）、走り回り、携帯電話に張りついている。渋滞に巻きこまれている。時間があるのは、落ちぶれた年金生活者、物乞いをする男たち、女たちで、その姿はいたるところで見ることができる。虚ろな眼をした路上生活の子どもたち。彼らは旅行者に狙いを定めている。そう言いたい者は、当たり前の街に戻っただけだと言うだろう。しかし、こういうペテルブルグは当たり前ではない。きらびやかに磨かれた正面壁の背後で朽ちつつあるのだ。犯罪組織が街の安全を脅かしている。

いや、わたしはお別れはしていない。そしてレニングラードは特別な幸福《グリュック》だ。

幸福《グリュック》？

当時はそう。庇護《ゲボルゲンハイト》、大麦パン《ゲルステンブロート》、灰色雁《グラオガンス》のように幸福《グリュック》。わたしは友情とは何かを知り、お墓で食事をするのがどんなに楽しいかを知った。そして言葉のカロリー量を知った。（生き延びるための配給としての詩。）そして日の沈まない日々の明るさの階調を知った。

いいね。

そして、もう一つの、しかとは目標を定めていない生のプロジェクトの、合唱のようなものを。

ということは後悔していない？

どうしてそんなことがありえよう。たとえ、時代が変わってしまったとしても。

第六六章
恋しさについて

レニングラードとレーナのことは、ずっと恋しかった。それはわたしの「恋しいものリスト」のずっと上の方に位置している。ほかに載っているのは、もはや取り戻すべくもなく失われたもの——子ども時代のおひるね部屋、白い膝丈ソックス（早春にはくもの）、ケスチェ、わたしの毛皮の手袋。

わたしは既知のものを恋しがり、未知のものへ憧れる。（ロシア語では恋しがる《スクチャーユ》と憧れる《タスクーユ》だ。）わたしは欠如を抱えた存在。（そうでない人がどこにいよう。）いつも何かが足りない。湯たんぽ、木陰を落とす樹木、（ほかならぬ）あの海、（彼岸に去ろうとしている）父、棗椰子の木、草原となった高地、信頼できる気配りの人、時間。

次のような無慈悲な文章をどうすればいいだろう。「メランコリックな少女はもう流行らない。」まるでモンゴリアはもはや選択肢には入らぬかのよう、まるで願望と憧憬はバリケードで封鎖されたみたい。

あちらでは、あちらの東方では、そしてそのもっと東では地名たちは約束したように、くぐもった音で韻をふむ。イラン、アゼルバイジャン、アフガニスタン、トゥルクメニスタン、タジキスタン、ウズベキスタン、カザフスタン。そしてイメージが活動し始める。そして止まらなくなる、ついには見事に構成された不思議が棚の中にできあがる。

礼拝堂《モスク》の丸屋根（トルコブルー）、絹のカフタン（絣の文様《イカット》）、絨毯の、香辛料の市場《バザール》。黒いミルク。明るい穂をつけた葦。塩砂漠。国境、密輸ルートはフェードアウトさせよう。しかし黒い衣をまとった女たちは消したりしない。トルクメニスタンの色彩豊かな衣装をまとった女たち。

何かが呼んでいる、呼んでいる、もうずっと以前から。絹の道。シルクロード。マルコ・ポーロが子どものファンタジーに住みついたのか？

ひとっ飛びでわたしはそこにいた、レニングラードを経験する以前にアエロフロートで、ウズベキスタンの真ん中にある、うだるように暑いタシケントに。わたしは伝説に包まれた都市、サマルカンドとブハラを見たかった、けれどインツーリスト社はそれを拒んだ。ダメなもの《ニェート》はダメ《ニェート》。タシケントの茶屋は慰めにもならない、眩暈がするほどの暑熱。ホテルのシャワーからは水が出ない、出たとしても熱いお湯ばかり。オーブンの中の風、それに埃が混じる、黄色い砂も。干からびるよう。

旅はアルマ・アタへ続く、緑に彩られた、カザフスタンの首都だ。公園につぐ公園、噴水、郊外には果樹の植えられた大農園。（アルマ・アタはカザフ語で「林檎の父」を意味する。）背景には、まるで書き割りのように、真っ白な山脈が威容を誇る。ここでは涼しい風が吹いている、そして市場をゆくのは千通りもあろう様々な顔。カザフ人、キルギス人、ウズベク人、ウイグル人、フェルト帽、羊毛帽、絹織帽。（縁のあるもの、ないもの。）何もかぶっていないロシア人。可愛らしい通訳のディアミラが、イタチのように敏捷に、通りを広場を案内してくれる。彼女の右の人差し指は静止することがない。ほら、ほら、ほら、あそこ、あそこ。健康的で、栄えてもいるわが街を誇らしく思っていて、山への遠足のこと（トウヒの森、小川、岩、雪）、暑さは決して酷くはならないこと、水不足にはならないことを話してくれる。

アルマ・アタからトビリシへのフライトは砂漠の光景。果てなく茶色が広がるなか、ところどころに緑の筋、キラキラと光るアラル湖の湖面、その端は乾いて塩が広がっている（眩しい白、それをピンクが縁取る）、砂丘、切り開かれた道路。わたしたちは低空を飛び、空想のなかではラクダ、アザミを見たように思う。それに粘土色の集落も。もやの中のどこかしらに、わたしには拒まれたサマルカンド、ブハラ、シヒヴァ、ウルゲンチの街が隠れている。そして通り過ぎる。太陽はゆっくりと中央アジアを越えて沈んでゆく。薄闇のなか、カスピ海は見分けることができない。トビリシに着く。漆黒の夜だ。

翌朝、わたしは別世界の中で目覚めた。グルジアの緑の丘の間で。木骨構造でバルコニーを備えた旧市街の小さな家は一見、トルコを思わせ、石造りの教会は初期ロマネスク様式を思わせた。また一方でそうでないところもあった。すべてが勝手知ったるものと馴染みのないものの間で揺れていて、型にはめようとしてもはまらない。言語学を学ぶ黒髪の学生、グヴィリが、グルジア語の手ほどきをしてくれる。文章の主語が必ず主格になる、あなたのインド・ヨーロッパ語的思考は忘れて下さい。わたしたちの言語ではそれは「能格」になるのです。いっそう頭がクラクラしてきたのは、彼が四〇にもわたるコーカサス地域の言語を数え始めたからだ――アブハズ語、アディゲ語、メグレル語、カバルド語、ラズ語、オセチア語、スヴァン語……。ああ、音楽の方がもっとわかりやすいのでは？　わたしは尋ねてみた。そしてその日のうちにカバルド語の剣の舞のレコードを手に入れた、忘我状態にまで昂まっていくあの踊りだ。

歓待ぶりは忘れがたい。グヴィリの親戚と友人たちとの夕食は夜半まで続いた。山なすご馳走(豆のスープ、ライスを葡萄葉で巻いたもの、山羊のチーズ、子羊肉のシシケバブ、辛い香辛料を効かせた鶏肉、レーズンと野菜の和え物、葡萄、無花果、西瓜)のためだけでなく、繰り返し重口の赤のグルジアワインを満たした角杯がかかげられ、長々と乾杯の辞が唱えられたためだ。喉の奥からゴロゴロと、美辞麗句を連ねた言葉は流れ出し、中身を理解していなくとも、それが詩的な言葉であることはわかった。わたしたちは美を愛するのです、グヴィリは言った。そして時間を惜しんだりしないのです。もちろんそうだ、ワインよりも言葉に酔う、乾杯の辞の世界チャンピオンが時を惜しんだりしようか。フィナーレとなる心と心の抱擁に至るまで。兄弟の契りに乾杯！

旅は旅であり、立ち去り、先へ進んでいくことだ。たとえいつしか記憶の中で、喜びと苦しみ、体験したことや読んだことがおぼろになっていくとしても。

好奇心に駆り立てられて、数十年後、わたしはイランを訪れた。カヴィールの塩砂漠のほとりへ、ゾロアスター教の中心地ヤズドへ、テヘラン、ケルマーン、イシュファハーン、シーラーズへ。好奇心、そして逃したものを取り戻したいという願望だ。イシュファハーンはサマルカンドを埋め合わせてくれるだろう。（自分の権利を要求する子どもの声。）

当時の彼の地には権威主義的なソヴィエトによる支配があり、ここには権威主義的なイスラム法学者の支配する国家がある。しかし衝迫は疑念より強い。だって風景そして古代は、別の言語を語っているのだから。

そしてわたしはそれを見出す。暑熱に焼かれた粘土の尖塔《ミナレット》、碧青と青のファイヤンス焼タイルが張られたモスクの丸屋根、大楼門《イーワーン》、中庭、学院《マドラサ》、眼を瞠っている、祈りを捧げている巡礼者たち、普段通りに脇に夕食の平パンを抱えた歩行者たち。ラマダンの時期で、生は静かに歩んでいる。それが日没になるや、にわかに動き始める。すべてが急に忙しげになり、店の前には行列ができ、家で祝宴を開かぬ者はピクニックに出かける、公園で、布を広げて。

わたしは眼に見えるものを見る、その背後を見たりはしない。物乞いの姿はほとんど見ない、しかし托鉢僧は何人か見かける、鉢と小さな鈴を携え、顔はなめし皮のようで、灰色の髪は逆立っている。わたしは値引き交渉の最中にある絨毯商を見る、イシュファハーンの二階建てのハージュ橋のアーチ下で歌を競い合っている男たちの集団を見る。恋人たちがハーフィズの墓にキスするのを、学生たちが「この世の楽園の庭（エラム庭園）」を遊歩するのを、スケートボーダーが夜の一周を楽しんでいるのを、職人たちがちっちゃな工房でモスクのタイルを修繕しているのを見る。若い女性たちのウィンクと自信に溢れた歩きぶりを見る。金曜日の祈りでは、巨大なイシュファハーンのイマーム広場で何千人もの群衆がひれ伏し、跪き、立ち上がり、またひれ伏すのを見る、まさに波打つトウモロコシ畑だ。そしてそれからゆっくりと四散していくのを見る、騒ぐことも押し合うことなく。道路掃除夫、河川清掃人（藻の繁茂）を見る、ヤズドの神殿で聖なる火を拝する、色とりどりの装束をまとったゾロアスター教信徒の女たちを見る。パンの山を小型バイクに積んでバランスをとる平パン職人たちと若者たちを見る。喫茶室に姿を変えた公衆浴場《ハンマーム》で演奏する楽師たち（ツィンバロン、太鼓、歌）を、眠っている人たち（公園、モスクの中庭、市場の暗い片隅）を見る。白いターバンを巻き、しゃれた書類鞄を携え、きびきびと道路を横断する宗教指導者《ムッラー》を、水ぎせるをくゆらせる女たちを見る。どこまでも続くピスタチオの林、痩せこけたラクダの隊商、そして――埃っぽい砂漠の集落で――サッカーをする子どもたちを見る。ちっちゃな小鳥たちを、花咲き乱れる文様の絨毯を見る。歌いながらメロディーに糸色を合わせる絨毯結びの女たちを見る。険しい山と石だらけの荒地と灌漑された緑濃い平野を見る。大果樹園と小さな丸屋根を載せた方形の建物が連なる粘土色の村々を見る。換気と涼気のために風を「つかまえて」家内に導く採風塔を見る。髭の生えた男たちの顔が描かれたポスターと「戦死した殉教者」のための記念碑を、そして公共広場では彩色された動物の彫像を見る。鳩、白鳥、鹿――年の市に出せそうなほどの出来ばえだ。制服を着た子どもたちが一列縦隊でシャー・ネマトラー・ヴァリー廟のモスク（マハーンの町）にちょこちょこ歩いてゆくのを見る、そしてアドルフ・ヴェルフリの絵のように塗り上げられているスーフィーの修道僧の瞑想房を見る。陰鬱な警察の検問歩哨所とペルセポリスの壮大な廃墟を見る（想像上の動物たちをはめこんだ柱、行列のモチーフの浮き彫り、「諸民族の門」、階段）、途方にくれたように虚空を睨んでいる若者たちと生地の塊に挟まれた生地商人、さまざまな色調を生み出す空を、夜には色染めされていない羊毛のように白い天の川を見る。イトスギを、バラを、ミモザを、レモンの樹を、マルメロの樹を、ザクロの樹を、そして、ポプラを、棗椰子を、そしてあちこちに散らばっている山羊を見る。車掌の「おはよう《ソブ・ベヘイル》」を、誰もが口にする「さようなら《ホダー・ハーフェズ》」を聞く。ご馳走の前に座る、豆のスープ、子羊と鶏肉のシシケバブ、サフランとメギの米料理、ヨーグルト、ピクルスサラダ、クレーム・カラメル、メロン、生の棗。水か、コーラか、アルコールフリーのビールか、紅茶を飲む。ワインは無い、蒸留酒も。

眼に飛びこんでくるものは、混乱させるほどに豊かだ。そして、どこかで会ったことがあるように思うこともある。わたしが追っているのは、夢、それとも、記憶？　憧れてやまぬ好奇心、それとも、太古の呼び声？　わたしは追う。異質なものと思い、同時に、馴染みのものと思う。わたしは老いたイシュファハーンの男たちの顔を見て（橋のアーチの下で）、その男たちのただ中に父がいる姿を想像する。父は決して目立つことはないだろう。わたしのことをじろじろ見る人もほとんどいない。もう少しばかり真似をすれば、彼らの一人として扱ってくれるかもしれない。

しかし、わたしは別なる存在に挑戦しようとは思わない、ただただわたしの毛孔を開いていたい。わたしの感覚と思考空間を広げたい。幸福はそこにこそある。（手を差しのばす幸福。）

家に帰ると、わたしはイランの高地の光が、興味津々の眼差しが、サフランとメギのライスが、モスクのブルーが恋しくなっている。この国の孤立方針を映し出している、巨大なホメイニ空港の居心地の悪い空虚は恋しくはない。内なる絵物語を完全なものにするために、わたしはシャイヒ・サーディの『バラ園からの物語』、そしてバーマン・ニルマンの『説明されなかった世界大戦』を沈んで読む。サーディの方はこうだ、「世の成り行きにおいて善かったことも、悪かったことも、消えてしまった。悲憤はわずかばかりも残ってはいない……。」ニルマンはこうだ、「イランが有する最も重要な武器は、イデオロギー的言辞をつめこまれ、いつなりと殉教する用意ができている、無数の男たち、そして女たちであり、彼らは信仰を同じくする兄弟姉妹たちとともに、地域全体を燎原の火に包み、さらにはヨーロッパ、アメリカも深刻な危険にさらしうるのである。」

戦争のシナリオ、不安のシナリオ。しかし、いかなるイラン人も彼らの詩人ハーフィズの詩句をそらで言うことができるのだ、あの愛の歌を。

恋しさは矛盾を抱えつづける。

第六七章
蒐集について

トランクを引きずった子ども時代に、それは許されることではなかった。どんなものも溜めこみは禁止。身軽でいること、すぐに動けること。ともかく荷をふやしてはだめ。

でも貝殻だけはあきらめきれなかった、白の、ピンクの、茶格子の、脆くて壊れやすい貝殻たち、わずかばかりの荷物。わたしは貝殻集めに熱中した、綿をつめた小箱に並べて宝物にした。貝殻は逃げ出したりせず、何度も触わって、賞でることができた。わたしは貝殻を見つけたり拾い上げたりした砂浜を想い起こし、そのつどの場所、そして時と結びつけた。かくして貝殻は美しいだけでなく、特別な瞬間の符牒となり、わたしを包みこんでいた配置のささやかなる証人となった。風が吹き抜けていく生の中での記憶の貯蔵庫となった。記憶はなくなりはしない、大丈夫、とわたしはおぼろげに感じたのだった。

後には、貝殻に、靴、本、葉書、珍しい想い出の品が加わった。実際的な理由から気に入ったわけではなかった。それらのものは、何かを喚起してくれることに加え、わたしとの関係をも保持してくれるように思われたのだ。古本を手に入れると――何本も下線を引き、しおりを挟むことで――わたし自身のものにした、先端が嘴のように反ったボスニア製の靴を買うと、履くたびに親切だったバザール商人のことを思い出した。集められた物たちはしだいに一つの共同体を形作るようになり、その中でわたしは自分の生の軌跡を、そこでの偶然の数々、規則性の数々を認識するようになっていった。

システムというわけではまったくなかった、というのも、わたしの物集めは決してシステマティックではなく、完全を目指したことは一度もなかったからだ。偏愛はあった――愛という言葉は重要だ――そして事物が忘却と消失に抗ってくれればという願望もあった。事物？　わたしは名前も集めた、それを丁寧に書き記すことで集めたのだ。つかの間の存在をメモ帳にとどめる、するとそれらはインクのブルーからオールドローズに色褪せてゆき、隊列はどんどん立派なものになっていった。頁の間には草の茎、美術館のチケット、ささやかな発見物、ときには恋文《ビエ・ドゥー》が紛れこんだ。生きられた現在を証してくれる物たち。時の海原にうかぶ浮標《ブイ》。

わたしは集めた、自分の世界を作り上げるために。おもちゃのない放浪の子ども時代を吹き抜ける風に、何かしら確かなものを対置するために。これらの事物が、今ではわたしに歴史を、自分自身の歴史をぶつけてくる。

それらの事物には埃が積もり始めている。それぞれに朽ちたり、黄ばんだりしているけれど、古びはしない。パトモスで手に入れた水色の教会のミニチュア、リュブリャーナの緑青色の竜、ルーマニアの木製の十字架、雪花石膏のちっちゃな兎、金属製の細い音管、ヴェネツィアのコロンビーナの仮面、マイラ川の岸で拾ったハート形の小石、銀貨で飾られたベドウィンの黒布、トルコ・ブルーのモロッコ製ティーカップ、インドの木ゴマ、ロシアのパレフの街で作られたブローチ、石膏の小さな天使、赤い宝石箱、コーカサスの羊毛帽子、旅行用ドミノセット、ピノキオの鉛筆、多彩な糸で編まれたマケドニアのショルダーバック。そして何百枚もの（国ごとに靴箱に入れて整理された）絵葉書、何百枚もの（作曲家ごとに整理された）ビニール盤レコード。

　ロシアからわたしは――奨学金での留学が終わると――本とレコード（メロディア社のもの）でいっぱいの重いトランクを二つ引きずって帰ってきた、あまりに重くて右手の筋が炎症を起こしたほどだった。でもほかに選択の余地はなかった、郵送は信頼することができず、そして、持ち帰ったものは一つの世界だったのだ。今日ではメロディア社のレコードはおそろしくキーキーと軋み、レールモントフ、レスコフ、チェーホフ作品の版は、合成物質と安物の糊の匂いがする。棚のそばで鼻をクンクンさせるだけで、どこから来た本なのか由来はわかる。ただし、わたしはソヴィエト時代のものを懐かしがったりはしない。それはタイムカプセルであり、過ぎ去った時を連れて来る。そして何よりも、それらを（古本屋で）手にいれるのが、そして持って帰るのが、いかに大変だったかを思い出させる。

　そういうわけで、何年か前にある友人が共同で利用している遠方の住まいを、こんなやり方で居心地の良い場所にしようと言い出したとき、わたしは苦笑するほかなかった、あなたの本を全部こ《アイル・バイ・ユー・》こにも買いましょう《オール・ユア・ブックス》と。え、なんですって、どうやって？　どの一冊一冊にも歴史がある、そしてどの本ともわたしは――買うことから始まって貪り読んだプロセスに至るまで――結びつけられている。蔵書はコピーすることはできない。もしできるとすれば、歴史抜きのものになる。今では長年のうちに集められた物たちは、共謀者のようにわたしを見つめてくる。まるでわたしの不意をつき、警告しようとするかのように。物たちは多勢、わたしは一人だ。優勢な物たちが引き出しから本棚から溢れ出し、棚板や机の上でみずからを誇示している。というのも、わたしは積極的に集めただけではなく、たまたまやってきたものを取っておきもしたのだ。手紙（何箱も、友人からの、恋人からの、同僚からの）、葉書（同じく）、献呈本（同じく）、プレゼント（エラ・コムレワのバレエシューズ、ロシアのショール、絹布、ハンカチ、ティーグラス、ネッカチーフ、スケッチ、花瓶、皿）わたしが何かに別れを告げようとすると、すきま風が顔に吹きつけてくる。勝手知ったるあの感情だ、離れること、あるいは、トランクはトランク／別れ／皮／さあ摑んで／いっぱいに詰めて／また空っぽにして／ここからあちらへ／そしてあちらから／もちろん、そう／もっと先へ。

この「もっと先へ」を通らない道はなかった、でも。それでも事物は確固としていて、何かしら安定したものの代わりになってくれる。枠を作ってくれる。保護してくれる。手がかりをくれる。無言のまま語る、この事物たち。彼岸を望むことなく、ホームの役割を務めてくれる。

物たちが戯れつつ、わたしより長持ちするのは良いことだ。

物たちがちゃんとするようわたしに呼びかけてくれるのは良いことだ。

物たちが自身は変わらないままに、わたしがどう変わったかを教えてくれるのは良いことだ。

物たちが——わたしの感傷に抗って——独立しているのは良いことだ。

物たち同士がとうの昔から話し合っていて、わたしは無用になっていること。これは良いことだ。

物たちの無垢についてわたしは語るつもりはない。物たちもわたしも無垢ではない。でもわたしの問いに即して見れば、物たちは、確かに、良い。

第六八章
忘却について

記憶は忘れたものの総計である、とイルゼ・アイヒンガーは言う。

この文が、貪欲な黒い穴のように、記憶の残片を呑み尽くそうとする。いや、違う。記憶は記憶だ、たとえ欠落だらけだとしても。映画のフィルムにだって断絶はある。間《ポーズ》がある。悪いことだろうか？　身体にだって少しばかり荷を減らす権利はある。まったくの白紙状態を望んでいるわけではない。

ある（装丁が綻びかけている）ハンガリー童話集を記憶に呼び起こすその前に、わたしはその本の匂いを吸いこんでいる――シナモンのような、甘苦い匂い。この匂いには、ほかのどんな場所でも出会ったことはない。それは幼年時代のただなかに、童話の世界に通じている。とはいえ、悪魔がヤンチョーと何をしでかしたかは、もう思い出すことができない。悪魔……ヤンチョー……ジュジャ……まあいいとしよう。その匂いはクリスマスを思わせる、読むのはお母さんだ。幸福の半ばはそこからやってくる。

Mはわたしのことを匂いフェチだという、そう言う彼女自身は、まっ白な筆、ピンク色の指先、ツンと尖った肘に夢中になっている。

忘却は匂いを見逃してくれる、と言ってみよう。枯れ草の匂いがするや、わたしの内には百ものイメージが立ち上がる。

Mはイメージで考える。Mはイメージで想起する。そうでないものが彼女を惹きつけることはない。

イメージには、敬意を表するとしよう。でもやってくるのは、まずは匂いだ。

間違いのないもの……褐炭の匂い（リュブリャーナ）、磯の、そして、鰯の揚げ物の匂い（トリエステ）、ヒノキの匂い（トリエステ、グラド）、雨に濡れた蔦の匂い（トリエステ）、綿菓子と焦げたアーモンドの匂い（子ども時代の縁日のもろもろ）、古びた脂と小便の匂い（東欧の田舎駅）、漂白剤の匂い（虫害に苦しめられた南方）、むっとこもった乳香の匂い（イタリアの教会）、ヨード液の匂い（年季の入った薬局）。秒速でリンクはつながり、映像は動き出している。

それは続くところまで続くと、ぷつんと途切れる。全体を無理強いしたりはしない。

記憶は、けんけん遊びのようなもので、ぴょんと跳ね、立ち止まり、またぴょんと跳ねる。するとMが言う、周縁的なものが非連続を成すのなら、主筋は連続性を形成するのだと。でもここは慎重にいこう――何が主筋で、何が副筋云々であると、誰がわたしに言うのか。これら数々の糸、様々なつながり、閉じられぬ終わり、偶然が描く文様。

跳んでごらん、さああなたも、ぴょんと。跳び越してごらん。

跳び越すことは、荷を軽くすること。あるいは、記憶がストライキしてこそ、生起することがある。何かが出てこない、探せ、苦しめ、徒労に終わろうと。死者？　無定形の領域？　触れぬままにしておこう。濁った水の中で水底の餌を漁るのはやめよ。

部分的記憶喪失、とBが言う。そして、生きてゆくうえでの救いとも。コストラーニの長編小説『ひばり』では、娘が醜いことを両親は積極的に忘れようとする。鼻は団子鼻、鼻腔は馬のようにひらき、豆粒のような濁った両眼に、ヨタヨタした歩み。とてもではないが貰い手などいない。さて、どうする？　負い目を愛に変えるのだ、それで心を温めよう。たとえこの忘却ゲームが嘘っぱちであっても。

父と息子が、とあるトルコの居酒屋（イスタンブールのクムカプ地区）に座り、隣席の旅行者たちを観察している。息子は十八というところ、のろさくで、肌色が悪く、大きな矯正器具を歯につけている。食べる量も少ないが、話す量は輪をかけて少ない。隣でダンス音楽が演奏され、金髪で太り肉の観光客の女たちがくるくる踊り始めるまでは。タプタプ揺れるお尻の見世物が彼らをどっと笑わせる――そしてたちまちたがいを近しくさせる。（妻と別れた、レヴァント地方のドンファンかもしれぬ）父は、醜い息子をけしかけようというのか。

こいつはロシア女に首ったけなんです、問われもしないのに父がわたしに語る。息子は当惑したようにニヤニヤ笑っている。女というテーマがテーブルに乗っている、これがこの醜男の関心を引く唯一のテーマであるらしい。たとえ父の隣ではまったく見込みはないとしても。しかし、それについては何一つ言わない。決定的なことはタブーのままなのだ。陽気なポーズで払いのけられる。息子はアメリカの大学で勉強するつもりなのです《マイ・サン・イズ・ゴーイング・トゥー・スタディ・イン・ザ・ユーエス》、さも大変なことのように父が言う。息子が立ち上がるや、わたしは彼が拒食症であることを知る。

目を背ける、忘れる、忘れる、目を背ける。そうしなければならないときには。そうすることが望ましいときには。痛みはどんなことでも可能にする。それはまず最初に、忘却の皮を被り、それからその皮を破る。

では、痛みがないときは？

そのときはブランショとともにこう言おう。「忘れること――何一つ忘れてはいない記憶の中で、忘却に寄り添うこと。」

第六九章
風

風の顔は、それが動かすもの。
多和田葉子

捕まえることはできない。ほらそこに、と思うと、もういない。望むときには痕跡を残していく。風、風、天空の子、天空ならざるものの子。山風、谷風、陸風、海風、台地風、山颪《おろし》、旋風《つむじ》、暴風、北風、南風、東風、西風、軟風、微風、潮風、砂漠風、フェーン、シロッコ、トラモンターノ、マエストラーレ、ボーラ、ミストラル。風はどこでも同じようなもの、今日トリエステで吹いた風は、明日ベルリンで吹く、だからよそに移り住むかいなどない、なんて言わないでほしい。風はどれも固有の存在であり、それぞれの場所があり、名前があり、吹き方がある。わたしがインド的な意味で「風通しがいい」（ヴァータ）というとき、それは風の中をゆくわたしの生にあっては、いろんな風に——吹き飛ばされることなく——向き合っていかねばならないという意味だ。歩き回るほどに、移り住むほどに、風との出会いも重ねられてゆく。その出会いごとに、腰を落ちつけることは例外状態であるとの思いがよぎる。

風――〈Wind《ヴィント》〉〈vent《ヴァン》〉〈veter《ヴェーチェル》〉〈szél《セール》〉……それは基本的には、雪――〈Schnee《シュネー》〉のように、一音節の単語でなくてはいけない。形をとるもの、例えば、雲《ヴォルケン》とはちがって。泡《フロッケン》、翼《フリューゲル》、魚《フィッシェ》、竜《ドラッヘン》、耳《オーレン》、門《トーレ》、鼻面《リュッセル》、船《シッフェ》、壺《アンフォーレン》、馬《プフェルデ》、帆《ゼーゲル》、錐《ボーラー》とはちがって。スレート色やら白色やら鉛色やらベージュ色やら黄土色やらクリーム色やらをしているものとはちがって。風に色はない、でも、風は鳴る。風は歌い、吹き、唸り、荒ぶる。

　トリエステのボーラ――北欧の風神ボレアスの遠い末裔――は野獣のように呻り声をあげた。カルスト台地から海へ吹き下ろし、邪魔しようとするものをかっさらっていった。小さかったわたしはそれを恐れることを学んだ。家屋がガタガタと揺すぶられ、海が逆巻き、雨が氷に変わり、人びとが地に這いつくばるさまを見て。街角には摑まるための綱が張りめぐらされた。その一方で、帽子が、傘が、ショールが飛ばされ、コートは風船みたいに膨らんだ。漫画家のための祝祭といえそうな光景だった、いつも死者が出るということさえなかったら。歩行者たち、警官たち、漁師たちの間に。ボーラの統計では時速一三〇キロから一八〇キロが記録されている、一番風がきついのは冬の数ヶ月だ。寒い、寒い、子どもたちは家で監禁状態だった。

　とはいえ、ほどほどのボーラが吹く日もある、危険度がいつもの四分の一くらいの、そんな日には母はわたしをハンガリーの子羊のコートに包みこんで出かけた。わたしは鉛色に濁った、泡立つ海を目にし、四大の脅威を風に感じとり、抵抗と不安と闘った。トリエステは混沌世界へ変わり、鎖を解かれた、耳元で咆哮する、何ものかへ変わった。ボーラの首都が牙を剝き出したのだ。

気だるい南風、シロッコの吹くときは、鉛のような眠気と不機嫌が広がった。風は靄に包まれた海からとぎれとぎれにやってきた。むっとするような熱気の波、生暖かい空気のクッション、頭の中で鈍さが広がる。松、タマリスク、オレアンダーが不快げに揺れる。そんな日には、おひるね部屋で光のウサギを追っている方が楽しかった、海辺の岩に座っているよりも。たとえ水が涼しさを約束してくれたとしても。

風はどれも同じだなんて、言わないでほしい。

グラドの潟湖ではトラモンターノが吹く。小さな島々の草や茂みが風にたわむ。爽やかだ。泡の頭が夕べの光に輝き、空は流れてゆく映像のよう。パラクシュ、パラクシュという言葉が唇から洩れる。右にはパゾリーニの映画『王女メデア』に出てきそうな島、蘆の小屋、マリア・カラスはいない。隣に立つジュゼッペ・ズィガーニャがわたしに言う、ただ手を持ちあげる、羽ばたくように、それが潟湖での挨拶なのだと。それからわたしたちの船はアンフォラ島の小さな突堤に着岸する。風は冷たい突風となって、吹きすぎ、引きちぎり、揺らす。海の点字を読む。雲が流れる。フードをかぶって、防波堤に沿って、膝丈の草の中を進む。吹きつける風に抗するには身体を屈めなくてはならない。灰色の潟湖の泥、そこから木の切れ端が突き出ている。背景をなすのは青碧色の浅い水。海藻とヨードの匂い。その匂いを吸いこむ、切りつけるような風を吸いこむ。それは肺に侵入する。それは耳を弄する。そしてもっと先へ。頭の中をアクィレイアのモザイク画の魚が泳いでいく。なんと楽しげな群れだろう。頭上を雲が走っていく。外海の嵐を物語っている。ここ潟湖の中では、風が強まっても、一メートルにとどく波しぶきはたたない。風が頬を打つ。わたしは防波堤の端まで行かず引き返す、潮で顔を濡らして。涙の浮かんだ眼で、汽水帯に育つまるい芝生の絨毯を見る。日が沈んでゆく。

漁師たちの居酒屋の中は凪いでいる。貝のリゾットがお皿で湯気を立てている。獲れたての鯛の身は白く、柔らかい。わたしは海を一匙、口に入れる、外は夜の帳が下りている。

風の中に住むことは難しい、ビアッジョ・マリンは知っている。グラド語では「ヴィヴェ・ネル・ヴェント／セ・ディフィシーレ・モード」。でも、誰が「住む」と言っただろう。わたしたちはいつも動いてきたのではないか、風のように。わたしが風が追いかけたのか、それとも風がわたしを追いたてたのかはどうでもいい。捕まえるなんて、ありえない。桶も、投げ縄も、役には立たない。

ほら、わたしは子どもに言う、コンパスカード／風の薔薇《ヴィントローゼ》があるでしょう。それが行き先を教えてくれるはず。眼をしっかり見開いて、信じなさい。

海を想う
◉多和田葉子

イルマ・ラクーザが「トリエステ」という地名を口にするのを初めて耳にした時、音節から光のこぼれ落ちるのが見えたような気がして、当時のわたしはまだ実際にトリエステには行ったことがなかったのに強い印象を受けた。

今のトリエステはイタリアの町だが、その前はオーストリア＝ハンガリー帝国の領土だった。海に囲まれた日本では想像しにくいことだが、領土の一部を失うことで海との接触点を失ったオーストリアのような国があるのだ。今この本を読み返してみて、失われた海への出口を言葉の力で記憶の中から探し出す作業がイルマ・ラクーザの創作の出発点にあるのかもしれないという気がした。

イルマ・ラクーザの暮らしているスイスにも海がない。動乱の東欧から逃げて来た家族を救い、一人の才能ある少女の成長を見守ってくれたスイスという国への感謝の気持ちが時に行間から伝わってはくるが、それでも、スイスには何かが欠けている、とイルマ・ラクーザは正直に書いている。

何かが不在であるということは創作活動にとっては必ずしもマイナスではない。その欠けているものを仮に「海」と名付けてみてはどうだろう。すると流動的で境界線を知らない、時には恐ろしい顔を見せる海への激しい憧れが、深く埋もれた記憶を掘り起こし、豊かな言葉を生み出す。

この本を読んでいて時々、地球の表面で海と陸の占める位置が逆転するような気がすることもあった。ヨーロッパが海に囲まれているのではなく、ヨーロッパそのものが水でできているのだ。

わたしたちはヨーロッパ各国についてかなり凝り固まったイメージを持っている。ロシアは常にロシアのにおいがし、フランスは常にフランスのにおいがするものと思いこんでいる。ところがイルマ・ラクーザの描くパリは、スラブ的な香りに満ちている。実際のところ、パリはロシアの亡命作家たちが集まり、ロシア語で執筆し、それがロシア語で出版された町でもある。ヨーロッパは、冷戦時代は冷戦時代なりに、それ以前はもちろんのこと、最近はますます複雑に浸透しあう有機体になってきている。この本は一人の作家の自伝であると同時に、そんなヨーロッパの肖像画でもある。

ヨーロッパが流動的なのは、たくさんの人たちが国から国へ移動し、国籍を変えていくからだけではない。町もまた国籍を変えていく。たとえばイルマ・ラクーザとその母親の生まれた町も、ハンガリー領になったり、チェコ領になったり、国籍を何度も変えてきた。しかも一つの小さな町の中にも複数の言語があり、また、複数の言語を話す人々が絶えず国境を越えて移動していく。

そんな環境に生まれ育ったら、さぞかし精神不安定な人間ができあがるのではないかと思う人もいるかもしれない。ところがイルマ・ラクーザほど世界のどこで出逢っても恐れを知らない少女のような快活で落ち着いた印象を与える作家はいない。旅慣れているには違いないのだが、孤独な放浪詩人のイメージは全くない。むしろ、初めて訪れる遠い国でも、そこに文学を愛する人たちさえいれば、まるで旧友の家にでも来たように楽しそうにくつろいでいる。異質な文化に出逢っても警戒せず、好奇心と理性に満ちた静かで暖かい話し方で相手の言葉を引き出し、余裕をもって会話を楽しんでいる。どうすればこんな人柄ができあがるのか、その秘密もこの本に隠されているような気がする。

「スイス人作家」とか「ドイツ人作家」という言葉は日本でも時々耳にするが、実は「ヨーロッパ人作家」という耳慣れない呼び名がイルマ・ラクーザにはよく似合う。第二次世界大戦が終わった時に平和を願う人々の気持ちが具体的なかたちをとったのが「ヨーロッパ」というビジョンだった。ところが最近ヨーロッパ各国で勢力を伸ばし始めた極右党は、「ヨーロッパなどというものは、インテリの考え出した空想の産物に過ぎない。本当に大切なのは祖国としての国民国家である」と主張して、人々をナショナリズムに引きずり戻そうとしている。

ヨーロッパというのは地理的な区分けというよりは、文学などの精神活動によって絶えず生み出され続けている文化圏であり、そういう意味では確かに「空想の産物」ではあるが、空想力を捨ててしまったら、文化も民主主義も危険に晒される。「もっと、海を」はそんなことも教えてくれる。

イルマ・ラクーザはドイツ語で書く作家でスイス人だが、彼女の精神はドイツにもスイスにも従属していない。初めて逢った時、お父さんはスロベニアの人で、お母さんはハンガリーの人だと聞いた。そのこと自体は特殊なケースというよりは今日のヨーロッパがどのようにしてできているかをあらわす一例なので驚かなかったが、彼女の文学言語の豊かさには舌をまいた。

ヨーロッパの言語は大雑把に言って、スラブ語派、ゲルマン語派、ローマン語派の三つに分けられる。イルマ・ラクーザはドイツ語で作品を書き、英語が達者で、元ユーゴスラビアの諸言語を解するだけでなく、ロシア語を大学で専攻し、レニングラードに留学し、ツベターエヴァなどの訳者としても知られ、またフランス文学も勉強し、パリ留学経験があり、マルグリット・デュラスなどを翻訳している。つまり、ヨーロッパの三大語派のすべてに文学的に深く関与しているのである。しかもこの三つに当てはまらないフィン・ウゴル語派に属するハンガリー語が彼女の母の言葉、文字通り「母語」なのである。ここまでヨーロッパを自分の舌にし、筆にし、脚にした作家は今日でもめずらしい。

彼女にとっては主要言語であるドイツ語が、実際に習った順番からみれば第四言語だということにもあらためて驚かされる。母の言葉ハンガリー語、父の言葉スロベニア語、幼年期のイタリア語があって、その後でドイツ語が来た。わたしたちは普段、「母語」と「外国語」という単純な分け方をしているが、彼女の場合、どちらの用語も意味をなさなくなってしまう。

作家はたった一つの言語を深く知り、他の言語に惑わされない方が名作が書けると主張する人もいる。しかし実際にはたった一つの言語に生きた作家などいたのだろうか。「源氏物語」のように古い時代の島国文学でさえ、紫式部が漢文と全く接触がなかったらあのような作品にはならなかったという意味では、二つの言語の間に生まれたとも言える。他の言葉を通して人は初めて、自分の言語の過去を知り、その「自分らしさ」を知り、また、自分らしからぬ自分を発見し、未来に隠れた可能性を探ることができる。

だから、一つの言語で書かれた文学も、実は複数の言語から生まれている。「もっと、海を」の原書はドイツ語で書かれてはいるが、ドイツ語以外の多数の言語が、ちょうど大洋の中で境界線を知らない様々な水が揺れて混ざり合い、大きな波になって盛り上がったり、光を受け入れて深い海底を見せたりするように混在している。

海のような自伝を読むのは実はわたしも初めてで、それまでは自伝というのは鉄道のようなものかと思っていた。鉄道には始発駅と終着駅があり、線路が両者の間を結んでいる。途中には停車駅や急なカーブもあり、時には事故で列車が止まることもあるかもしれないが、基本的には一本の線の上を走っていく。ところが「もっと、海を」は、ちょうど複数の生命体がそれぞれの内部で完結し、同じ海に浮き、同じ波のリズムに揺れているように、それぞれの章がミクロコスモスをかたちづくり、一冊の本の中で一つの音楽をつくりあげている。

イルマ・ラクーザは決して闇に溺れる作家ではないが、闇を知る作家ではある。夜、遠くを走り過ぎる列車の音は、第二次世界大戦から冷戦へとつながる歴史という線路の摩擦音のように不安をかきたてる。強制送還や亡命などの記憶をかきおこす。暗い本ではないが、暗さの存在を忘れることのない本ではある。それは国際政治の暗い面だけでなく、人間の暗い面、啓蒙主義という懐中電灯の光だけでは照らしきれない精神の闇だ。寝床に横たわって遠くを走る列車の音を聞いている方が、見知らぬ人たちといっしょに列車に揺られて国境を越え、夜に突入していく時よりもずっと不安なことがある。それならばわたしたちも揺られてみようではないか。言葉の夜行列車に乗って揺

られていけば、それが海の波の揺れになり、遠い記憶の中のゆりかごの揺れになり、詩的陶酔とな
って、読者をどこまでも連れて行ってくれる。

訳者あとがき

二〇〇九年夏、スイスのローザンヌに滞在し、作家ローベルト・ヴァルザーの翻訳作品集の出版プロジェクトを進めていたさなか、愛読する二人の現代作家が、ほぼ同時に新作を刊行した。一冊はヘルタ・ミュラーの長編小説『息のブランコ』（Herta Müller. Atemschaukel. Carl Hanser Verlag 2009）、もう一冊は本作の原書、イルマ・ラクーザの自伝『もっと、海を——想起のパサージュ』（Ilma Rakusa. Mehr Meer. Erinnerungspassagen. Droschl Verlag 2009）である。ともに甲乙つけ難い佳作と思われたが、迷わず最初に読み始めたのは——数ヶ月後にノーベル文学賞を受賞することになる——ミュラーの小説ではなく、ラクーザの自伝の方だった。ローベルト・ヴァルザーの特異な文体を日本語にうつすという難題、ままならぬフランス語によるコミュニケーションの困難、標準ドイツ語とスイス・ドイツ語の容易には把握しがたい差異に日々戸惑い続けていたわたしにとって、他言語からスイス・ドイツ語の世界に移り住み、さらに諸言語をくぐり抜けて翻訳者となるまでの経験がつづられたラクーザの断章群は、文学研究の対象としてのみならず、自分自身の現在を測り、解読するためにも、比類なく重要なテクストに思えたのである。

予想に違わず、彼女に固有の自己形成の経験は、彼女に固有のドイツ語に紡がれることで、文化的背景のまったく異なる一読者にも追体験できるものとなっていた。わたしはブダペシュトもトリエステもサンクト・ペテルブルグも訪れたことはなかった。ハンガリー語もスロヴェニア語もロシア語も学んだことはなかった。作中描かれている場所の半ば以上は馴染みのない場所、言及されている言語の半ば以上は未知の言語だった。にもかかわらずわたしは、ある種の懐かしさとともにテクストの言葉を反芻することができたのである。

ラクーザのドイツ語は総じて短文である。それは世界を説明する言葉ではなく、世界に触れた感覚を喚起する言葉である。足裏で軋む小石のような硬い言葉、車窓から吹き込むすきま風のような軽い言葉、ブラインドから漏れる光のような揺らめく言葉とでも言えばよいだろうか。それ自体、物質であり出来事であるかのような質感を備えた言葉が、読者の身体に埋もれていた記憶をも呼び覚まし、意味づけられぬまま忘却されていた時空間を立ち上がらせてくれるのである。その意味で、副題「想起のパサージュ」は、作者自身の想起の「歩み」、それを記した「パッセージ」であるにとどまらず、読者自身の想起への「通路」をも意味しているように思われた。わたしは自分自身の過去をも併せ想起しつつ、ゆっくりとラクーザの回想の歩みについていったのである。

ラクーザの作品はすでに短いものを二つほど訳していた。「歩くこと」と「翻訳すること」を未知との出会いの現場として描いた詩的散文「歩く」（新本史斉訳、『氷河の滴――現代スイス女性作家作品集』所収、二〇〇七年、鳥影社）、三三カ国の作家による「ヨーロッパ」をめぐる討議を収録した論集『ヨーロッパは書く』（ウルズラ・ケラー、イルマ・ラクーザ編著、新本史斉、吉岡潤、若松準訳、鳥影社、二〇〇八年）の二点である。そこで驚嘆させられた「異質なもの」に対する飽くなき好奇心、多言語を駆使して個性と差異に溢れた作家たちと交流を重ねていく対話力――自伝『もっと、海を』は、そのようなどこまでも開かれた態度がいかにして形成されてきたのかを教えてくれる作品だった。

作中の「わたし」は国境を越え、言語の境界を越え、移動し続けていく。そこでの合言葉は「通り抜けて」「もっと先へ」そして「東へ」である。その越境経験に抽象的なものは一つとしてなく、どの通過にも不安があり苦痛があり、それにもまさる好奇心があった。境界を越えた先での出会い一つ一つに、名前があり、顔があり、時があった。それを読んでいく中で、一つ念頭に浮かんだのは意外にも、「形成小説」とも「教養小説」とも訳しうる「ビルドゥングスローマン」という伝統的な文学ジャンルだった。ゲーテの『ヴィルヘルム・マイスターの修業時代』をはじめ、主人公の自己形成を作品構成の主軸とするこの小説形式は、階級ではなく「教養」に自らのアイデンティティの根拠を見出した近代市民の登場した一八―一九世紀のドイツ語圏でとりわけ隆盛をみた。むろん、本作で問題になっている「形成／教養《ビルドゥンク》」は、すでに一九世紀後半には市民自身の思考を縛ることにもなった知的財産としての「教養」とは異なっている。複数の言語のほかには記憶の縁となるささやかな事物しか持つことのなかった「トランクの幼年時代」をおくった「わたし」に、そのような重苦しい所有物は無縁である。本作で描かれているのは、移動し他者と出会うことで自分自身を変容させ続けてゆく、故郷も終着点も、完成もないプロセスである。その意味で本作を、これからのヨーロッパにおいて、いや、日本においても試される世界市民的「教養」を描いた新たな「ビルドゥングスローマン」と呼ぶことならば許されるかもしれない。

実際のところ、ここまで「自伝」と呼んできたこの作品は、決して起こったとおりを「ありのまま」に写しとった書物としては書かれていない。国と国の境界であれ、共同体と個人、個人と個人の境界であれ、あるいは家庭内のそれであれ、どの章においても何かしらの「境界通過」経験が描かれている。おそらくは越境経験の積み重ねこそが作者の現在を形成したと考えられているのである。さらに言うなら、巻頭のジャック・ルーボーの題辞からもわかるように、生は言葉を通してはじめて語られうるものとなる。そして、言語には個人の記憶以前からの膨大な諸経験が蓄積されているのである。とすれば、いくつもの異なる言語をくぐり抜けてきたラクーザほどに、言葉という媒質の不透明さに意識的な作家はいないとしても、不思議なことではないだろう。その意味で、本書を読むことは、多言語作家へのラクーザの形成過程を知ることであると同時に、その多言語作家が現在用いている言語そのものを経験することなのである。

ラクーザ本人と初めて会ったのは、同じ二〇〇九年の一一月末、バーゼルでの文学フェスティバルでのことだった。その年の「スイス書籍賞」を本作が受賞することが決まり、受賞者による挨拶と朗読が終わった直後に、本書を日本語に翻訳したいという希望を伝えた。以来、日本での出版社探しに手間取るあいだに、本作はイタリア語、フランス語、ハンガリー語、ロシア語、ウクライナ語、ポーランド語、チェコ語、スロヴェニア語、クロアチア語、スウェーデン語、アラビア語と十を超える言語に翻訳され、ドイツ語圏を越え、ヨーロッパをも越え、世界中で読まれるようになっていた。今回、ようやく八年前の約束を果たせることとなったのは、ひとえに第二回「メルクかけはし文学賞」の受賞による翻訳出版助成のおかげである。外国文学の翻訳出版が厳しさを増している状況下、作家の創作活動のみならず、翻訳者の地道な活動にも光をあてる同賞を創設したメルク社、そして、ゲーテ・インスティトゥートには、心より感謝の意と敬意を表したい。

あらためて、作家イルマ・ラクーザを紹介しよう。イルマ・ラクーザは、一九四六年に現在はスロヴァキアに属する小都市リマフスカー・ソボタ（ハンガリー語名はリマソンバト）で、ハンガリー人の母とスロヴェニア人の父の間に生まれた。ブダペシュト、リュブリャーナ、そしてトリエステで幼少期を送ったのち、五歳のときにスイスのチューリヒへ移住した経緯は本書で描かれている通りである。その後、チューリヒ大学、ついでパリ大学、レニングラード大学でロマンス語文学、スラブ語文学を学んだ彼女は、フランス語、ロシア語、セルビア・クロアチア語、ハンガリー語からの翻訳者として活躍し、マルグリット・デュラス、マリーナ・ツヴェターエワ、ダニロ・キシュ、ナーダシュ・ペーテルなど各言語圏を代表する現代作家の作品二十五冊をこれまでに翻訳、刊行している。その優れた訳業に対しては、ヒエロニムス指輪賞（一九八七年）、ペトラルカ翻訳賞（一九九一年）、ヨーロッパ相互理解賞（一九九八年）などの文学賞が与えられている。また、ラクーザは並行して創作活動にも取り組んでおり、現在に至るまでに散文集、詩集、エッセイ集など二十四冊を刊行し、その詩的かつ脱領域的な作品に対しては、シャミッソー文学賞（二〇〇三年）、マネス・シュペルバー賞（二〇一五年）、ベルリン文学賞（二〇一七年）など、数々の名だたる文学賞が贈られている。さらには文芸批評家、編集者としての顔も持ち、右にあげた現代作家に加えて、ドストエフスキー、アンナ・アフマートワ、ヨゼフ・ブロツキーらの作品集を編むとともに、ロシア現代文学、東欧現代文学についての評論集も刊行し、新チューリヒ新聞、ツァイト紙などドイツ語圏を代表する有力紙の文芸批評欄において、健筆をふるっている。日本語で読める著作としては、すでに触れた作品のほかに、文学表現の産屋としての「ゆるやかさ」について書かれたエッセイ『ラングザマー——世界文学でたどる旅』(二〇一六年、山口裕之訳、共和国)がある。また、同じく山口裕之氏の訳による短編小説集『転がる〝r〟との孤独』も近刊予定である。

本書の翻訳に際してもっとも意を用いたのは、ここまでさまざまに論じてきたラクーザならではの言葉を、日本語というまったく異なる素材にどのように写しとるかということだった。二〇一六年一〇月の来日時の講演においても、また翻訳の過程で交わした私信においても、彼女が繰り返し強調していたのは、「内容」以上に、作品の「音楽」を伝えて欲しいということだった。実際、詩人でもあるラクーザのドイツ語散文には、前方へ歩ませてくれる独特のリズムがある。また、意味とは別のレベルで様々な音響上の連関が張りめぐらされており、それが単なる響きであるにとどまらず、論理的連関を越えた認識をも読者にもたらしてくれる。それらについては可能な限り訳文に反映させるべく、校正の最終段階に至るまで様々に工夫を凝らしてみた。その成否については読者の判断に委ねたい。また、この音楽とも関係するが、作者ラクーザの中では、彼女自身の言葉で言えば、通過してきた諸言語が「オーケストラを奏でている」という。それを少しでも内側から聞き取るべく、とりわけ初源的なレベルで響いていると思われたハンガリー語については、訳業と並行して東京外国語大学の大島一先生の夜間講座で初歩から学んだ。他の諸言語については、専門の方々からアドヴァイスをいただいて理解に努めた。ロシア語については長井淳先生、ポーランド語については吉岡潤先生から訳文についての詳細なコメントをいただいた。レト・ロマン語の地名については中川裕之先生から、また、様々な音楽表現については若林恵先生から貴重なアドヴァイスをいただいた。ここに記して心より感謝したい。むろん、なお誤りが残っていたとすれば、ひとえに訳者自身の理解不足によるものである。

本書中に引用あるいは言及されている文学作品の翻訳に際しては、ドストエフスキー『罪と罰』(工藤精一郎訳、新潮文庫)、T・S・エリオット『四つの四重奏』(岩崎宗治訳、岩波文庫)、アンドレイ・ベールイ『ペテルブルグ』(川端香男里訳、講談社学芸文庫)、マヤコフスキー『人間』(小笠原豊樹訳、土曜社)、ダニロ・キシュ『砂時計』(奥彩子訳、松籟社)をはじめ、数多くの訳書、さらに学術論文での部分訳、解釈を参照した。ただし、原則的には原作で引用されているドイツ語訳をこの作品での「原文」と考え、それに従って訳文を変更した箇所もあることをお断りしておく。その他参照した文献すべてをここで挙げることはしないが、過去百余年の近代日本における翻訳の蓄積、外国文学研究の蓄積に感謝しつつ訳業を進めた。

なお、翻訳に際しては注をつけないという方針を貫いた。この書物は何よりも文学作品として読んで欲しいと――作者ラクーザとともに――考えたからである。むろん、ヨーロッパにおける読者と、日本における読者では、地名一つをとっても、知識、経験、イメージの量と厚みがまったく違う。それをわずかなりとも補うべく、原書にはないヨーロッパ地図を巻頭に置き、作中に登場する主要な地名を記した。これを一助としながらも、何よりも作品の「音楽」に導かれ、読者が「もっと先へ」歩みを進めてくれること、「わたし」とともに越境してくれることを祈念しつつ、ラクーザの文章から受け取ったものを、日本語にうつしとることを心がけた。

最後に、これまでのラクーザの作品、そしてラクーザも愛読するローベルト・ヴァルザーの作品集に続き、この書物もまた世に送り出してくれた鳥影社の樋口至宏さんに心より感謝いたします。

二〇一七年十一月　東京にて

新本史斉

追記—このあとがきを提出しようというときになって、二〇年ほど前に、「イルマ・ラクーザの作品はきっと新本さんに合っているでしょう」と翻訳を勧めてくださったスイス文学会の岩村行雄先生が、一〇月に逝去されたとの報が届いた。誰よりも厳しいスイス文学の読み手として、本書をお届けすることを楽しみにしていた方である。お別れの会は本書の刊行日、二〇一八年一月二〇日に行われるとある。ラクーザと出会わせてくださった岩村行雄先生に、謹んで本書を捧げたい。

著者紹介

イルマ・ラクーザ（Ilma Rakusa）

1946年チェコスロヴァキア（現在はスロヴァキア領）リマフスカー・ソボタ生まれ。作家、翻訳者、文学研究者、文芸批評家として活躍。シャミッソー賞、ベルリン文学賞などを受賞。現在、チューリヒに在住。

著書・編著:『ヨーロッパは書く』（鳥影社、2008年）、『ラングザマー――世界文学でたどる旅』（共和国、2016年）、「歩く」（『氷河の滴――現代スイス女性作家作品集』所収、2007年、鳥影社）他。

訳者紹介

新本史斉（にいもと・ふみなり）

1964年広島県生まれ。専門はドイツ語圏近・現代文学。

現在、津田塾大学教授。

訳書：『ローベルト・ヴァルザー作品集』1巻、4巻、5巻（鳥影社、2010年、2012年、2015年）、イルマ・ラクーザ他編『ヨーロッパは書く』（鳥影社、2008年、共訳）、ペーター・ウッツ『別の言葉で言えば』（鳥影社、2011年）他。

もっと、海を
――想起のパサージュ

二〇一八年一月一五日初版第一刷印刷
二〇一八年一月二〇日初版第一刷発行
定価（本体二、四〇〇円＋税）

著者　イルマ・ラクーザ
訳者　新本史斉
発行者　樋口至宏
発行所　鳥影社・ロゴス企画
長野県諏訪市四賀二二九―一（編集室）
電話　〇二六六―五三―二九〇三
東京都新宿区西新宿三―五―一二―7F
電話　〇三―五九四八―六四七〇
印刷　モリモト印刷
製本　高地製本
乱丁・落丁はお取り替えいたします

ISBN 978-4-86265-646-9 C0097